楊絳日課全唐詩錄

[上]

錢鍾書選 楊絳録

人民文学出版社

圖書在版編目（CIP）數據

楊絳日課全唐詩録：上下 / 錢鍾書選；楊絳録.—北京：人民文學出版社，2021（2022.4 重印）
ISBN 978-7-02-016760-9

Ⅰ.①楊… Ⅱ.①錢…②楊… Ⅲ.①唐詩—詩集②楷書—法書—作品集—中國—現代Ⅳ.① I222.742 ② J292.28

中國版本圖書館 CIP 數據核字（2020）第 252019 號

責任編輯 胡文駿 董岑仕
裝幀設計 劉 静
責任印製 蘇文強

出版發行 人民文學出版社
社 址 北京市朝内大街 166 號
郵政編碼 100705

印 刷 北京盛通印刷股份有限公司
經 銷 全國新華書店等

字 數 300 千字
開 本 787 毫米 ×1092 毫米 1/16
印 張 62.75 插頁 1
印 數 3001—5000
版 次 2021 年 7 月北京第 1 版
印 次 2022 年 4 月第 2 次印刷

書 號 978-7-02-016760-9
定 價 368.00 圓（全二册）

如有印裝質量問題，請與本社圖書銷售中心調换。電話：010-65233595

錢鍾書先生和楊絳先生在楊先生「唐詩日課」的習字桌前合影

楊絳先生在進行『唐詩日課』的習字練筆

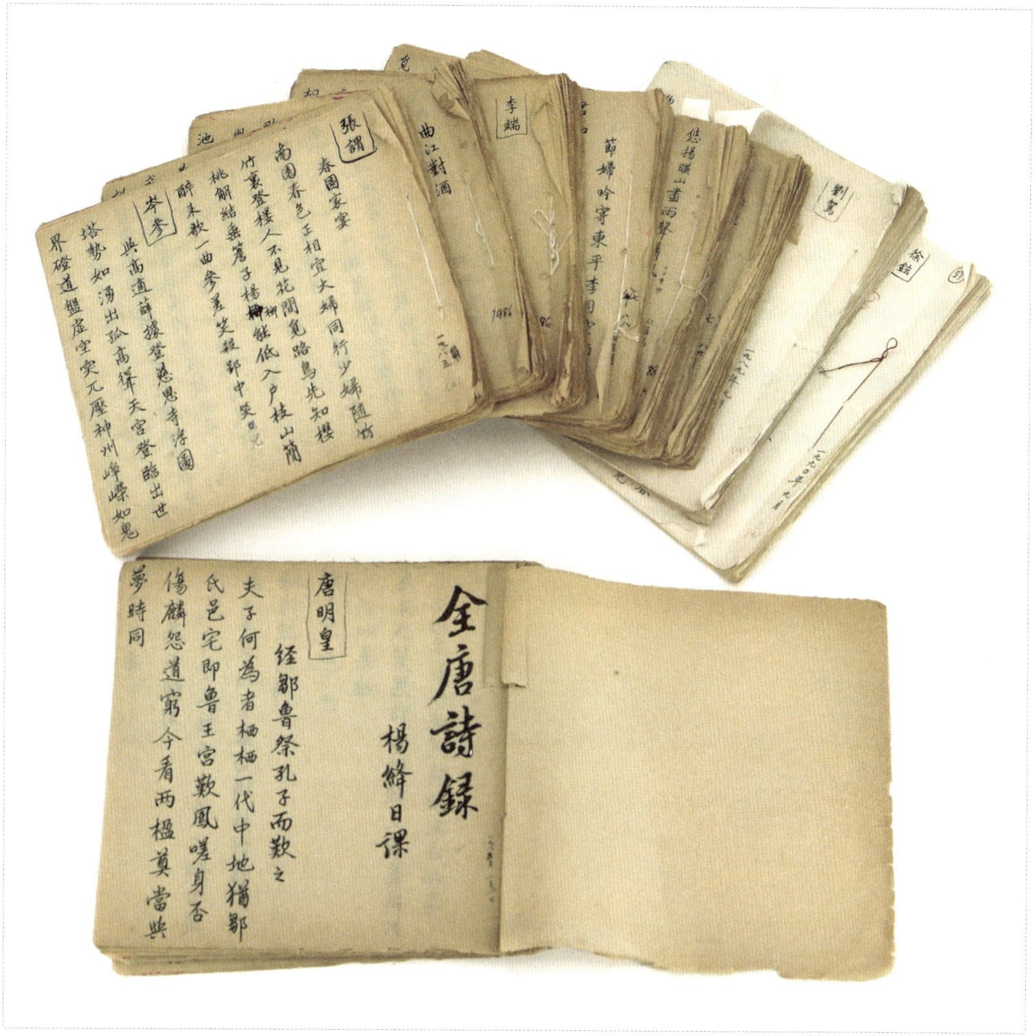

錢鍾書先生選、楊絳先生録
《全唐詩録》稿本九册書影

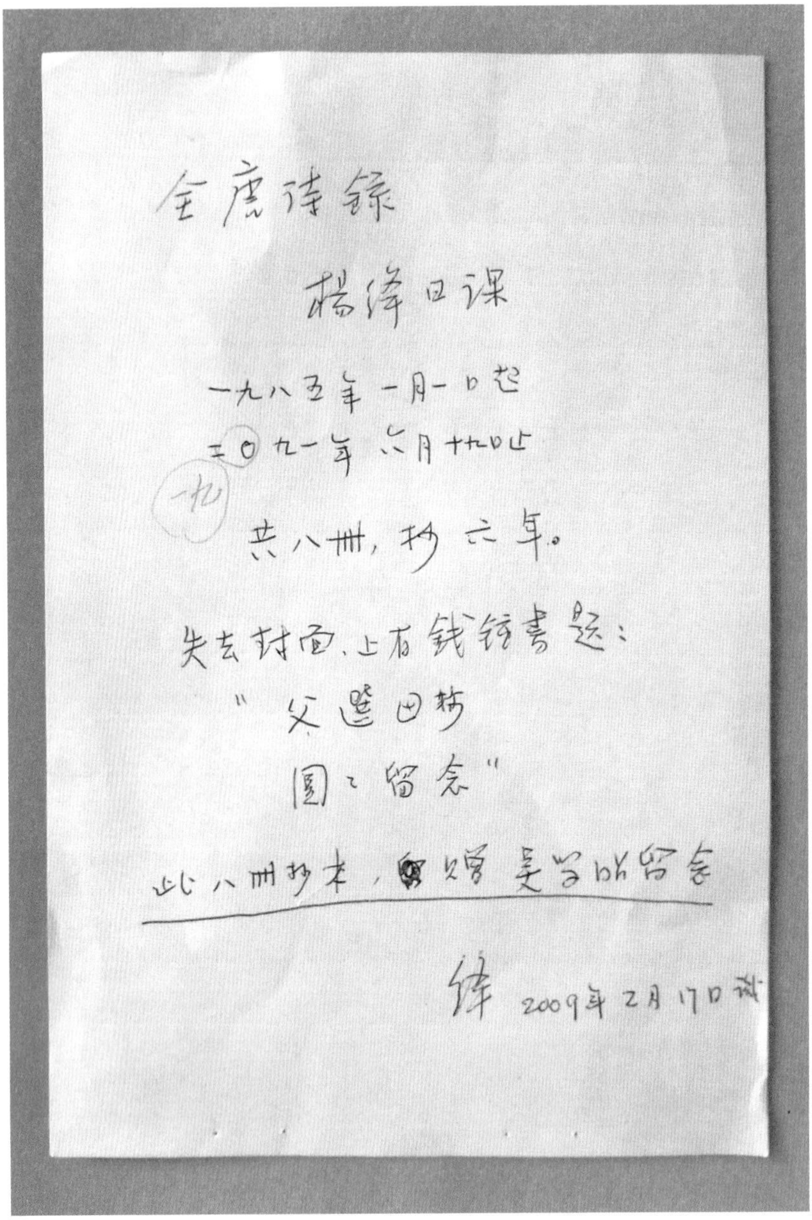

全唐诗録
杨绛日课
一九八五年一月一日起
二〇九一年六月十九止 一九
共八册，抄六年。
失去封面，上有钱锺书题：
"父選母抄
圆圆留念"
此八册抄本，赠吴学昭留念
绛 2009年2月17日识

楊絳先生贈送《全唐詩録》稿本時手書文字

出版説明

二〇二〇年十一月，我社整理出版了《錢鍾書選唐詩》，受到讀者朋友關注。其所據底本爲錢鍾書先生自《全唐詩》遴選，楊絳先生用毛筆抄録的手稿。此次推出的正是這部手稿的影印本，兹就編輯情况作以下説明：

一、原稿共九册，首册卷端題『全唐詩録　楊絳日課』，本書據以定名爲《楊絳日課全唐詩録》。

二、九册原稿中，前七册書寫於常見習字之用的毛邊紙（横約二十五釐米，縱約二十三釐米）上，第八、九兩册書寫於已使用過的方格稿紙（横約十九釐米，縱約二十七釐米）背面。本書根據原稿的不同尺寸設計了不同版式，盡量呈現原稿全貌。

三、目次據原稿編排，包括詩人名和詩歌標題，與《錢鍾書選唐詩》的整理原則一致。

四、本書編排爲上下兩册，同時標注了原稿九册的分册次序。

五、楊先生抄録這部稿子，本以習字爲目的，其中偶有筆誤。在整理出版《錢鍾書選唐詩》時，我們曾以中華書局出版的標點本《全唐詩》對全書文字進行了核校。此次出版影印本，只改正了目次文字，請讀者朋友閲讀時注意分辨。

人民文學出版社編輯部

二〇二一年六月

目次

杜甫

第三册

張籍

第五冊

盧仝

李賀

劉叉

元稹

白居易

第六册

杜牧

許渾

李商隱

第七册

唐明皇

·經鄒魯祭孔子而歎之

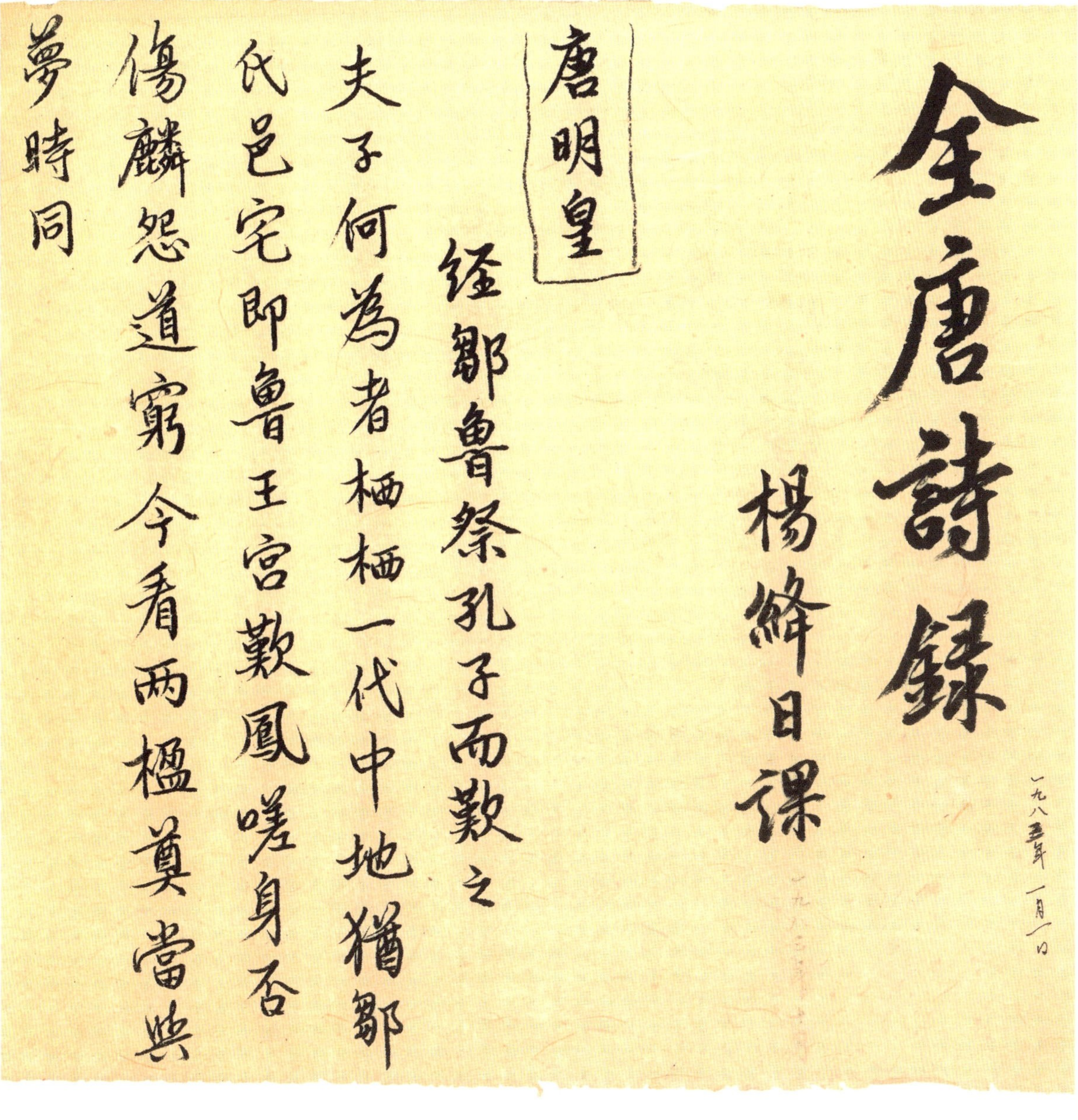
全唐詩録

楊絳日課

一九八三年一月一日

唐明皇

經鄒魯祭孔子而歎之

夫子何為者　栖栖一代中　地猶鄒氏邑　宅即魯王宮　歎鳳嗟身否　傷麟怨道窮　今看兩楹奠　當與夢時同

宣宗皇帝

·瀑布聯句

則天皇后

·如意娘

江妃

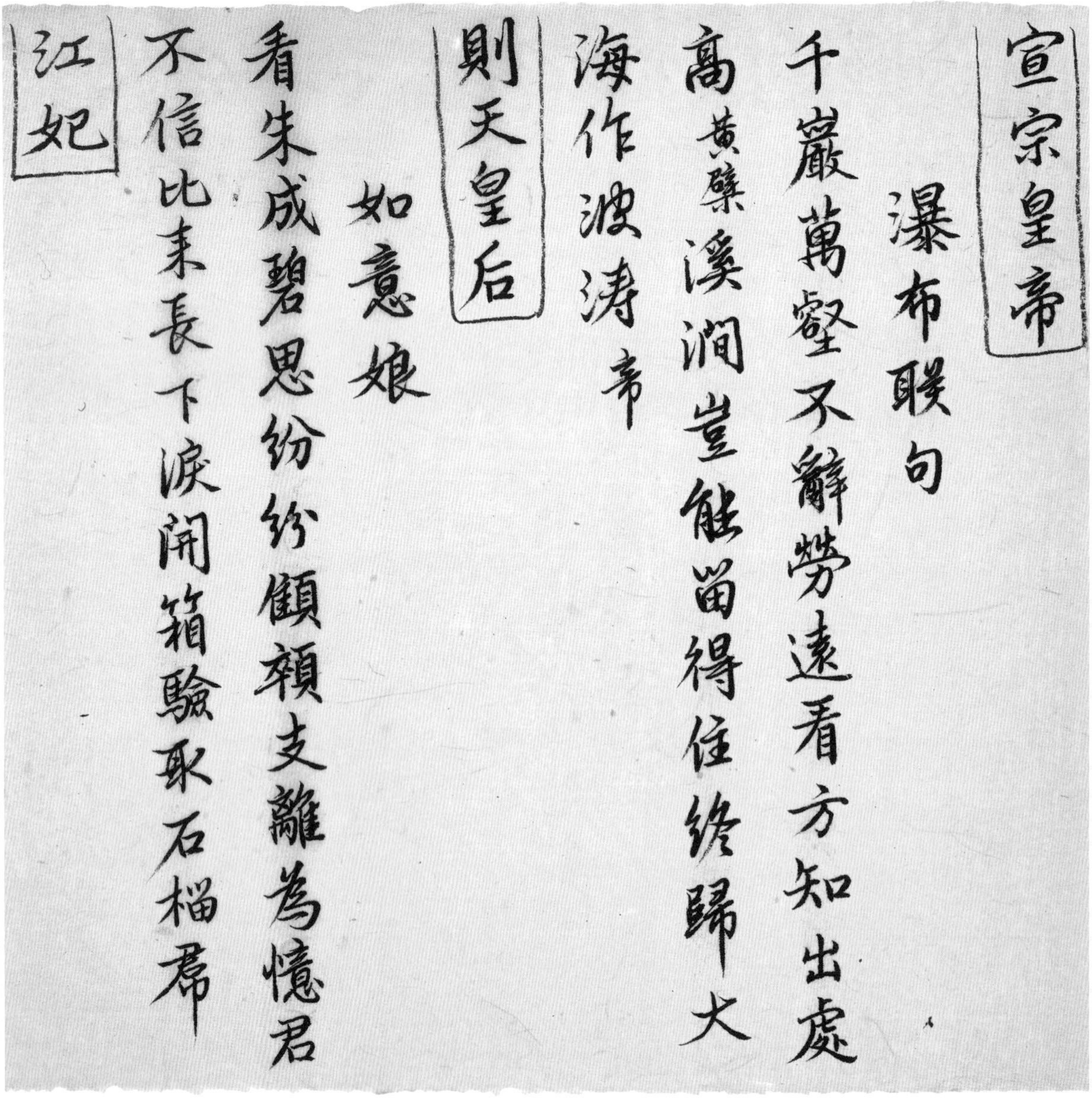
宣宗皇帝

瀑布聯句

千巖萬壑不辭勞遠看方知出處高 黄蘗

溪澗豈能留得住終歸大海作波涛 帝

則天皇后

如意娘

看朱成碧思紛紛顦顇支離為憶君

不信比來長下淚開箱驗取石榴裙

江妃

·謝賜珍珠

章懷太子

·黄台瓜辭

南唐後主李煜

·渡中江望石城泣下

謝賜珍珠

桂葉雙眉久不描殘妝和淚污紅绡
長门盡日無梳洗何必珍珠慰寂寥

章懷太子

黄台瓜辭

種瓜黄台下瓜熟子離離一摘使瓜好
再摘使瓜稀三摘猶自可摘绝抱
蔓歸

南唐後主李煜

渡中江望石城泣下

·病中書事

蜀後主王衍

江南江北舊家鄉三十年來夢一塲
吳苑宮闈今冷落廣陵台殿已荒涼
雲籠遠岫愁千片雨打歸舟淚萬行
兄弟四人三百口不堪閒坐細思量

病中書事

病身堅固道情深宴坐清香思自任月
照靜居唯擣藥门扃幽院只來禽庸
醫嬾聽詞何取小婢將行力未禁賴
問空门知氣味不然煩惱萬塗侵

蜀高祖王建

·醉妝詞

後蜀嗣主孟昶

·避暑摩訶池上作

李義府

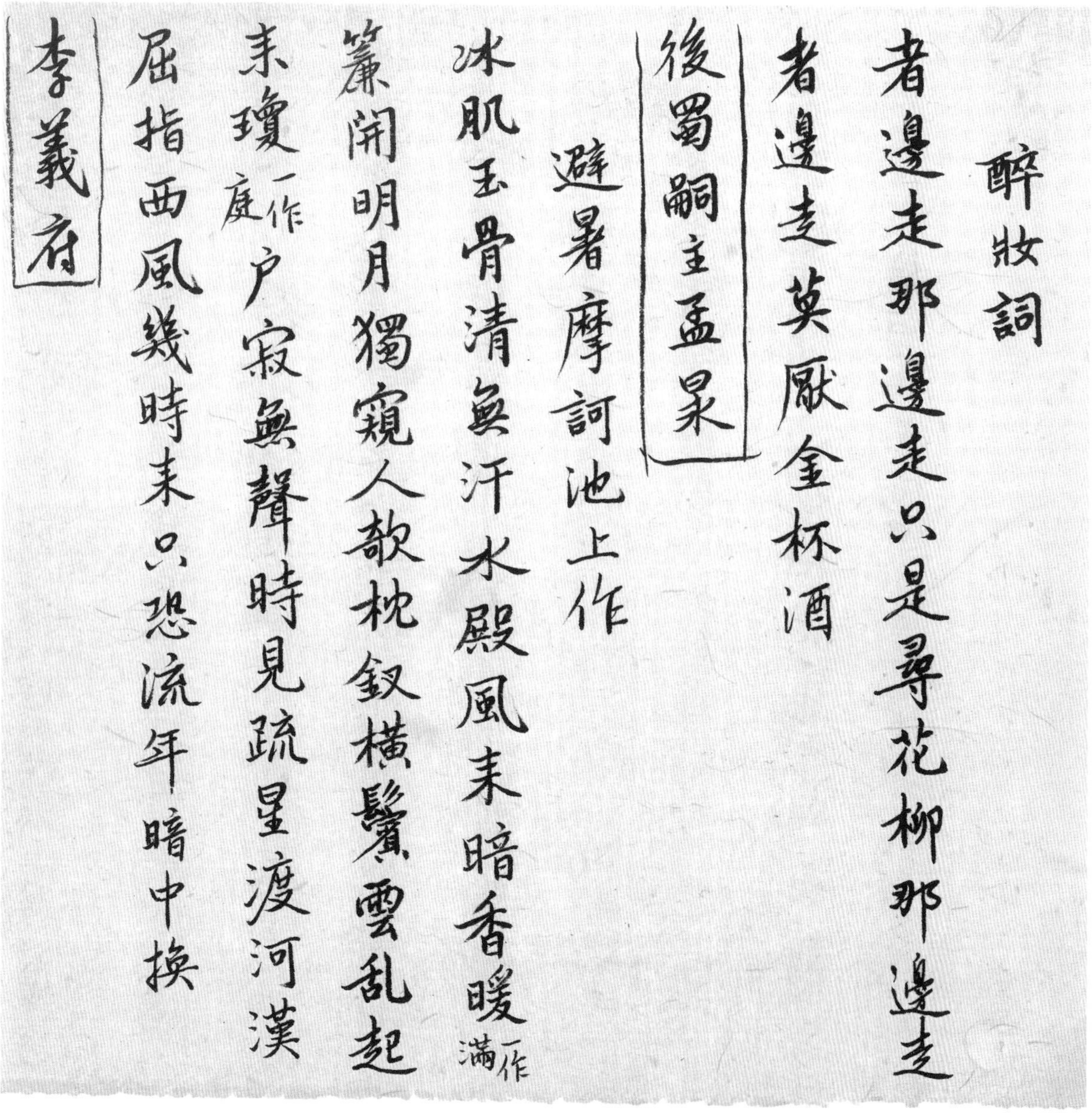

醉妝詞
者邊走那邊走只是尋花柳那邊走
者邊走莫厭金杯酒

後蜀嗣主孟昶

避暑摩訶池上作
冰肌玉骨清無汗水殿風來暗香暖（一作滿）
簾開明月獨窺人欹枕釵橫鬟雲亂起
來瓊（一作庭）戶寂無聲時見疏星渡河漢
屈指西風幾時來只恐流年暗中換

李義府

·堂堂詞（二首）

虞世南

·應詔嘲司花女

堂堂詞

鏤月成（一作為）歌扇裁雲作舞衣自憐
迴雪影好取洛川歸

懶整鴛鴦被羞褰玳瑁牀春風別有
意密處也尋香

虞世南

應詔嘲司花女

學畫鴉黃半未成垂肩嚲袖太憨生
緣憨却得君王惜長把花枝傍輦
行

王績

·在京思故園見鄉人問

王績

在京思故園見鄉人问

旅泊多年歲老去不知迴忽逢门前客
道發故鄉來斂眉俱握手破涕共銜
杯殷勤訪朋舊屈曲問童孩衰宗多
弟姪若箇賞池臺舊園今在否新
樹也應栽柳行疏密布茅齋寬窄裁
經移何處竹別種幾株梅渠當無绝水
石計總生苔院果誰先熟林花那後開
羈心祇欲問為報不須猜行當驅下澤去

·野望

張九齡

·望月懷遠

剪故園菜

野望

東皋薄暮望徙倚欲何依樹〻皆秋色山〻唯落暉牧人驅犢返獵馬帶歸⸗禽歸相顧無相識長歌懷采薇

張九齡

望月懷遠

海上生明月天涯共此時情人怨遙夜竟夕起相思滅燭憐光滿披衣覺露滋不堪盈手贈還寢夢佳期

·詠燕

宋之問

·至端州驛，見杜五審言沈三佺期閻五朝隱王二無競題壁，慨然成詠

詠燕

海燕何微眇乘春亦蹔來豈知泥滓
賤祇見玉堂開繡戶時雙入華軒日
幾回無心與物競鷹隼莫相猜

宋之問

至端州驛見杜五審言沈三佺期閻
五朝隱王二無競題壁慨然成詠
逐臣北地承嚴譴謂到南中每相見豈
意南中岐路多千山萬水分鄉縣雲搖
雨散各翻飛海闊天長音信稀處處山

· 陸渾山莊

· 途中寒食題黄梅臨江驛寄崔融

· 題大庾嶺北驛

川同瘴癘自憐能得幾人歸

陸渾山莊

歸來物外情負杖閱巖耕源水看花入幽林採藥行野人相問姓山鳥自呼名去〻獨吾樂無然愧此生

途中寒食題黄梅臨江驛寄崔融

馬上逢寒食愁中屬暮春可憐江浦望不見洛陽人北極懷明主南溟作逐臣故園腸斷處日夜柳條新

題大庾嶺北驛

度大庾嶺

渡漢江

陽月南飛雁，傳聞至此回。我行殊未已，何日復歸来。江静潮初落，林昏瘴不開。明朝望鄉處，應見隴頭梅。

度大庾嶺

度嶺方辭國，停軺一望家。魂隨南翥鳥，淚盡北枝花。山雨初含霽，江雲欲變霞。但令歸有日，不敢恨長沙。

渡漢江

嶺外音書斷，经冬復歷春。近鄉情更怯，不敢問来人。

·新年作

崔液

·上元夜六首（之二）

新年作

鄉心新歲切，天畔獨潸然。老至居人下，
春歸在客先。嶺猨同旦暮，江柳共風
煙。已是長沙傅，從今又幾年。

崔湜

上元夜六首之二

玉漏銀壺且莫催，鐵關金鎖徹明開。誰
家見月能閒坐，何處聞燈不看來。

星移漢轉月將微，露灑煙飄燈漸稀。
猶惜路傍歌舞處，躊躇相顧不能歸。

王勃

·詠風

·滕王閣

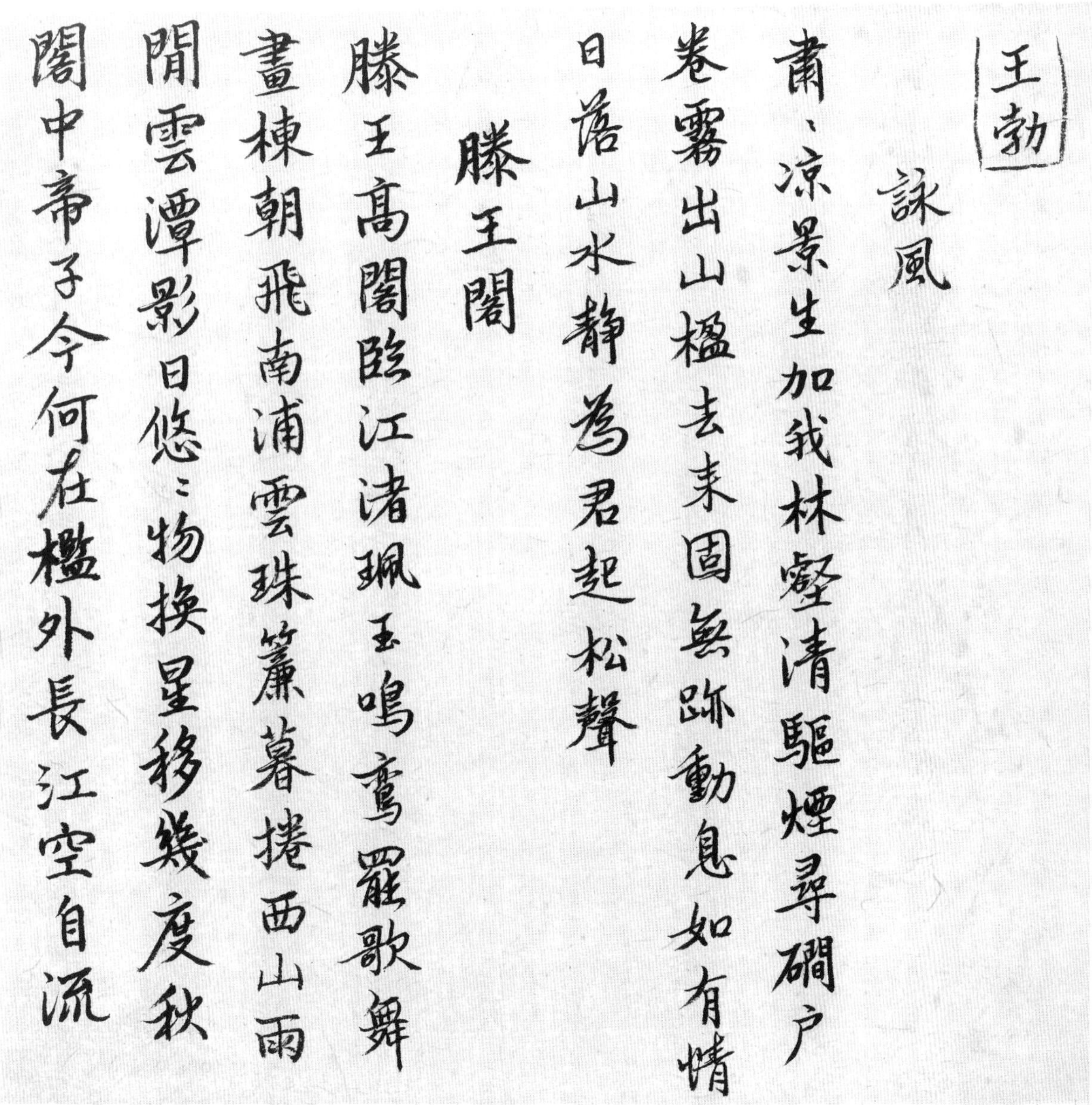

王勃

詠風

肅、涼景生加我林壑清驅煙尋磵户
卷霧出山楹去来固無跡動息如有情
日落山水静為君起松聲

滕王閣

滕王高閣臨江渚珮玉鳴鸞罷歌舞
畫棟朝飛南浦雲珠簾暮捲西山雨
閒雲潭影日悠ミ物換星移幾度秋
閣中帝子今何在檻外長江空自流

杜少府之任蜀州

杜審言

夏日過鄭七山齋

郭震

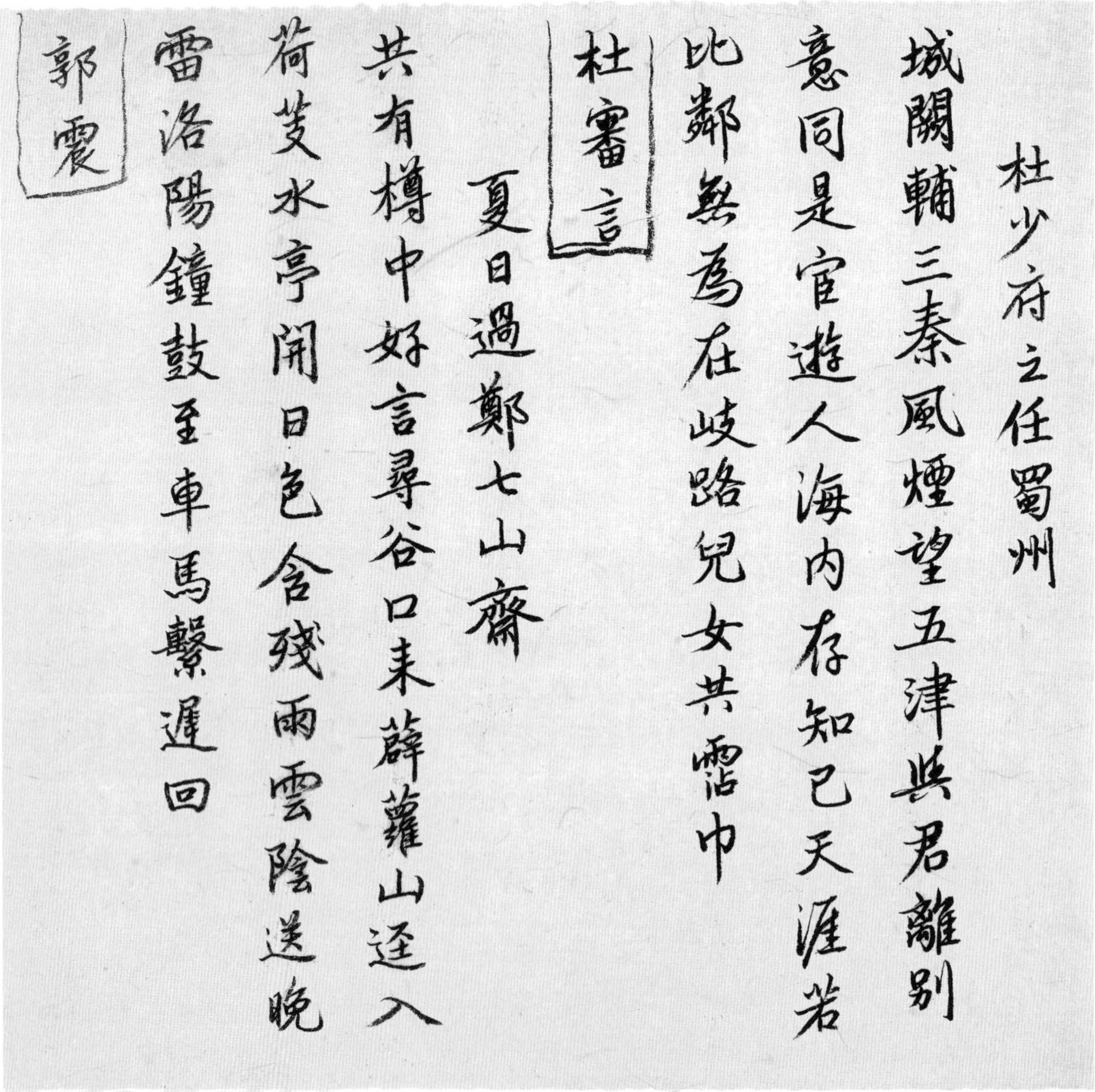

杜少府之任蜀州
城闕輔三秦風煙望五津與君離別
意同是宦遊人海内存知己天涯若
比鄰無為在岐路兒女共霑巾

杜審言

夏日過鄭七山齋
共有樽中好言尋谷口來薜蘿山逕入
荷芰水亭開日色含殘雨雲陰送晚
雷洛陽鐘鼓至車馬繫遲回

郭震

·塞上

賈曾

·有所思

塞上

塞外虜塵飛頻年出武威死生隨玉
劍辛苦向金微久戍人將老長征馬
不肥仍聞酒泉郡已合數重圍

賈曾

有所思

洛陽城東桃李花飛來飛去落誰家幽
閨兒女愛顏色坐見落花長嘆息今歲
花開君不待明年花開誰復在故人不共
洛陽東今來空對落花風年年歲歲花相

駱賓王

·在獄詠蟬

喬知之

·緑珠篇

似歲々年々人不同

駱賓王

在獄詠蟬

西陸蟬聲唱，南冠客思侵。那堪玄鬢影，來對白頭吟。露重飛難進，風多響易沈。無人信高潔，誰為表予心。

喬知之

緑珠篇

石家金谷重新聲，明珠十斛買娉婷。此日可憐君自許，此時可喜得人情。君

劉希夷

·代悲白頭翁

家閨閣不曾難常將歌舞借人看意
氣雄豪非分理驕矜勢力橫相干辭君
去君終不忍徒勞掩袂傷鉛粉百年離
別在高樓一旦紅顏為君盡

劉希夷

代悲白頭翁

洛陽城東桃李花飛來飛去落誰家洛陽
女兒好顏色坐見落花長歎息今年花
落顏色改明年花開復誰在已見松柏
摧為薪更聞桑田變成海古人無復洛城

陳子昂

·感遇詩三十八首

（録三首）

東今人還對落花風年〻歲〻花相似歲
歲年〻人不同寄言全盛紅顏子應憐半
死白頭翁此翁白頭真可憐伊昔紅顏
美少年公子王孫芳樹下清歌妙舞
落花前光祿池台開錦繡將軍樓閣
畫神仙一朝臥病無相識三春行樂在誰
邊轉宛轉蛾眉能幾時須臾鶴髮亂如
絲但看古來歌舞地惟有黃昏鳥雀悲

陳子昂

感遇詩三十八首（録三首）

蒼蒼丁零塞今古緬荒途亭堠何摧兀
暴骨無全軀黃沙幙南起白日隱西隅
漢甲三十萬曾以事匈奴但見沙場死
誰憐塞上孤

翡翠巢南海雄雌珠樹林何知愛美人
意驕愛比黃金殺身炎州裏委羽玉堂
陰旖旎光首飾葳蕤爛錦衾豈不在
遐遠虞羅忽見尋多材信為累歎
息此珍禽

朔風吹海樹蕭條邊已秋亭上誰家子

登幽州臺歌

晚次樂鄉縣

哀哀明月樓自言幽燕客結髮事遠遊
赤丸殺公吏白刃報私讎避讎至海上被
役此邊州故鄉三千里遼水復悠悠每
憤胡兵入常爲漢國羞何知七十戰
白首未封侯

陳子昂

登幽州臺歌

前不見古人後不見來者念天地之悠
悠獨愴然而涕下

晚次樂鄉縣

張說

·山夜聞鐘

·鄴都引

故鄉杳無際日暮且孤征川原迷舊國
道路入邊城野戍荒烟斷深山古木平如
何此時恨噭噭夜猿鳴

張說

山夜聞鐘

夜卧聞夜鐘夜静山更響霜風吹寒月
窣窱虛中上前聲既春容後聲復晃
盪聽之如可見尋之定無像信知本際
空徒掛生滅想

鄴都引

王適

·蜀中言懷

君不見魏武草創爭天祿羣雄睚眦相
馳逐晝攜壯士破堅陣夜接詞人賦華
屋都邑繞繚繞西山陽桑榆汗漫漳河曲
城郭為虛人代改但有西園明月在鄴
傍高塚多貴臣蛾眉曼睩共灰塵試
上銅臺歌舞處唯有秋風愁殺人

王適

獨坐年將暮常懷志不通有時須問
影無事却書空棄置如天外平生似
夢中蓬心猶是客華髮欲成翁跡滯

沈佺期

·被彈

魂逾窘情乖路轉窮別離同夜月愁思
隔秋風老少悲顏駟盈虛悟翟公時來
不可問何用求童蒙

沈佺期

被彈

知人昔不易舉非貴易失爾何按國章
無罪見呵叱平生守直道遂為衆所嫉
少以文作吏手不曾開律一旦法相持荒
忙意如漆幼子雙囹圄老夫一念室昆弟
兩三人相次俱囚桎萬鑠當衆怒千謗

驪州南亭夜望

無實片實庶以白黑譏顯此涇渭質
勐吏何咆哮晨夜聞扶（撲）事間拾虛証理
外存枉筆懷痛不見伸抱冤竟難悉
窮因多垢膩愁坐饒蟣虱三日唯一飯兩旬
不再櫛是時盛夏中暵赫多瘵疾瞪目
眠欲閉喑嗚氣不出有風自扶搖鼓蕩
無倫匹安得吹浮雲令我見白日

驪州南亭夜望

昨夜南亭望分時夢洛中室家誰道別
兒女案嘗同忽覺猶言是沈思始悟空

古意呈補闕喬知之

寒食

賀知章

肝腸餘幾寸拭淚坐春風

古意呈補闕喬知之

盧家少婦鬱金堂海燕雙棲玳瑁梁
九月寒砧催木葉十年征戍憶遼陽白
狼河北音書斷丹鳳城南秋夜長誰謂
含愁獨不見更叫明月照流黃

寒食

普天皆滅焰匝地盡藏煙不知何處火
來就客心然

賀知章

·詠柳

·回鄉偶書二首

王灣

·次北固山下

詠柳

碧玉妆成一樹高萬條垂下綠絲縧不知
細葉誰裁出二月春風似剪刀

回鄉偶書二首

少小離家老大回鄉音難改鬢毛衰兒童相
見不相識笑問客從何處來
離別家鄉歲月多近來人事半銷磨唯有
門前鏡湖水春風不改舊時波

王灣

次北固山下

張旭

·桃花谿

張若虛

·春江花月夜

客路青山外，行舟緑水前。潮平兩岸濶，風正一帆懸。海日生殘夜，江春入舊年。鄉書何處達，歸雁洛陽邊。

張旭

桃花谿

隱隱飛橋隔野烟，石磯西畔問漁船。桃花盡日隨流水，洞在清谿何處邊。

張若虛

春江花月夜

春江潮水連海平，海上明月共潮生

灩灩隨波千萬里何處春江無月
明江流宛轉遶芳甸月照花林皆似霰
空裏流霜不覺飛汀上白沙看不見江天
一色無纖塵皎皎空中孤月輪江畔何
人初見月江月何年初照人人生代代無
窮已江月年年秖相似不知江月待何
人但見長江送流水白雲一片去悠悠青
楓浦上不勝愁誰家今夜扁舟子何處
相思明月樓可憐樓上月裴回應照離
人妝鏡臺玉戶簾中卷不去擣衣砧

崔國輔

怨詞二首

上拂還來此時相望不相聞願逐月華流照君鴻雁長飛光不度魚龍潛潛躍水成文昨夜閒潭夢落花可憐春半不還家江水流春去欲盡江潭落月復西斜斜月沈沈藏海霧碣石瀟湘無限路不知乘月幾人歸落月搖情滿江樹

崔國輔

怨詞二首

妾有羅衣裳秦王在時作為舞春

·長信草
·麗人曲
·秦女卷衣

風多秋末不堪著
樓頭桃李疎池上芙蓉落織錦猶
未成蛩聲入羅幕

長信草

長信宮中草年年愁處生故侵珠履
跡不使玉階行

麗人曲

紅顏稱絶代欲並真無侶獨有鏡中
人由來自相許

秦女卷衣

徐安貞

·聞鄰家理箏

裴士淹

·白牡丹

雖入秦帝宮不上秦帝牀夜夜玉窗裏與
他卷衣裳

徐安貞

聞鄰家理箏

北斗橫天夜欲闌愁人倚月思無端忽
聞畫閣秦箏逸知是鄰家趙女彈曲成
虛憶青蛾斂調急遥憐玉指寒銀鎖重
関聽未闋不如眠去夢中看

裴士淹

白牡丹

陶峴

· 西塞山下迴舟作

王維

· 送別

長安年少惜春殘
爭認慈恩紫牡丹
別有玉盤乘露冷
無人起就月中看

西塞山中迴舟作

匡廬舊業是誰主
吳越新居安此生
白髮數莖歸未得
青山一望計還成
鴉翻楓葉夕陽動
鷺立蘆花秋水明
從此舍舟何所詣
酒旗歌扇正相迎

王維

送別

下馬飲君酒
問君何所之
君言不得意

齊州送祖三

觀别者

歸卧南山陲但去莫復問白雲無盡期時

齊州送祖三

相逢方一笑相送還成泣祖帳已傷離荒城復愁入天寒遠山淨日暮長河急解纜君已遥望君猶佇立

觀别者

青青楊柳陌陌上別離人愛子遊燕趙高堂有老親不行無可養行去百憂新切切委兄弟依依向四鄰都门帳飲畢從此謝親賓揮涕逐前侶含悽動征輪車

藍田山石門精舍

徒望不見時見起行塵吾亦辭家久看
之淚滿巾

藍田山石門精舍

落日山水好漾舟信歸風探奇不覺
遠因以緣源窮遙愛雲木秀初疑路不
同安知清流轉偶與前山通捨舟理輕
策果然愜所適老僧四五人逍遙松蔭
松柏朝梵林未曙夜禪山更寂道心及
牧童世事問樵客暝宿長林下焚香卧
瑤席澗芳襲人衣山月映石壁再尋畏

青谿

渭川田家

迷誤明發更登歷笑謝桃源人花紅復來
覯

青谿

言入黃花川每逐青谿水隨山將萬轉
趣途無百里聲喧亂石中色靜深松裏
漾漾汎菱荇澄澄映葭葦我心素已
閒清川澹如此請留盤石上垂釣將
已矣

渭川田家

斜陽照墟落窮巷牛羊歸野老念牧

春中田園作

西施詠

童倚杖候荆扉雉雊麥苗秀蠶眠桑
葉稀田夫荷鋤至相見語依依即此羨
閒逸悵然吟式微

春中田園作

屋上春鳩鳴村邊杏花白持斧伐遠
楊荷鋤觀泉脈歸燕識故巢舊人看新
曆臨觴忽不御惆悵遠行客

西施詠

艷色天下重西施寧久微朝仍越溪
女暮作吴宫妃賤日豈殊衆貴來方

老將行

悟稀邀人敷香粉不自着羅衣君寵益
嬌態君憐無是非當時浣紗伴莫得
同車歸持謝鄰家子效顰安可希

老将行

少年十五二十時步行奪得胡馬騎射殺中
山白額虎肯數鄴下黃鬚兒一身轉戰
三千里一劍曾當百萬師漢兵奮迅如
霹靂虜騎崩騰畏蒺藜衛青不敗
由天幸李廣無功緣數奇自從棄
置便衰朽世事蹉跎成白首昔時

飛箭無全目今日垂楊生左肘路旁
時賣故侯瓜门前學種先生柳蒼
茫古木連窮巷寥落寒山對虛牖誓
令疏勒出飛泉不似潁川空使酒賀蘭
山下陣如雲羽檄交馳日夕聞節使三
河募年少詔書五道出將軍試拂鐵
衣如雪色聊持寶劍動星文願得燕
弓射天將恥令越甲鳴吴軍莫嫌
舊日雲中守猶堪一戰取功勳

桃源行

漁舟逐水愛山青兩岸桃花夾古津坐看紅樹不知遠行盡青溪不見人山口潛行始隈隩山開曠望旋平陸遥看一處攢雲樹近入千家散花竹樵客初傳漢姓名居人未改秦衣服居人共住陵武陵源還從物外起田園月明松下房櫳静日出雲中鷄犬喧驚聞俗客爭來集競引還家問都邑平明閭巷掃花開薄暮漁樵乘水入初因避地去人間及至人成仙遂不還峽裏誰知有人事世中遥

・洛陽女兒行

望空雲山不疑靈境難聞見塵心未盡思鄉縣出洞無論隔山水辭家終擬長游衍自謂經過舊不迷安知峯壑今來變當時只記入山深青溪幾曲到雲林春來遍是桃花水不辨仙源何處尋

洛陽女兒行

洛陽女兒對门居纔可容顏十五餘良人玉勒乘驄馬侍女金盤膾鯉魚畫閣朱樓盡相望紅桃緑柳垂簷向羅

冬晚對雪憶胡居士家

幃送上七香車寶扇迎歸九華帳狂夫
富貴在青春意氣驕奢劇季倫自憐
碧玉親教舞不惜珊瑚持與人春窗
曙滅九微火九微片片飛花璅戲罷曾
無理曲時妝成秪是薰香坐城中相識盡
繁繁華日夜经過趙李家誰憐越女
顏如玉貧賤江頭自浣紗

冬晚對雪憶胡居士家

寒更傳曉箭清鏡覽衰顏隔牖風
驚竹開門雪滿山灑空深巷靜積素

送丘爲落第歸江東

過香積寺

山居秋暝

廣庭閑借問袁安舍翛然尚閉關

送丘為落第歸江東

憐君不得意況復柳條春為客黃金
盡還家白髮新五湖三畝宅萬里一歸
人知爾不能薦羞稱獻納臣

過香積寺

不知香積寺數里入雲峰古木無人
逕深山何處鐘泉聲咽危石日色
冷青松薄暮空潭曲安禪制毒龍

山居秋暝

終南別業

歸嵩山作

空山新雨後天氣晚來秋 明月松間照
清泉石上流竹喧歸浣女蓮動下漁舟
隨意春芳歇王孫自可留

終南別業

中歲頗好道晚家南山陲興來每獨往
勝事空自知行到水窮處坐看雲起時
偶然值林叟談笑無還期

歸嵩山作

清川帶長薄車馬去閑閑流水如有
意暮禽相與還荒城臨古渡落日滿

· 終南山

· 觀獵

· 漢江臨汎

秋山迢遞嵩高下歸來且閉關

終南山

太乙近天都連山接海隅白雲迴望合青靄入看無分野中峰變陰晴衆壑殊欲投人處宿隔水問漁夫

觀獵

風勁角弓鳴將軍獵渭城草枯鷹眼疾雪盡馬蹄輕忽過新豐市還歸細柳營迴看射鵰處千里暮雲平

漢江臨汎

積雨輞川莊

息夫人

楚塞三湘接荆门九派通江流天地外山
色有無中郡邑浮前浦波瀾動遠
空襄陽好風日留醉與山翁

積雨輞川莊

積雨空林煙火遲蒸藜炊黍向餉東
菑餉漠漠水田飛白鷺陰陰夏木
囀黃鸝山中習靜觀朝槿松下清齋
折露葵野老與人争席罷海鷗何事
更相疑

息夫人

·鹿柴

·竹里館

·臨高臺送黎拾遺

莫以今時寵難忘舊日恩看花滿眼淚
不共楚王言

鹿寨柴
空山不見人但聞人話語響返景入深
林復照青苔上

竹里館
獨坐幽篁裏彈琴復長嘯深林人不
知明月來相照

臨高臺送黎拾遺
相送臨高臺川原杳何極日暮飛鳥

雜詩三首

書事

還行人去不息

雜詩三首

家住孟津河
門對孟津口
常有江南船
寄書家中否

君自故鄉來
應知故鄉事
來日綺窗前
寒梅著花未

已見寒梅發
復聞啼鳥聲
心心視春草
畏向階前生

書事

輕陰閣小雨
深院晝慵開
坐看蒼苔色

闕題二首

田園樂（七首之一）

崔顥

欲上人衣來

闕題二首

荆谿白石出天寒紅葉稀山路元無雨
空翠濕人衣

相看不忍發慘淡暮潮平語罷更攜
手月明洲渚生

田園樂 七首之一

桃紅復含宿雨柳綠更帶朝烟花落
家僮未掃鶯啼山客猶眠

崔顥

王家少婦

黃鶴樓

長干曲四首

王家少婦

十五嫁王昌盈盈入画堂自矜年最少
復倚壻爲郎舞愛前谿緑歌憐子夜
長閒閑耒鬥百草度日不成妝

黃鶴樓

昔人已乘白雲（一云作黃鶴）去此地空餘黃鶴
樓黃鶴一去不復返白雲千載空悠悠
晴川歷歷漢陽樹春（芳一作）草萋萋鸚鵡
洲日暮鄉關何處是煙波江上使人愁

長干曲四首

祖詠

·贈苗發員外

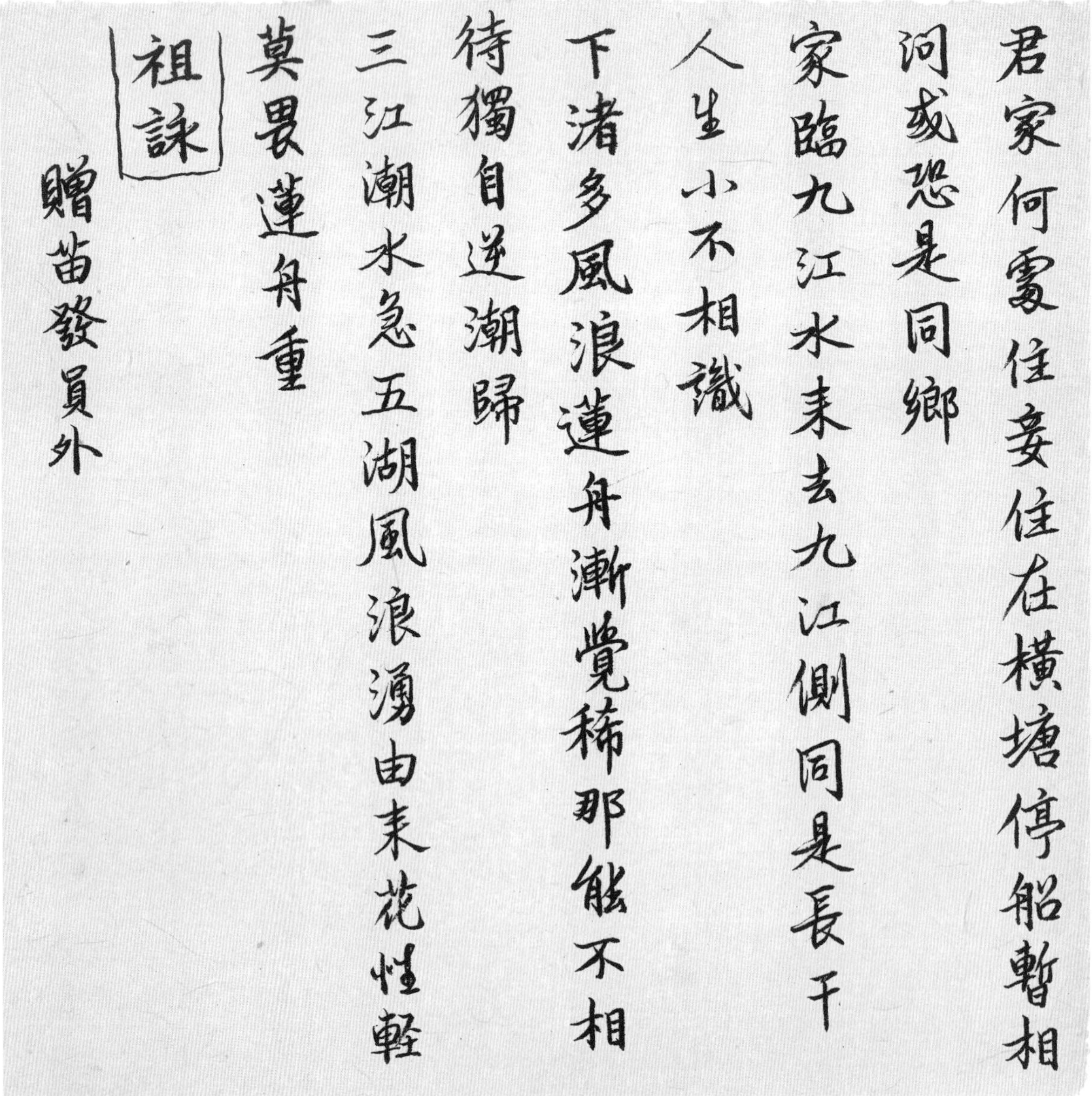

君家何處住妾住在橫塘停船暫相問或恐是同鄉

家臨九江水來去九江側同是長干人生小不相識

下渚多風浪蓮舟漸覺稀那能不相待獨自逆潮歸

三江潮水急五湖風浪湧由來花性輕莫畏蓮舟重

祖詠

贈苗發員外

宿雨朝來歇，空山天氣清。盤雲雙鶴下，隔水一蟬鳴。古道黃花落，平蕪赤燒生。茂陵雖有病，猶得伴君行。

王昌齡

王昌齡

從軍行（七首之二）

從軍行七首之二

青海長雲暗雪山，孤城遥望玉门関。黃沙百戰穿金甲，不破樓蘭終不還。

大漠風塵日色昏，紅旗半捲出轅门。前軍夜戰洮河北，已報生擒吐谷渾。

出塞

出塞

采蓮曲（二首録一）

長信秋詞（五首録一）

浣紗女

秦時明月漢時関萬里長征人未還
但使龍城飛将在不教胡馬度陰山

采蓮曲

荷葉羅裙一色裁芙蓉向臉兩邊開亂
入池中看不見聞歌始覺有人来

長信秋詞

奉帚平明金殿開且将團扇暫裵回
玉顏不及寒鴉色猶帶朝陽日影來

浣紗女

錢塘江畔是誰家江上女兒全勝花吴

·閨怨

常建

·弔王將軍墓

·題破山寺後禪院

王在時不得出今日公然來浣紗

閨怨

閨中少婦不曾知愁春日凝妝上翠樓
忽見陌頭楊柳色悔教夫婿覓封侯

常建

弔王將軍墓

嫖姚北伐時深入強千里戰餘落日
黃軍敗鼓聲死嘗聞漢飛將可奪
單于壘今與山鬼鄰殘兵哭遼水

題破山寺後禪院

劉長卿

·逢雪宿芙蓉山主人

·新年作

清晨入古寺初日照高林竹逕通幽處
處禪房花木深山光悅鳥性潭影空
人心萬籟此都寂但餘鐘磬音

劉長卿

逢雪宿芙蓉山主人

日蒼暮蒼山遠天寒白屋貧柴门聞
犬吠風雪夜歸人

新年作

鄉心新歲切天畔獨潸然老至居人下
春歸在客先嶺猿同旦暮江柳共風煙

穆陵關北逢人歸漁陽

送韓司直

酬李穆見寄

已似長沙傅從今又幾年

穆陵關北逢人歸漁陽

逢君穆陵路匹馬到向桑乾楚國蒼山古幽州白日寒城池百戰後耆舊幾家殘處處蓬蒿遍歸人掩淚看

送韓司直

遊吳還入越來往任風波復送王孫去其如春草何岸明殘雪在潮滿夕陽多季子楊柳廟停舟試一過

酬李穆見寄

·長沙過賈誼宅

·登餘干古縣城

孤舟相訪至天涯萬轉雲山路更賒欲掃柴門迎遠客青苔黄葉滿貧家

長沙過賈誼宅

三年謫宦此棲遲萬古惟留楚客悲秋草獨尋人去後寒林空見日斜時漢文有道恩猶薄湘水無情弔豈知寂寂江山搖落處憐君何事到天涯

登餘干古縣城

孤城上與白雲齊萬古荒涼楚水西官舍已空秋草綠女牆已猶在夜烏啼平

江渺〻来人遠落日亭〻向客低沙鳥
不知陵谷變朝飛暮去弋陽溪

賦得

鶯啼燕語報新年馬邑龍堆路幾千
家住層樓城臨漢苑花隨明月到胡
天機中錦字論長恨樓上花枝笑獨眠
爲问元戎竇車騎何時返旆勒燕然

戲贈干越尼子歌

鄱陽女子年十五家本秦人今在楚厭向
春江空浣紗龍宮落髮披袈裟五年

持戒長一食至今猶自顏如花亭〻獨立
青蓮下忍草禪枝繞精舍自用黃金
買地居能嫌碧玉隨人嫁北客相逢疑
姓秦鉛華拋却仍青春一花一草如有
意不語不笑能留人黃鸝欲棲白日暮
天香未散经行處却對香爐閑誦經
春泉漱玉寒泠〻雲房寂〻夜鐘後吳
音清切令人聽人聽吳音歌一曲杳然
如在諸天宿誰堪世事更相牽惆
悵迴船江水淥

王翰

·涼州詞

孟雲卿

·古挽歌

王翰

涼州詞

蒲萄美酒夜光杯欲飲琵琶馬上催醉臥沙場君莫笑古来征戰幾人回

孟雲卿

古挽歌

草草閭巷喧塗車儼成位冥冥何所須盡我生人意北邙路非遠此別終天地臨穴頻撫棺至哀反無淚爾形未衰老爾息纔童稚骨肉安可離皇天

·寒食

孟浩然

·秋登蘭山寄張五

若容易房帷即靈帳庭宇為哀次
薤露歌若斯人生盡如斯寄

寒食

二月江南花滿枝他鄉寒食遠堪悲
貧居往往無烟火不獨明朝為子推

孟浩然

秋登蘭山寄張五

北山白雲裏隱者自怡悅相望試登高
心飛逐鳥滅愁因薄暮起興是清秋
發時見歸村人沙行渡頭歇天邊樹若

薺江畔舟如月何當載酒來共醉
重陽節

·夏日南亭懷辛大

夏日南亭懷辛大

山光忽西落池月漸東上散髮乘夕涼
開軒臥閑敞荷風送香氣竹露滴清
響欲取鳴琴彈恨無知音賞感此
懷故人中宵勞夢想

·宿業師山房期丁大不至

宿業師山房期丁大不至

夕陽度西嶺羣壑倏已暝松月生夜涼
風泉滿清聽樵人歸欲盡煙鳥棲初

·夜歸鹿門山歌

·望洞庭湖贈張丞相

定之子期宿来孤琴候蘿逕

夜歸鹿门山歌

山寺鐘鳴晝已昏漁梁渡頭爭渡喧人
随沙路入江村余亦乘舟歸鹿门鹿門
月照開煙樹忽到龐公棲隱處巖扉松逕
長寂寥惟有幽人夜來去

和 望洞庭湖贈張丞相

八月湖水平涵虚混太清氣蒸雲夢
澤波撼岳陽城欲濟無舟楫端居耻
聖明坐觀垂釣者空有羨魚情

・宿桐廬江寄廣陵舊遊

・初出關旅亭夜坐懷王大校書

・與諸子登峴山

宿桐廬江寄廣陵舊遊

山暝聞猿愁滄江急夜流風鳴兩岸
葉月照一孤舟建德非吾土維揚憶
舊遊還將兩行淚遥寄海西頭

初出關旅亭夜坐懷王大校書

向夕槐煙起葱蘢池館曛客中無偶
坐關外惜離羣燭至螢光滅荷枯雨滴
聞永懷芸閣友寂寞滯楊雲

與諸子登峴山

人事有代謝往來成古今江山留勝

·晚泊潯陽望廬山

·過故人莊

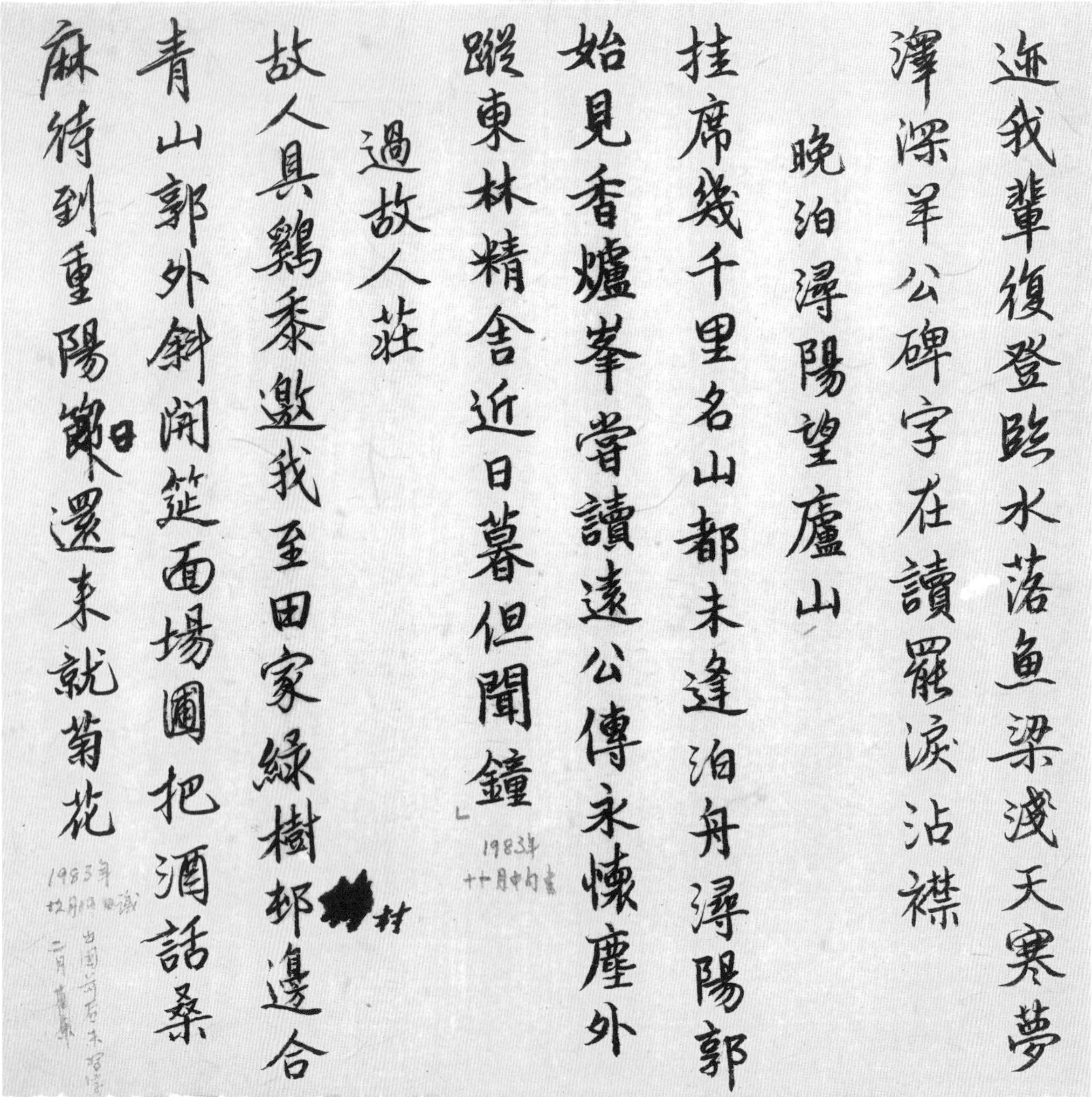

跡我輩復登臨水落魚梁淺天寒夢
澤深羊公碑字在讀罷淚沾襟

晚泊潯陽望廬山
挂席幾千里名山都未逢泊舟潯陽郭
始見香爐峯嘗讀遠公傳永懷塵外
蹤東林精舍近日暮但聞鐘

1983年
十一月中旬書

過故人莊
故人具雞黍邀我至田家綠樹村邊合
青山郭外斜開筵面場圃把酒話桑
麻待到重陽日還來就菊花

1983年

歲暮歸南山

舟中曉望

閨情

歲暮歸南山

北闕休上書南山歸敝廬不才明主棄
多病故人疏白髮催年老青陽逼
歲除永懷愁不寐松月夜窗虛

舟中曉望

寂

挂席東南望青山水國遙舳艫爭利
涉來往接風濤潮問我今何去天台
訪石橋坐看霞色曉疑是赤城標

閨情

一別隔炎涼君衣忘短長裁縫無處等

·歲除夜有懷
·春曉
·揚子津望京口

以意忖情量畏瘦疑傷窄防寒更厚
裝半啼封裹了知欲寄誰將

歲除夜有懷

迢遞三巴路羈危萬里身亂山殘雪夜
孤燭異鄉人漸與骨肉遠轉於奴僕親
那堪正飄泊來日歲華新

春曉

春眠不覺曉處處聞啼鳥夜來風雨聲
花落知多少

揚子津望京口

·宿建德江
李白
·蜀道難

北固臨江口夷山近海濱江風白浪起
愁殺渡頭人

宿建德江

移舟泊煙渚日暮客愁新野曠天低
樹江清月近人

李白

蜀道難

噫吁戲危乎高哉蜀道之難難於上
青天蠶叢及魚鳧開國何茫然爾來
四萬八千歲不與秦塞通人烟西當太

白有鳥道可以橫絶峨眉巔地崩山摧
壯士死然後天梯石棧相鉤連上有六
龍回日之高標下有衝波逆折之回川
黃鶴之飛尚不得過猨猱欲度愁攀
援青泥何盤盤百步九折縈巖巒捫
參歷井仰脅息以手撫膺坐長歎問君
西遊何時還畏途巉巖不可攀但見悲
鳥號古木雄飛雌從繞林間又聞子規
夜月愁空山蜀道之難難於上青天
使人聽此凋朱顏連峯去天不盈尺

將進酒

枯松倒挂倚绝壁飛湍瀑流争喧豗砯崖轉石萬壑雷其險也如此嗟爾遠道之人胡為乎來哉劍閣峥嶸而崔嵬一夫當關萬夫莫開所守或匪親化為狼與豺朝避猛虎夕避長蛇磨牙吮血殺人如麻錦城雖云樂不如早還家蜀道之難難於上青天側身西望長咨嗟

將進酒

君不見黄河之水天上来奔流到海

不復迴君不見高堂明鏡悲白髮朝
如青絲暮成雪人生得意須盡歡莫使
金樽空對酒月天生我才必有用千金
散盡還復來烹羊宰牛且為樂會
須一飲三百杯岑夫子丹丘生將進
酒君杯莫停與君歌一曲請君為我側耳
聽鐘鼓饌玉不何？足貴但願長醉不願醒
古來聖賢皆寂寞惟有飲者留其名陳
王昔時宴平樂斗酒十千恣歡謔主人
何為言少錢徑須沽取對君酌五花馬

·關山月

·長干行（二首）

千金裘呼兒將出换美酒與爾同銷
萬古愁

関山月

明月出天山蒼茫雲海間長風幾萬里
吹度玉门関漢下白登道胡窺青海湾
由来征戰地不見有人還戍客望邊色
思歸多苦顔高楼當此夜歎息未應闲

長干行 二首

妾髮初覆額折花門前劇郎騎竹
馬来遶牀弄青梅同居長干里兩小

無嫌猜十四為君婦羞顏未嘗開
低頭向暗壁千喚不一迴十五始展眉
願同塵與灰常存抱柱信豈上望夫臺
十六君遠行瞿塘灩澦堆五月不可觸
猿聲天上哀门前遲行跡一一生緑苔
深不能掃落葉秋風早八月蝴蝶來雙
飛西園草感此傷妾心坐愁紅顏老早
晚下三巴預將家書報家相迎不道遠
直至長風沙
憶妾深閨裏煙塵不曾識嫁與長干

玉階怨

人沙頭候風色五月南風興思君下巴
陵八月西風起想君發揚子去來悲如
何見少離別多湘潭幾日到妾夢越風
波昨夜狂風度吹折江頭樹淼淼暗
無邊行人在何處好乘浮雲驄佳期蘭
渚東鴛鴦綠蒲上翡翠錦屏中自憐
十五餘顏色桃花紅那作商人婦愁水
復愁風

玉階怨

玉階生白露夜久侵羅襪却下水晶

清平調詞三首

夢遊天姥吟留別

簾玲瓏望秋月

清平調詞三首

雲想衣裳花想容春風拂檻露華濃若非羣玉山頭見會向瑤台月下逢

一枝穠艷露凝香雲雨巫山枉斷腸借問漢宮誰得似可憐飛燕倚新裝

名花傾國兩相歡長得君王帶笑看解釋春風無限恨沉香亭北倚闌干

夢遊天姥吟留別

海客談瀛洲煙濤微茫信難求越人

語天姥雲霓明滅或可覩天姥連天向
天横勢拔五嶽掩赤城天台四萬八千
丈對此欲倒東西傾我欲因之夢吴越一
夜飛渡鏡湖月鏡湖月照我影送我之
至剡溪謝公宿處今尚在淥水蕩漾清
猿啼脚著謝公屐身登青雲梯半壁
見海日空中聞天雞千巖萬轉路不定
迷花倚石忽已暝熊咆龍吟殷巖泉慄
深林兮驚層巔雲青青兮欲雨水澹
澹兮生烟列缺霹靂丘巒崩摧洞天石

扇訇然中開青冥浩蕩不見底日月照耀金銀臺霓為衣兮風為馬雲之君兮紛紛而來下虎鼓瑟兮鸞迴車仙之人兮列如麻忽魂悸兮魄動恍驚起而長嗟惟覺時之枕席失向來之煙霞世間行樂亦如此古來萬事東流水別君去時何時還且放白鹿青崖間須行即騎訪名山安能摧眉折腰事權貴使我不得開心顏

金陵酒肆留別

·送友人

·送友人入蜀

風吹柳花滿店香吴姬壓酒唤客嘗金陵子弟來相送欲行不行各盡觴請君試問東流水别意與之誰短長

送友人

青山横北郭白水遶東城此地一為别孤蓬萬里征浮雲遊子意落日故人情揮手從兹去蕭蕭班馬鳴

送友人入蜀

見說蠶叢路崎嶇不易行山從人面起雲傍馬頭生芳樹籠秦棧春流遶蜀城升

·宣州謝脁樓餞别校書叔雲

·山中問答

沉應已定不必問君平

宣州謝脁樓餞别校書叔雲

棄我去者昨日之日不可留亂我心者今日之日多煩憂長風萬里送秋雁對此可以酣高樓蓬萊文章建安骨中間小謝又清發俱懷逸興壯思飛欲上青天覽日月抽刀斷水水更流舉杯銷愁愁更愁人生在世不稱意明朝散髮弄扁舟

山中問答

問余何意栖碧山笑而不答心自閑桃

花流水窅然去別有天地非人间

把酒問月

青天有月來幾時我今停杯一問之人
攀明月不可得月行却與人相隨皎如飛
鏡臨丹闕綠烟滅盡清輝發但見宵從海
上來寧知曉向雲間沒白兔擣藥秋復
春嫦娥孤棲與誰鄰今人不見古時月
今月曾經照古人古人今人若流水共看
明月皆如此唯願當歌對酒時月光長
照金樽裏

客中行

早發白帝城

秋下荊門

夜泊牛渚懷古

客中行

蘭陵美酒鬱金香玉椀盛來琥珀光但
使主人能醉客不知何處是他鄉

早發白帝城

朝辭白帝彩雲間千里江陵一日還兩
岸猨聲啼不盡輕舟已過萬重山

秋下荊門

霜落荊門江樹空布帆無恙挂秋風
此行不為鱸魚鱠自愛名山入剡中

夜泊牛渚懷古

月下獨酌（四首録一）

獨坐敬亭山

牛渚西江夜青天無片雲登舟望秋月空憶謝將軍余亦能高詠斯人不可聞明朝挂席去楓葉落紛紛

月下獨酌

花門一壺酒獨酌無相親舉杯邀明月對影成三人月既不解飲影徒隨我身暫伴月將影行樂須及春我歌月裵回我舞影零亂醒時同交歡醉後各分散永結無情遊相期邈雲漢

獨坐敬亭山

・怨情

韋應物

・擬古詩（十二首録二）

衆鳥高飛盡，孤雲獨去閑。相看兩不厭，
只有敬亭山。

怨情

美人捲珠簾，深坐顰蛾眉。但見淚痕溼，
不知心恨誰。

韋应物

擬古詩 二首

黃鳥何關關，幽蘭亦靡靡。此時深閨婦，日照
紗窗裏。娟娟雙青娥，微微啟玉齒。自惜桃李
年，誤身遊俠子。無事久離别，不知今生死。

雜體（五首録二）

綺樓何紛氛氳朝日正杲杲四壁含清風丹
霞射其牖玉顏上哀囀絕耳非世有但
感離恨情不知誰家婦孤雲忽無色邊
馬為回首曲絕碧天高餘聲散秋草徘
徊帷中意獨夜不堪守思逐朔風翔一去
千里道

雜詩（二首）

沈沈匣中鏡為此塵垢蝕輝光何所如月
在雲中里南金既雕錯鞶帶共輝飾空
存鑒物名坐使妍蚩惑美人竭肝膽思照

冰玉色自非磨瑩工日日空歎息
春羅雙鴛鴦出自寒夜女心精煙霧色
指歷千萬緒長安貴豪家妖艷不可數
裁此百日功唯將一朝舞舞罷復裁新
豈思勞者苦

・淮上喜會梁川故人

淮上喜逢梁川故人

江漢曾為客相逢每醉還浮雲一別後流
水十年間歡笑情如舊蕭疏鬢已斑何
因北歸去淮上對秋山

・郡齋雨中與諸文士燕集

郡齋雨中與諸文士燕集

·聽嘉陵江水聲寄深上人

兵衛森畫戟宴寢凝清香海上風雨至
逍遥池閣涼煩痾近消散嘉賓復滿堂
自慚居處崇未睹斯民康理會是非遣
性達形迹忘鮮肥屬時禁蔬果幸見
嘗俯飲一杯酒仰聆金玉章神歡體自
輕意欲凌風翔吴中盛文史羣彦今汪
洋方知大藩地豈曰財賦疆

聽嘉陵江水聲寄深上人

鑿崖泄奔湍稱古神禹跡夜喧山門
店獨宿不安席水性自云静石中本

·自鞏洛舟行入黄河即事寄府縣僚友

·初發揚子寄元大校書

無聲如何兩相激雷轉空山驚駘之道
门舊了此物我情

自鞏洛舟行入黄河即事寄
府縣僚友

夾水蒼山路向東東南山豁大河通
寒樹依微遠天外夕陽明滅亂流中
孤邨幾歲臨伊岸一雁初晴下朔風
爲報洛橋遊宦侶扁舟不繫與心同

初發揚子寄元大校書

悽〻去親愛泛〻入烟霧歸棹洛陽人

· 淮上即事寄廣陵親故

· 同德寺雨後寄元侍御李博士

殘鐘廣陵樹今朝此為别何處還相
遇世事波上舟沿洄安得住

淮上即事寄廣陵親故

前舟已眇眇欲渡誰相待秋山起暮鐘
楚雨連滄海風波離思滿宿昔容
鬢改獨鳥下東南廣陵何處在

同德寺雨後寄元侍御李博士

川上風雨來須臾滿城闕岧嶤青蓮
界蕭條孤興發前山遽已淨陰靄
夜來歇喬木生夏涼流雲吐華月

·對雨寄韓庫部協

·寄子西

嚴城自有限一水非難越相望曙河
遠高齋坐超忽

對雨寄韓庫部協

颯至池館凉靄然和曉霧蕭條集
新荷氤氳散高樹閑居興方澹默
想心已屢暫出仍濕衣況君東城住

寄子西

夏景已難度懷賢思方續喬樹落疏
陰微風散煩燠傷離枉芳札忻遂見心
曲藍上舍已成田家雨新足託鄰素

·寺居獨夜寄崔主簿

·新秋夜寄諸弟

多欲殘帙猶見束日夕上高齋但望東
原綠

寺居獨夜寄崔主簿

幽人寂不寐木葉紛紛落寒雨暗深更流
螢度高閣坐使青燈曉還傷夏衣薄
寧知歲方晏離居更蕭索

新秋夜寄諸弟

兩地俱秋夕相望共星河高梧一葉
下空齋歸思多方用憂人瘼況自抱
微痾無將別來近顏鬢已蹉跎

·寄李儋元錫

·寄全椒山中道士

·西澗即事示盧陟

寄李儋元錫

去年花裏逢君別今日花開已一年世事茫茫難自料春愁黯黯獨成眠身多疾病思田里邑有流亡愧俸錢聞道欲來相問訊西樓望月幾回圓

寄全椒山中道士

今朝郡齋冷忽念山中客澗底束荊薪歸來煮白石欲持一瓢飲遠慰風雨夕落葉滿空山何處尋行跡

西澗即事示盧陟

·秋夜寄丘二十二員外

·答鄭騎曹青橘絶句

·長安遇馮著

寢扉臨碧澗
晨起澹忘情
空林細雨至
圓文遍水生
永日無餘事
山中伐木聲
知子塵喧久
轉可散煩纓

秋夜寄丘二十二員外

懷君屬秋夜
散步詠涼天
山空松子落
幽人應未眠

答郑騎曹青橘絶句

憐君卧病思新橘
試摘猶酸亦未黃
書後欲題三百顆
洞庭須待滿林霜

長安遇馮著

·休暇日訪王侍御不遇

·出還

客從東方來衣上灞陵雨問客何爲來采山因買斧冥冥花正開颺颺燕新乳昨别今已春鬢絲生幾縷

休暇日訪王侍御不遇

九日驅馳一日閑尋君不遇又空還怪來詩思清人骨門對寒流雪滿山

出還

昔出喜還家今還獨傷意入室掩無光銜哀寫虛位悽悽動幽幔寂寂

除日

過昭國里故第

驚寒吹幼女復何知時來庭下戲咨
嗟日復老錯莫身如寄家人勸我飡
對案空垂淚

除日

思懷耿如昨季月已云暮忽驚年復新
獨恨人成故冰池始泮綠梅援還飄
素淑景方轉延朝〻自難度

過昭國里故第

不復見故人一來過故宅物變知景暄
心傷覺時寂池荒野筠合庭綠幽草

·登西南岡卜居，遇雨，尋竹浪至灃壖，縈帶數里，清流茂樹，雲物可賞

積風散花意謝鳥還山光寂宿昔方
同賞詎知今念昔緘室在東廂遺器
不忍覯柔翰全分意芳巾尚染澤殘
工委筐篋餘素経刀尺收此還我家
將還復愁惕永絶攜手歡空存舊
行迹冥冥獨無語杳杳將何適唯思今
古同時緩傷與戚

登西南岡卜居遇雨尋竹浪至灃
壖縈帶數里清流茂樹雲物可
賞

遊開元精舍

題桐葉

登高創危構林表見川流微雨颯已至蕭條川氣秋下尋密竹盡忽曠沙際遊紆曲水分野綿延稼盈疇寒花明廢墟樵牧笑榛丘雲水成陰澹竹樹更清幽適自戀佳賞復茲永日留

遊開元精舍

夏衣始輕體遊步愛僧居果園新雨後香臺照日初綠陰生晝靜孤花表春餘符竹方為累形跡一來疎

題桐葉

滁州西澗

温泉行

參差剪綠綺瀟灑覆瓊柯憶在澧
東寺偏書此葉多

滁州西澗

獨憐幽草澗邊生上有黃鸝深樹鳴
春潮帶雨晚來急野渡無人舟自橫

温泉行

出身天寶今年幾頑鈍如鎚命如紙作
官不了却來歸還是杜陵一男子北
風慘〻投温泉忽憶先皇遊幸年身騎
廐馬引天仗直入華清列御前玉林瑶

聽鶯曲

雪滿寒山上昇玄閣遊絳煙平明羽衛
朝萬國車馬合沓溢四鄽蒙恩每浴
華池水扈從不蹂渭北田朝廷無事
共歡燕美人絲管從九天一朝鑄鼎降
龍馭小臣髯絶不得去今來蕭瑟萬
井空唯見蒼山起煙霧可憐蹭蹬失風
波仰天大叫無奈何弊裘羸馬凍欲死
賴遇主人杯酒多

聽鶯曲

東方欲曙花冥冥啼鶯相喚亦可聽作

去作来時近遠纔聞南陌又東城忽似上
林翻下苑綿〻蠻〻如有情欲囀不囀意自
嬌羌兒弄笛曲未調前聲後聲不相及
秦女學箏指欲猶澀須臾風暖朝日
暾流音變作百鳥喧誰家懶婦驚
殘夢何處愁人憶故園伯勞飛過聲
跼促戴勝下時桑田綠不及流鶯日〻啼
花間能使萬家春意閑有時斷續聽
不了飛去花枝猶裊〻還棲碧樹鏁
千門春漏方殘一聲曉

張謂

·春園家宴

岑參

·與高適薛據登慈恩寺浮圖

張謂

春園家宴

南園春色正相宜，大婦同行少婦隨。竹裏登樓人不見，花間覓路鳥先知。櫻桃解結垂簷子，楊柳能低入戶枝。山簡醉來歌一曲，參差笑殺郢中兒。

一九八五（二）

岑參

與高適薛據登慈恩寺浮圖

塔勢如湧出，孤高聳天宮。登臨出世界，磴道盤虛空。突兀壓神州，崢嶸如鬼

白雪歌送武判官歸京

工四角礙白日七層摩蒼穹下窺指高
鳥俯聽聞驚風連山若波濤奔湊似
朝東青槐夾馳道宮館何玲瓏秋色
從西來蒼然滿關中五陵北原上萬
古青濛濛淨理了可悟勝因夙所宗
誓將挂冠去覺道資無窮

白雪歌送武判官歸京

北風捲地白草折胡天八月即飛雪忽
然一夜春風來千樹萬樹梨花開散入
珠簾濕羅幕狐裘不暖錦衾薄將

出師西征

走馬川行奉送

軍角弓不得控都護鐵衣冷難着瀚
海闌干百丈冰愁雲黲淡萬里凝中
軍置酒飲歸客胡琴琵琶與羌笛紛
紛暮雪下轅門風掣紅旗凍不翻輪
臺東門送君去去時雪滿天山路（山迴路）轉不
見君雪上~~送~~空留馬行處

走馬川行奉送出師西征

君不見走馬川行雪海邊平沙莽莽黃
入天輪臺九月風夜吼一川碎石大如斗
隨風滿地石亂走匈奴草黃馬正肥金

包佶

·嶺下卧疾寄劉長卿員外

山西見煙塵飛漢家大將西出師將軍
金甲夜不脫半夜軍行戈相撥風頭如
刀面如割馬毛帶雪汗氣蒸五花連
錢旋作冰幕中草檄硯水凝虜騎聞之
應膽懾料知短兵不敢接車師西門佇
獻捷

包佶

嶺下卧疾寄劉長卿員外

唯有貧兼病能令親愛疏歲時供放
逐身世付空虛脛弱秋添絮頭風曉

·戲題諸判官廳壁

李嘉祐

·早秋京口旅泊，章侍御寄書相問，因以贈之，時七夕

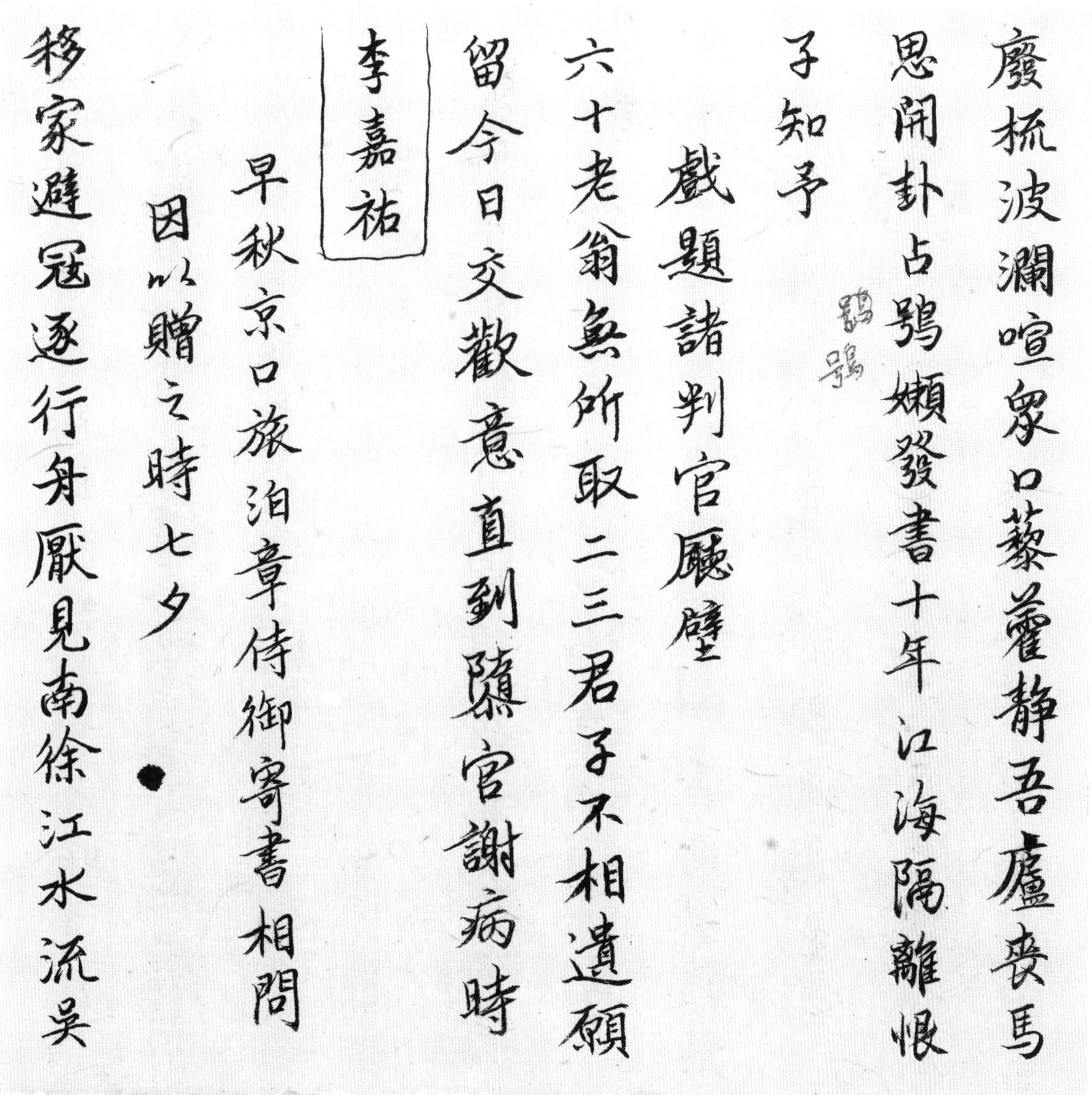
廢梳波瀾喧衆口藜藿靜吾盧喪馬
思開卦占鴞嬾發書十年江海隔離恨
子知予
鵩
鴞
戲題諸判官廳壁
六十老翁無所取二三君子不相遺顧
留今日交歡意直到隳官謝病時
李嘉祐
早秋京口旅泊章侍御寄書相問
因以贈之時七夕
移家避寇逐行舟厭見南徐江水流吳

送嚴員外

包何

和程員外春日東郊即事

越征徭非舊日秣陵凋弊不宜秋千家
閉户無砧杵七夕何人望斗牛祇有同
時驄馬客偏宜尺牘問窮愁

送嚴員外

春風倚棹闔閭城水國春寒陰復晴
細雨濕衣看不見閑花落地聽無聲
日斜江上孤航影草綠湖南萬里情君
去若逢相識問青袍今已誤儒生

包何

和程員外春日東郊即事

高適

登廣陵棲靈寺塔

郎官休浣憐遲日野老歡娛爲有年
幾處折花驚蝶夢數家留葉待蠶眠
藤垂宛地縈珠履泉迸侵階浸綠錢直
到閉閣朝謁去鶯聲不散柳含煙

高適

登廣陵棲靈寺塔

淮南富登臨茲塔信奇最直上造雲族
憑虛納天籟迥然碧海西。獨立飛鳥外。
始知高興盡適與賞心會連山黯吴门
喬木香楚塞城池滿窗下物象歸掌内

·薊中作

·燕歌行（并序）

遠思駐江帆暮時結春露軒車疑蠢動
造化資大塊何必了無身然后知所退

薊中作

策馬自沙漠長驅登塞垣邊城何蕭條
白日黃雲昏一到征戰處每愁胡虜翻豈
無安邊書諸將已承恩惆悵孫吳事歸
來獨閉門

燕歌行 并序

開元二十六年客有從御史大夫張公
出塞而還者作燕歌行以示適感征

戍之事因而和焉
漢家煙塵在東北漢將辭家破殘賊男
兒本自重橫行天子非常賜顏色摐
金伐鼓下榆關旌旆逶迤碣石間校
尉羽書飛瀚海單于獵火照狼山山川
蕭條極邊土胡騎憑陵雜風雨戰
士軍前半死生美人帳下猶歌舞大
漠窮秋塞草腓孤城落日鬬兵稀
身當恩遇恒輕敵力盡關山未解圍
鐵衣遠戍辛勤久玉筯應啼別離後

人日寄杜二拾遺

後少婦城南欲斷腸征人薊北空回首
邊庭飄飖那可度絶域蒼茫更何有
殺氣三時作陣雲寒聲一夜傳刁斗
相看白刃血紛〻死節從來豈顧勳君
不見沙場征戰苦至今猶憶李將軍

人日寄杜二拾遺

人日題詩寄草堂遥憐故人思故鄉柳
條弄色不忍見梅花滿枝空斷腸身
在遠藩無所預心懷百憂復千慮今
年人日空相憶明年人日知何處一卧

封丘作

東山三十春豈知書劍老風塵龍鍾還
忝二千石愧爾東西南北人

封丘作

我本漁樵孟諸野一生自是悠々者乍可
狂歌草澤中寧堪作吏風塵下衹言
小邑無所為公門百事皆有期拜迎官
長心欲碎鞭撻黎庶令人悲歸來向家
問妻子舉家盡笑今如此生事應須
南畝田世情付與東流水夢想舊山
安在哉為銜君命且遲迴乃知梅福徒

·送李少府貶峽中王少府貶長沙

·詠史

·營州歌

為爾轉憶陶潛歸去來

送李少府貶峽中王少府貶長沙

嗟君此別意何如駐馬銜杯問謫居巫
峽啼猿數行淚衡陽歸雁幾封書青
楓江上秋天遠白帝城邊古木疏聖代
即今多雨露暫時分手莫躊躇
躇

詠史

尚有綈袍贈應憐范叔寒不知天下士
猶作布衣看

營州歌

營州少年厭原野狐裘蒙茸獵城下虜酒千鍾不醉人胡兒十歲能騎馬

別董大

十里黃雲白日曛北風吹雁雪紛紛莫愁前路無知己天下誰人不識君

送桂陽孝廉

桂陽年少西入秦數經甲科猶白身即今江海一歸客他日雲霄萬里人

除夜作

旅館寒燈獨不眠客心何事轉凄然故

杜甫

・奉贈韋左丞丈二十二韻

鄉今夜思千里愁鬢明朝又一年

杜甫

奉贈韋左丞丈二十二韻

紈袴不餓死儒冠多誤身丈人試靜
聽賤子請具陳甫昔少年時日早充
觀國賓讀書破萬卷下筆如有神
賦料揚雄敵詩看子建親李邕求識面
王翰願卜鄰自謂頗挺出立登要路
津致君堯舜上再使風俗淳此意竟
蕭條行歌非隱淪騎驢三十載旅食

京華

春朝扣富兒門暮隨肥馬塵殘杯與冷炙到處潛悲辛主上頃見徵欻然欲求伸青冥卻垂翅蹭蹬無縱鱗甚愧丈人厚至知丈人真每於百寮上猥誦佳句新竊效貢公喜難甘原憲貧焉能心怏怏祇是走踆踆今欲東入海即將西去秦尚憐終南山回首清渭濱常擬報一飯況懷辭大臣白鷗沒浩蕩萬里誰能馴

遊龍門奉先寺

望嶽

玄都壇歌寄元逸人

已從招提遊，更宿招提境。陰壑生虚籟，月林散清影。天闕象緯逼，雲卧衣裳冷。欲覺聞晨鐘，令人發深省。

望嶽

岱宗夫如何，齊魯青未了。造化鍾神秀，陰陽割昏曉。盪胸生曾雲，決眥入歸鳥。會當凌絶頂，一覽衆山小。

玄都壇歌寄元逸人

故人昔隱東蒙峰，已佩含景蒼精龍。故人今居子午谷，獨在陰崖結茅屋。

・兵車行

・貧交行

屋前太古玄都壇青石漠〻常風寒子
規夜啼山竹裂王母晝下雲旗飜知
君此計成長往芝草琅玕日應長
鐵鏁高垂不可攀致身福地何蕭
爽

貧交行

飜手作雲覆手雨紛〻輕薄何須數君
不見管鮑貧時交此道今人棄如土

兵車行

車轔〻馬蕭〻行人弓箭各在腰耶

娘妻子走相送塵埃不見咸陽橋牽
衣頓足闌道哭哭聲直上干雲霄
道旁過者問行人行人但云點行頻
或從十五北防河便至四十西營田去
時里正與裹頭歸來頭白還戍邊
邊亭流血成海水武皇開邊意未已君
不聞漢家山東二百州千村萬落生荊
杞縱有健婦把鋤犂禾生隴畝無東西
況復秦兵耐苦戰被驅不異犬與鷄長
長者雖有問役夫敢伸恨且如今年冬

來休關西卒縣官急索租租稅從何出信知生男惡反是生女好生女猶是嫁比鄰生男埋沒隨百草君不見青海頭古來白骨無人收新鬼煩冤舊鬼哭天陰雨濕聲啾啾

醉時歌

諸公袞袞登臺省廣文先生官獨冷甲第紛紛厭粱肉廣文先生飯不足先生有道出羲皇先生有才過屈宋德尊一代常轗軻名垂萬古知何用杜陵野客

·贈衛八處士

人更嗤被褐短窄鬢如絲日糴太倉五升米時赴鄭老同襟期得錢即相覓沽酒不復疑忘形到尔汝痛飲真吾師清夜沉沉動春酌燈前細雨檐花落但覺高歌有鬼神焉知餓死填溝壑相如逸才親滌器子雲識字終投閣先生早賦歸去來石田茅屋荒蒼苔儒術於我何有哉孔丘盜跖俱塵埃不須聞此意慘愴生前相遇且銜杯

贈衛八處士

人生不相見動如參與商今夕復何夕

同諸公登慈恩寺塔

共此燈燭光少壯能幾時鬢髮各已蒼訪舊半為鬼驚呼熱中腸焉知二十載重上君子堂昔別君未婚兒女忽成行怡然驚敬父執問我來何方問答乃未已兒女羅酒漿夜雨剪春韭新炊間黃粱主稱會面難一舉累十觴十觴亦不醉感子故意長明山隔山岳世事兩茫茫

同諸公登慈恩寺塔

高標跨蒼天烈風無時休自非曠士懷登

·送孔巢父謝病歸遊江東兼呈李白

玆翻百憂方知象教力足可追冥搜仰
穿龍蛇窟始出枝撑幽七星在北户河漢
聲西流羲和鞭白日少昊行清秋秦山忽
破碎涇渭不可求俯視但一氣焉能辨
皇州回首叫虞舜蒼梧雲正愁惜哉
瑶池飲日晏崑崙丘黄鵠去不息哀鳴
何所投君看隨陽雁各有稻粱謀

送孔巢父謝病歸遊江東兼呈李白
巢父掉頭不肯住東將入海隨烟霧
詩卷長留天地間釣竿欲拂珊瑚樹

·飲中八仙歌

深山大澤龍蛇遠春寒野陰風景暮
蓬萊織女回雲車指點虛無是征路
自是君身有仙骨世人那得知其故惜
君只欲苦死留富貴何如草頭露蔡
侯靜者意有餘清夜置酒臨前除羅
琴惆悵月照席幾歲寄我空中書南尋
禹穴見李白道甫問信今何如

飲中八仙歌

知章騎馬似乘船眼花落井水底眠汝陽
三斗始朝天道逢麴車口流涎恨不移

曲江三章章五句

封向酒泉左丞相日興費萬錢飲如長鯨吸百川銜杯樂聖稱世賢宗之瀟灑美少年舉觴白眼望青天皎如玉樹臨風前蘇晉長齋繡佛前醉中往々愛逃禪李白一斗詩百篇長安市上酒家眠天子呼來不上船自稱臣是酒中仙張旭三杯草聖傳脫帽露頂王公前揮毫落紙如雲烟焦遂五斗方卓然高談雄辯驚四筵

曲江三章 章五句

麗人行

曲江蕭條秋氣高菱荷枯折隨風濤
遊子空嗟垂二毛白石素沙亦相蕩
哀鴻獨叫求其曹
即事非今亦非古長歌激越梢林莽
比屋繁華固難數吾人甘作心似灰
弟姪何傷淚如雨
自斷此生休問天杜曲幸有桑麻田
故將移住南山邊短衣匹馬隨李廣
看射猛虎終殘年

麗人行

三月三日天氣新長安水邊多麗人態
濃意遠淑且真肌理細膩骨肉勻繡
羅衣裳照暮春蹙金孔雀銀麒麟
頭上何處所有翠微㔩葉垂鬢脣背
後何所見珠壓腰衱穩稱衣身就中
雲幕椒房親賜名大國虢與秦紫駝
之峯出翠釜水精之盤行素鱗犀箸
厭飫久未下鑾刀縷切空紛綸黃門飛
鞚不動塵御廚絡繹送八珍簫鼓哀
吟感鬼神賓從雜遝實要津後來鞍

·自京赴奉先縣詠懷五百字

馬何逡巡當軒下馬入錦茵楊花雪落
覆白蘋青鳥飛去銜紅巾炙手可熱勢
絕倫慎莫近前丞相嗔

自京赴奉先縣詠懷五百字

杜陵有布衣老大意轉拙許身一何愚
竊比稷與契居然成濩落白首甘契
闊蓋棺事則已此志常覬豁窮年憂
黎元歎息腸內熱取笑同學翁浩歌
彌激烈非無江海志蕭灑送日月生
逢堯舜君不忍便永訣當今廊廟具

構厦豈云缺葵藿傾太陽物性固莫
奪顧惟螻蟻輩但自求其穴胡為慕
大鯨輒擬偃溟渤以兹悟生理獨耻事干
謁兀兀遂至今忍為塵埃沒終愧巢與
由未能易其節沈飲聊自適放歌頗愁
絶歲寒百草零疾風高岡裂天衢陰崢
嶸客子中夜發霜嚴衣帶斷指直不
得結凌晨過驪山御榻在嵽嵲蚩尤塞
寒空蹴蹋崖谷滑瑤池氣鬱律羽林相
摩戛君臣留歡娛樂動殷樛嶱賜浴

皆長纓與安非短褐彤庭所分帛本自
寒女出鞭撻其夫家聚斂貢城闕聖人
筐篚恩實欲邦國活臣如忽至理君豈
棄此物多士盈朝廷仁者宜戰慄況聞
內金盤盡在衛霍室中堂舞神仙烟
霧散玉質煖客貂鼠裘悲管逐清瑟
勸客駝蹄羹霜橙壓香橘朱门酒肉臭
路有凍死骨榮枯咫尺異惆悵難再述北
轅就涇渭官渡又改轍羣冰從西下極
目高崒兀疑是崆峒來恐觸天柱折河

·奉先劉少府新畫山水障歌

梁幸未坼枝撐聲窸窣行旅相攀
援川廣不可越老妻寄異縣十口隔風
雪誰能久不顧庶往共飢渴入门聞號
咷幼子飢已卒吾寧舍一哀里巷亦嗚
咽所愧為人父無食致夭折豈知秋未
登貧窶有倉卒生常免租稅名不隸
征伐撫迹猶酸辛平人固騷屑默思
失業徒因念遠戍卒憂端齊終南
澒洞不可掇

奉先劉少府新畫山水障歌

堂上不合生楓樹、怪底江山起烟霧、聞
君埽却赤縣圖乘興遣畫滄洲、趣畫師
亦無數、好手不可遇、對此融心神、知君
重毫素、豈但祈祁岳與鄭虔、筆迹
遠過楊契丹、得非懸圃裂、無乃瀟湘翻、悄
然坐我天姥下、耳邊似已聞清猿反思
前夜風雨急、乃是蒲城鬼神入、元氣
淋漓障猶濕、真宰上訴天應泣、野
亭春還雜花遠漁翁暝蹋孤州立滄
浪水深青溟闊、欹岸側島秋毫末、不

哀江頭

見湘妃鼓瑟時、至今斑竹臨江活、劉侯
天機精、愛畫入骨髓、自有兩兒郎、揮
灑亦莫比、大兒聰明到、能添老樹巔
崖裏、小兒心孔開、貌得山僧及童子、
若耶溪、雲門寺、吾獨胡為在泥滓、
青鞋布襪從此始、

哀江頭

少陵野老吞聲哭、春日潛行曲江曲
江頭宮殿鎖千门、細柳新蒲為誰綠
憶昔霓旌下南菀苑苑中萬物生顔

哀王孫

色昭陽殿裏第一人、同輦侍君在周君側、輦前才人帶弓箭、白馬嚼齧黃金勒、翻身向天仰射雲、一箭正墜雙飛翼、明眸皓齒今何在、血污遊魂歸不得、清渭東流劍閣深、去住彼此無消息、人生有情淚霑臆、江水江花豈終極、黃昏胡馬塵滿城、欲往城南忘南北、

哀王孫

長安城頭頭白烏、夜飛長延秋門上呼、又向人家啄大屋、屋底達官走避胡、金

鞭斷折九馬死骨肉不待同馳驅腰
下寶玦青珊瑚可憐王孫泣路隅問之
不肯道姓名但道困苦乞為奴已經百
日竄荊棘身上無有完肌膚高帝子
孫盡隆準龍種自與常人殊豺狼在
邑龍在野王孫善保千金軀不敢長
語臨交衢且為王孫立斯須昨夜東風
吹血腥東來橐駝滿舊都朔方健兒
好身手昔何勇銳今何愚竊聞天子
已傳位聖德北服南單于花門剺面

述懷一首

請雪恥慎勿出口他人狙、哀哉王孫慎
勿疎、五陵佳氣無時無

述懷一首

去年潼關破妻子隔絶久今夏草木
長脱身得西走麻鞋見天子衣袖露兩
肘朝廷愍生還親故傷老醜涕淚授
拾遺流離主恩厚柴門雖得去未忍
即開口寄書問三川不知家在否比
聞同羅禍殺戮到鷄狗山中漏茅屋誰
復依户牖摧頽蒼松根地冷骨未朽

幾天人全性命盡室豈相偶嶔岑猛
虎場鬱結回我首自寄一封書今已十
月後反畏消息來寸心亦何有漢運初
中興生平老耽酒沈思歡會處恐作
窮獨叟

彭衙行

憶昔避賊初北走經險艱夜深彭衙道
月照白水山盡室久徒步逢人多厚顏
參差谷鳥吟不見遊子還痴女飢齩我
啼畏虎狼聞懷中掩其口反側聲愈

嗔小兒強解事故索苦李餐一旬半雷雨
泥濘相牽攀既無禦雨備徑滑衣又寒
有時經契闊竟日數里間野果充餱糧
卑枝成屋椽早行石上水暮宿天邊煙
少留周家窪欲出蘆子關故人有孫宰
高義薄曾雲延客已曛黑張燈啟重門
煖湯濯我足剪紙招我魂從此出妻孥
相視涕闌干衆雛爛熳睡喚起霑盤餐
誓將與夫子永結為弟昆遂空所坐堂
安居奉我歡誰肯艱難際豁達露心

·羌村

肝别來歲月周胡羯仍構患何當
有翅翎飛去墮爾前

羌村

崢嶸赤雲西日脚下平地柴門鳥雀
噪歸客千里至妻孥怪我在驚定
還拭淚世亂遭飄蕩生還偶然遂鄰
人滿牆頭感歎亦歔欷夜闌更秉燭相
對如夢寐
晚歲迫偷生還家少歡趣嬌兒不離膝
畏我復却去憶昔好追凉故繞池邊樹

新安吏

蕭〻北風勁撫事煎百慮賴知禾黍收已
覺糟牀注如今足斟酌且用慰遲暮
羣雞正亂鳴叫客至雞鬥爭驅雞上樹
木始聞叩柴荊父老四五人問我久遠行
手中各有攜傾榼濁復清苦辭酒味薄
黍地無人耕兵革既未息兒童盡東征
請為父老歌艱難媿深情歌罷仰天
歎四座淚縱橫

新安吏

客行新安道喧呼聞點兵借問新安吏

縣小更無丁府帖昨夜下次選中男行
中男絕短小何以守王城肥男有母送
瘦男獨伶俜白水暮東流青山猶哭聲莫
自使眼枯收汝淚縱橫眼枯即見骨天地本
無情我軍取相州日夕望其平豈意賊
難料歸軍星散營就糧近故壘練卒
依舊京掘壕不到水牧馬役亦輕況乃
王師順撫養甚分明送行勿泣血僕射
如父兄

石壕吏

暮投石壕邨有吏夜捉人老翁踰墻走
老婦出門看吏呼一何怒婦啼一何苦聽
婦前致辭三男鄴城戍一男附書至二男
新戰死存者且偷生死者長已矣室中更
無人惟有乳下孫有孫母未去出入無完帬
老嫗力雖衰請從吏夜歸急應河陽役
猶得備晨炊夜久語聲絶如聞泣幽咽天
明登前途獨與老翁别

新婚别

兔絲附蓬麻引蔓故不長嫁女與征

夫不如棄路旁结髮為妻子席不煖
君牀暮婚晨告别無乃太忽忙君行雖
不遠守边赴河陽妾身未分明何以拜
姑嫜父母養我時日夜令我藏生女有所
歸雞狗亦得將君今往死地沉痛迫中
腸誓欲隨君去形勢反蒼黄勿為新婚
念努力事戎行婦人在軍中兵氣恐
不揚自嗟貧家女久致羅襦裳羅襦不
復施對君洗紅妝仰視百鳥飛大小必雙
翔人事多錯迕與君永相望

垂老别

四郊未寧靜垂老不得安子孫陣亡盡馬用身獨完投杖出门去同行為辛酸幸有牙齒存所悲骨髓乾男兒既介冑長揖别上官老妻卧路啼歲暮衣裳單孰知是死别且復傷其寒此去必不歸還聞勸加餐土门壁甚堅杏園度亦難勢異鄴城下縱死時猶寬人生有離合豈擇衰老端憶昔少壯日遲回竟長歎萬國盡征戍烽火

無家別

被岡巒積屍草木腥流血川原丹何
鄉爲樂土安敢尚盤桓棄絕蓬室居
塌然摧肺肝

無家別

寂莫天寶後園廬但蒿藜我里百餘
家世乱各東西存者無消息死者爲
塵泥賤子因陣敗歸來尋舊蹊人行見
空巷日瘦氣慘悽但對狐與貍豎毛怒
我啼四鄰何所有一二老寡妻宿鳥
戀本枝安住且窮棲方春獨荷鋤日

·夏夜歎

暮還灌畦縣令知我至召令習鼓鞞
雖從本州役內顧無所攜近行止一身
遠去終轉迷家鄉既盪盡遠行理亦
齊永痛長病母五年委溝谿生我
不得力終身兩酸嘶人生無家別何以
為烝黎

夏夜歎

永日不可暮炎蒸毒我腸安得萬里風
飄飖吹我裳昊天出華月茂林延疏光
仲夏苦夜短開軒納微涼虛明見纖毫

佳人

羽蟲亦飛揚物情無巨細自適固其
常念彼荷戈士窮年守邊疆何由一
洗濯執熱互相望竟夕擊刁斗喧声
連萬方青紫雖被體不如早還鄉
北城悲笳發鸛鶴號且翔況復煩促
倦激烈思時康

佳人

絶代有佳人幽居在空谷自云良家
子零落依草木關中昔喪乱兄弟
遭殺戮官高何足論不得收骨肉

夢李白二首

世情惡衰歇萬事隨轉燭夫壻輕薄兒
親新人已如玉合昏尚知時鴛鴦不獨
宿但見新人笑那聞舊人哭在山泉水清
出山泉水濁侍婢賣珠還牽蘿補茅
屋摘花不插髮采栢動盈匊天寒翠
翠袖薄日暮倚脩竹

夢李白二首

死別已吞聲生別長惻惻江南瘴癘地
逐客無消息故人入我夢明我長相憶
恐非平生魂路遠不可測魂來楓葉

前出塞九首

青魂返關塞黑君旣在羅網何以有羽
翼落〻落月照屋梁猶疑照顏色水深
波浪濶無使蛟龍得
浮雲終日行遊子久不至三夜頻夢君
情親見君意告歸常局促苦道來不
易江湖多風波舟楫恐失墜出門搔白
首若負平生志冠蓋滿京華斯人獨
顦顇孰云網恢〻將老身反　累千秋
萬歲名寂寞身後事

前出塞九首

戚戚去故里悠悠赴交河公家有程
期亡命嬰禍羅君已富土境開邊一何
多棄絕父母恩吞聲行負戈
出門日已遠不受徒旅欺骨肉恩豈
斷男兒死無時走馬脫轡頭手中挑
青絲捷下萬仞岡俯身試搴旗
磨刀嗚咽水水赤刃傷手欲輕腸斷
聲心緒亂已久丈夫誓許國憤惋復
何有功名圖騏驎戰骨當速朽
送途既有長遠戍亦有身生死向前

去不勞吏怒嗔路逢相識人附書與六
親哀哉兩没絶不復同苦辛
迢迢萬餘里領我赴三軍軍中異苦
樂主將寧盡聞隔河見胡騎倏忽數
百群我始爲奴僕幾時樹功勳
挽弓當挽强用箭當用長射人先射
馬擒賊先擒王殺人亦有限列國自有
疆苟能制侵陵豈在多殺傷
驅馬天雨雪軍行入高山逕危抱寒石
间
指落曾冰澗已去漢月遠何時築城

後出塞五首（録二）

還浮雲暮南征可望不可攀
單于寇我壘百里風塵昏雄劍四五
動彼軍為我奔虜其名王歸繫頸
授轅門潛身備行列一勝何足論
從軍十年餘能無分寸功眾人貴苟得
欲語羞雷同中原有鬥爭況在狄與
戎丈夫志四方安可辭固窮

後出塞五首

男兒生世間及壯當封侯戰伐有功業
焉能守舊丘召募赴薊門軍動不可

留千金買馬鞭百金裝刀頭閭里送我行
親戚擁道周斑白居上列酒酣進庶羞
少年別有贈含笑看吳鈎
朝進東門營暮上河陽橋落日照大旗
馬鳴風蕭蕭平沙列萬幕部伍各見招
中天懸明月令嚴夜寂寥悲笳數聲
動壯士慘不驕借問大將誰恐是霍嫖姚
古人重守邊今人重高勳豈知英雄主出
師亘長雲六合已一家四夷且孤軍遂
使貔虎士奮身勇所聞拔劍擊大荒

萬丈潭

日收胡馬群誓開玄冥北持以奉吾君

萬丈潭

青溪合冥莫神物有顯晦龍依積水蟠窟壓
萬丈内跼步凌垠堮側身下煙靄前臨洪濤
寬却立蒼石大山色一徑盡崖絶兩壁對
削成根虛無倒影垂澹瀩黑如灣澴底
清見光炯碎孤雲倒來湥[深]飛鳥不在外高
蘿成帷幄寒木累旌旆遠川曲通流嵌
竇潛洩瀨造幽無人境發興自我輩告
歸遺恨多將老斯遊最閟藏脩鱗蟄出

·石龕

·乾元中寓居同谷縣作歌七首

入巨石礙何事暑天過快意風雲會

石龕

熊羆咆我東虎豹號我西我後鬼長
嘯我前狨又啼天寒昏無日山遠道
路迷驅車石龕下仲冬見虹蜺伐竹
者誰子悲歌上雲梯為官采美箭
五歲供梁齊苦云直簳盡無以充提攜
奈何漁陽騎颯〻驚烝黎

乾元中寓居同谷縣作歌七首

有客有客字子美白頭亂髮垂過耳歲

拾橡栗隨狙公天寒日暮山谷裏中原無
書歸不得手腳凍皴皮肉死嗚呼一歌兮
歌已哀悲風為我從天降
長鑱長鑱白木柄我生託子以為命黃
精無苗山雪盛短衣數挽不掩脛此時
與子空歸來男呻女吟四壁靜嗚呼二
歌兮歌始放鄰里為我色惆悵
有弟有弟在遠方三人皆瘦何人強生
別展轉不相見胡塵暗天道路長東
飛駕鵝後鶖鶬安得送我致汝旁嗚呼三

歌今歌三發汝歸何處收兄骨
有妹有妹在鍾離良人早歿諸孤癡長淮
浪高蛟龍怒十年不見來何時扁舟欲
往箭滿眼杳杳南國多旌旗嗚呼四歌兮
歌四奏林猿為我啼清晝
四山多風溪水急寒雨颯颯枯樹濕黃蒿
古城雲不開白狐跳梁黃狐立我生何為
在窮谷中夜起坐萬感集嗚呼五歌兮
歌正長魂招不來歸故鄉
南有龍兮在山湫古木巃嵸枝相樛

戲題畫山水圖歌

木葉黃落龍正蟄蝮蛇東來水上游
我行怪此安敢出拔劍欲斬且復休嗚
呼六歌兮歌思遲溪壑為我迴春姿
男兒生不成名身已老三年飢走荒山
道長安卿相多少年富貴應須致身
早山中儒生舊相識但話宿昔傷懷抱
嗚呼七歌兮悄終曲仰視皇天白日速

戲題畫山水圖歌

十日畫一水五日畫一石能事不受
相促迫王宰始肯留真跡壯哉崑崙方

壺圖掛君高堂之素壁巴陵洞庭日本東
赤岸水與洞銀河通中有雲氣隨飛
龍舟人漁子入浦漵山木盡亞洪濤風
尤工遠勢古莫比咫尺應須論萬里焉
得并州快剪刀剪取吳松半江水

戲為雙松圖歌

天下幾人畫古松畢宏已老韋偃少
絕筆長風起纖末滿堂動色嗟神妙兩
枝慘慘裂苔蘚皮屈鐵交錯回高枝白
摧朽骨龍虎死黑入太陰雷雨垂松根

胡僧憩寂莫龐眉皓首無住著偏袒右
肩露雙脚葉裏松子僧前落韋侯韋
侯數相見我有一匹好東絹重之不減
錦繡段已令拂拭光凌乱請公放筆為
直幹

百憂集行

憶年十五心尚孩健如黃犢走復來庭
前八月梨棗熟一日上樹能千回即今
倏忽已五十坐卧只多少行立強將笑
語供主人悲見生涯百憂集入門依舊

戲作花卿歌

茅屋爲秋風所破歌

四壁空老妻覩我顔色同癡兒未知父子禮叫怒索飯啼门東

戲作花卿歌

成都猛將有花卿學語小兒知姓名用如快鶻風火生見賊唯多身始輕綿州副使著柘黄我卿掃除即日平子章髑髏血糢糊手提擲還崔大夫李侯重有此節度人道我卿絶世無天子何不喚取守京都

茅屋爲秋風所破歌

八月秋高風怒號卷我屋上三重茅
飛渡江灑江郊高者掛罥長林梢下
者飄轉沉塘坳南邨羣童欺我老無力
忍能對面為盜賊公然抱茅入竹去脣
焦口燥呼不得歸來倚杖自歎息俄頃
風定雲墨色秋天漠〻向昏黑布衾多
年冷似鐵驕兒惡卧踏裏裂牀〻屋漏
無乾處雨脚如麻未斷絶自經喪亂少
睡眠長夜霑濕何由徹安得廣廈千
萬間大庇天下寒士俱歡顏風雨不動

·短歌行

·韋諷録事宅觀曹將軍畫馬圖

安如山嗚呼何時眼前突兀見此屋吾廬獨破受凍死亦足

短歌行

王郎酒酣拔劍斫地歌莫哀我能拔尔抑塞磊落之奇才豫章翻風白日動鯨魚跋浪滄溟開且脱佩劍休裵回西得諸侯櫂錦水欲向何問門趿珠履仲宣樓頭春色深青眼高歌望吾子眼中之人吾老矣

韋諷録事宅觀曹將軍畫馬圖

國初以來畫鞍馬神妙獨數江都王
將軍得名三十載人間又見真乘黃
曾貌先帝照夜白龍池十日飛霹靂
內府殷紅馬腦盌倢伃傳詔才人索
盌賜將軍拜舞歸輕紈細綺相追飛
貴戚權門得筆跡始覺屏障生光昔日
太宗拳毛騧近時郭家獅子花今之
新圖有二馬復令識者久嘆嗟此皆騎
戰一敵萬縞素漠〻開風沙其餘七匹亦殊
絶迥若寒空動烟雪霜蹄蹴踏長楸間

丹青引贈曹將軍霸

馬官廝養森成列可憐九馬爭神駿觀
視清高氣深穩借問苦心愛者誰後有
韋諷前支遁憶昔巡幸新豐宮翠華
拂天來向東騰驤磊落三萬匹皆與此圖
筋骨同自從獻寶朝河宗無復射蛟江
水中君不見金粟堆前松柏裏龍媒去
盡鳥呼風

丹青行贈曹將軍霸

將軍魏武之子孫於今為庶為清門
英雄割據雖已矣文彩風流猶尚

存學書初學衛夫人但恨無過王右軍丹青不知老將至富貴於我如浮雲開元之中常引見承恩數上南熏殿凌煙功臣少顏色將軍下筆開生面良相頭上進賢冠猛將腰間大羽箭褒公鄂公毛髮動英姿颯爽來酣戰先帝天馬玉花驄畫工如山貌不同是日牽來赤墀下迴立閶闔生長風詔謂將軍拂絹素意匠慘淡經營中斯須九重真龍出一洗萬古凡馬空玉花

四松

却在御榻上，榻上庭前屹相向。至尊含笑催賜金，圉人太僕皆惆悵。弟子韓幹早入室，亦能畫馬窮殊相。幹惟畫肉不畫骨，忍使驊騮氣凋喪。將軍畫善蓋有神，必逢佳士亦寫真。即今飄泊干戈際，屢貌尋常行路人。途窮反遭俗眼白，世上未有如公貧。但看古來盛名下，終日坎壈纏其身。

四松

四松初移時，大抵三尺强。别來忽三

古柏行

載離立如人長會看根不拔莫計枝凋傷幽色幸秀發疎柯亦昂藏所插小藩籬本亦有提防終然掁撥損得愧千葉黃敢為故林主黎庶猶未康避賊今始歸春草滿空堂覽物歎衰謝及茲慰淒涼清風為我起灑面若微霜足以送老姿聊待偃蓋張我生無根帶配爾亦茫茫有情且賦詩事迹可兩忘勿矜千載後慘澹蟠穹蒼

古柏行

孔明廟前有老柏柯如青銅根如石
霜皮溜雨四十圍黛色參天二千尺君
臣已與時際會樹木猶為人愛惜雲
來氣接巫峽長月出寒通雪山白憶
昨路繞錦亭東先主武侯同閟宮崔
嵬枝幹郊原古窈窕丹青户牖空落
落盤踞雖得地冥冥孤高多烈風扶持
自是神明力正直原因造化功大厦如
傾要梁棟萬牛回首邱丘山重不露文
章世已驚未辭翦伐誰能送苦心豈免

縛鷄行

負薪行

容螻蟻香葉終經宿鸞鳳志士幽人
莫怨嗟古來材大難為用

縛鷄行

小奴縛鷄向市賣鷄被縛急相喧爭
家中厭鷄食蟲蟻不知鷄賣還遭烹
蟲鷄於人何厚薄吾叱奴人解其縛
鷄蟲得失無了時注目寒江倚山閣

負薪行

夔州處女髮半華四十五十無夫家更
遭喪亂嫁不售一生抱恨堪咨嗟土

· 暇日小園散病將種秋菜督勒耕牛兼書觸目

風坐男使女立應當門户女出入十猶八九
負薪歸賣薪得錢应供給至老雙鬟
只垂頸野花山葉銀釵竝筋力登危集市
門死生射利兼鹽井面裝首飾雜啼
痕地褊衣寒困石根若道巫山女粗
醜何得此有昭君邨

暇日小園散病將種秋菜督勒耕牛
兼書觸目

不爱入州府畏人嫌我真及乎歸茅宇
旁舍未曾嗔老病忌拘束应接喪精神

·觀公孫大娘弟子舞劍器行

江邨意自放林木心所欣秋耕屬地濕
山雨近甚匀冬菁飯之半牛力晚來新
深耕種數畝未甚後四鄰嘉蔬既不
一名數頗具陳荊巫非苦寒采擷接
青春飛來兩白鶴暮啄泥中芹雄者
左翮垂損傷已露筋一步再流血尚
經矰繳勤三步六號叫志屈悲哀頻
鸞皇不相待側頸訴高旻杖藜俯沙
渚為汝鼻酸辛

觀公孫大娘弟子舞劍器行

昔有佳人公孫氏一舞劍器動四方觀者如山色沮喪天地為之久低昂㸌如羿射九日落矯如羣帝驂龍翔來如雷霆收震怒罷如江海凝清光絳唇珠袖兩寂寞況有弟子傳芬芳臨潁美人在白帝妙舞此曲神揚揚與余問答既有以感時撫事增惋傷先帝侍女八千人公孫劍器初第一五十年間似反掌風塵傾動昏王室梨園子弟散如煙女樂餘姿映寒日金粟堆南木已拱瞿

·夜歸

·醉爲馬墜諸公攜酒相看

唐石城草蕭瑟玳筵急管曲復終樂
極哀來月東出老夫不知其所往足
繭荒山轉愁絕疾

夜歸

夜來歸來衝虎過山黑家中已眠臥傍
見北斗向江低仰看明星當空大庭
前把燭嗔兩炬峽口驚猿聞一箇白頭
老罷舞復歌杖藜不睡誰能那

醉爲馬墜諸公攜酒相看

甫也諸侯老賓客罷酒酣歌拓金戟騎

馬忽憶少年時散蹄逬落瞿塘石白帝
城門水雲外低身直下八千尺粉堞電
轉紫遊韁東得平岡出天壁江村野堂
爭入眼垂鞭嚲鞚凌紫陌向來皓首驚
萬人自倚紅顏能騎射安知決臆追風足
朱汗駿驄猶噴玉不虞一蹶終損傷人
生快意多所辱職當憂戚伏衾枕況
乃遲暮加煩促明知來問腆我顏杖藜
強起依僮僕語盡還成開口笑提攜
別埽清谿曲酒肉如山又一時初筵哀絲

·夜聞觱篥

·風雨看舟前落花戲爲新句

動豪竹共指西日不相貸喧呼且覆杯中
淥何必走馬來為問君不見嵇康養
生遭殺戮

夜聞觱篥

夜聞觱篥滄江上衰年側耳情所嚮鄰
舟一聽多感傷塞曲三更欻悲壯積雪
飛霜此夜寒孤燈急管復風湍君知天
地干戈滿不見江湖行路難

風雨看舟前落花戲為新句

江上人家桃樹枝春寒細雨出疎籬影

遭碧水潛句引風妬紅花却倒吹吹花
困癲傍舟檝水光風力俱相怯赤憎輕
薄遮入懷珍重分明不來接溼久飛遲
半日高縈沙惹草細於毛蜜蠭蝴蝶
生情性偷眼蜻蜓避百勞

贈李白

贈李白

秋來相顧尚飄蓬未就丹砂愧葛洪痛
飲狂歌空度日飛揚跋扈為誰雄

登兖州城樓

登兖州城樓

東郡趨庭日南樓縱目初浮雲連海嶽

房兵曹胡馬詩

畫鷹

平野入青徐孤嶂秦碑在荒城魯殿餘從來多古意臨眺獨躊躇

房兵曹胡馬詩

胡馬大宛名鋒稜瘦骨成竹批雙耳峻風入四蹄輕所向無空闊真堪託死生驍騰有如此萬里可横行

畫鷹

素練風霜起蒼鷹畫作殊攫身思狡兔側目似愁胡絛鏇光堪擿軒楹勢可呼何當擊凡鳥毛血洒平蕪

·春日憶李白　·對雪　·月夜

春日憶李白

白也詩無敵，飄然思不群。清新庾開府，俊逸鮑參軍。渭北春天樹，江東日暮雲。何時一尊酒，重與細論文。

對雪

戰哭多新鬼，愁吟獨老翁。亂雲低薄暮，急雪舞迴風。瓢棄尊無綠，爐存火似紅。數州消息斷，愁坐正書空。

月夜

今夜鄜州月，閨中只獨看。遙憐小兒女，未

春望

獨酌成詩

解憶長安香霧雲鬟濕清輝玉臂寒何
時倚虛幌雙照淚痕乾

春望

國破山河在城春草木深感時花濺淚
恨別鳥驚心烽火連三月家書抵萬金
白頭搔更短渾欲不勝簪

獨酌成詩

燈花何太喜酒綠正相親醉裏從爲客
詩成覺有神兵戈猶在眼儒術豈謀身
共被微官縛低頭愧野人

曲江二首

一片花飛減却春風飄萬点正愁人且看
欲盡花经眼莫厭傷多酒入唇江上小堂
巢翡翠花邊高冢卧麒麟細推物理須
行樂何用浮名絆此身

~~苑外江頭坐不歸水精春殿轉~~

朝回日日典春衣每日江頭盡醉歸酒債
尋常行處有人生七十古来稀穿花蛺
蝶深深見點水蜻蜓款款飛傳語風光共
流轉暫時相見莫相違

曲江對酒

苑外江頭坐不歸水精春殿轉霏微桃花細逐楊花落黄鳥時兼白鳥飛縱飲久判人共棄懶朝真與世相違吏情更覺滄洲遠老大悲傷未拂衣

1986

(三)

曲江對雨

城上春雲覆苑牆江亭晚色静年芳林花著雨燕脂透落水荇牽風翠帶長龍武新軍深駐輦芙蓉别殿謾焚香何時詔此金錢會暫醉佳人錦瑟旁

·曲江陪鄭八丈南史飲

·秦州雜詩二十首（録四首）

曲江陪郑八丈南史飲

雀啄江頭黄柳花鵁鶄鸂鶒滿晴沙自知
白髮非春事且盡芳尊戀物華近侍
即今難浪迹此身那得更無家丈人文力
猶強健豈傍青门学種瓜

秦州雜詩二十首

录四首

滿目悲生事因人作遠遊遲迴度隴怯浩
蕩及關愁水落鱼龍夜山空鳥鼠秋西
征問烽火心折此淹留
鼓角緣邊郡川原欲夜時秋聽殷地發風

月夜憶舍弟

散入雲悲抱葉寒蟬靜歸來獨鳥遲
萬方聲一槩吾道竟何之
莽莽萬重山孤城山谷間無風雲出
塞不夜月臨關屬國歸何晚樓蘭斬
未還煙塵獨長望衰颯正摧顏
山頭南郭寺水號北流泉老樹空庭得
清渠一邑傳秋花危石底晚景臥鐘边俛
仰悲身世溪風為颯然

月夜憶舍弟

戍鼓斷人行秋邊一雁聲露從今夜

遣懷

送遠

白月是故鄉明有弟皆分散無家問死生寄書長不達況乃未休兵

遣懷

愁眼看霜露寒城菊自花天風隨斷柳客淚墮清笳水淨樓陰直山昏寒日斜夜來歸鳥盡啼殺後棲鴉

送遠

帶甲滿天地胡為君遠行親朋盡一哭鞍馬去孤城草木歲月晚關河霜雪清別離已昨日因見古人情

·天末懷李白

·獨立

·野望

天末懷李白

涼風起天末君子意如何鴻雁幾時到
江湖秋水多文章憎命達魑魅喜人過
應共冤魂語投詩贈汨羅

獨立

空外一鷙鳥河間雙白鷗飄颻搏擊
便容易往來遊草露亦多濕蛛絲仍
未收天機近人事獨立萬端憂

野望

清秋望不極迢遰起曾陰遠水兼天靜

蜀相

卜居

孤城隱霧深葉稀風更落山迴日初沈
獨鶴歸何晚昏鴉已滿林

蜀相

丞相祠堂何處尋錦官城外柏森々映
堦碧草自春色隔葉黃鸝空好音三
顧頻煩天下計兩朝開濟老臣心出師
未捷身先死長使英雄淚滿襟

卜居

浣華流水水西頭主人為卜林塘幽已知出
郭少塵事更有澄江銷客愁無數蜻

梅雨

有客

蜒齊上下一雙鸂鶒對沈浮東行萬里堪
乘興須向山陰上小舟

梅雨

南京西浦道四月熟黃梅湛湛長江去冥
冥細雨來茅茨疎易濕雲霧密難開竟
日蛟龍喜盤渦與岸迴

有客

幽棲地僻經過少老病人扶再拜難豈有
文章驚海內漫勞車馬駐江干竟日淹
留佳客坐百年粗糲腐儒餐不嫌野

狂夫

堂成

外無供給乘興還來看藥欄

狂夫

萬里橋西一草堂百花潭水即滄浪風
含翠篠娟娟靜雨裛紅蕖冉冉香厚
祿故人書斷絶恒飢稚子色凄涼欲填溝
壑唯疏放自笑狂夫老更狂

堂成

背郭堂成蔭白茅緣江路熟俯青郊榿
林礙日吟風葉籠竹和烟滴露梢暫暫止
飛烏將數子頻來語燕定新巢旁人錯比

進艇

江村

楊雄宅嬾惰無心作解嘲

進艇

南京久客耕南畝北望傷神坐北窗晝引老妻坐小艇晴看稚子浴清江俱飛蛺蝶元相逐並蔕芙蓉本自雙茗飲蔗漿攜所有瓷罌無謝玉為缸

江村

清江一曲抱村流長夏江村事事幽自去自來堂上燕相親相近水中鷗老妻畫紙為棊局稚子敲針作釣鈎多病所須唯藥

·南鄰

·暮登四安寺鐘樓寄裴十（迪）

物微軀此外更何求

南鄰

錦里先生烏角巾園收芋粟不全貧慣看賓客兒童喜得食階除鳥雀馴秋水纔深四五尺野航恰受兩三人白沙翠竹江村暮相對柴门月色新

暮登四安寺鐘樓寄裴十迪

暮倚高樓對雪峯僧來不語自鳴鐘孤城返照紅將斂近市浮煙翠且重多病獨愁常闃寂故人相見未從容知君苦思緣

（不錯）闃 或是閒

詩瘦太向交遊萬事慵

客至

舍南舍北皆春水但見群鷗日日來花徑不曾緣客掃蓬門今始爲君開盤飧市遠無兼味樽酒家貧只舊醅肯與鄰翁相對飲隔籬呼取盡餘杯

漫成二首

野日荒荒白春流泯泯清渚蒲隨地有村徑逐門成只作披衣慣常從漉酒生眼前無俗物多病也身輕

·春夜喜雨

·江亭

江皋已仲春花下復清晨仰面貪看鳥
回頭錯認人讀書難字過對酒滿壺頻近
識峩眉老知予懶是真

春夜喜雨

好雨知時節當春乃發生隨風潛入夜潤物
細無聲野径雲俱黑江船火獨明曉看紅
濕處花重錦官城

江亭

坦腹江亭暖長吟野望時水臨心不競
雲在意俱遲寂寂春將晚欣欣物自私故林

可惜　落日　後遊

歸未得排悶強裁詩

可惜

花飛有底急老去願春遲可惜歡娛地都非少壯時寬心応是酒遣兴莫過詩此意陶潛解吾生後汝期

落日

落日在簾鉤溪邊春事幽芳菲緣岸圃樵爨倚灘舟啅雀爭枝墜飛蟲滿院遊濁醪誰造汝一酌散千憂

後遊

江上值水如海勢聊短述

少年行二首

寺憶新遊處橋憐再渡時江山如有待
花柳更無私野潤煙光薄沙暄日色遲
客愁全為減捨此復何之

江上值水如海勢聊短述

為人性僻躭佳句語不驚人死不休老去
詩篇渾漫興春來花鳥莫深愁新添水
檻供垂釣故着浮槎替入舟焉得思如陶
謝手令渠述作與同遊

少年行二首

莫笑田家老瓦盆自從盛酒長兒孫

贈花卿　少年行　絶句漫興九首

傾銀注瓦驚人眼共醉終同卧竹根
巢燕養雛渾去盡江花結子已無多黄
衫年少來宜數不見堂前東逝波

贈花卿

錦城絲管日紛紛半入江風半入雲此
曲秖應天上有人間能得幾回聞

少年行

馬上誰家薄媚郎臨階下馬坐人牀不
通姓字麤豪甚指点銀瓶索酒嘗

絶句漫興九首

眼見客愁愁不醒無賴春色到江亭即
遣花開深造次便覺鶯語太丁寧
手種桃李非無主野老牆低還似家恰
似春風相欺得夜來吹折數枝花
熟知茅齋絶低小江上燕子故来頻銜
泥点污琴書内更接飛蟲打著人
二月已破三月來漸老逢春能幾回莫
思身外無窮事且盡生前有限桮
腸斷春江欲盡頭杖藜徐步立芳洲
顛狂柳絮隨風去輕薄桃花逐水流

江畔獨步尋花七絕句

嬾慢無堪不出村呼兒日在掩柴门蒼苔
濁酒林中静碧水春風野外昏
糝徑楊花鋪白氊點溪荷葉疊青錢筍
根稚子無人見沙上雛鳧雛傍母眠
舍西柔桑葉可拈江畔細麥復纖纖人生幾
何春已夏不放香醪如蜜甜
隔户楊柳弱嫋嫋恰似十五女兒腰誰謂
朝來不作意狂風挽斷最長條

江畔獨步尋花七絕句

江上被花惱不徹無處告狀只顛狂走覓

南鄰愛酒伴經旬出飲獨空床
稠花亂蘂畏江濱行步欹危實怕春詩
酒尚堪驅使在未須料理白頭人
江深竹靜兩三家多事紅花映白花報答
春光知有處应須美酒送生涯
東望少城花滿煙百花高樓樓樓更可
憐誰能載酒開金盞喚取佳人舞繡筵
黃師塔前江水東春光嬾困倚微風桃
花一簇開無主可愛深紅愛淺紅
黃四娘家花滿蹊千朵萬朵壓枝低

三絶句

留連戲蝶時時舞自在嬌鶯恰恰啼
不是愛花即肯死只恐花盡老相催繁
枝容易紛紛落嫩葉商量細細開

三絶句

楸樹馨香倚釣磯斬新花蘂未應飛
不如醉裏風吹盡可忍醒時雨打稀
门外鸕鷀去不來沙頭忽見眼相猜自
今已後知人意一日須來一百回
無數春笋滿林生柴门密掩斷人行
會須上番看成竹客至從嗔不出迎

戲爲六絶句

戲為六絶句
庾信文章老更成凌雲健筆意縱橫
今人嗤點流傳賦不覺前賢畏後生
楊王盧駱當時體輕薄為文哂未休爾曹
身與名俱滅不廢江河萬古流
縱使盧王操翰墨劣於漢魏近風騷龍
文虎脊皆君馭歷塊過都見爾曹
才力應難跨數公凡今誰是出羣雄或
看翡翠蘭苕上未掣鯨魚碧海中
不薄今人愛古人清詞麗句必為鄰竊攀

花鴨

野望

屈宋宜方駕恐與齊梁作後塵
未及前賢更勿疑遞相祖述復先誰別裁
僞體親風雅轉益多師是汝師

花鴨

花鴨無泥滓階前每緩行羽毛知獨立黑
白太分明不覺羣心妬休牽衆眼驚稻粱
霑汝在作意莫先鳴

野望

西山白雪三奇戍南浦清江萬里橋海內
風塵諸弟隔天涯涕淚一身遥唯將遲

·水檻遣心（二首）

·屏跡三首（録二）

暮供多病未有涓埃答聖朝跨馬出郊時
極目不堪人事日蕭條

水檻遣心 二首

去郭軒楹敞無村眺望賒澄江平少岸
幽樹晚多花細雨魚兒出微風燕子斜城
中十萬户此地兩三家
蜀天常雨夜江檻已朝晴葉潤林塘密
密密衣乾枕席清不堪秪老病何得尚
浮名淺把涓涓酒深憑送此生

屏跡三首 録二

145

不見

用拙存吾道幽居近物情桑麻深雨露
燕雀半生成村鼓時時急漁舟箇箇輕杖
藜從白首心跡喜雙清
晚起家何事無營地轉幽竹光團夜色
舍影漾江流失學從兒懶長貧任婦愁百
年渾得醉一月不梳頭

不見

不見李生久佯狂真可哀世人皆欲殺
吾意獨憐才敏捷詩千首飄零酒一桮
匡山讀書處頭白好歸來

客夜

客亭

聞官軍收河南河北

客夜

客睡何曾着秋天不肯明卷簾殘月影
高枕遠江聲計拙無衣食窮途仗友生
老妻書數紙应悉未歸情

客亭

秋窗猶曙色落木更天風日出寒山外江
流宿霧中聖朝無棄物老病已成翁多
少殘生事飄零似轉蓬

聞官軍收河南河北

劍外忽聞收薊北初聞涕淚滿衣裳却

涪城縣香積寺官閣

倦夜

看妻子愁何在漫卷詩書喜欲狂白日放歌須縱酒青春結伴好還鄉即從巴峽穿巫峽便下襄陽向洛陽

涪城縣香積寺官閣

寺下春江深不流山腰官閣迥添愁含風翠壁孤雲細背日丹楓萬木稠小院迴廊春寂寂浴鳧飛鷺晚悠悠諸天合在藤蘿外昏黑應須到上頭

倦夜

竹涼侵臥內野月滿庭隅重露成涓滴

·登高

·傷春（五首録一）

稀星乍有無暗飛螢自照水宿鳥相呼
萬事干戈裏空悲清夜徂

登高

風急天高猿嘯哀渚清沙白鳥飛迴
無邊落木蕭蕭下不盡長江滾滾來萬里
悲秋常作客百年多病獨登臺艱難苦
恨繁霜鬢潦倒新停濁酒杯

傷春 五首録一

天下兵雖滿春光日自濃西京疲百戰
北闕任群兇關塞三千里煙花一萬重蒙

登樓

宿府

塵清路急御宿且誰供殷復前王道周
遷舊國容蓬萊足雲氣應合總從龍

登樓

花近高樓傷客心萬方多難此登臨錦江
春色來天地玉壘浮雲變古今北極朝廷
終不改西山寇盜莫相侵可憐後主還祠
廟日暮聊為梁甫吟

宿府

清秋幕府井梧寒獨宿江城蠟炬殘
永夜角聲悲自語中天月色好誰看風

旅夜書懷

閣夜

塵荏苒音書绝関塞蕭條行路難已忍伶
俜十年事強移栖息一枝安

旅夜書懷

细草微風岸危檣獨夜舟星垂平野闊
月湧大江流名豈文章著官应老病休
飄〻何所似天地一沙鷗

閣夜

歲暮陰陽催短景天涯霜雪霽寒宵五
更鼓角聲悲壯三峽星河影動搖野哭幾
家聞戰伐漁歌數處起漁樵卧龍躍馬

·秋興（八首録一）

·詠懷古跡五首

終塵土人事音書漫寂寥

聞道長安似弈棋百年世事不勝悲王侯

秋興八首録一

第宅皆新主文武衣冠異昔時直北關山金

鼓振征西車馬羽書遲魚龍寂寞秋江

冷故國平居有所思

詠懷古跡五首

支離東北風塵際漂泊西南天地間三

峽樓臺淹日月五溪衣服共雲山羯胡

事主終無賴詞客哀時且未還庾信

生平最蕭瑟暮年詩詩賦動江關
搖落深知宋玉悲風流儒雅亦吾師悵
望千秋一灑淚蕭條異代不同時江山故宅
空文藻雲雨荒臺豈夢思最是楚宮
俱泯滅舟人指点到今疑
羣山萬壑赴荊門生長明妃尚有村一
去紫臺連朔漠獨留青塚向黃昏春風
環佩畫圖有識春風面環珮空歸月下
魂千載琵琶作胡語分明怨恨曲中論
蜀主窺吳幸三峽崩年亦在永安宮

諸將（五首録二）

翠華想像空山裏玉殿虛無野寺中
古廟杉松巢水鶴歲時伏臘走村翁武
侯祠屋常鄰近一體君臣祭祀同
諸葛大名垂宇宙宗臣遺像肅清高
三分割據紆籌策萬古雲霄一羽毛伯
仲之間見伊呂指揮若定失蕭曹福移
漢祚難恢復志決身殲軍務勞

諸將 五首录二

漢朝陵墓對南山胡虜千秋尚入關昨
日玉魚蒙葬地早時金盌出人間見愁

江上

汗馬西戎逼曾閃朱旗北斗殷多少村官
守涇渭將軍且莫破愁顔
韓公本意築三城擬絶天驕扶（拔）漢旌豈
謂盡煩回紇馬翻然遠救朔方兵胡來
不覺潼關隘龍起猶聞晉水清獨使
至尊憂社稷諸君何以答升平

江上

江上日多雨蕭蕭荆楚秋高風下木葉永
夜攬貂裘勳業頻看鏡行藏獨倚樓
時危思報主衰謝不能休

江漢

江漢

江漢思歸客乾坤一腐儒片雲天共遠
永夜月同孤落日心猶壯秋氣風病
欲蘇古來存老馬不必取長途

燕子來舟中作

燕子来舟中作

湖南為客動经自春燕子銜泥兩度
新舊入故園常識主如今社日遠看人
可憐處處巢君室何異飄飄託此身暫寫
語船檣還起去穿花落水益霑巾

小寒食舟中作

小寒食舟中作

賈至

·巴陵寄李二户部張十四禮部

·送王員外赴長沙

佳辰強飯食猶寒隱几蕭條帶鶡冠春水船如天上坐老年花似霧中看娟娟戲蝶過閑幔片片輕鷗下急湍雲白山青萬餘里愁看直北是長安

賈至

巴陵寄李二户部張十四禮部

江南春草初冪冪愁殺江南獨愁客秦中楊柳也應新轉憶秦中相憶人萬里鶯花不相見登高一望淚沾巾

送王員外赴長沙

172

攜手登臨處巴陵天一隅春生雲夢澤
水溢洞庭湖共歎虞翻枉同悲阮籍
途長沙舊卑濕今古不应殊

·早朝大明宮呈兩省僚友

早朝大明宮呈兩省僚友
銀燭重天紫陌長禁城春色曉蒼蒼千
條弱柳垂青瑣百囀流鶯繞建章劍佩
聲隨玉墀步衣冠身惹御爐香共沐恩
波鳳池上朝朝染翰侍君王

·春思二首

春思 二首錄一
草色青青柳色黃桃花歷亂李花香

錢起

·杪秋南山西峯題準上人蘭若

·和張僕射塞下曲

東風不為吹愁去春日偏能惹恨長
紅粉當爐弱柳垂金花臘酒解酴醾
笙歌日暮能留客醉殺長安輕薄兒

錢起

杪秋南山西峯題準上人蘭若

向山看霽色步〻豁幽性返照亂流明寒
空千嶂淨石門有餘好霞殘月欲映上詣
遠公廬孤峯懸一逕雲裏隔窗火松下
聞山磬客到兩忘言猨心與禪定

和張僕射塞下曲

歸雁

元結

賊退示官吏

月黑雁飛高單于夜遁逃欲將輕騎逐大雪滿弓刀

歸雁

瀟湘何事等閑回水碧沙明兩岸苔二十五弦彈夜月不勝清怨却飛來

元結

賊退示官吏

昔歲逢太平山林二十年泉源在庭户洞壑當门前井税有常期日安猶得眠忽然遭世變數歲親戎旃今來

典斯郡山夷又紛然城小賊不屠人貧
傷可憐是以陷鄰境此州獨見全使臣
將王命豈不如賊焉今彼徵斂者迫
之如火煎誰能絶人命以作時勢賢思
欸欲委符節引竿自刺船將家就魚
麥歸老江湖邊

宿洄溪翁宅

長松萬株遶茅舍怪石寒泉近巖下老
翁八十猶能行將領吾羡老翁居處幽吾
愛老翁無所求時俗是非何足道得似老

張繼

·楓橋夜泊

·歸山

韓翃

·送孫潑赴雲中

翁吾即休

張継

楓橋夜泊

月落烏啼霜滿天 江楓漁火對愁眠 姑
蘇城外寒山寺夜半鐘聲到客船

歸山

心事數莖白髮生涯一片青山空林有
雪相待古道無人獨還

韓翃

韓

送孫潑赴雲中

送客水路歸陝

黄驄少年舞雙戟目視旁人皆辟易
百戰能誇隴上兒一身復作雲中客
寒風動地氣蒼茫橫吹先悲出塞長敲
石軍中傳夜火斧冰河畔汲朝漿前鋒
直指陰山外虜騎紛紛膽應碎匈奴破
盡人看歸金印酬功如斗大

送客水路赴陝

相風竿影曉來斜渭水東流去不賒枕
上未醒秦地酒舟前已見陝人家春橋
楊柳应齊葉古縣棠梨也作花好是吾

· 送陳明府赴淮南
· 寒食
· 贈李翼

賢佳賞地行逢三月會連沙

送陳明府赴淮南

年華近逼清明落日微風送行黄鳥綿
蠻芳樹紫騮躞蹀東城花閒一杯促膝煙
外千里含情应渡淮南信宿諸侯擁旆
相迎

寒食

春城無處不飛花寒食東風御柳斜日
暮漢宮傳蠟燭輕煙散入五侯家

贈李翼

郎士元

·送李将軍赴定州

·送張南史

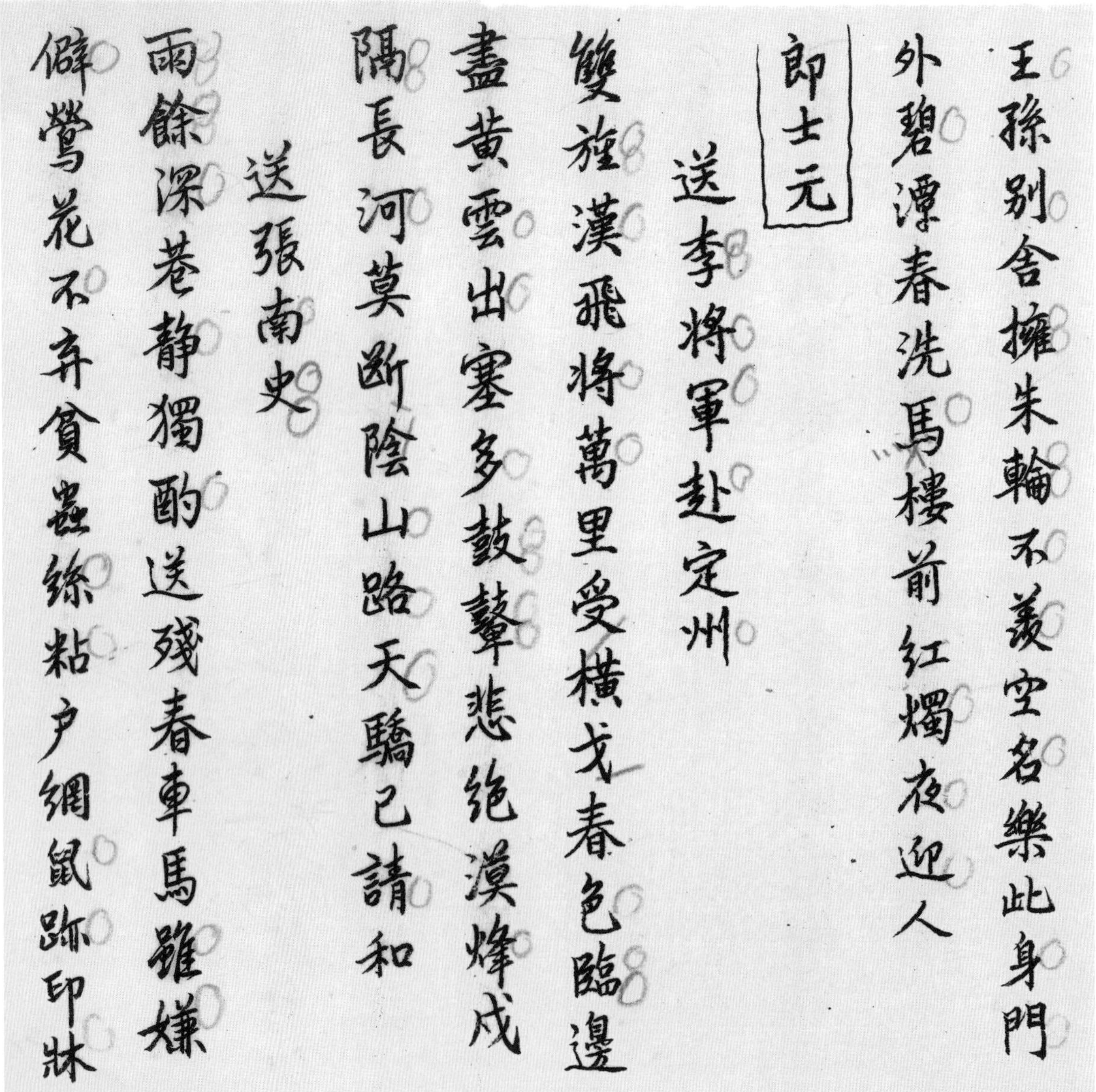
王孫別舍擁朱輪不羨空名樂此身門
外碧潭春洗馬樓前紅燭夜迎人

郎士元

送李将軍赴定州

雙旌漢飛将萬里受橫戈春色臨邊
盡黃雲出塞多鼓鼙悲绝漠烽戍
隔長河莫斷陰山路天驕已請和

送張南史

雨餘深巷靜獨酌送殘春車馬雖嫌
僻鶯花不棄貧蟲絲粘戶網鼠跡印牀

·盩厔縣鄭礒宅送錢大

皇甫冉

·婕妤怨

塵借問山陽會如今有幾人

盩厔縣郑礒宅送錢大

暮蟬不可聽落葉豈堪聞共是悲秋客
那知此路分荒城背流水遠雁入寒雲
陶令門前菊餘香可贈君

皇甫冉

婕妤怨

由來詠團扇今已值秋風事逐時皆往
恩無日再中早鴻聞上苑寒露下深宮
顏色年〻謝相如賦豈工

·秋日東郊作

·送鄭二之茅山

·問李二司直所居雲山

秋日東郊作

閑看秋水心無事
臥對寒松手自栽
廬岳高僧留偈別
茅山道士寄書來
燕知社日辭巢去
菊為重陽冒雨開
淺薄將何稱獻納
臨岐終日自遲迴

送鄭二之茅山

水流絶澗終日
草長深山暮春
犬吠雞鳴幾處
條桑種杏何人

問李二司直所居雲山

門外水流何處
天邊樹繞誰家
山色

·寄權器

·夜發沅江寄李潁川劉侍郎

·春思

東西多少朝朝幾度雲遮

寄權器

露濕青蕪時欲晚水流黃葉意無窮
節近重陽念歸否眼前籬菊帶秋風

夜發沅江寄李潁川劉侍郎

半夜回舟入楚鄉月明山水共蒼蒼孤猨
更發秋風裏不是愁人亦斷腸

鶯啼春思

鶯啼燕語報新年馬邑龍堆路幾千
家住秦城鄰漢苑心隨明月到胡天機

劉方平

夜月

春怨

代春怨

中錦字論長恨樓上花枝笑獨眠為問元戎竇車騎何時反旆勒燕然

劉方平

夜月

更深月色半人家北斗闌干南斗斜今夜偏知春氣暖蟲聲新透綠窗紗

春怨

紗窗日落漸黃昏金屋無人見淚痕寂寞空庭春欲晚梨花滿地不開門

代春怨

王之涣

·登鸛雀樓

·送别

·涼州詞（二首録一）

朝日殘鶯伴妾啼開簾只見草萋萋

庭前時有東風入楊柳千條盡向西

王之涣

登鸛雀樓

白日依山盡黄河入海流欲窮千里目

更上一層樓

送别

楊柳東風樹青青隔御河近來攀折苦

应為别離多

涼州詞

鄭虔

·閨情

劉昚虛

·闕題

黄河遠上白雲間一片孤城萬仞山羌笛何需怨楊柳春光不度玉门関

鄭虔

閨情

銀鑰開香閣金臺照夜燈長征君自慣獨卧妾何曾

劉昚虛

闕題

道由白雲盡春與青溪長時有落花至遠隨流水香闲门向山路深柳讀書堂

柳中庸

·河陽橋送別

·征怨

·涼州曲（二首録一）

幽映每白日清輝照衣裳

柳中庸

河陽橋送別

黄河流出有浮橋晉國歸人此路遥若

傍闌干千里望北風驅馬雨蕭蕭

征怨

歲歲金河復玉関朝朝馬策與刀環

三春白雪歸青塚萬里黄河繞黑山

涼州曲

関山萬里遠征人一望関山淚滿巾

王季友

·還山留別長安知己

·宿東溪李十五山亭

青海戍頭空有月黃沙磧裏本無春

王季友

還山留別長安知己

出山不見家還山見家在山門是門前此去常樵采青溪誰招隱白髮自相待惟餘澗底松依依色不改

宿東溪李十五山亭

上山下山入山谷溪中落日留我宿松石依依當主人主人不在意亦足名花出地兩重階絕頂平天一小齋本意由

觀于舍人壁畫山水

代賀若令譽贈沈千運

未是山水何用相逢語舊懷

觀于舍人壁画山水

野人宿在人家少朝見此山謂山曉半壁仍棲嶺上雲開簾欲放湖中鳥獨坐長松是阿誰再三招手起来遲于公大笑向予說小弟丹青能尔為

代賀若令譽贈沈千運

相逢問姓名尔存别時無子今有孫山上雙松長不改百家唯有三家村村南村西車馬道一宿通舟水浩浩澗中磊磊十里

秦系

・山中贈張正則評事

任華

石河上游泥種桑麥平坡塚墓皆我親
滿田主人是舊客舉聲酸鼻問同年十
人六七歸下泉分手如何更此地回頭不語
淚潸然

秦系

山中贈張正則評事

終年常避喧師事五千言流水閒過
院春風與閉門山茶邀上客桂實落
前軒莫強教余起微官不足論

任華

寄李白

古來文章、有能奔逸氣聳高格清人心
神驚人魂魄、我聞當今有李白、大獵賦鴻
猷文、嗤長卿、笑子雲、班張所作瑣細不入耳、
未知卿雲得在嗤笑限、登廬山、觀瀑布、海
風吹不斷、江月照還空、余愛此兩句、登天台、
望渤海、雲垂大鵬飛、山壓巨鰲背、斯言
亦好在、至於他作多不拘常律、振擺超騰
既俊且逸、或醉中操紙、或興來走筆、手下
忽然片雲飛、眼前劃見孤峯出、而我有時

白日忽欲睡睡覺欻然起攘臂任生知
有君君亦知有任生未中間聞道在長安
及余戾止君已江東訪元丹邂逅不得見
君面每常把酒向東望良久見說往年
在翰林胸中矛戟何森森新詩傳在宮人
口佳句不離明主心身騎天馬多意氣目
送飛鴻對豪貴承恩召入凡幾迴待詔歸
來仍半醉權臣妬盛名羣犬多吠聲有敕
放君却歸隱淪處高歌大笑出關去且向
東山為外臣諸侯交迓馳朱輪白璧一雙

買交者、黄金百鎰相知人、平生傲岸其志不可測、數十年爲客、未嘗一日低顔色、八詠樓中坦腹眠、五侯門中無心憶、繁花越臺上、細柳吴宫側、緑水青山知有君、白雲明月偏相識、養高兼養閑、可望不可攀、莊周萬物外、范蠡五湖間、人傳訪道滄海上、丁令王喬每往還、蓬萊徑是曾到、来方丈豈唯方一丈、伊余每欲乘興往相尋、江湖擁隔勞寸心、今朝忽遇東飛翼、寄此一章表胸臆、儻能報我一

寄杜拾遺

片々但訪任華有人識、

寄杜拾遺

杜拾遺名甫第二才甚奇、任生與君別、
別來已多時、何嘗一日不相思、杜拾遺知
不知、昨日有人誦得數篇黃絹詞、吾怪
異奇特借問、果然称是杜二之所為、
勢攫虎豹、氣騰蛟螭、滄海無風似鼓蕩、
華嶽平地欲奔馳、曹劉俯仰慚大敵、沈
謝逡巡稱小兒、昔在帝城中盛名君一個、
諸人見所作、無不心胆破、郎官叢裏作狂

歌、丞相閣中常醉卧、前年皇帝歸長安、
承恩闊步青雲端、積翠扈遊花匼匝、披
香寓直月團欒、英才特達承天睠、公卿
無不相欽羨、只緣汲黯好直言、遂使安
仁却為掾、如今避地錦城隅、幕下英寮
每日相隨、提玉壺、半醉起舞捋髭鬚、乍
低乍昂傍若無、古人制禮但為防俗士、
豈得為君設之乎、而我不飛不鳴亦何以、
只待朝廷有知己、已曾讀却無限書、拙
詩一句兩句在人耳、如今看之總無益、又

懷素上人草書歌

不能崎嶇傍朝市、且當事耕稼、豈得便徒尔、南陽葛亮為友朋、東山謝安作鄰里、閑常把琴弄、悶即攜樽起、鶯啼二月三月時、花發千山萬山裏、此時幽曠無人知、火急將書憑驛使為報杜拾遺

懷素上人草書歌

吾嘗好奇、古來草聖無不知、右軍與獻之、雖有壯麗之骨、恨無狂逸之姿、中間張長史、獨放蕩而不羈、以顛為名傾蕩於當時、張老顛、殊不顛於懷素、懷素顛、乃是顛、

人謂尔從江南来、我謂尔從天上来、負顛狂之墨妙、有墨狂之逸才、狂僧前日動不（京）華、朝騎王公大人馬、暮宿王公大人家、誰不造素屏、誰不塗粉壁、粉壁搖晴光、素屏凝曉霜、待君揮灑兮不可弥忘、駿馬迎来坐堂中、金盆盛酒竹葉香、十桮五桮不解意、百桮已後始顛狂、一顛一狂多意氣、大叫一聲起攘臂、揮毫倏忽千萬字、有時一字二字長丈二、翕若長鯨潑刺（剌）動海島、欻若長蛇戎律透深草、

回環繚繞相拘連、千變萬化在眼前、飄
風驟雨相繫擊射、速祿颯拉動簷隙、擲
華山巨石以為點、掣衡山陣雲以為畫、
興不盡、勢轉雄、恐天低而地窄、更有何處
最可憐、褭褭枯藤萬丈懸、萬丈懸、拂
秋水、映秋天、或如絲、或如髮、風吹欲絕又
不絕、鋒芒利如歐冶劍、勁直渾如并州鐵、
時復枯燥何襹褷褷、忽覺陰山突兀橫
翠微、中有枯松錯落一萬丈、倒挂絕壁
蹙枯枝、千魑魅兮萬魍魎、欲出不可何

閃屍、又如翰海日暮愁陰濃、忽然躍出
千黑龍、夭矯偃蹇入乎蒼穹、飛沙走石
滿窮塞、萬里颼颼西北風、狂僧有絶藝
非數仞高墻不足逞其筆勢、或逢花箋
與絹素、凝神執筆守恒度、別來筋骨
多情趣、霏霏微微點長露、三秋月照丹鳳
樓、二月花開上林樹、終恐絆騏驥之足、不
得展千里之步、狂僧狂僧、尔雖有絶藝、
猶當假良媒、不因禮部張公將尔來、如
何得聲一旦諠九垓

嚴武

·軍城早秋

韓滉

·聽樂悵然自述

嚴維

·送李端

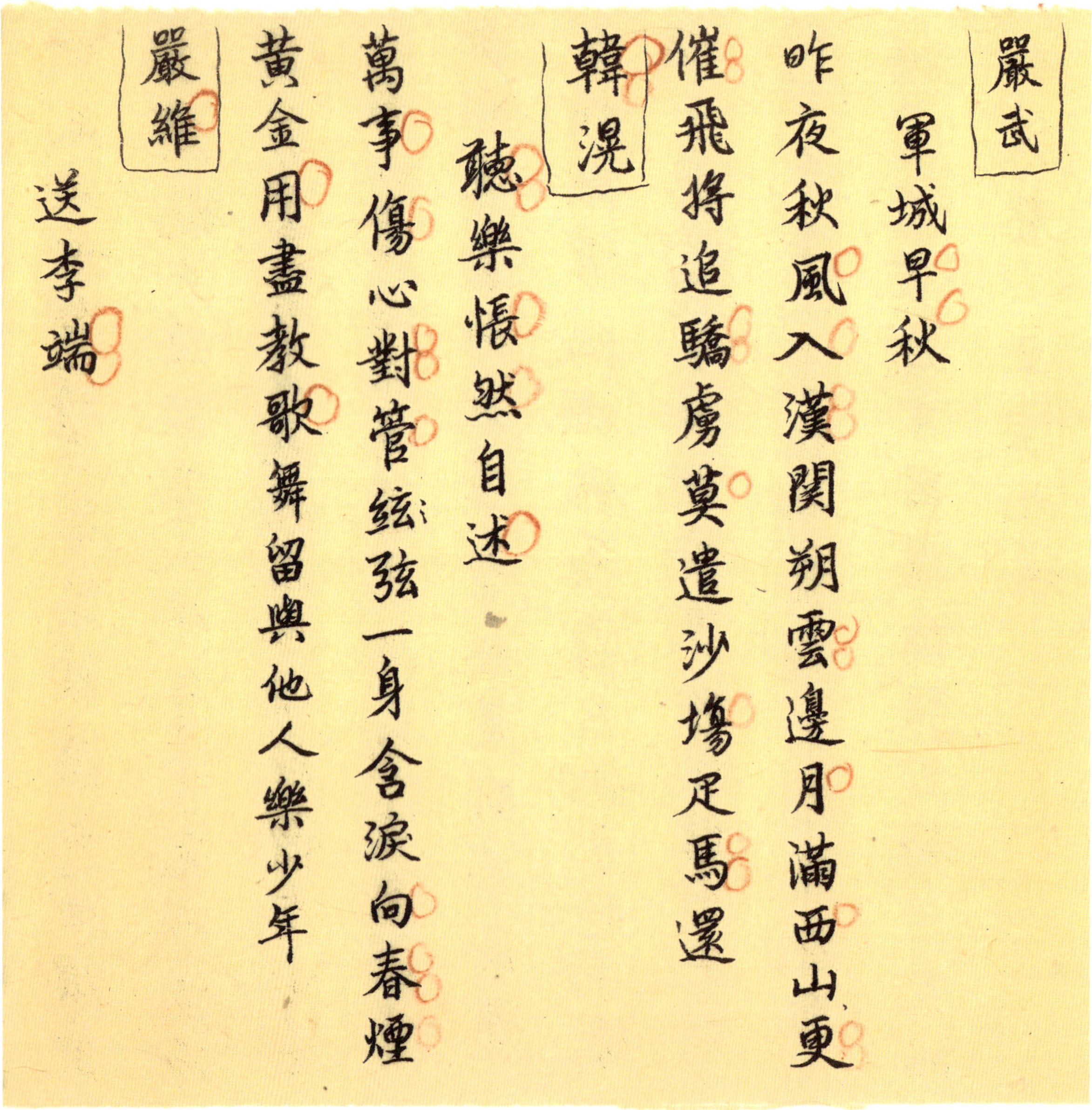

嚴武

軍城早秋

昨夜秋風入漢關朔雲邊月滿西山更催飛將追驕虜莫遣沙場足馬還

韓滉

聽樂悵然自述

萬事傷心對管絃弦一身含淚向春煙黃金用盡教歌舞留與他人樂少年

嚴維

送李端

丹陽送韋參軍

顧況

囝一章

故関衰草遍離別正堪悲路出寒雲外
人歸暮雪時少孤為客早多難識君遲
掩泣空相向風塵何所期

丹陽送韋參軍

丹陽郭裏送行船一別心知兩地秋日晚
江南望江北寒雅〻鴉飛盡水悠〻

顧況

囝一章

囝哀閩也

囝生閩方閩吏得之乃絶其陽為藏為

我行自東一章

獲致金滿堂爲髡爲鉗如視草木天道無知彼受其福郎罷别囝吾悔生汝及汝既生人勸不舉不從人言果獲是苦囝别郎罷心摧血下隔地絶天及至黄泉不得在郎罷前

我行自東一章

我行自東不遑居也

我行自東山海其空旅棘有叢我行自西壘與雲齊雨雪淒淒我行自南烈火滿林日中無禽霧雨淫淫我行自北

棄婦詞

燭龍寡色何枉不直我憂京〻何道不行兮

棄婦詞

古人雖棄婦棄婦有歸處今日妾辭君辭君欲何去本家零落盡慟哭來時路懷昔來嫁君聞君甚周旋及與同結髮值君適幽燕孤魂託飛鳥兩眼如流泉流泉咽不燥萬里關山道及至見君歸君歸妾已老物情棄衰歇新寵方妍好拭淚出故房傷心劇秋草妾以憔

上湖至破山贈文周蕭元植

悴損羞將舊物還餘生欲有寄誰肯
相留連空床對虛牖不覺塵埃厚寒
水芙蓉花秋風墮楊柳記得初嫁君
小姑始扶床今日君棄妾小姑如妾長
回頭語小姑莫嫁如兄夫

上湖至破山贈文周蕭元植

一別二十年依々過故轍湖上非往態夢覺
頻虛結二子伴我行我行感徂節後人應
不識前事寒泉咽一別二十年人堪幾
回別

·長安道

長安道

長安道人無衣馬無草何不歸來心中老

·梁廣畫花歌

梁廣畫花歌

王母欲過劉徹家飛瓊夜入雲軿車紫書分付與青鳥却向人間求好花上元夫人最小女頭面端正能言語手把梁生畫花看凝嚬掩笑心相許爲白阿孃從嫁與

·行路難（三首録一）

行路難

悲歌（一）

君不見擔雪塞井空用力炊砂作飯豈堪食一生肝膽向人盡相識不如不相識冬青樹上挂凌霄歲晏花凋樹不凋凡物各自有根本種禾終不生荳苗行路難行路難何處是平道中心無事當富貴今日看君顏色好

悲歌

邊城路今人犂田昔人墓岸上沙昔日江水今人家今人昔人共長嘆四氣相催節迴換明月皎皎入華池白雲離離渡霄漢

・悲歌（二，一作《短歌行》）

・苔蘚山歌

悲歌二一作短歌行

我欲昇天天隔霄我欲渡水水無橋我
欲上山山路險我欲汲井井泉遙越人
翠被今何夕獨立沙邊江草碧紫燕西
飛欲寄書白雲何處逢來客

苔蘚山歌

野人夜夢江南山江南山深桂閑野人
覺後長歎息帖蘚黏苔作山色閑門
無事任盈虛終日欹眠觀四如一如白雲
飛出壁二如飛雨巖前滴三如騰虎欲咆

嗟四如嬾龍遺霹靂嶮峭嵌空潭洞寒
小兒兩手扶欄干

范山人畫山水歌

山崢嶸水泓澄漫漫汗汗一筆耕一草一木
棲神明忽如空中有物物中有聲復
如遠道望鄉客夢遶山川身不行

宜城放琴客歌

琴客宜城愛妾也宜城請老愛妾出
嫁不禁人之戀戀欲而私耳目之娛違者
也況承命作歌

佳人玉立生此方家住邯鄲不是倡頭
髻鬌鬌手爪長善換琴瑟有文章新妍
籠裙雲母光朱絲緑水喧洞房忽聞酒
初決絕日暮浮雲古離別巴猿啾啾峽泉
咽淚落羅衣顏色暍不知誰家更張設
絲履牆偏釵股折南山闌干千丈雪七
十非人不暖熱人情厭薄古共然相公心
在持事堅上善若水任方圓憶昨好好
今棄捐服藥不如獨自眠從他更嫁一
少年

李供奉彈箜篌歌

國府樂手彈箜篌、赤黃絛索金搭頭、
早晨有敕鴛鴦殿、夜靜遂歌明月樓、起
坐可憐能抱撮、大指調絃中指撥、腕頭
花落舞製裂、手下鳥驚飛撥剌珊瑚席、
一聲一聲鳴錫錫、羅綺屏、一絃一絃如撼鈴、急
彈好、遲亦好、宜遠聽、宜近聽、左手低、右手
舉、易調移音天賜與、大絃似秋雁、聯聯
度隴關、小絃似春燕、喃喃向人語、手頭疾、
腕頭軟、來去來去如風卷、聲清冷冷、鳴索索、

垂珠碎玉空中落、美女爭窺玳瑁簾、聖
人卷上真珠箔、大絃長、小絃短、小絃緊快
大絃緩、初調鏘鏘似鴛鴦水上弄新聲、入
深似太清仙鶴遊秘館、李供奉儀容
質、身才稍稍六尺一、在外不曾輒教人、
內裏聲聲不遣出、指剝蔥、腕削玉、饒鹽饒
醬五味足、弄調人間不識名、彈盡人间崛
奇曲、胡曲漢曲聲皆好、彈著曲髓曲肝
腦、往往從空入戶來、瞥瞥隨風落春草、
草頭只覺風吹入、風來草即隨風立、草

洛陽早春

亦不知風到來、風亦不知聲緩急、爇玉燭、
點銀燈、光照手、實可惜憎、只照箜篌絃
上手、不照箜篌聲裏能、馳鳳闕、拜鸞
殿、天子一日一迴見、王侯將相立馬迎、巧
聲一日一迴變、實可重、不惜千金買一弄、
銀器胡瓶馬上馱、瑞錦輕羅滿車送、
此州好手非一國、一國東西盡南北、除却
天上化下來、若向人間實難得、

洛陽早春

何地避春愁、終年憶舊遊、一家千里外

·題歙山棲霞寺

·歸山作

·題葉道士山房

百舌五更頭客路偏逢兩鄉山不入樓
故園桃李月伊水向東流

題歙山棲霞寺

明徵君舊宅、陳後主題詩、跡在人〻處、山
空月滿時、寶瓶無破響道樹有低枝
已是離傷離客仍逢靳尚祠

歸山作

心事數莖白髮生涯一片青山空林有雪
相待古道無人獨還

題葉道士山房

·山中

·聽子規

耿湋

·過王山人舊居

水邊垂柳赤欄橋洞裏仙人碧玉簫
近得麻姑音信否潯陽江上不通潮

山中

野人愛向山中宿況在葛洪丹井西
庭前有箇長松樹夜半子規來上啼

聽子規

棲霞山中子規鳥口边出血啼不了山
僧後夜初出定聞似不聞山月曉

耿湋

過王山人舊居

·秋晚臥疾寄司空拾遺曙盧少府綸

·秋日

故宅春山中來逢夕陽入汲少井味變
樹朽鳥不棲階閑雲自濕先生何處
去獨惆悵空獨立

秋晚臥疾寄司空拾遺曙盧少府綸

寒几坐空堂疏髯似積霜老醫迷舊
疾朽藥誤新方晚果紅低樹秋苔綠徧
牆慙非蔣生徑不敢望求羊

秋日

反照閭入閭巷憂來與誰語古道無人
行秋風動禾黍

戎昱

·苦哉行（五首録三）

戎昱

苦哉行

彼鼠侵我廚縱貍授梁肉鼠雖為君卻貍
食自須足冀雪大國恥翻是大國辱羶
腥逼綺羅塼瓦雜珠玉登樓非騁望目笑
是心笑何意天樂中至今奏胡曲
妾家清河邊七葉承貂蟬身為最小
女偏得渾家憐親戚不相識幽閨十五
年有時最遠出祇到中門前前年狂
胡來懼死翻生全今秋官軍至豈意

早梅

遭戈鋋匈奴為先鋒長鼻黃髮拳彎弓獵生人百步牛羊纏脫身落虎口不及歸黃泉苦哉難重陳暗哭蒼蒼天可汗奉親詔今月歸燕山忽如亂刀劍攪妾心腸間出户望北荒迢迢玉門關生人為死別有去無時還漢月割妾心胡風凋妾顏去去斷絕魂叫天天不聞

早梅

一樹寒梅白玉條迴臨村路傍溪橋應緣近水花先發疑是經春雪未銷

移家別湖上亭　古意　詠史

移家別湖上亭

好是春風湖上亭柳條藤蔓繫離情
黃鶯久住渾相識欲別頻啼四五聲

古意

女伴朝來説知君欲棄捐嬾梳明鏡下
羞到畫堂前有淚霑腮脂粉無情理管
弦不知將巧笑更遣向誰憐

詠史

漢家青史上計拙是和親社稷依明主
安危託婦人豈能將玉貌便擬靜胡塵

·桂州臘夜

竇叔向

·夏夜宿表兄話舊

地下千年骨誰為輔佐臣

桂州臘夜

坐到三更盡歸仍萬里賒雪聲偏傍竹寒
夢不離家曉角分残漏孤燈落碎花二年
隨驃騎辛苦向天涯

夏夜宿表兄話舊

夜合花開香滿庭夜深微雨醉初醒
遠書珍重何曾達舊事凄涼不可聽去
日兒童皆長大昔年親友半凋零明
朝又是孤舟別愁見河橋酒幔青

竇群

·初入諫司喜家室至

竇鞏

·贈阿史那都尉

·襄陽寒食寄宇文籍

竇常

初入諫司喜家室至

一旦悲歡見孟光十年辛苦伴滄桑不知筆硯緣封事猶問傭書日幾行

竇鞏

贈阿史那都尉

較獵燕山經幾春雕弓不離身年來馬上渾無力望見飛鴻指似人

襄陽寒食寄宇文籍

煙水初銷見萬家東風吹柳萬條斜

張叔卿

·流桂州

陳潤

·宿北樂館

大堤欲上誰相伴馬踏春泥半是花

張叔卿

流貴州

莫問蒼梧遠而今世路難胡塵不到處即是小長安

陳潤

宿北樂館

欲眠不眠夜深淺越鳥一聲空山遠庭木蕭蕭落葉時溪聲雨聲不辨溪流潺潺雨習習燈影山光滿窗入棟裏

戴叔倫

·女耕田行

不知渾是雲曉來但覺衣裳溼

戴叔倫

女耕田行

乳燕入巢笋成竹誰家二女種新穀無
人無牛不及犁持刀斫地翻作泥自言
家貧母年老長兄從軍未娶嫂去年
災疫牛囤空截絹買刀都市中頭巾
掩面畏人識以刀代牛誰與同姊妹
相攜心正苦不見路人唯見土疏通畦
隴防亂苗整頓溝塍待時雨日正南

屯田詞

岡下餉歸可憐朝雉擾驚飛東鄰西
舍花發盡共惜餘芳淚滿衣

屯田詞

春來耕田遍沙磧老稚欣欣種禾麥
麥苗漸長天苦晴土乾确确鋤不得
新禾未熟飛蝗至青苗食盡餘枯莖
捕蝗歸來守空屋囊無寸帛缾無粟
十月移屯來向城官教去伐南山木驅牛
駕車入山去霜重草枯牛凍死艱辛
歷盡誰得知望斷天南淚如雨

·除夜宿石頭驛

·别友人

·暮春感懷（二首録一）

除夜宿石頭驛

旅館誰相問，寒燈獨可親。一年將盡夜，萬里未歸人。寥落悲前事，支離笑此身。愁顏與衰鬢，明日又逢春。

别友人

擾擾倦行役，相逢陳蔡間。如何百年内，不見一人閒。對酒惜餘景，問程愁亂山。秋風萬里道，又出穆陵關。

暮春感懷

杜宇聲聲喚客愁，故園何處此登樓。

落花飛絮成春夢剩水殘山異昔遊歌扇多情明月在舞衣無意綵雲收東皇去後韶華盡盡老圖含香别有秋

轉应詞

邊草边草、边草盡來共老、山南山北雪晴、千里萬里月明、明月明月、胡笳一聲愁绝

于良史

春山夜月

·冬日野望寄李贊府

·江上送友人

春山多勝事賞翫夜忘歸掬水月在
手弄花香滿衣興來無遠近欲去惜
芳菲南望鳴鐘處樓臺深翠微

冬日野望寄李贊府

地際朝陽滿天邊宿霧收風兼殘雪
起河帶斷冰流北闕馳心極南圖尚旅
遊登臨思不已何處得銷愁

江上送友人

看爾動行棹未收離別筵千帆忽見
及亂却故人船紛泊雁羣起逶迤沙溆

盧綸

·得耿湋司法書，因叙長安故友零落，兵部苗員外發、秘省李校書端相次傾逝，潞府崔功曹峒、長林司空丞曙俱謫遠方，余以摇落之時，對書增歎，因呈河中鄭倉曹、暢參軍昆季

連長亭十里外應是少人煙

盧綸

得耿湋司法書因叙長安故友零落兵部苗員外發秘省李校書相次傾逝潞府崔功曹長林司空丞曙俱謫遠方余以摇落之時對書增歎因呈河中鄭倉曹暢參軍昆季

鬢似衰蓬心似灰驚悲相集老相催故友九泉留語别逐臣千里寄書來塵容帶病何堪問淚眼逢秋不喜開

·和張僕射塞下曲（六首録二）

·早春歸盩厔舊居却寄耿拾遺湋李校書端

幸接野居宜屣步冀君清夜一申哀

和張僕射塞下曲

林暗草驚風將軍夜引弓平明尋白羽沒在石稜中

月黑雁飛高單于夜遁逃欲將輕騎逐大雪滿弓刀

早春歸盩厔舊居却寄耿拾遺湋李校書端

野日初晴麥壠分竹園相接鹿成群幾家廢井生青草一樹繁花傍古墳

李益
·飲馬歌

司空曙
·竹窗聞風寄苗發

引水忽驚冰滿澗向田空見石和雲可
憐荒歲青山下惟有松枝好寄君

李益

飲馬歌

百馬飲一泉一馬爭上遊一馬噴成泥
百馬飲濁流上有滄浪客對之空歎
息自顧纓上塵襄終日夕爲問泉上
翁何時見沙石

竹窗聞風寄苗發司空曙

微風驚暮坐臨牖思悠哉開門復動

·喜見外弟又言别

·同崔邠登鸛雀樓

竹疑是故人來時滴枝上露稍沾堦下
苔何當一入幌為拂綠琴埃

喜見外弟又言别

十年離亂後長大一相逢問姓驚初見
稱名憶舊容别來滄海事語罷暮天
鐘明日巴陵道秋山又幾重

同崔邠登鸛雀樓

鸛雀樓西百尺檣汀洲雲樹共茫ゝ漢
家簫鼓空流水魏國山河半夕陽事
去千年猶恨速愁來一日即為長風

煙併起思歸望遠目非春亦自傷

鹽州過胡兒飲馬泉

鹽州過胡兒飲馬泉

綠楊著水草如煙舊是胡兒飲馬泉幾處吹笳明月夜何人倚劍白雲天從來凍合關山路今日分流漢使前莫遣行人照容鬢恐驚憔悴入新年

江南詞

江南詞

嫁得瞿塘賈朝朝誤妾期早知潮有信嫁與弄潮兒

度破訥沙二首

度破訥沙二首

·從軍北征

·寫情

·句

眼見風來沙旋移，經年不省草生時。莫言塞北無春到，總有春來何處知。

從軍北征

天山雪後海風寒，橫笛偏吹行路難。磧裏征人三十萬，一時回向月明看。

寫情

水紋珍簟思悠悠，千里佳期一夕休。從此無心愛良夜，任他明月下西樓。

句

閑庭草色能留馬，當路楊花不避人。

李端

·古别離二首

李端

古别離二首

水國葉黄時洞庭霜落夜行舟聞商估宿在楓林下此地送君還茫茫似夢間後期知幾日前路轉多山巫峽通湘浦迢迢隔雲雨天晴見海檣月落聞津鼓人老多自多愁水深難急流清宵歌一曲白首對汀洲

與君桂陽别令君岳陽待後事忽差池前期日空在木落雁嗷嗷洞庭波浪

86

（四）

蕪城

高遠山雲似蓋極浦樹如毫朝發能
幾里暮來風又起如何兩處愁皆在
孤舟裏明昨夜天月明長川寒且清
菊花開欲盡薺菜泊來生下江帆勢速
五兩遥相逐欲问去時人知投何處宿
空令猿嘯時泣對湘篁竹

蕪城

昔人登此地丘隴已前悲今日又非昔
春風能幾時風吹城上樹草沒邊城
路城裏月明時精靈自來去

贈康洽

黄鬚康兄酒泉客平生出入王侯宅今朝醉卧又明朝忽憶故鄉頭已白流年恍惚瞻西日陳事蒼茫指南陌聲名恒壓鮑参軍班位不過楊執戟邇來七十遂無機空是咸陽一布衣後輩輕肥賤衰朽五侯門館許因依自言萬物有移改始信桑田變成海同時獻賦人皆盡共壁題詩君獨在步出東門風景和青山滿眼少年多漢家尚壯

今則老髮短心長知柰何華堂舉杯白日晚龍鍾相見誰能免君今已反我正來朱顏宜笑能幾回借問朦朧花樹下誰家畚插築高臺

妾薄命

憶妾初嫁君花鬟如綠雲迴燈入綺帳轉面脫羅裙折步教人學偷香与客熏容顏南國重名字北方聞一從失恩義轉覺身顦顇對鏡不梳頭倚窗空落淚新人莫持新秋至會無期春從

來閑在長門者必是宮中第一人

茂陵山行陪韋金部

宿雨朝來歇空山秋氣清盤雲雙鶴下隔水一蟬鳴古道黃花落平蕪赤燒生茂陵雖有病猶得伴君行

逢王泌自東京至

逢君自鄉至雪涕問田園幾處此生喬木誰家在舊村山峰橫二室水色映千門愁見遊從處如今花正繁

冬夜寄韓弇

慈恩寺暕上人房招耿拾遺

拜新月

獨坐知霜下，開門見木衰。壯應隨日去，老豈與人期。廢井蟲鳴早，陰階菊發遲。興來空憶戴，不似剡溪時。

慈恩寺暕上人房招耿拾遺

悠然對惠遠，共結故山期。汲井樹陰下，閉門亭午時。地閑花落厚，石淺水流遲。願與神仙客，同來事本歸。

拜新月

開簾見新月，便即下階拜。細語人不聞，北風吹裙帶。

·聽箏

·閨情

·長門怨

·春晚游鶴林寺寄使府諸公

聽箏

鳴箏金粟柱素手玉房前欲得周郎
顧時〻誤拂絃

閨情

月落星稀天欲明孤燈未滅夢難成
披衣更向門前望不忿朝來喜鵲聲

長門怨

金壺漏盡禁門開飛燕昭陽侍寢回
隨分獨眠秋殿裏遙聞語笑自天來

春晚游鶴林寺寄使府諸公

暢當

·登鸛雀樓

楊凝

·送別

野寺尋春花已遲背巖惟有兩三枝明
朝攜酒猶堪醉為報春風且莫吹

暢當

登鸛雀樓

迥臨飛鳥上高出世塵間天勢勢圍平
野河流入斷山

楊凝

送別

春愁不盡別愁來舊淚猶長新淚催相
思倘寄相思字君到揚州揚子迴

司空曙

·雨夜見投之作

·賊平後送人北歸

·觀獵騎

司空曙

雨夜見投之作

出户繁星盡池塘暗不開動衣涼風動度遶樹遠聲來燈外初行電城隅偶隱隱隱雷因知謝文學曉望比塵埃

賊平後送人北歸

世亂同南去時清獨北還他鄉生白髮舊國見青山曉月過殘壘繁星宿故關寒禽與衰草處處伴愁顏

觀獵騎

雲陽館與韓紳宿別

立秋日

纏臂綉綸巾貂裘窄稱身射禽風助箭
走馬雪翻塵金埒爭開道香車為駐輪翩
翩不知處傳是霍家親

雲陽館與韓紳宿別

故人江海別幾度隔山川乍見翻疑夢
相悲各問年孤燈寒照雨濕竹暗浮煙更
有明朝恨離杯惜共傳

立秋日

律變新秋至蕭條自此初花酣蓮報
謝葉在柳呈疎澹日非雲暎清風似

病中嫁女妓
江村即事
喜外弟盧綸見宿

雨餘卷簾涼晴度迎扇暑先除草靜多翻燕波澄乍露魚今朝散騎省作賦興何如

病中嫁女妓

萬事傷心在目前一身垂淚對花筵黃金用盡教歌舞留與他人樂少年

江村即事

釣罷歸來不繫舟江村月落正堪眠縱然一夜風吹去只在蘆花淺水邊

喜外弟盧綸見宿

·寒塘

崔峒

·客舍有懷因呈諸在事

静夜四無隣荒居舊業貧雨中黄葉
樹燈下白頭人以我獨沈久愧君相見頻
平生自有分況是蔡家親

寒塘

曉髮梳臨水寒塘坐見秋鄉心正無限
一雁度南樓

崔峒

客舍有懷因呈諸在事

讀書常苦節待詔豈辭貧暮雪猶
驅馬晡飡又寄人愁來占吉夢老去惜

王建

凉州行

良辰延首平津閣家日已春

王建

凉州行

凉州四邊沙皓皓漢家無人開舊道邊頭州縣盡胡兵將軍別築防秋城萬里人家皆已没年年旌節發西京多來中國收婦女一半生男為漢語蕃人舊日不耕犂相學如今種禾黍驅羊亦著錦為衣為惜氈裘防鬥時養蠶繅繭成足帛那堪繞帳作旌旗城頭

寒食行

促刺詞

山鷄鳴角〻洛陽家〻學胡樂

寒食行

寒食家〻出古城老人看屋少年行
丘壠年〻無舊道車徒散行入衰草
牧兒驅牛下塚頭畏有家人來灑掃
遠人無墳水頭祭還引婦姑望鄉拜
三日無火燒紙錢紙錢那得到黃泉
但看壠上無新土此中白骨應無主

促刺詞

促刺復促刺水中無魚山無石少年

雖嫁不得歸頭白猶著父母衣田邊舊宅非所有我身不及逐鷄飛出門若有歸死處猛虎當衢向前去百年不遣踏君門在家誰喚爲新婦豈不見他鄰舍娘嫁來常在舅姑傍

北邙行

北邙山頭少閑土盡是洛陽人舊墓舊墓人家歸葬多堆著黃金無買處天涯悠悠葬日促岡坂崎嶇不停轂高張素幔繞銘旌夜唱挽歌山

田家留客

下宿洛陽城北復城東魂車祖馬常
相逢車轍廣若長路蒿草少於松柏
樹澗底盤陀石漸稀盡向墳前作
羊虎誰家石碑文字滅後人重取書
年月朝〻車馬送葬回還起大宅與
高臺

田家留客

人客少能留我屋客有新漿馬有粟
遠行僮僕應苦飢新婦廚中炊欲熟
不嫌田家破門户蠶房新泥無風土

行人但飲莫畏貧明府上來何苦辛
丁寧還語屋中妻有客勿令兒夜啼
雙塚直西有縣路我教丁男送君去

望夫石

望夫處江悠悠化為石不回頭上頭日日風
復雨行人歸來石應語

簇蠶辭

蠶欲老箔頭作繭絲皓皓場寬地高風日
多不向中庭爇蒿草神蠶急作莫
悠揚年來為爾祭神桑但得青天不

下雨上無蒼蠅下無鼠新婦拜簇願繭
稠女洒桃漿男打鼓三日開箔雪團〻
先將新繭送縣官已聞鄉里催織作
去與誰人身上著

失釵怨

貧女銅釵惜於玉失却來尋一日哭嫁
時女伴與作裝頭戴此釵如鳳凰雙
杯行酒六親喜我家新婦宜拜堂
鏡中乍無失髻樣初起猶疑在牀上
高樓翠鈿飄舞塵明日從頭一遍新

1945年
12月24日
已三月不写字矣

神樹詞

我家家西老棠樹須晴即晴雨即雨
四時八節上杯盤願神莫離神處所
男不著丁女在舍官事上下無言語
老身長健樹婆娑萬歲千年作神主

祝鵲

神鵲神鵲好言語行人早回多利賂
我今庭中栽好樹與汝作巢當報汝

行見月

月初生居人見月一月行行一年十

二月強半馬上看盈缺百年歡樂能幾
何在家見少行見多不緣衣食相驅
遣〻遣此身誰願長奔波箧中有帛
倉有粟豈向天涯走碌碌家人見月
望我歸正是道上思家時

射虎行

自去射虎得虎歸官差射虎得虎遲
獨行以死當虎命兩人因疑終不定朝〻
暮〻空手回山下綠苗成道徑遠立不
敢汚箭鏃鬧死還來分虎肉惜留猛

·原上新居（十三首之五）

·貽小尼師

·惜歡

虎着深山射殺恐畏終身閑

原上新居 十三首之五

春來梨棗盡啼哭小兒飢鄰富雞常去莊貧客漸稀借牛耕地晚賣樹納錢遲牆下當官路依山補竹籬

貽小尼師

新剃青頭髮生來未掃眉身輕礼拜穩心慢記經遲喚起猶侵曉催齋已過時春晴堦下立私地弄花枝

惜歡

·歲晚自感

·薛二十池亭

當歡須且歡過後買應難歲去停燈守花開把火看狂來欺酒淺愁盡覺天寬次第頭皆白齊年人已殘

歲晚自感

1986年元旦

人皆欲得長年少無那排門白髮催一向破除愁不盡百方回避老須來草堂未辦終須置松樹雖成亦且栽瀝酒願從今日後更逢二十度花開

一月二日

薛二十池亭

每箇樹邊消一日遶池池行匝又須行

李處士故居

寄賈島

異花多是非時有好竹皆當要處生
斜豎小橋看島勢遠移山石作泉聲
浮萍着岸風吹歇水面無塵晚更清

李處士故居

露濃烟重草萋萋樹映闌干柳拂隄一院
落花無客醉半窗残月有鶯啼芳筵想
像情難盡故榭荒涼路欲迷風宛〔景〕然人
自改却经门外馬頻嘶

寄賈島

盡日吟詩坐忍飢萬人中覓似君稀

小松

新嫁娘詞（三首録一）

故行宮

僮眠冷榻朝猶臥驢放秋田夜不歸傍
暝旋收紅落葉覺寒猶着舊生衣
曲江池畔時時到為愛鸕鷀雨後飛

小松

小松初數尺未有直生枝閑即傍邊立
看多長却遲

新嫁娘詞 三首录一

三日入廚下洗手作羹湯未諳姑食
性先遣小姑嘗

故行宮

·酬從姪再看詩本

·江南三臺詞（四首録一）

·宮人斜

寥落古行宮宮花寂寞紅白頭宮女在閑坐說玄宗

酬從姪再看詩本

眼暗没功夫慵來剪刻麤自看花樣古稱得少年無

江南三臺詞 四首录一

揚州橋邊少婦長安城裏商人二年不得消息各自拜鬼求神

宮人斜

未央牆西青草路宮人斜裏紅妝墓一邊

·長門

·寄廣文張博士

·早春書情

載出一邊來更衣不改尋常數

長门

長门闭定不求生燒却頭花卸却箏病卧玉窗秋雨下遥聞别院唤人聲

寄廣文張博士

春明門外作卑官病友經年不得看莫道長安近于日昇天却易到城難

早春書情

漸老風光不著人花溪柳陌早逢春近來行到門前少趂暖閑眠似病人

宮詞

白玉窗前起草臣櫻桃初出赤賜嘗新殿頭傳語金階遠只進詞來謝聖人

城東北面望雲樓半下珠簾半上鉤騎馬行人長遠過恐防天子在樓頭

射生宮女宿新紅妝把得新弓各自張臨上馬時齊賜酒男兒跪拜謝君王

新秋白兔大於拳紅耳霜毛趁草眠天子不教人射殺玉鞭遮到馬蹄前

每夜停燈熨御夜銀熏籠底火霏霏

遙聽帳裏君王覺上值鐘聲始得歸
往來舊院不堪修近勑宣徽別起樓
聞有美人新進入六宮未見一時愁
自誇歌舞勝諸人恨来承恩出内頻連
夜宮中修別院地衣簾額一時新
御池不食索時新每見花開即苦春白
日卧多嬌似病隔簾教喚女醫人
叢〻洗手遶金盆旋拭紅巾入殿門衆
裏遙拋新摘子在前收得便承恩
御池水色春來好處〻分流白玉渠密

奏君王知入月喚人相伴洗裙裾
家常愛著舊衣裳空插紅梳不作妝
忽地下階裙帶解非時應得見君王
教遍宮娥唱遍詞暗中頭白沒人知樓
中日日歌聲好不問從初學阿誰
窗窗戶戶院相當總有珠簾玳瑁牀雖
道君王不來宿帳中常是炷牙香
雨入珠簾滿殿涼避風新出玉盆湯
內人恐要秋衣着不住熏籠換好香
樹頭樹底覓殘紅一片西飛一片東自是

劉商

·胡笳十八拍

桃花貪結子錯教人恨五更風
鴛鴦瓦上瞥然聲晝寢宮娥夢裏驚元
是王金彈子海棠花下打流鶯

劉商

胡笳十八拍

第二拍

馬上將余向絶域厭生求死死不得戎
羯腥膻豈是人豺狼喜怒難姑息行
盡天山足霜霰風土蕭條近胡國萬里
重陰鳥不飛寒沙莽莽無南北

第三拍

如羇囚兮在縲絏憂慮萬端無處說使余刀兮翦余髮食余肉兮飲余血誠知殺身願如此以余為妻不如死早被蛾眉累此身空悲柔弱質柔如水

第四五拍

水頭宿兮草頭坐風吹地漢地衣裳破羊脂沐髮長不梳羔子皮裘領仍左狐襟貉袖腥復膻晝披行兮夜披卧氊帳時移無定居日月長兮不可過

第六拍

怪得春光不來久胡中風土無花柳天
翻地覆誰得知如今正南看北斗姓
名音信兩不通終日經年常閉口是
非取與在指撝言語傳情不如手

第九拍

當日蘇武單于問道是賓鴻解傳信
學他刺血寫得書書上千重萬重恨髯胡
少年能走馬彎弓射飛無遠近遂令
邊雁轉怕人絕域何由達方寸

第十拍

恨凌辱兮惡腥膻憎胡地兮怨胡天
生得胡兒欲棄捐及生母子情宛然
貌殊語異憎還愛心中不覺常相牽
朝〻暮〻在眼前腹生手養寧不憐

第十二拍

破瓶落井空永沈故鄉望斷無歸心
寧知漢使問姓名漢語泠泠傳好音
夢魂幾度到鄉國覺後翻成哀怨深
如今果是夢中事喜過悲來情不任

第十三拍

童稚牽衣雙在側將來不可留又憶還鄉惜別兩難分寧棄胡兒歸舊國山川萬里復邊戍背面無由得消息淚痕滿面對殘陽終日依〻向南北

第十四拍

莫以胡兒可羞恥恩情亦各言其子手中十指有長短截之痛惜皆相似還鄉豈不見親族念此飄零隔生死南風萬里吹我心心亦隨風度遼水

第十五拍

歎息襟懷無定分，當時怨來歸又恨。不知情愁怨情若何，似有鋒鏑擾方寸。悲歡並行情未快，心意相尤自相問。不緣生得天屬親，豈向仇讎結恩信。

第十六拍

去時只覺天蒼蒼，歸日始知胡地長。重陰白日落何處，秋雁所向應南方。平沙四顧自迷惑，遠近悠悠隨雁行。徑途未盡馬蹄盡，不見行人邊草黃。

冷朝陽

・題潘師房

・別郎上人

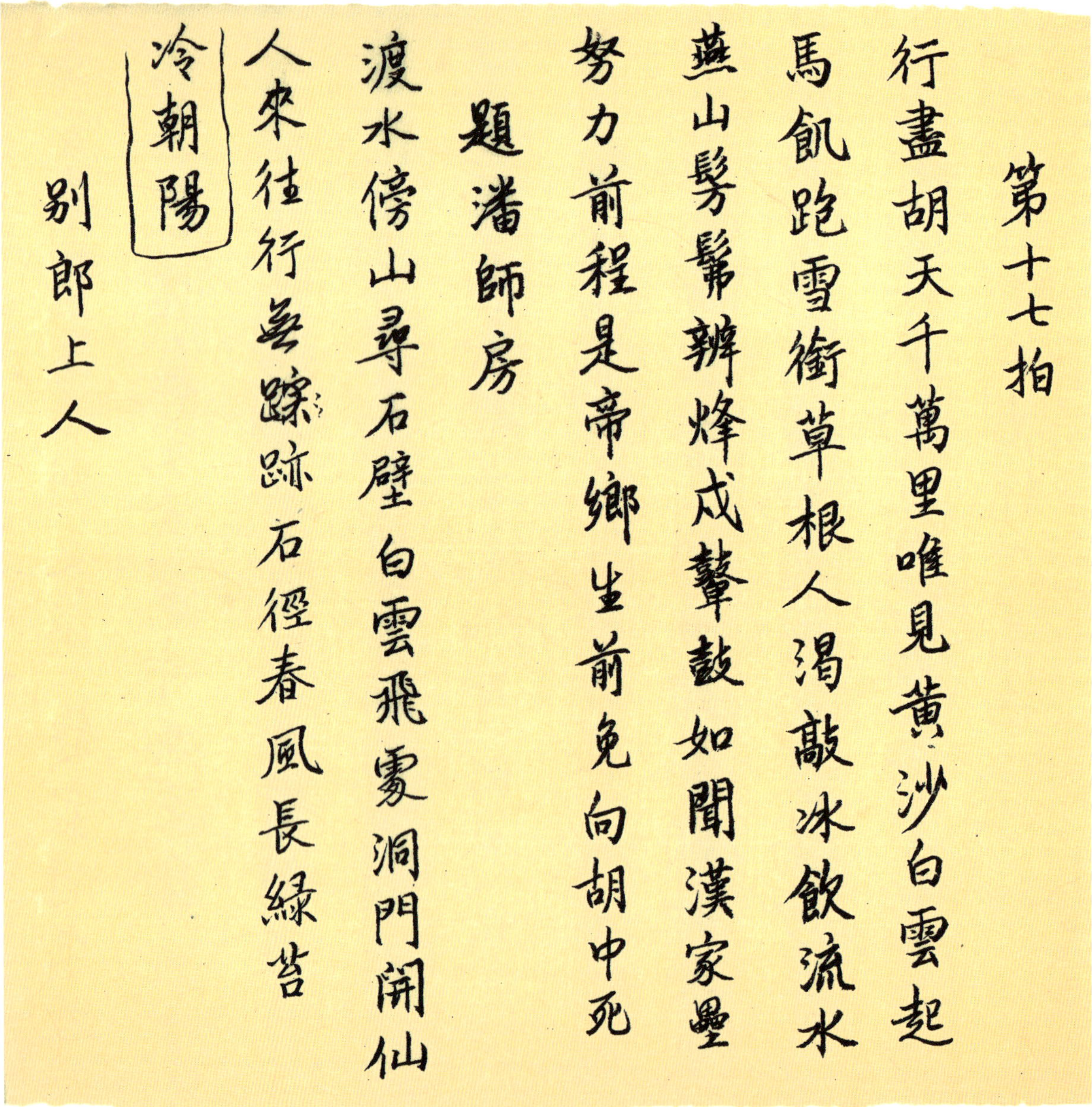
第十七拍
行盡胡天千萬里唯見黃沙白雲起
馬飢跑雪銜草根人渴敲冰飲流水
燕山髣髴辨烽戍鼙鼓如聞漢家壘
努力前程是帝鄉生前免向胡中死
題潘師房
渡水傍山尋石壁白雲飛處洞門開仙
人來往行無蹤跡石徑春風長綠苔
冷朝陽
別郎上人

朱灣

·九日登青山

·題段上人院壁畫古松

過雲尋釋子話別更依〻靜室開來久
遊人到自稀觸風香氣盡隔水磬聲微
獨傍孤松立塵中多是非

朱灣

九日登青山

昔人惆悵處繫馬又登臨舊地煙霞在
多時草木深水將空合色雲與我無心
想見龍山會良辰尔似今

題段上人院壁畫古松

石上盤古根謂言天生有安知草木性

張志和

·漁父歌

變在畫師手陰深方丈間直趣幽且閑
木紋離披勢搓捽中裂空心火燒出
掃成三寸五寸枝便是千年萬年物
莓苔濃淡色不同一面死皮生蠹蟲
風霜未必來到此氣色杳在寒山中
孤標可玩不可取能使支公道場古

張志和

漁父歌

西塞山前白鷺飛桃花流水鱖魚肥青
箬笠綠蓑衣斜風細雨不須歸

郭鄖

· 寒食寄李補闕

李約

· 觀祈雨

郭鄖

寒食寄李補闕

蘭陵士女滿晴川郊外紛紛拜古埏萬井
閭閻皆禁火九原松柏自生烟人間後事
悲前事鏡裏今年老去年介子終知祿不
及王孫誰肎一相憐

李約

觀祈雨

桑條無葉土生煙簫管迎龍水廟前朱
門幾處看歌舞猶恐春陰咽管弦

于鵠

·江南曲

·巴女謡

·古詞（三首録二）

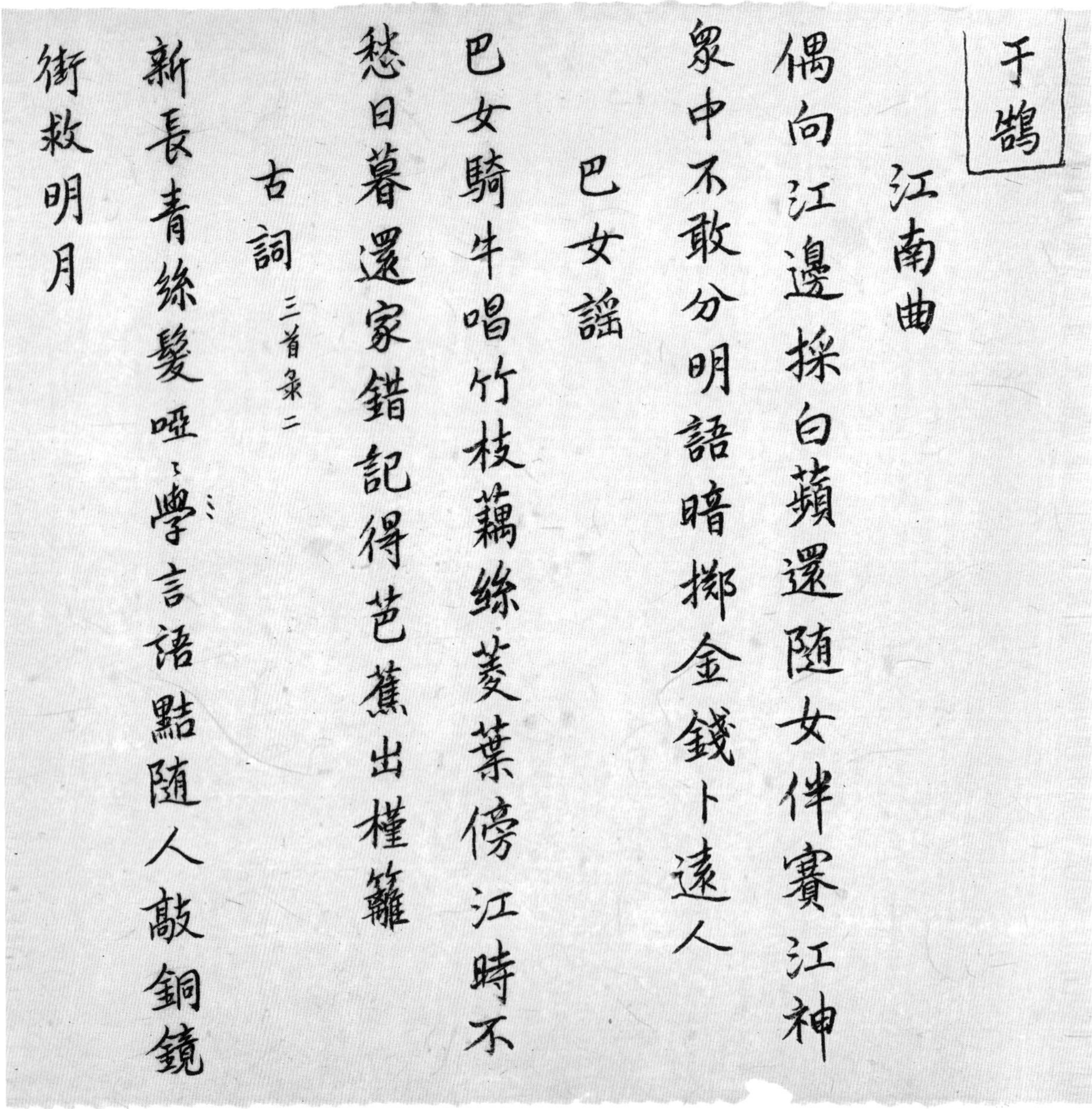
于鵠
江南曲
偶向江邊採白蘋還隨女伴賽江神
衆中不敢分明語暗擲金錢卜遠人
巴女謡
巴女騎牛唱竹枝藕絲菱葉傍江時不
愁日暮還家錯記得芭蕉出槿籬
古詞 三首录二
新長青絲髮啞啞學言語黠隨人敲銅鏡
銜救明月

盧群 · 淮西席上醉歌 · 古挽歌

東家新長兒與妾同時生竝長兩心熟熟

到大相呼名

古挽歌

陰風吹黄蒿挽歌度秋水車馬却歸城

孤墳月明裏

竇參

淮西席上醉歌

祥瑞不在鳳凰麒麟、太平須得邊將忠

臣、衛霍真誠奉主貔虎十萬一身、河

江河潛注息浪、蠻貊款塞無塵、但得

武元衡
· 夏夜作

權德輿
· 三婦詩

百寮師長肝膽、不用三軍羅綺金銀、

武元衡

夏夜作

夜久暄黯息池臺惟月明無因駐清景日出事還生

權德輿

删× 三婦詩

大婦刺繡文中婦縫羅裙小婦無所作嬌歌遏行雲丈人且安坐金爐香正薰

安語

巖〻五岳鎮方輿八極廓清氛氣除揮
金得謝歸閭里象牀角枕支體舒

危語

被病獨行逢乳虎狂風駭浪失櫂櫓举
人看榜聞曉鼓孱夫孽子遇妬母

大言

華嵩為佩河為帶南交北朔跬步內摶
鵬作腊巨鼇鱠伸舒軼出元氣外

小言

·玉臺體（十二首録一）

令狐楚

·年少行（四首録一）

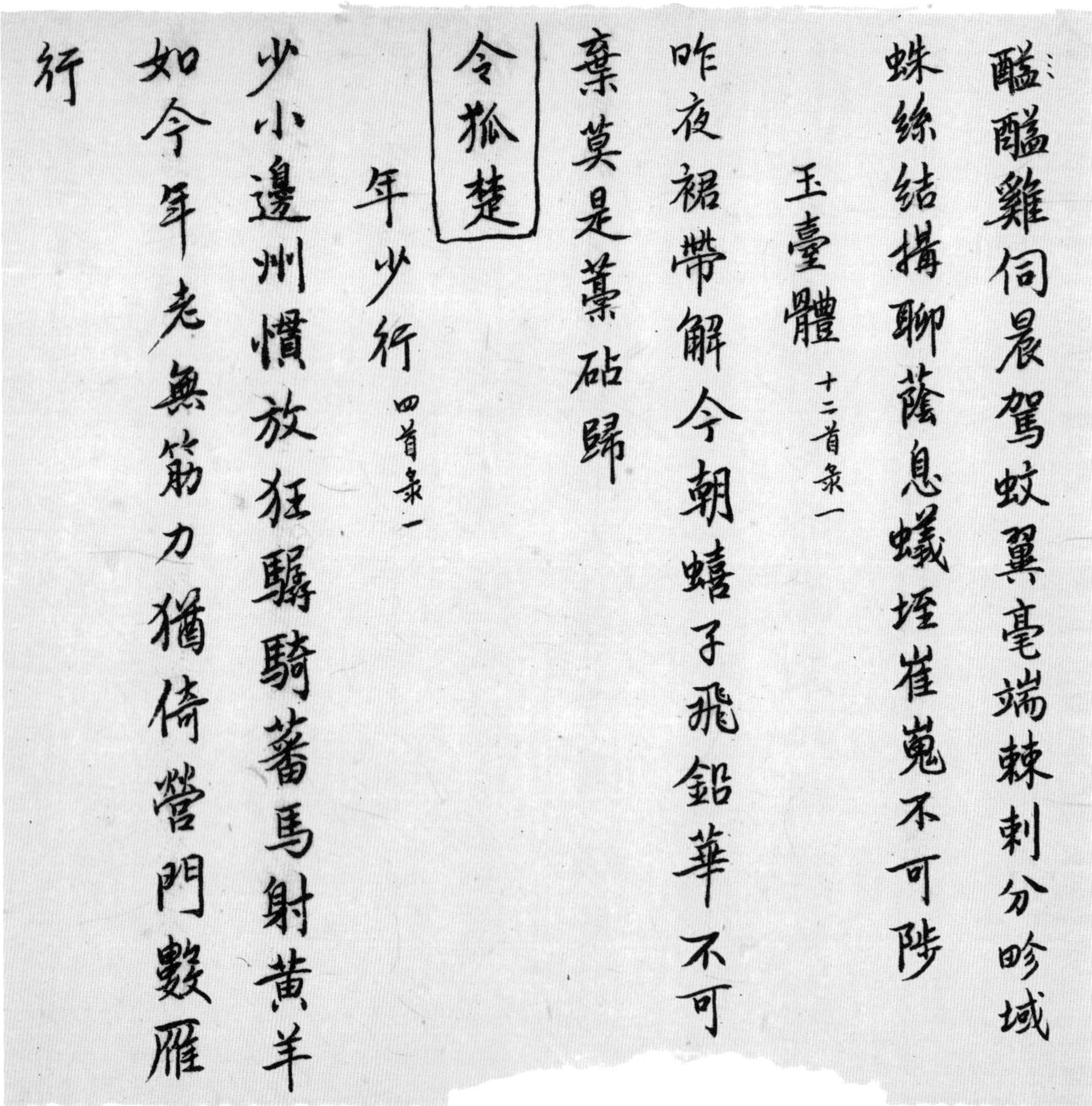
醯醯雞伺晨駕蚊翼毫端棘刺分眇域
蛛絲結搆聊蔭息蟻垤崔嵬不可陟
玉臺體 十二首录一
昨夜裙帶解今朝蟢子飛鉛華不可
棄莫是藁砧歸
令狐楚
年少行 四首录一
少小邊州慣放狂驏騎蕃馬射黃羊
如今年老無筋力猶倚營門數雁
行

裴度

·中書即事

韓愈

·醉贈張秘書

裴度

中書即事

有意效承平無功答聖明灰心緣忍事霜鬢為論兵道直身還在恩深命轉輕鹽梅非擬議葵藿是平生白日長懸照蒼蠅謾發聲高陽舊田里終使謝歸耕

韓愈

醉贈張秘書

人皆勸我酒我若耳不聞今日到君家

呼酒持勸君為此座上客及余各能文
君詩多態度藹〻春空雲東野動驚
俗天葩吐奇芬張籍學古淡軒鶴避
鷄群阿買不識字頗知學八分詩成
使〻寫尔足張吾軍所以欲得酒為文
俟其釀酒味既冷冽酒氣又氛氳性情
漸浩〻諧笑方云〻此誠得酒意餘外徒繽
紛長安衆富兒盤饌羅羶葷不解文
字飲惟能醉紅裙雖得一餉樂有如聚
飛蚊今我及數子固無蕕與薰險語破

鬼胆高詞媲皇墳至寶不雕琢神功謝
鋤耘方今向太平元凱承華勛吾徒幸
無事庶以窮朝曛

山石

山石犖确行径微黄昏到寺蝙蝠飛升
堂坐階新雨足芭蕉葉大支子肥僧言
古壁佛画好以火來照所見稀鋪牀拂
席置羹飯踈糲尔足飽我飢夜深静
卧百蟲絶清月出嶺光入扉天明獨去無
道路出入高下窮烟霏山紅澗碧紛爛

雉帶箭
忽忽

漫時見松櫪皆十圍當流赤足蹋澗石水
聲激激風吹衣人生如此自可樂豈必局
束為人鞿嗟哉吾黨二三子安得至老
不更歸

忽忽

忽忽乎余未知生之為樂也願脫去
而無因安得長翮大翼如雲生我身
乘風振奮出六合絕浮塵死生哀
樂兩相棄是非得失付閒人

雉帶箭

原頭火燒靜兀兀野雉畏鷹出復沒
將軍欲以巧伏人盤馬彎弓惜不發
地形漸窄觀者多雉驚弓滿勁箭
加衝人決起百餘尺紅翎白鏃相傾
斜將軍仰笑軍吏賀五色離披馬前
墮

桃源圖

神仙有無何渺茫桃源之說誠荒
唐流水盤迴山百轉生綃數幅垂中堂
武陵太守好事者題封遠寄南宮下

南宮先生忻得之波濤入筆驅文辭
文工畫妙各臻極異境恍惚移於斯
架巖鑿谷開宮室接屋連牆千萬日
嬴顛劉蹶了不聞地坼天分非所恤
種桃處處惟開花川原近遠蒸紅霞
初來猶自念鄉邑歲久此地還成家
漁舟之子來何所物色相猜更問語
大蛇中斷喪前王羣馬南渡開新主
聽聽終辭絕共淒然自說經今六百
年當時萬事皆眼見不知幾許猶流

感春

傳爭持酒食來相饋禮數不同樽俎
異月明伴宿玉堂空骨冷魂清無夢
寐夜半金鷄啁哳鳴火輪飛出客心
驚人間有累不可任依然離別難為情
船開櫂進一迴顧萬里蒼蒼煙水暮世
俗寧知偽與真至今傳者武陵人

感春

我所思兮在何所情多地遐兮徧處處東
西南北兮皆欲往千江隔兮萬山阻春
花風吹園雜花開朝日照屋百鳥語

三桮取醉不復論一生長恨奈何許

剝啄行

剝〻啄〻有客至門我不出應客去而嗔從者語我子胡為然我不厭客困於語言欲不出納以堙其源空堂幽〻有秸有莞門以兩板叢書其間窅〻深塹其墉甚完彼寧可隳此不可干從者語我嗟子誠難子雖云爾其口益蕃我為子謀有萬其全凡今之人急名與官子不引去與為波瀾

送無本師歸范陽

雖不開口雖不開閑變化咀嚼有鬼有神今去不勇其如後艱我謝再拜汝無復云往追不及來不有年

送無本師歸范陽

無本於為文身大不及膽吾嘗示之難勇往無不敢蛟龍弄角牙造次欲手攬衆鬼因大幽下覷襲玄窟天陽熙四海注視首不頷鯨鵬相摩窣兩舉快一噉夫豈能必然固已謝黯黮狂詞肆滂葩低昂見舒慘

姦窮怪變得往〻造平澹蠭蟬碎錦纈綠池披菡萏芝英擢荒榛孤翮起連菼家幽都遠未識氣先感來尋吾何能無殊嗜昌歜始見洛陽春桃枝綴紅糝遂來長安里時卦轉習坎老嬾無鬥心久不事鉛槧欲以金帛酬舉室常顑頷念當委我去雪霜刻以憯獰飆攪空衢天地與頽撼勉率吐歌詩慰汝別後覽

石鼓歌

張生手持石鼓文勸我試作石鼓歌少陵無人謫仙死才薄將奈石鼓何周綱陵遲四海沸宣王憤起揮天戈大開明堂受朝賀諸侯劍佩鳴相磨蒐于岐陽騁雄俊萬里禽獸皆遮羅鐫工勒成告萬世鑿石作鼓隳嵯峨辭嚴義密讀難曉字體不類隸與科年深豈免有缺畫快劍斫斷生蛟鼉鸞翔鳳翥衆僊下珊瑚碧樹交枝柯金繩鐵索鎖

紐壯古鼎躍水龍騰梭陋儒編詩不收
入二雅褊迫無委蛇孔子西行不到秦
掎摭星宿遺羲娥嗟予好古生苦晚
對此涕淚雙滂沱憶昔初蒙博士徵
其年始改稱元和故人從軍在右輔
為我度量掘臼科濯冠沐浴告祭酒
如此至寶存豈多氈包席裹可立致
十鼓秖載數駱駝薦諸太廟比郜鼎
光價豈止百倍過聖恩若許留太學
諸生講解得切磋觀鴻都尚填咽坐

見舉國來奔波剜苔剔蘚露節角安
置妥帖平不頗大厦深檐與蓋覆經
歷久遠期無佗中朝大官老於事詎
肯感激徒媕婀牧童敲火牛礪角誰
復着手爲摩挲日銷月鑠就埋沒
六年四顧空吟哦羲之俗書趁姿媚
數紙尚可博白鵝繼周八代爭戰罷
無人收拾理則那方今太平日無事柄
任儒術任崇丘軻安能以此上論列
願借辯口如懸河石鼓之歌止於此

嗚呼吾意其蹉跎

調張籍

李杜文章在光燄萬丈長不知羣兒
愚那用胡故謗傷蚍蜉撼大樹可笑
不自量伊我生其後舉頸遥相望夜
夢多見之晝思反微茫徒觀斧鑿痕
不矚治水航想當施手時巨刃磨天揚
垠崖劃崩豁乾坤擺雷硠惟此兩夫
子家居率荒涼帝欲長吟哦故遣
起且僵剪翎送籠中使看百鳥翔平

庭楸

生千萬篇金薤垂琳琅仙官敕六丁雷電下取將流落人間者太山一毫芒我願生兩翅捕逐出八荒精誠忽交通百怪入我腸刺手拔鯨牙舉瓢酌天漿騰身跨汗漫不著織女襄顧語地上友經營無太忙乞君飛霞佩與我高頡頏

庭楸

庭楸止五株共生十步間各有藤繞之上各相鉤聯下葉各垂地樹顛各

次同冠峽

雲連朝日出其東我常坐西偏夕日在
其西我常坐東邊當晝日在上我在中
央間仰視何青青上不見纖穿朝暮
與日時我且八九旋濯〻晨露香明珠
何聯〻夜月來照之蒨〻自生烟我已
自頑鈍重遭五楸牽客來尚不見肯
到權門前權門衆所趣有客動百千
九牛無一毛未在多少間既往無可
顧不往自可憐

次同冠峽

·題木居士（二首録一）

·盆池五首

今日是何朝天晴物色饒落英千
尺墮遊絲百丈飄泄乳交巖脉懸流
揭浪標無心思嶺北猿鳥莫相撩

題木居士 二首録一

火透波穿不計春根如頭面榦如身
偶然題作木居士便有無窮求福人

盆池五首

老翁真個似童兒汲水埋盆作小池一
夜青蛙鳴到曉恰如方口釣魚時
莫道盆池作不用藕稍初種已齊生

晚春

從今有雨君須記
來聽蕭蕭打葉聲
瓦沼晨朝水自清
小蟲無數不知名
忽然分散無蹤影
惟有魚兒作隊行
泥盆淺小詎成池
夜半青蛙聖得知
一聽晴來將伴侶
不煩鳴喚鬬雄雌
池光天影共青青
拍岸纔添水數缾
且待夜深明月去
試看含涵泳幾多星

晚春

草樹知春不久歸
百般紅紫鬬芳菲

落花

左遷至藍關示姪孫湘

楊花榆莢無才思惟解漫天作雪飛

落花

已分將身著地飛那羞踐踏損光輝
無端又被春花誤吹落西家不得歸

左遷至藍關示姪孫湘

一封朝奏九重天夕貶潮州路八千
欲為聖朝除弊事肯將衰朽惜殘
年雲橫秦嶺家何在雪擁藍關馬
不前知汝遠來應有意好收吾骨
瘴江邊

鎮州初歸

同水部張員外籍曲江春遊寄白二十二舍人

嘲鼾睡

鎮州初歸

别來楊柳江頭樹擺弄春風只欲飛
還有小園桃李在留花不發待郎歸

同水部張員外籍曲江春遊寄
白二十二舍人

漠漠輕陰晚自開青天白日映樓臺曲
江水滿花千樹有底忙時不肯來

嘲鼾睡

澹師晝睡時聲氣一何猥頑飈吹
肥脂坑谷相嵬磊雄哮乍咽絶每發

壯益倍有如阿鼻尸長喚忍衆罷馬
牛驚不食百鬼聚相待木枕十字裂
鏡面生痱瘤鐵佛聞皺眉石人戰摇
腿孰云天地仁吾欲責真宰幽尋亂
搜耳猛作濤翻海太陽不忍明飛御
皆惰怠乍如彭興黥呼冤受菹醢又
如圈中虎號瘡兼吼餧雖令伶倫
吹苦韻難可改雖令巫咸招魂爽難
復在何山有靈藥療此顛與操

王涯

·塞上曲（二首）

·隴上行

·從軍詞（三首録一）

塞上曲 二首

天驕遠塞行
出鞘寶刀鳴
定是酬恩日
今朝覺命輕

塞虜常為敵
邊風已報秋
平生多志
氣
箭底覓封侯

隴上行

負羽到邊州
鳴笳度隴頭
雲黃知塞
近
草白見邊秋

從軍詞 三首录一

旌頭夜落捷書飛
來奏金門著

·塞下曲（二首録一）

·秋思（二首録一）

·春閨思

賜衣白馬將軍頻破敵黄龍戍卒
幾時歸

塞下曲 二首录一

年少辭家從冠軍金裝寶劍去邀勲
不知馬骨傷寒水唯見龍城起暮雲

秋思 二首录一

宫連太液見滄波暑氣未消秋意多
一夜清風蘋末起露珠翻盡滿池荷

春閨思

愁見遊空百尺絲春風挽斷更傷離閑

·宫詞（録九）

花落盡青苔地盡日與人誰得知

宫詞

白人宜著紫衣裳冠子梳頭雙眼長
新睡起來思舊夢見人忘却道勝常
春來新插翠雲釵尚著雲頭踏殿鞋
欲得君王回一顧争扶玉輦下金階
五更初起覺風寒香炷燒來夜已殘欲
卷珠簾驚雪滿自將紅燭上樓看
一叢高鬢綠雲光官樣輕輕淡淡黄為
看九天公主貴外邊争學内家裝

永巷重門漸半開宮官著鎖隔門回
誰知曾笑他人處今日将身自入來
春風簾裏舊青娥無奈新人奪寵何
寒食禁花開滿樹玉堂終日闭時多
碧繡簷前柳散垂守门宮女欲攀時
曾经玉輦從容處不敢臨門折一枝
白雪猧兒拂地行慣眠紅毯不曾驚深
宮更有何人到只曉金階吠晚螢
銀瓶瀉水欲朝妝燭焰紅高粉壁光共
怪滿衣珠翠冷黃花瓦上有新霜

陳羽

古意

陳羽

古意

十三學繡羅衣裳自憐紅袖聞馨香
人言此是嫁時服含笑不刺雙鴛鴦
郎年十九髭未生拜官天下聞郎名
車馬駢闐賀门館自然不失為公卿
是時妾家猶未貧兄弟出入雙車輪
繁華全盛兩相敵與郎年少為婚姻
郎家居近御溝水豪门客盡躡珠履
雕盤酒器常不乾曉入中廚妾先起

姑嫜嚴肅有規矩，小姑嬌憨意難取。朝參暮拜白玉堂，繡衣著盡黃金縷。妾貌漸衰郎漸薄，時時強笑意索寞。知郎本來無歲寒，幾回掩淚看花落。妾年四十絲滿頭，郎年五十封公侯。男兒全盛日忘舊，銀牀羽帳空颼颼。庭花紅遍蝴蝶飛，看郎佩玉下朝時。歸來畧畧不相顧，却令侍婢生光輝。郎恨婦人易衰老，妾亦恨深不忍道。看郎強健能幾時，年過六十還枯槁。

·戲題山居（二首録一）

歐陽詹

·初發太原途中寄太原所思

戲題山居 二首录一

雖有柴门長不関片雲高木共身閑

猶嫌住久人知處見欲移居更上山

歐陽詹

初發太原途中寄太原所思

驅馬漸覺遠迴頭長路塵高城已不見

况復城中人去意自未甘居情諒猶辛

五原東北晉千里西南秦一屨不出門

一車無停輪流萍與繫匏早晚期相

親

柳宗元

·晨詣超師院讀禪經

·與浩初上人同看山寄京華親故

柳宗元

晨詣超師院讀禪經

汲井漱寒齒，清心拂塵服。閒持貝葉書，步出東齋讀。真源了無取，妄跡世所逐。遺言冀可冥，繕性何由熟。道人庭宇靜，苔色連深竹。日出霧露餘，青松如膏沐。澹然離言說，悟悅心自足。

與浩初上人同看山寄京華親故

海畔尖山似劍鋩，秋來處處割愁腸。著

·三贈劉員外

·嶺南江行

·種柳戲題

爲化得身千億散上峰頭望故鄉

三贈劉員外

信書成自誤經事漸知非今日臨歧
别何年待汝歸

嶺南江行

瘴江南去入雲烟望盡黄茆是海邊
山腹雨晴添象跡潭心日暖長蛟涎射
工巧伺遊人影颶母偏驚旅客船從此
憂來非一事豈容華髮待流年

種柳戲題

别舍弟宗一　南磵中題

柳州柳刺史種柳柳江邊談笑為故
事推移成昔年垂陰當覆地聳幹
會參天好作思人樹慚無惠化傳

别舍弟宗一

零落残紅倍黯然雙垂别淚越江邊
一身去國六千里萬死投荒十二年桂
嶺瘴來雲似墨洞庭春盡水如天欲
知此後相思夢長在荆门郢樹煙

南磵中題

秋氣集南磵獨遊亭午時迴風一蕭

溪北池

·雨後曉行獨至愚

·秋曉行南谷經荒村

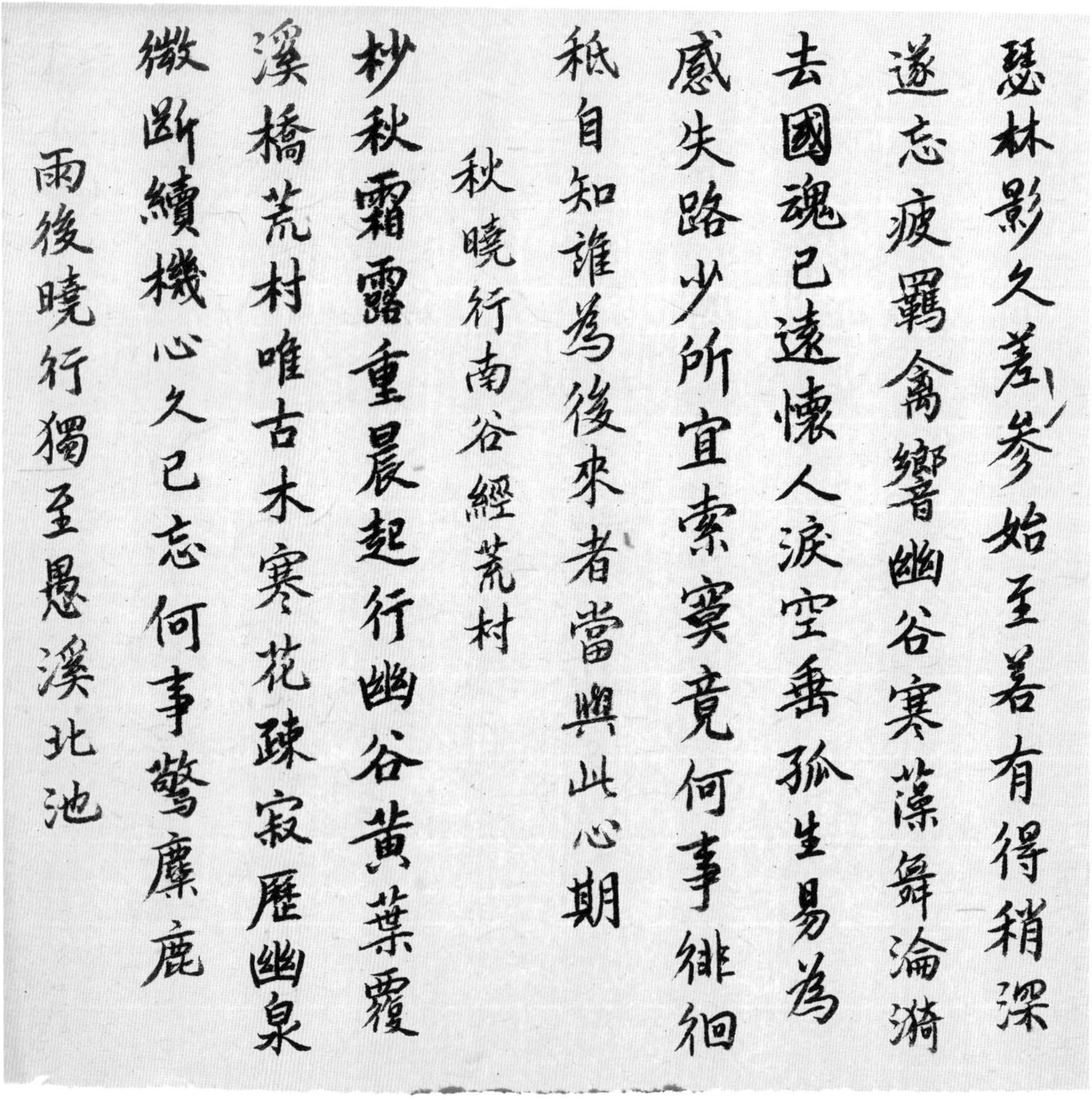

瑟林影久差參始至若有得稍深
遂忘疲羈禽響幽谷寒藻舞淪漪
去國魂已遠懷人淚空垂孤生易為
感失路少所宜索寞竟何事徘徊
秪自知誰為後來者當與此心期

秋曉行南谷經荒村

杪秋霜露重晨起行幽谷黃葉覆
溪橋荒村唯古木寒花疎寂歷幽泉
微斷續機心久已忘何事驚麏鹿

雨後曉行獨至愚溪北池

江雪

漁翁

宿雲散洲渚曉日明村塢高樹臨清池風驚夜來雨予心適無事偶此成賓主

江雪

千山鳥飛絶萬逕人蹤滅孤舟蓑笠翁獨釣寒江雪

漁翁

漁貧夜傍西巖宿曉汲清湘燃楚竹煙銷日出不見人欸乃一聲山水綠迴看天際下中流巖上無心雲相逐

劉禹錫

·團扇歌

·插田歌（并引）

劉禹錫

團扇歌

團扇復團扇奉君清暑殿秋風入庭樹從此不相見上有乘鸞女蒼〻塵網遍明年入懷袖別是機中練

插田歌并序

連州城下俯接村墟偶登郡樓適有所感遂書其事為俚歌以俟采詩者

岡頭花草齊燕子東西飛田塍望如

綫白水光參差農婦白紵裙農父綠
蓑衣齊唱郢中歌嚶儜如竹枝但聞
怨響音不辨俚語辭時時一大笑此必
相嘲嗤水平苗漠漠煙火生墟落黃犬
往復還赤鷄鳴且啄路旁誰家郎烏
帽衫袖長自言上計吏年幼離帝鄉
田夫語計吏君家儂定諳一來長安
道眼大不相參計吏笑致辭長安真大
處省門高軻峩儂入無度數昨來
補衛士唯用筒竹布君看二三年

・養鷙詞（并引）

我作官人去

養鷙詞 并引

途逢少年志在逐獸方呼鷹隼以襲飛走因縱觀之卒無所獲行人有常從事於斯者曰夫鷙鳥飢則為用今哺之過篤故然也予感之作養鷙詞

養鷙非玩物所資擊鮮力少年昧其理日日哺不息探雛網黄口旦暮有餘食寧知下韝時翅重飛不得毰毸止林表狡兔自南北飲啄既已盈安能勞羽翼

·客有爲余話登天壇遇雨之狀因以賦之

客有為余話登天壇遇雨之狀因
以賦之
清晨登天壇半路逢陰晦疾行穿雨
過卻立視雲背白日照其上風雷走於
內滉瀁雲海翻槎牙玉山碎蛟龍露鬐
鬣神鬼含變態萬狀互生滅百音以繁會
俯觀羣動靜始覺天宇大山頂自晶明人
間已霶霈豁然重昏斂渙若春冰潰反
照入松門瀑流飛縞帶遙光泛物色餘
韻吟天籟洞府撞仙鐘村墟起夕靄卻

·歲夜詠懷

·蒙池（海陽十詠録一）

見山下侶已如迷世代問我何處來我來
雲雨外

歲夜詠懷

彌年不得意新歲又如何念昔同遊者
而今有幾多以閑為自在將壽補蹉跎
春色無情故幽居亦見過

蒙池

瀠渟幽壁下深淨如無力風起不成文
月來同一色地靈草木秀人遠煙霞
逼往往疑列仙圍碁在巖側

泰娘歌

泰娘家本閶門西門前緑水環金隄有
時妝成好天氣走上臯橋折花戲風流太
守韋尚書路傍忽見停車旟斗量明
珠鳥傳意紺幰入專城居長鬟如雲衣
似霧錦茵羅薦承輕步舞學驚鴻水
榭春歌傳上客蘭堂暮從郎西入帝城
中貴遊簪組香簾櫳低鬟緩視抱明月
纖指破撥生胡風繁華一旦有消歇題劍
無光履聲絶洛陽舊宅生草萊杜陵

蕭〻松柏哀妝奩蟲網厚如繭博山爐側
傾寒灰蘄州刺史張公子白馬新到銅
駝里自言買笑擲黃金月墮雲中從此
始安知鵬鳥座偶飛寂寞旅魂招不歸
秦嘉鏡前有時結韓壽香銷故篋衣山
城少人江水碧斷雁哀猨風雨夕朱弦已
絶為知音雲鬢未秋私自惜舉目風煙
非舊時夢尋歸路多參差如何將此
千行淚更灑湘江斑竹枝

牆陰歌

蜀先主廟

白日左右浮天潢朝晡影入東西牆昔為兒童在陰戲當時意小覺日長東鄰侯家吹笙簧陰影促〻移象牀西鄰田舍之糟糠就影汲〻舂黄粱因思九州四海外家〻只占牆陰内莫言牆陰數尺間老却主人如等闲君看眼前光陰促中心莫學太行山

蜀先主廟

天地英雄氣千秋尚凛然势分三鼎足業復五銖錢得相能開國生兒不

·秋日送客至潛水驛

·冬日晨興寄樂天

·秋日書懷寄白賓客

象賢淒凉蜀故妓來舞魏宫前

秋日送客至潛水驛

候吏立秋沙際田家連竹溪楓林社日
鼓茅屋午時鷄鵲噪晚禾地蝶飛秋草
畦驛樓官樹近疲馬再三嘶

冬日晨興寄樂天

庭樹曉禽動郡樓殘點聲燈挑紅燼落
酒暖白光生鬢少嫌梳顔衰恨鏡明獨
吟誰應和須寄洛陽城

秋日書懷寄白賓客

秋中暑退贈樂天

始聞秋風

州遠雄無益年高健亦衰興情逢酒在
筋力上樓知蟬噪芳意盡雁來愁望時
商山紫芝客应不向秋悲

秋中暑退贈樂天

暑服宜秋著清琴入夜彈人情皆向菊
風意欲摧蘭歲稔稔貧心泰天涼病體
安相逢取次第却甚少年歡

始聞秋風

昔看黃菊與君别今聽玄蟬我却回五
夜颸〻枕前覺一年顏狀鏡中來馬思邊

·西塞山懷古

·酬樂天揚州初逢席上見贈

草拳毛動鵰眄青雲睡眼開天地肅清堪四望為君扶病上高臺

西塞山懷古

西晉樓船下益州金陵王氣黯然收千尋鐵鎖沉江底一片降旛出石頭人世幾回傷往事山形依舊枕江流今逢四海為家日故壘蕭蕭蘆荻秋

酬樂天揚州初逢席上見贈

巴山楚水淒涼地二十三年棄置身懷舊空吟聞篴賦到鄉翻似爛柯人沈舟側

·樂天見示傷微之敦詩晦叔三君子皆有深分因成是詩以寄

·和僕射牛相公春日閑坐見懷

畔千帆過病樹前頭萬木春今日聽君歌一曲暫憑杯酒長精神

樂天見示傷微之敦詩晦叔三君子皆有深分因成是詩以寄

吟君歎逝雙絶句使我傷懷奏短歌世上空驚故人少集中唯覺祭文多芳林新葉催陳葉流水前波讓後波萬古到今同此恨聞琴淚盡欲如何

和僕射牛相公春日閑坐見懷

官曹崇重難頻入第宅清閑且獨行

·視刀環歌

·三閣辭（四首録一）

·竹枝詞（二首録一）

階蟻相逢如偶語，園蜂速去恐違程。人於紅藥惟看色，鶯到垂楊不惜聲。東洛池臺怨拋擲，移文非久會應成。

視刀環歌

常恨言語淺，不如人意深。今朝兩相視，脈脈萬重心。

三閣辭 四首録一

貴人三閣上，日晏未梳頭。不應有恨事，嬌甚却成愁。

竹枝詞

·秋詞二首

·秋扇詞

楊柳青青江水平
聞郎江上唱歌聲
東邊日出西邊雨
道是無晴却有晴

秋詞二首

自古逢秋悲寂寥
我言秋日勝春朝
晴空一鶴排雲上
便引詩情到碧霄
山明水淨夜來霜
數樹深紅出淺黃
試上高樓清入骨
豈如春色嗾人狂

秋扇詞

莫道恩情無重來
人間榮謝遞相催
當時初入君懷袖
豈念寒爐有死灰

·竹枝詞（九首録二）

·楊柳枝詞（九首録四）

竹枝詞 九首录二

城西門前灩澦堆，年年波浪不能摧。懊惱人心不如石，少時東去復西來。

瞿塘嘈嘈十二灘，人言道路古來難。長恨人心不如水，等閑平地起波瀾。

楊柳枝詞 九首录四

南陌東城春早時，相逢何處不依依。桃紅李白皆誇好，須得垂楊相發揮。

煬帝行宮汴水濱，數枝楊柳不惜春。晚來風起花如雪，飛入宮墻不見人。

·元和十一年自朗州召至京戲贈看花諸君子

·再遊玄都觀

城外春風吹酒旗行人揮袂日西時長
安陌上無窮樹唯有垂楊管別離
輕盈嫋娜占年華舞榭妝樓處處遮春
盡絮花留不得隨風好去落誰家

元和十一年自朗州召至京戲贈看
花諸君子

紫陌紅塵拂面來無人不道看花回
玄都觀裏桃千樹盡是劉郎去後栽

再遊玄都觀

百畝庭中半是苔桃花淨盡菜花開

·與歌者米嘉榮

·金陵五題（録二）

種桃道士歸何處前度劉郎今又來

與歌者米嘉榮

唱得涼州意外聲舊人唯數米嘉榮近來時世輕先輩好染髭鬚事後生

金陵五題録二

石頭城

山圍故國周遭在潮打空城寂寞回淮水東邊舊時月夜深還過女牆來

烏衣巷

朱雀橋邊野草花烏衣巷口夕陽斜

與歌者何戡

寄贈小樊

樓上

舊時王謝堂前燕飛入尋長百姓家

與歌者何戡

二十餘年別帝京重聞天樂不勝情舊人唯有何戡在更與殷勤唱渭城

寄贈小樊

花面丫頭十三四春來綽約向人時終須買取名春草處處將行步步隨

樓上

江上樓高二十梯梯梯登徧與雲齊人從別浦經年去天向平蕪盡處低

張仲素

·春閨思

·塞下曲（五首録二）

·秋思二首

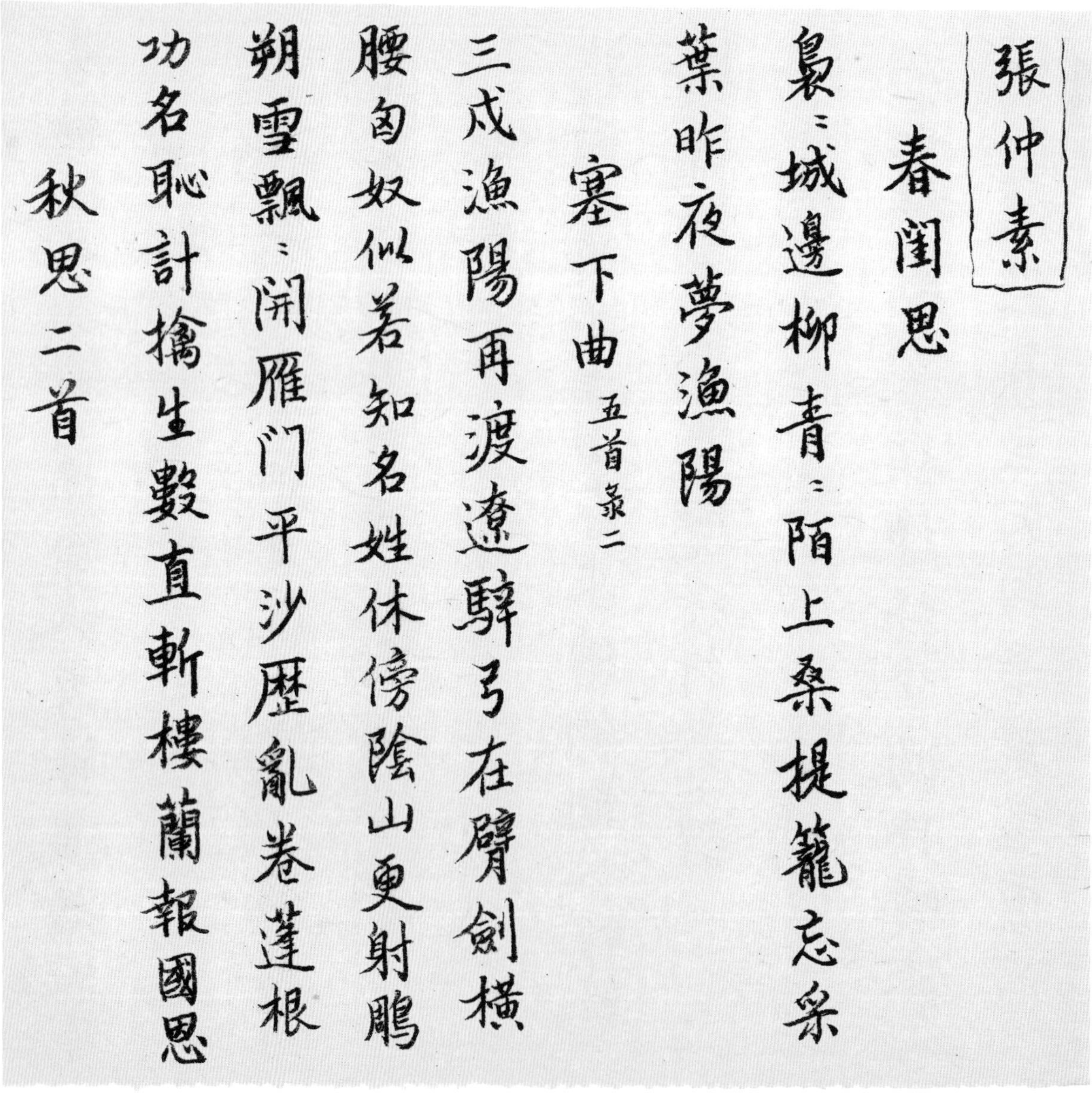

張仲素

春閨思

裊〻城邊柳青〻陌上桑提籠忘采葉昨夜夢漁陽

塞下曲 五首录二

三戍漁陽再渡遼騂弓在臂劍横腰匈奴似若知名姓休傍陰山更射鵰

朔雪飄〻開雁门平沙歷亂卷蓬根功名恥計擒生數直斬樓蘭報國恩

秋思二首

·燕子樓詩（三首録一）

崔護

·題都城南莊

碧窗斜日藹深暉，愁聽寒螿淚濕衣。夢
裏分明見關塞，不知何路向金微。

秋天一夜靜無雲，斷續鴻聲到曉聞。欲寄
征衣問消息，居延城外又移軍。

燕子樓詩 三首录一

樓上殘燈伴曉霜，獨眠人起合歡牀。相
思一夜情多少，地角天涯不是長。

崔護

題都城南莊

去年今日此門中，人面桃花相映紅。人

李翱

・贈藥山高僧惟儼（二首録一）

皇甫湜

・出世篇

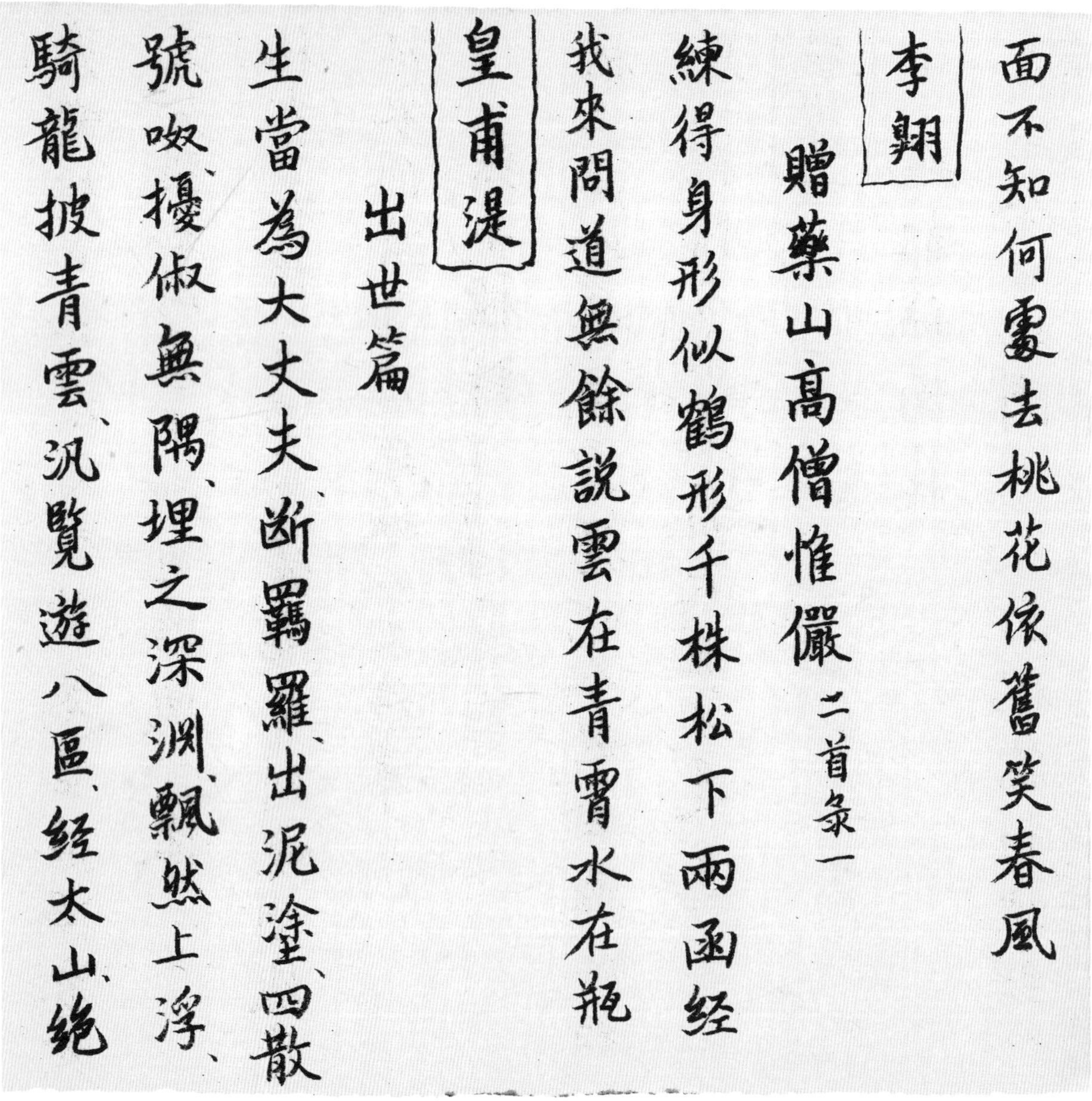
面不知何處去桃花依舊笑春風
李翱
贈藥山高僧惟儼 二首录一
練得身形似鶴形千株松下兩函经
我來問道無餘說雲在青霄水在瓶
皇甫湜
出世篇
生當為大丈夫、斷羈羅、出泥塗、四散
號呶、擾俶無隅、埋之深淵、飄然上浮、
騎龍披青雲、汎覽遊八區、经太山、绝

大海、一長吁西摩月鏡東弄日珠、上括天之門直指帝所居、羣仙來迎塞天衢、鳳皇鸞鳥燦金輿、音聲嘈嘈滿太虛、旨飲食兮照庖廚、食之不飫飫不盡、使人不陋復不愚、旦旦狎玉皇、夜夜御天姝、當御者幾人、百千爲番宛宛舒舒、忽不自知、支消體化膏露明、湛然無色茵席濡、俄而散漫裴然、虛無翕然復摶摶久而蘇、精神如太陽、霍然照清都、四肢爲琅玕、五臟爲璠璵、顏

皇甫松

・採蓮子二首

・浪淘沙（二首録一）

如芙蓉、頂為醍醐、與天地相終始、浩漫為歡娛、下顧人間溷糞蠅蛆、

皇甫松

採蓮子二首

菡萏香連十頃陂，小姑貪戲採蓮遲。晚來弄水船頭濕，更脫紅裙裹鴨兒。

船動湖光灩灩秋，貪看年少信船流。無端隔水拋蓮子，遙被人知半日羞。

浪淘沙 二首彔一

灘頭細草接疏林，浪惡罾船半欲沉

馬異

答盧仝結交詩

宿鷺眠洲非舊浦去年沙背是江心

馬異

答盧仝結交詩

有鳥自南翔口銜一書札達我山之維開卷緘金玉煥陸離、乃是盧仝結交詩、此詩峭絶天邊格、力與文心色相射、長河拔作數條絲、太華磨作一拳石、莫嗟獨笑無往還、月中芳桂難追攀、況值亂邦不平年、迴陵倒谷如等閑、與君俛首大艱阻、喙長三尺不得語、因君因令日形章句、羨獮猴兮著衣裳、悲蚯蚓兮安翅羽、上天不識察、例仰我為遼天失所、將吾劍兮切淤泥、使良驥兮捕老鼠、昨日脫身卑賤籠、卯星借與老人峯、抱鋤劚地芸芝术、偃蓋參天舊有松、术與松兮保身世、卧居〻兮起于〻、漱瀑瀑兮聆嚶〻嘒〻、道在其中可終歲、不教辜負堯為帝、燒我荷衣摧我身、回看天地如砥平、鋼刀剉骨不辭去、卑躬君子兮明〻、俛首辭山心慘惻、白雲雖好

吕温

·和舍弟讓籠中鷹

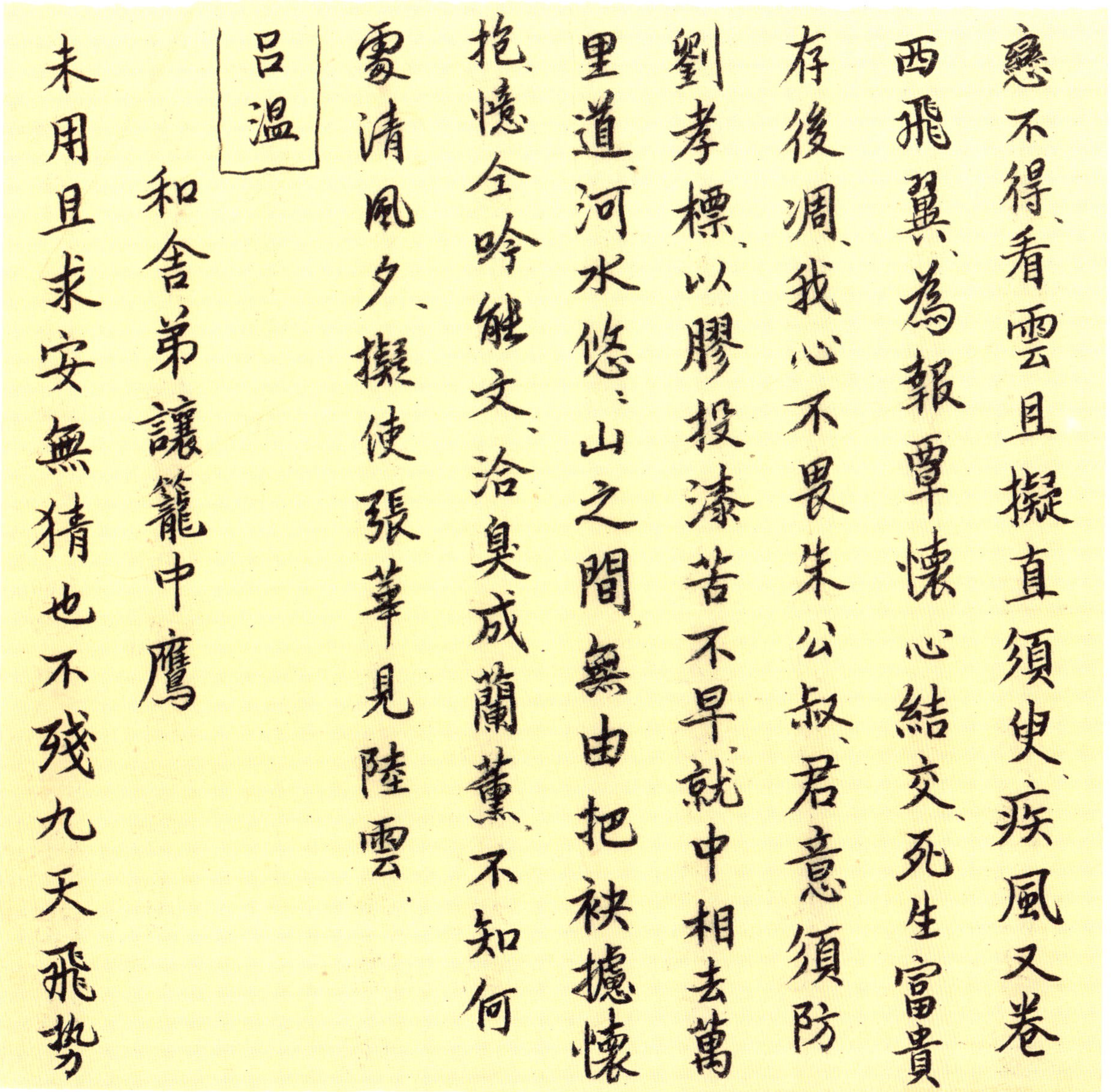
戀不得、看雲且擬直須臾、疾風又卷
西飛翼、為報覃懷心結交、死生富貴
存後凋、我心不畏朱公叔、君意須防
劉孝標、以膠投漆苦不早、就中相去萬
里道、河水悠悠山之間、無由把袂攄懷
抱、憶全吟能文、洽臭成蘭薰、不知何
處清風夕、擬使張華見陸雲、
吕温
和舍弟讓籠中鷹
未用且求安無猜也不殘九天飛勢

戲贈靈澈上人

題陽人城

劉郎浦口號

在六月目睛寒動觸樊籠倦閑消
肉食雞主人憎惡鳥試待一呼看

戲贈靈澈上人

僧家亦有芳春興自是禪心無滯境
看君池水湛然時何曾不受花枝影

題陽人城

忠驅義感即風雷誰道南方乏武才
天下起兵誅董卓長沙子弟最先來

劉郎浦口號

吳蜀成婚此水潯明珠步障幄黃金

·喜儉北至送宗禮南行

·衡州夜後把火看花留客

·夜後把火看花南園招李十一兵曹不至呈座上諸公

誰將一女輕天下欲換劉郎鼎峙心

喜儉北至送宗禮南行

洞庭舟始泊桂江帆又開魂從會處

斷愁向笑中來惝怳看殘景殷勤祝此杯

衡陽刷羽待成取一行迴

衡州夜後把火看花留客

紅芳暗落碧池頭把火遥看且少留

半夜忽然風更起明朝不復上南樓

夜後把火看花南園招李十一兵曹不

至呈座上諸公

夭桃紅燭正相鮮傲吏閑齋困獨眠應是夢中飛作蝶悠揚只在此花前

上官昭容書樓歌

漢家婕妤唐昭容工詩能賦千載同自言才藝是天真不服丈夫勝婦人歌闌舞罷閑無事縱恣優游弄文字玉樓寶架中天居緘奇秘異萬卷餘水精編帙綠鈿軸雲母搗紙黃金書風吹花露清旭時綺窗高挂紅綃帷香囊盛煙繡結絡翠羽拂案青琉璃吟披繡卷

偶然作二首

終無已皎皎淵機破研理詞縈彩翰紫鸞
迴思耿天碧雲起碧雲起思悠哉境深
轉苦坐自摧金梯珠履聲一斷瑶階日
夜生青台青台祕空閟曾比群玉山神
仙杳何許遺逸滿人間君不見洛陽南
市賣書肆有人買得研神記紙上香多
蠹不成照容題處猶分明令人惆悵
難為情

偶然作二首

棲棲復汲汲忽覺年四十今朝滿衣淚不

・貞元十四年旱甚見權門移芍藥花

孟郊

・灞上輕薄行

是傷春泣
中夜兀然坐無言空涕洟丈夫志氣事
兒女安得知

貞元十四年旱甚見權門移芍藥花
綠原青壠漸成塵汲井開園日日新四
月帶花移芍藥不知憂國是何人

孟郊

灞上輕薄行
長安無緩步況值天氣莫相逢灞滻
間親戚不相顧自歎方拙身忽隨輕薄

倫常恐失所避化為車轍塵此中生白
髮疾走忽未歇

長安羈旅行

十日一理髮每梳飛旅塵三旬九過飲每
食唯舊貧萬物皆及時獨余不覺春失
名誰肯訪得意爭相親直木有恬翼
靜流無躁鱗始知喧競場莫處君子
身野策藤竹輕山蔬薇蕨新潛歌歸去
來事外風景真

長安道

送遠吟

古妾薄命

胡風激秦樹賤子風中泣家〻朱门開
得見不可入長安十二衢投樹鳥亦急
高閣何人家笙簧正喧吸

送遠吟

河水昏復晨河濱相送頻離杯有淚
飲別柳無枝春一笑忽然斂萬愁俄已
新東波與西日不惜遠行人

古妾薄命

不惜十指絃為君千萬彈常恐新
聲至坐使故聲殘棄置今日悲即是

昨日歡將新變故易持故新難青
山有蘼蕪淚葉長不乾空令後代人
采掇幽思攢

·雜怨（三首録一）

雜怨

貧女鏡不明寒花日少容暗蛩有虛織
短線無長縫浪水不可照狂夫不可從
浪水多散影狂夫多異蹤持此一生薄
空成萬恨濃

·歸信吟

歸信吟

淚墨灑為書將寄萬里親書去魂亦

遊子吟

苦寒吟

弦歌行

去兀然空一身

遊子吟

慈母手中線遊子身上衣臨行密密縫
意恐遲遲歸誰言寸草心報得三春暉

苦寒吟

天寒色青蒼北風叫枯桑厚冰無裂
文短日有冷光敲石不得壯陰奪正陽
苦調竟何言凍吟成此章

弦歌行

驅儺擊鼓吹長笛瘦鬼染面惟齒白

·征婦怨（二首録一）

·閑怨

·古別曲

暗中崒崒拽茅鞭倮足朱禪行戚戚相顧笑聲衝庭燎桃弧射矢時獨叫

征婦怨

漁陽千里道近如中门限中門踰有時漁陽常在眼生在綠羅下不識漁陽道良人自戍來夜夜夢中到

閑怨

妾恨比斑竹下盤煩怨根有筍未出土中已含淚痕

古別曲

山川古今路縱横無斷絶來往天地間人皆有離别行衣未束帶中腸已先結不用看鏡中自知生白髮欲陳去留意聲向言前咽愁結填心胸茫〻若爲説荒郊煙莽蒼曠野風淒切霎〻得相隨人那不如月

病客吟

主人夜呻吟皆入妻子心客子晝呻吟徒爲蟲鳥音妻子手中病愁思不復深僮僕手中病憂危獨難任丈夫久漂泊神氣自然沉況於滯疾中何人免噓

偷詩

自惜

嗽大海尒有涯高山尒有岑沈憂
獨無極塵淚互盈襟

偷詩

餓犬齚枯骨自吃饞飢涎今文與古
文各〻稱可憐亦如嬰兒食餳糖口旋旋
唯有一點味豈見逃景延繩床獨坐翁默
覽有所傳終當罷文字别著逍遥篇
從來文字淨君子不以賢

自惜

傾盡眼中力抄詩過與人自悲風雅老

・老恨

・秋夕貧居述懷

恐被巴竹嗔零落雪文字分明鏡精神
坐甘冰抱晚永謝酒懷春徒有言〻舊
慚無默〻新始驚儒教誤漸與佛乘親

老恨

無子抄文字老吟多飄零有時吐向床
枕席不解聽鬥蟻甚微細病聞亦清泠
小大不自識自然天性靈

秋夕貧居述懷

卧冷無遠夢聽秋酸别情高枝低枝風
千葉萬葉聲淺井不供飲瘦田常廢

耕今交非古交貧語聞皆輕

再下第

一夕九起嗟夢短不到家兩度長安陌空將淚見花

長安旅情

盡說青雲路有足皆可至我馬亦四蹄出門似無地玉京十二樓峩峩倚青翠下有千朱門何門薦孤士

登科後

昔日齷齪不足誇今朝放蕩思無涯春

·秋懷（十五首録二）

風得意馬蹄疾一日看盡長安花

秋懷 彔二

老人朝夕異生死每日中坐隨一啜安卧與
萬景空視短不到門聽澀詎逐風還如
刻削形免有纖悉聰浪浪謝初始皎〻幸
歸終孤隔文章友親密蒿萊翁歲綠閔
以黃秋節迸又窮四時既相迫萬慮自然
叢南逸浩淼際北貧磽确中曩懷沈遙江
衰思結秋嵩鋤食難滿腹葉衣多醜躬
塵縷不自整古吟將誰通幽竹嘯鬼神楚

鐵生虬龍志士多異感運鬱由邪衰常
思書破衣至死教初童習樂莫習聲
習聲多頑聾明明胸中言願寫爲高崇
幽苦日日甚老力步步微常恐暫下床至
門不復歸飢者重一食寒者重一衣泛
廣豈無涘恣行亦有隨語中失次第身外
生瘡瘵桂蠹既潛污桂花損貞姿詈言
一失香千古聞臭詞將死始前悔前悔不
可追哀哉輕薄行終日與駟馳

陪侍御叔遊城南山墅

遊終南山

過分水嶺

夜坐擁腫亭晝登崔巍岑日窺萬峯首
月見雙泉心松氣清耳目竹氛碧衣襟
佇想琅玕字數聽枯槁吟

遊終南山

南山塞天地日月石上生高峯夜留景
深谷晝未明山中人自正路險心亦平
長風驅松柏聲拂萬壑清到此悔讀書朝
朝近浮名

過分水嶺

山壯馬力短馬行石齒中十步九舉轡

迴環失西東溪水變為雨懸崖陰濛濛客衣飄颻秋葛花零落風白日捨我没征途忽然窮

贈别崔純亮

食蘗腸亦苦強歌聲無歡出門即有礙誰謂天地寬有礙非遐方長安大道傍小人智慮險平地生太行鏡破不改光蘭死不改香始知君子心交久道益彰君心與我懷離别俱迴遑譬如浸蘗泉流苦已日長忍泣目易衰忍憂形易傷項

·贈李觀（觀初登第）

籍豈不壯賈生豈不良當其失意時
涕泗各沾裳古人勸加餐此餐難自強
一飯九祝噎一嗟十斷腸況是兒女怨怨
氣淩彼蒼彼蒼若有知白日下清霜
今朝始驚歎碧落空茫茫

贈李觀 觀初登第

誰言形影親燈滅影去身誰言魚水
歡水竭魚枯鱗昔為同恨客今為獨
笑人捨予在泥轍飄跡上雲津卧木易
成蠹棄花難再春何言對芳景愁望

極蕭晨埋劍誰識氣匣弦日生塵頗君
語高風為余問蒼旻

·送豆盧策歸別墅

送豆盧策歸別墅

短松鶴不巢高石雲不棲今君瀟湘
去意與雲鶴齊力買奇險地手開清
淺溪身披薜荔衣山陟莓苔梯一卷冰
雪文避俗常自攜

·送崔爽之湖南

送崔爽之湖南

江與湖相通二水洗高空定知一日帆使
得千里風雪唱與誰和俗情多不通

·送淡公（十二首録末首）

·春雨後

何當逸翮縱飛起泥沙中

送淡公 条末首

詩人苦為詩不如脫空飛一生空鷺氣非諫復非譏脫枯掛寒枝棄如一唾微一步一步乞半片半片衣倚詩為活計從古多無肥詩饑老不怨勞師淚霏霏

一九八六年十二月三十一日試新筆

春雨後

昨夜一霎雨天意蘇羣物何物最先知虛庭草爭出

借車

上昭成閣不得，於從姪僧悟空院歎嗟

借車

借車載家具家具少於車借者莫彈指貧窮何足嗟百年徒役走萬事盡隨花

上昭成閣不得於從姪僧悟空院歎嗟

欲上千級閣問天三四言未盡數十登心目風浪翻手手把驚魄腳腳踏墜魂却流至舊手傍掣猶欲奔老病但自悲古蠹木萬痕老力安可誇秋海萍一根孤叟何所歸晝眼如黃昏常恐失好步

悼幼子

峽哀（十首録一）

入彼市井門結僧為情親策竹為子孫
此誠徒切〻此意空存〻一寸地上語高
天何由聞

悼幼子

一閉黃蒿門不聞白日事生氣散成風
枯骸化為地負我十年恩欠尒千行淚
灑之北原上不待秋風至

峽哀

上天下天水出地入地舟石劍相劈斫
石波怒蛟虬花木疊宿春風飈凝古秋

·杏殤（并序、九首録一）

張籍

·行路難

幽怪窟穴語飛聞肸蠁流沈哀日已深

銜訴將何求

杏殤

杏殤花乳也霜翦而落因悲昔嬰故作是詩

踏地恐土痛損彼芳樹根此誠天不知

翦棄我子孫垂枝有千落芳命無一

存誰謂生人家春色不入門

張籍

行路難

湘東行人長歎息十年離家歸未得弊

征婦怨

野老歌

羸馬苦難行僮僕饑寒少筋力君不見牀頭黃金盡壯士無顏色龍蟠泥中未有雲不能生彼升天翼

征婦怨

九月匈奴殺邊將漢軍全没遼水上萬里無人收白骨家家城下招魂葬婦人依倚子與夫同居貧賤心亦舒夫死戰場子在腹妾身雖存如晝燭

野老歌

老農家貧在山住耕種山田三四畝

苗疎稅多不得食輸入官倉化為土歲
暮鋤犁傍空室呼兒登山收橡實江
西江賈客珠百斛船中養犬常食肉

送遠曲

戲馬臺南山簇〻山邊飲酒歌別曲行人
醉後起登車席上回尊勸僮僕青天
漫〻覆長路遠遊無家安得住願君到
處自題名知他日知君從此去

古釵歎

古釵墮井無顏色百尺泥中今復得

鳳凰宛轉有古儀欲為首飾不稱時女伴傳看不知主羅袖拂拭生光輝蘭膏已盡股半折雕文刻樣無年月雖離井底入匣中不用還與墜時同

各東西

遊人別一東復一西出門相背兩不返惟信車輪與馬蹄道路悠悠不知處山高海闊誰辛苦遠遊不定難寄書日日空尋別時語浮雲上天雨墮地暫時會合終離異我今與子非一身安得死生不相棄

節婦吟寄東平李司空師道

北邙行

節婦吟寄東平李司空師道 (五) 錄一八八

君知妾有夫贈妾雙明珠感君纏綿
意繫在紅羅襦妾家高樓連苑起良
人執戟明光裏知君用心如日月事夫誓
擬同生死還君明珠雙淚垂恨不相逢
未嫁時

北邙行

洛陽北門北邙道喪車轔轔入秋草
車前齊唱薤露歌高墳新起白峩峩
朝朝暮暮人送葬洛陽城中人更多千

金立碑高百尺終作誰家柱下石山
頭松柏半無主地下白骨多於土寒食
家〻送紙錢烏鳶作窠銜上樹人居朝
中未解愁請君暫向北邙遊

白頭吟

請君膝上琴彈我白頭吟憶昔君前嬌笑
語兩情宛轉如縈素宮中為我起高樓
更開花池種芳樹春天百草秋始衰棄
我不待白頭時羅襦玉珥色未暗今朝
已道不相宜揚州青銅作明鏡暗中持

·烏夜啼引

·憶遠曲

照不見影人心回互自無窮眼前好惡那能定君恩已去若再返菖蒲花開月常滿

烏夜啼引

秦烏啼啞啞夜啼長安吏人家吏人得罪囚在獄傾家賣產將自贖少婦起聽夜啼烏知是官家有赦書下牀心喜不重寐未明上堂賀舅姑少婦語啼烏汝啼慎勿虛借汝庭樹作高巢年年不令傷爾雛

憶遠曲

卧疾

水上山沉〻征途復繞林途荒人行少馬跡猶可尋雪中獨立樹海口失侶禽離愛如長線千里縈我心

卧疾

身病多思慮亦讀神農經空堂留燈燭四壁青熒〻羈旅隨人歡貧賤還自輕今來問良醫乃知病所生僮僕各憂愁杵臼無停聲見我形顦顇勸藥語丁寧春雨枕席冷窗前新禽鳴開門起無力遥愛鷄犬行服藥察耳目漸如醉者

·别段生

醒頗非達性猶為憂患生

别段生

與子骨肉親頗言長相隨况離父母
傍從我學詩書詩同在道路間講論
亦未虧為文於我前日夕生光儀行役
多疾疚賴此相扶持貧賤事難拘今
日有别離我去秦城中子留汴水湄離
情雨飄斷不異風中絲幼年獨為客
舉動難得宜努力自勵（修）常如見我時
送我登山岡再拜問還期還期在新

離婦

年匆怨歡會遲

離婦

十載來夫家閨門無瑕疵薄命不生子古制有分離託身言同穴今日事乖違念君終棄捐誰能強在茲堂上謝姑嫜長跪請離辭姑嫜見我往將決復沉疑與我古時釧留我嫁時衣高堂拊我身哭我於路隅昔日初為婦當君貧賤時晝夜常紡績不得事蛾眉辛勤積黃金濟君寒與飢洛陽買大宅邯鄲買

侍兒夫婿乘龍馬出入有光儀將為富家婦永為子孫資謂誰謂出君門一身上車歸有子未必榮無子坐生悲為人莫作女作女實難為

學仙

樓觀開朱门樹木連房廊中有學仙人少年休穀糧高冠如芙蓉霞月披衣裳六時朝上清佩玉紛鏘〻自言天老書祕覆雲錦囊百年度一人妄泄有災殃每占有仙相然後傳此方先生坐中堂弟

薊北旅思

子跪四廂金刀截身髮結誓焚靈香弟子得其訣清齋入空房守神保元氣動息隨天罡爐燒丹砂盡晝夜候火光藥成既服食計日乘鸞凰虛空無靈應終歲安所望勤勞不能成疑慮積心腸虛羸生疾疹壽命多夭傷身歿懼人見夜埋山谷旁傍求道慕靈異不如守尋常先生知其非戒之在國章

薊北旅思

日日望鄉國空謌白苧詞長因送人處憶

得别家時失意還獨語多愁祇自知客
亭門外柳折盡向南枝

薊北春懷

渺渺水雲外别來音信稀因逢過江使
却寄在家衣問路更愁遠逢人空説歸
今朝薊北城北又見塞鴻飛

詠懷

老去多悲事非唯見二毛眼昏書字大耳
重覺聲高望月偏培增思尋山易發勞
都無作官意賴得在閑曹

秋思

盧仝

月蝕詩

秋思

洛陽城裏見秋風欲作歸書意萬重忽恐
匆匆說不盡行人臨發又開封

盧仝

月蝕詩

新天子即位五年、歲次庚寅、斗柄插子、
律調黃鐘、森森萬木夜殭立、寒氣贔屭頑
無風、爛銀盤從海底出、出來照我草屋
東、天色紺滑凝不流、冰光交貫寒曈曨、
初疑白蓮花浮出龍王宮、八月十五夜、並

比並不可雙此時怪事發、有物吞食來、輪似如壯士斧斫壞、桂似雪山風拉摧、百鍊鏡、照見胆膽、平地埋寒灰、火龍珠飛出腦、却入蚌蛤胎、摧環破璧眼看盡、當天一搭如煤炲、磨蹤滅跡須臾間、便似萬古不可開、不料至神物、有此大狼狽、星如撒沙出、爭頭事光大、奴婢炷暗燈、掩菼如玳瑁、今夜吐燄長如虹、孔隙千道射户外、玉川子、涕泗下、中庭獨自行、念此日月者、太陰太陽精、皇天要識物、日月乃化生、走天汲汲勞四體、與天作眼行光明、此眼不自保、天公行道何由行、吾見陰陽家有說、望日蝕月月光滅、朔月掩日日光缺、兩眼不相攻、此說吾不容、又孔子師老子云、五色令人目盲、吾恐天似人、好色即喪明、幸且非春時、萬物不嬌榮、青山破瓦色、緑水冰崢嶸、花枯無女艷、鳥死沈歌聲、頑冬何所好、偏使一目盲、傳聞古老說、蝕月蝦蟆精、徑圓千里入汝腹、汝此癡骸阿誰生、可

從海窟來、便解緣青冥、恐是眶睫間、
揜塞所化成、黃帝有二目、帝舜重瞳
明、二帝懸四目、四海生光輝、吾不遇二
帝、滉漭不可知、何故瞳子上、受坐蟲豸
欺、長嗟白兔搗靈藥、恰似有意防姦非、
藥成滿臼不中度、委任白兔夫何為、
憶昔堯為天、十日燒九州、金爍水銀流、
玉煬丹砂焦、六合烘為窯、堯心增百憂、
帝見堯心憂、勃然發怒決洪流、立擬
沃殺九日妖、天高日走沃不及、但見萬國

赤子饞〻生魚頭、此時九御導九日、爭
持節幡麾幢流、駕車六九五十四頭蛟
螭虯、掣電九火輈、汝若蝕開齱齵輪、御
轡執索相爬鉤、推蕩轟訇入汝喉、紅鱗
焰鳥燒口快、翎鬣倒側聲醆鄒、撐腸拄
肚礧傀如山丘、自可飽死更不偷、不獨填
飢坑、亦解堯心憂、恨汝時、當食藏頭
擫腦不肯食、不當食張唇哆觜食不
休、食天之眼養逆命、安得上帝請汝
劉、嗚呼人養虎被虎齧、天媚蟇被蟇

瞎乃知恩非類、一一自作孽、吾見患眼
人、必索良工訣、想天不異人、愛眼固應
一、安得嫦娥氏、來習扁鵲術、手操舂
喉戈、去此眼上物、其初猶朦朧、既久如
抹漆、但恐功業成、便此不吐出、玉川子
又涕泗下、心禱再拜、額榻砂土中、地上
蟣虱臣、仝告愬帝天皇、臣心有鐵一寸、
可刳妖蟇癡腸、上天不爲臣立梯磴、臣
血肉身無由飛上天、揚天光、封詞付與
小心風飈、排閶闔入紫宮、密邇玉几前、擘

坼奏上臣仝頑愚胸、敢死横干天、代天
謀其長、東方蒼龍角、插戟尾捭風、當
心開明堂、統領三百六十鱗蟲、坐理東方
宮、月蝕不救援安用、東方龍、南方火鳥
赤潑血、項長尾短飛跋躠、頭戴井冠高
逵枿、月蝕鳥宮十三度、鳥為居停主人
不覺察、貪向何人家、行赤口毒舌、毒
蟲頭上喫却月、不啄殺、虛貶鬼眼明窔
窩、鳥罪不可雪、西方攫虎立踦踦、斧
為牙、鑿為齒、偷犧牲、食封豕、大蟇一臠、

固當軟美、見似不見、是何道理、瓜牙根
天不念天、天若准擬錯准擬、北方寒龜
被蛇縛、藏藏頭入殼、如入獄、蛇筋束緊
束破殼、寒龜夏鼈一種味、且當以其肉
充臛、庶死殼沒信處、唯堪支牀腳、不堪
鑽灼與天卜、歲星主福德、官爵秦奉董
秦、忍使黔黎生、覆尸無衣巾、天失眼不
弔、歲星胡其仁、熒惑矍鑠翁、執法大不
中、月明無罪過、不糺蝕月蟲、年年十月朝
太微、支盧謫罰何災凶、土星與土性相

背、反養福德生禍害、到人頭上死破敗、今夜月蝕安丁會、太白真將軍、怒激鋒鋩生、恒州陣斬酈定進、項骨脆甚春蔓菁、天唯兩眼失一眼、將軍何處行天兵、辰星主廷尉、天律自主持、人命在盆底、固應樂見天盲時、天若不肯信、試喚皋陶鬼一問、一如今日三台文昌宮、作上天紀綱、環天二十八宿、磊磊尚書郎、整頓排班行、（斂握他人將、）一四太陽側、一四天市傍、操斧代大匠、兩手不怕傷、弧矢引滿反

射人、天狼呀啄明煌煌、癡牛與騃女、不
肯勤耕桑、徒勞含淫思、旦夕遥相望、
蚩尤簸旗弄旬朔、始搥天鼓鳴璫琅、
枉矢能蛇行、眊目森森張、天狗下舐地血
流何滂滂、譎險萬萬黨、架搆何可當、眯目
釁成就、害我光明王、請留北斗一星相北
極、指麾萬國懸中央、此外盡掃除、堆積
如山岡、贖我父母光、當時常星沒、殞[redacted]
[redacted]
雨如迸漿、似天會事發、叱喝誅奸強、

何故中道廢、自遣今日殃、善〻又惡〻、郭公所以亡、願天神聖心、無信他人忠、玉川子詞訖、風色緊格〻、近月黑暗邊、有似動劒戟、須臾癡蟇精、兩吻自決坼、初露半箇璧、漸吐滿輪魄、衆星盡原赦、一蟇獨誅磔、腹肚忽脫落、依舊挂穹碧、光彩未蘇來、慘淡一片白、奈何萬里光、受此吞吐厄、再得見天眼、感荷天地力、或問玉川子、孔修春秋二百四十年、月蝕盡不收、今子咄〻詞、頗合孔意否、玉川子笑答、或請

聽逗留、孔子父母魯、諱魯不諱周、書外
書大惡、故月蝕不見收、予命唐天口食
唐土、唐禮過三、唐樂過五、小猶不說大
不可數、災沴無有小大、瘉安得引衰周、
研覈其可否、日分晝、月分夜、辨寒暑、一主
刑、二主德、政乃舉、孰為人面上一目偏可去、
願天完兩目、照下~~方~~萬方土、萬古更不
瞽、萬〻古、更不瞽、照萬古、

哭玉碑子

山有洞、左頰、拾得玉碑子、其長一周尺、其

闊一藥匕、顏色九秋天、稜角四面起、輕敲
吐寒流、清悲動神鬼、稽首置手中、只似
一片水、至文反無文上帝應有以、予疑仙
石靈頗以仙人比心期、香湯洗、歸送籙
堂裏、頗奈窮相驢、行動如跛鼈、十里
五里行、百蹶復千蹶、顏子不少夭、玉碑
中路折、橫文尋龜兆、直理任瓦裂、劈竹
不可合、破環永離別、向人如有情、似痛
滴無血、勘鬥平地上、鏄圻多齧缺、百
見百傷心、不堪再提挈、怪哉堅貞姿、忽

示添丁

脆不堅固、矧曰人間人、安能保常度、敢問生物成敗、為有真素、為禀靈異氣、不得受穢污、驢罷真不厚、驢生亦錯誤、更將前前行、復恐山神怒、白雲蓊閉嶺、高松吟古墓、置此忍其傷、驅驢下山路、

示添丁

春風苦不仁、呼逐馬蹄行人家、慚愧瘴氣却憐我、入我憔悴骨中為生涯、數日不食強強行、何忍索我抱看滿樹花、不知四體正困憊、泥人啼哭聲呀呀、忽來

·寄男抱孫

案上翻墨汁、塗抹詩書如老鴉、父憐母惜摑不得、却生癡笑令人嗟、宿舂連曉不成米、日高始進一椀茶、氣力龍鍾頭頭欲白、憑仗添丁莫惱爺、

寄男抱孫

別來三得書、書道違離久、書處甚麤殺、且喜見汝手、殷十七又報、汝文頗新有、別來纔經年、囊盎未合斗、當是汝母賢、日夕加訓誘、尚書當畢功、禮記速須剖、嘍囉兒讀書、何異摧枯朽、尋義

低作聲、便可養年壽、莫學村學生、麤氣強叫吼、下學偷功夫、新宅助蓺莠、乘涼勸奴婢、園裏耨葱韮、遠籬編榆棘、近眼栽桃柳、引水灌竹中、蒲池種蓮藕、撈漉蛙蟆脚、莫遣生科斗、竹林吾最惜、新筍好看守、萬籜苞龍兒、攢迸溢林藪、吾眼恨不見、心腸痛如擣、宅錢都未還、債利日日厚、籜龍正稱冤、莫殺入汝口、丁寧囑託汝、汝活籜龍不、殷十七老儒、是汝父師友、傳讀有疑誤、輒告諮問取、

自詠三首

兩手莫破拳、一吻莫飲酒、莫學捕鳩鴿、莫學打鷄狗、小時無大傷、習性防已後、頑發苦惱人、汝母必不受、任汝惱弟妹、任汝惱姨舅、姨舅非吾親、弟妹多老醜、莫惱添丁郎、淚子作面垢、莫引添丁郎、赫赤日裏走、添丁郎小小、別吾來久久、脯脯不得吃、兄兄莫撚搜、他日吾歸來、家人若彈糺、一百放一下、打汝九十九、

自詠三首

為報玉川子、知君未是賢、低頭雖有地

喜逢鄭三遊山

三月二十九日
宜圈

仰面輾無天骨肉清成瘦蔦蔓老覺
羶家書與心事相伴過流年
盧子躘踵也賢愚總莫驚蚑蛸當家
口草石是親情萬卷堆胸朽三光撮眼
明翻悲廣成子閑氣說長生
物外無知己人間一癖王生涯身是夢
耽樂酒為鄉日月黏髭鬢雲山鎖肺
腸愚公只公是不用謾驚張

喜逢鄭三遊山

相逢之處草茸〻石壁攢山峯千萬重

守歲二首

白鷺鷥

客淮南病

他日期君何處好寒流石上一株松

守歲二首

去年留不住年來也任他當壚一榼酒
爭奈兩年何

老來經節臘樂事甚悠悠不及兒童日
都盧不解愁

白鷺鷥

刻成片玉白鷺鷥欲捉纖鱗心自急翹
足沙頭不得時傍人不知謂閑立

客淮南疾

・村醉

・走筆謝孟諫議寄新茶

揚州蒸毒似燀湯客病清枯鬢欲霜且
喜閑門無俗物四肢安穩一張牀

村醉

昨夜村飲歸健倒三四五摩挲青莓
苔莫嗔驚着汝

走筆謝孟諫議寄新茶

日高丈五睡正濃軍將打门驚周公
口云諫議送書信白絹斜封三道印
開緘宛見諫議面手閲月團三百片聞
道新年入山裏蟄蟲驚動春風起天

子須嘗陽羨茶百草不敢先開花仁
風暗結珠琲瓃先春拙抽出黃金芽
摘鮮焙芳旋封裹至精至好且不奢至
尊之餘合王公何事便到山人家柴門
反關無俗客紗帽籠頭自煎喫碧雲
引風吹不斷白花浮光凝椀面一椀喉
吻潤兩椀破孤悶三椀搜枯腸唯有
文字五千卷四椀發輕汗平生不平
事盡向毛孔散五椀肌骨清六椀仙
通仙靈七椀喫不得也唯覺兩腋習

習清風生蓬萊山在何處玉川子乘此清風欲歸去山上群仙司下土地仙清高隔風雨安得知百萬億蒼生命墮在巔崖受辛苦便為諫議問蒼生到頭還得蘇息否

與馬異結交詩

天地日月如等閑盧四十無往還唯有一片心脾骨巉巖崒硉兀鬱律刀劍為峰崿平地放著高如崑崙山天不容地不受日月不敢偷照耀神農畫

八卦鑿破天心胸女媧本是伏羲婦
恐天怒擣鍊五色石引日月之針五星
之縷把天補補了三日不肯歸壻家走
向日中放老鵶月裏栽桂養蝦蟆天
公發怒化龍蛇此龍此蛇得死病神
農合藥救死命天怪神農黨龍蛇
罰神農為牛頭令載元氣車不知藥
中有毒藥藥殺元氣天不覺尒來天
地不神聖日月之光無定不知元氣元
不死忽聞空中喚馬異馬異若不是祥

瑞空中敢道不容易昨日全不全異自異
是謂大同全而小異今日全自全異不異
是謂全不往兮異不至直當中兮動天
地白玉璞裏斷出相思心黃金鑛裏鑄
出相思淚忽聞空中崩崖倒谷聲絕勝
明珠千萬斛買得西施南威一雙婢此
婢嬌饒惱殺人凝脂爲膚翡翠裙唯解
畫眉朱點脣自從獲得君敲金擬玉
凌浮雲却返顧一雙婢子何足云平生
結交若少人憶君眼前如見君青雲

出山作

卻開白日没天眼不見此奇骨此骨縱横奇又奇千歲萬歲枯松枝半折半殘壓山谷盤根蹙節成蛟螭忽雷霹靂卒風暴雨撼不動欲動不動千變萬化總是鱗皴皮此奇怪物不可欺盧仝見馬異文章酌得馬異胸中事風姿骨本恰如此是不是寄一字

出山作

出山忘掩山門路釣竿插在枯桑樹當時只有鳥窺窬更亦無人得知處家僮

·山中

李賀

·李憑箜篌引

若失釣魚竿定是猨猴把將去

山中

飢拾松花渴飲泉偶從山後到山前陽
坡軟草厚如織困與鹿麛相伴眠

李賀

李憑箜篌引

吳絲蜀桐張高秋空白凝雲頹不流
江娥啼竹素女愁李憑中國彈箜篌
崑山玉碎鳳皇叫芙蓉泣露香蘭笑十
二門前融冷光二十三絲動紫皇女

雁門太守行

大堤曲

媧鍊石補天處石破天驚逗秋雨夢入
神（坤）山教神嫗老魚跳波瘦蛟舞吴質
不眠倚桂樹露脚斜飛溼寒兔

雁門太守行

黑雲壓城城欲摧甲光向日金鱗開
角聲滿天秋色裏塞上燕脂凝夜紫
半卷紅旗臨易水霜重鼓寒聲不起
報君黄金臺上意提攜玉龍為君死

大堤曲

妾家住横塘紅紗滿桂香青雲教綰頭

蘇小小墓
夢天

上髻明月興作耳邊璫蓮風起江畔春
大堤上留北人郎食鯉魚尾妾食猩猩
脣莫指襄陽道綠浦歸帆少今日菖
蒲花明朝楓樹老

蘇小小墓

幽蘭露如啼眼無物結同心煙花不堪剪
草如茵松如蓋風為裳水為珮油壁車夕
相待冷翠竹勞光彩西陵下風吹雨

夢天

老兔寒蟾泣天色雲樓半開壁斜白玉

唐兒歌
天上謡

輪軋露濕團光鸞珮相逢桂香陌黃塵清水三山下更變千年如走馬遥望齊州九點煙一泓海水杯中瀉

唐兒歌

頭玉磽磽眉刷翠杜郎生得真男子骨重神寒天廟器一雙瞳人剪秋水竹馬梢梢搖綠尾銀鸞睒睒光踏半臂東家嬌娘求對值濃笑畫空作唐字眼大心雄知所以莫忘作歌人姓李

天上謡

浩歌

天河夜轉漂迴星銀浦流雲學水聲玉宮桂樹花未落仙妾採香垂珮纓秦妃卷簾北窗曉窗前植桐青鳳小王子吹笙鵝管長呼龍耕烟種瑤草粉霞紅綬藕絲裙青洲步拾蘭苕春東指羲和能走馬海塵新生石山下

浩歌

南風吹山作平地帝遺遣天吴移海水王母桃花千遍紅彭祖巫咸幾回死青毛驄馬參差錢嬌春楊柳含細煙

箏人勸我金屈卮神血未凝身問誰不
須浪飲丁都護世上英雄本無主買
絲繡作平原君有酒惟澆趙土漏催水
咽玉蟾蜍衛娘髮薄不勝梳看見秋眉換
新綠二十男兒那刺促

秋來

桐風驚心壯士苦衰燈絡緯啼寒素
誰看青簡一編書不遣花蟲粉空蠹思
牽今夜腸應直雨冷香魂弔書客秋
墳鬼唱鮑家詩恨血千年土中碧

·秦王飲酒

·南園（十三首之一）

秦王飲酒

秦王騎虎遊八極，劍光照空天自碧。羲和敲日玻瓈聲，劫灰飛盡古今平。龍頭瀉酒邀酒星，金槽琵琶夜棖棖。洞庭雨脚來吹笙，酒酣喝月使倒行。銀雲櫛櫛瑤殿明，宮門掌事報一更。花樓玉鳳聲嬌獰，海綃紅文香淺清。黃鵝跌舞千年觥，仙人燭樹蠟煙輕，清琴醉眼淚泓泓。

南園 十三首之一

·馬詩（二十三首録五）

花枝草蔓眼中開小白長紅越女腮
可憐日暮嫣香落嫁與春風不用媒

馬詩 二十三首録五

臘月草根甜天街雪似鹽未知口硬軟
先擬蒺藜銜

此馬非凡馬房心本是星向前敲瘦
骨猶自帶銅聲

大漠山如雪燕山月似鉤何當金絡腦
快走踏青秋

飂叔去怱怱如今不豢龍夜來霜壓棧

·南山田中行

·昌谷北園新笋（四首録一）

駿骨折西風

武帝愛神仙燒金得紫烟廐中皆
肉馬不解上青天

南山田中行

秋夜明秋風白塘水漻漻蟲嘖嘖雲根
苔蘚山上石冷紅泣露嬌啼色荒畦
九月稻叉牙蟄螢低飛隴逕斜石脈水
流泉滴沙鬼煙如漆點松花

昌谷北園新笋四首录一

斫取青光寫楚辭膩香春粉黑離離

·高軒過

·美人梳頭歌

無情有恨何人見露壓煙啼千萬枝

高軒過

華裾織翠青如蔥金環壓轡搖玲
瓏馬蹄隱耳聲隆隆入門下馬氣如虹
云是東京才子文章鉅公二十八宿羅
心胸九精照耀貫當中殿前作賦聲
摩空筆補造化天無功龐眉書客感
秋蓬誰知死草生華風我今垂翅
附冥鴻他日不羞蛇作龍

美人梳頭歌

劉叉

·自古無長生勸姚合酒

西施曉夢綃帳寒香鬟墮髻半沉
檀轆轤咿啞轉鳴玉驚起芙蓉睡新
足雙鸞開鏡秋水光解鬟臨鏡立象牀
一編香絲雲撒地玉釵落處無聲膩
纖手却盤老鵶色翠滑寶釵簪不得
春風爛熳惱嬌慵十八鬟多無氣力妝
成鬖鬌敧不斜雲裾數步踏雁沙背
人不語向何處下堦自折櫻桃花

劉叉

自古無長生勸姚合酒

自問

奉子一杯酒，為子照顔色。但願腮上紅，莫管頦下白。自古無長生，生者何戚戚。登山勿厭高，四望都無極。丘隴逐日多，天地為我窄。祇見李耳書，對之空脈脈。何曾見天上，著得劉安宅。若問長生人，昭昭孔丘籍。

自問

自問彭城子，何人授汝顛。酒腸寬似海，詩膽大於天。斷劍徒勞匣，枯琴無復弦。相逢不多合，賴是向林泉。

偶書

日出扶桑一丈高，人間萬事細如毛。野夫怒見不平處，磨損胸中萬古刀。

愛碣山石

碣石何青青，挽我雙眼睛。愛爾多古峭，不到人間行。

與孟東野

寒衣草木皮，飢飯葵藿根。不爲孟夫子，豈識市井門。

姚秀才愛予小劍因贈

元稹

雉媒

一條古時水向我手心流臨行瀉贈君
勿薄細碎讐

元稹

雉媒

雙雉在野時可憐同嗜欲毛衣前后成一
種文章足一雉獨先飛衝開芳草綠網
羅幽草中暗被潛羇束剪刀摧六翮
絲線縫雙目啖養能幾時依然已馴
熟都無舊性靈返與他心腹置在芳
草中翻令誘同族前時相失者思

君意弥篤朝〻舊處飛往〻巢邊哭今朝
樹上啼哀音斷還續遠見爾文章知君
草中伏和鳴忽相召鼓翅遥相矚畏
我未肯來又啄翳前粟歛翮遠投君飛
馳勢奔蹙罥挂在君前向君聲促〻信
君決無疑不道君相覆自恨飛太高疎
羅偶然觸看〻架上鷹擬食無罪肉
君意定何如依舊鵰籠宿

賽神

邨落事妖神林木大如邨事來三十

載巫覡傳子孫邨中四時祭殺盡雞與
豚主人不堪命積燎曾欲燔旋風天地轉
急雨江河翻採薪持斧者棄斧縱橫奔
山深多掩映僅免鯨鯢吞主人集鄰里
各各持酒鐏廟中再三拜願得禾稼
存去年大巫死小覡又妖言邑中神明
宰有意效西門焚除計未決伺者迭
乘軒廟深荊棘厚但見狐兔蹲巫言
小神變可驗牛馬蕃邑吏齊進說幸
勿禍鄉原踰年計不定縣聽良亦煩

涉夏祭時至因令修四垣憂虞神憤恨玉帛
意弥敦我來神廟下簫鼓正喧喧因言遣
妖术滅绝由本根主人中重羅舞許我重疊
論蜉蝣生濕湮霧鴟鴞集黄昏主人邪
心起氣燄日夜繁狐狸得蹊徑潛穴主
人園腥臊襲左右然後託丘樊歲深樹
成就曲直可輸轅幽妖盡依萬怪之所
屯主人一心好四面無籬藩命樵執斤斧
怪木寧遽髡主人且傾聽再為諭清渾
阿膠在末派罔象遊上源靈藥逡巡

夜閑

晝黑波朝夕噴神龍厭流濁先伐鼉
與黿黿鼉在龍穴妖氣常鬱温主人
惡淫祀先去邪與惛惛邪中人意蠱
禍蝕精魂德勝妖不作勢強威亦尊計
窮然後賽後賽復何恩

元稹

夜閑

感極都無夢魂銷轉易驚風簾半鈎
落秋月滿牀明悵望臨階坐沈吟遶樹
行孤琴在幽匣時迸斷弦聲

追昔遊

謝傅堂前音樂和狗兒吹笛膽娘歌花
園欲盛千場飲水閣初成百度過醉摘
櫻桃投小玉嬾梳叢鬟舞曹婆再來
門館唯相弔風落秋池紅葉多

遣悲懷 三首

謝公最小偏憐女嫁與黔婁百事乖
顧我無衣搜畫〔藎〕篋泥他沽酒拔金釵
野蔬充膳甘長藿落葉添薪仰古槐
今日俸錢過十萬與君營奠復營齋

·夢井

昔日戲言身後意今朝皆到眼前來衣裳
已施行看盡針線猶存未忍開尚想舊
情憐婢僕也曾因夢送錢財誠知此恨
年〻人人有貧賤夫妻百事哀
閑坐悲君亦自悲百年都是幾多時鄧攸
無子尋知命潘岳悼亡猶費詞同穴窅
冥何所望他生緣會更難期唯將終夜長
開眼報答平生未展眉

夢井

夢上高〻原〻上有深井登高意枯渴

顧見深泉冷裴回遠井顧自照泉中影
沈浮落井瓶井上無懸綆念此瓶欲沈
荒忙為求請遍入原上邨邨空犬仍猛
還來遶井哭哭聲通復哽哽噎夢忽醒
覺來房舍靜燈焰碧朧〻淚光凝冏冏
鍾聲夜方半坐卧心難整忽憶咸陽原
荒田萬餘頃土厚壙亦深埋魂在深埂
埂深安可越魂通有時逞今宵泉下人
化作瓶相憬感此涕汍瀾汍瀾涕霑領
所傷覺夢間便覺死生境豈無同穴期

生期諒綿永又恐前魂後魂安能兩知省尋環意無極坐見天將晒吟此夢井詩春朝好光景

江陵三夢

平生每相夢不省兩相知況乃幽明隔夢魂徒爾為情知夢無益非夢見何期今夕亦何夕夢君相見時依稀舊粧服晻淡昔容儀不道生死間但言將别離分張碎針綫襵疊故幈幃撫稚再三囑淚珠千萬垂囑云唯此女

自欵總無兒尚念驕且騃未禁寒與飢君復不憘事奉身猶脫遺況有官縛束安能常顧私他人生間别婢僕多謾欺君在或有託出門當付誰言罷泣幽噎我亦涕淋漓驚悲忽然寤坐卧若狂癡月影半床黑蟲聲幽草移心魂生次第覺夢久自疑寂然默深想像淚下如流澌百年永已訣一夢何太悲悲君所嬌女棄置不我隨長安遠於日山川雲間之縱我生羽翼網羅生縶維今宵

淚零落半為生別滋感君下泉魄動
我臨川思一水不可越黃泉況無涯此
懷何由極此夢何由追坐見天欲曙江
風吟樹枝
古原三丈穴深埋一枝瓊瓊崩剝山門壞
煙綿墳草生久依荒隴坐却望遠村行
驚覺滿床月風波江上聲
君骨長〔久〕為土我心長似灰百年何處
盡三夜夢中來逝水良已矣行雲安在
哉坐看朝日出衆鳥雙裵回

六年春遣懷八首

傷禽我是籠中鶴沈劍君為泉下龍重
纊猶存孤枕在春衫無復舊裁縫
檢得舊書三四紙高低濶狹粗成行自言併
食尋高事唯念山深驛路長
公無渡河音響絕已隔前春復去秋今
日閒窗拂塵土殘弦猶迸鈿箜篌
婢僕曬君餘服用嬌癡稚女遶床行玉
梳鈿朶香膠解盡日風吹瑇瑁箏
伴客銷愁長日飲偶然乘興便醺醺怪

·病減逢春，期白二十二、辛大不至十韻

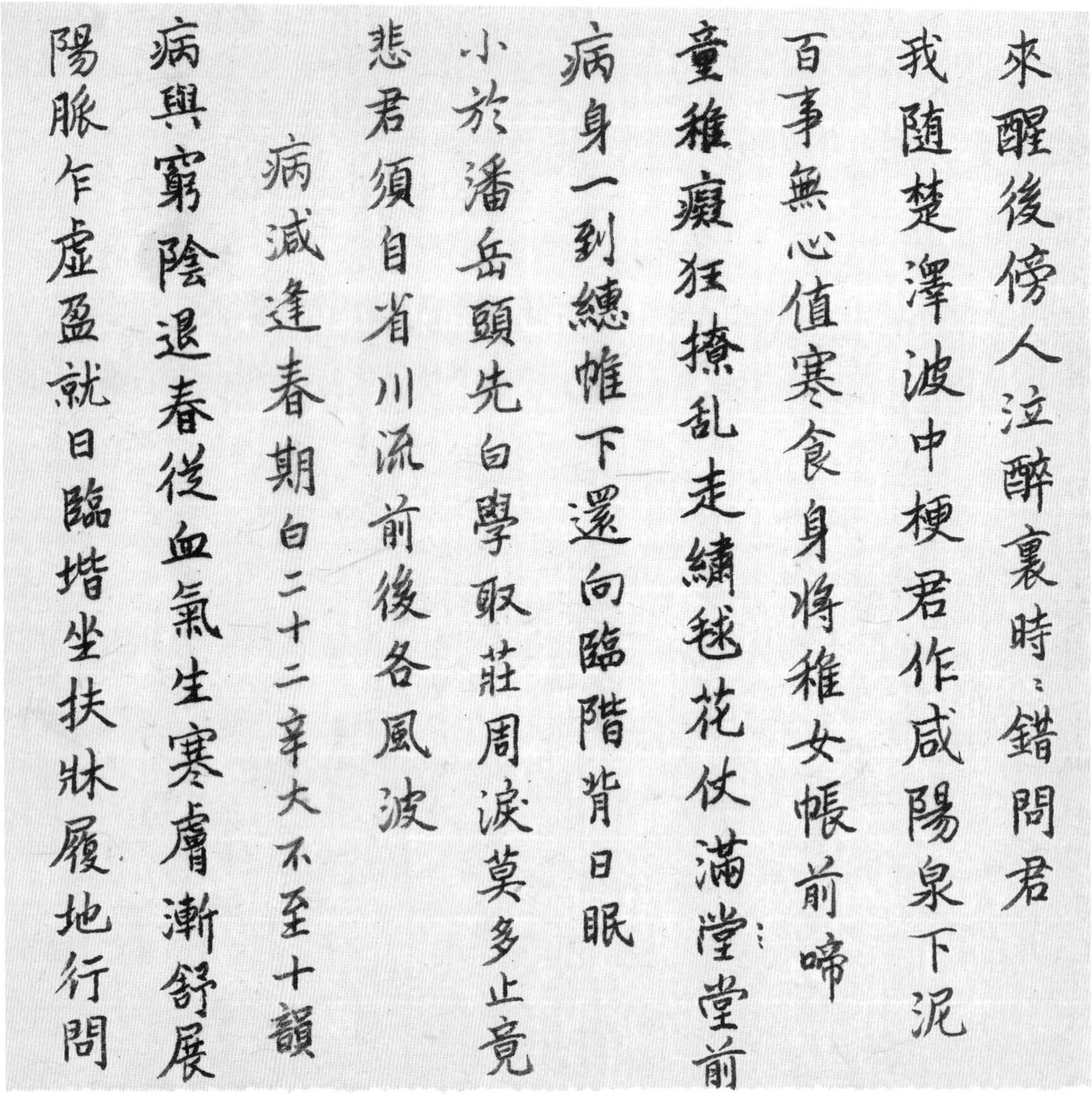
來醒後傍人泣醉裏時時錯問君
我隨楚澤波中梗君作咸陽泉下泥
百事無心值寒食身將稚女帳前啼
童稚癡狂撩亂走繡毬花仗滿堂堂前
病身一到繐帷下還向臨階背日眠
小於潘岳頭先白學取莊周淚莫多止竟
悲君須自省川流前後各風波

病減逢春期白二十二辛大不至十韻

病與窮陰退春從血氣生寒膚漸舒展
陽脈乍虛盈就日臨堦坐扶牀履地行問

菊花

智度師（二首録一）

人知面瘦祝烏願身輕風暖牽詩興時新
變賣聲飢饞看藥忌閑悶點書名舊雪
依深竹微和動早萌推遷悲往事疎數辨
交情琴待嵇中散杯思阮步兵世間除却
病何者不營營

菊花

秋叢繞舍似陶家遍繞籬邊日漸斜不
是花中偏愛菊此花開盡更無花

智度師 二首录一

三陷思明三突圍鐵衣抛盡衲禪衣天

·永貞二年正月二日，上御丹鳳樓赦天下，予與李公垂、庾順之閑行曲江，不及盛觀

·望驛臺

·以州宅夸於樂天

津橋上無人識閑凭欄干望落暉

永貞二年正月二日上御丹鳳樓赦天下予與李公垂庾順之閑行曲江不及盛觀

春來饒夢慵朝起不看千官擁御樓却著閑行是忙事數人同傍曲江頭

望驛臺

可憐三月三旬足望斷江邊望驛臺料得孟光今日語不曾春盡不歸來

以州宅夸於樂天

州城迴遶拂雲堆鏡水稽山滿眼來四面常
時對屏障一家終日在樓臺星河似向簷
前落鼓角驚從地底迴我是玉皇香案
吏謫居猶得住蓬萊

連昌宮詞

連昌宮中滿宮竹歲久無人森似束又
有牆頭千葉桃風動落花紅蔌〻宮邊
老翁為余泣小年進食曾因入上皇正
在望仙樓太真同凭闌干立樓上樓前
盡珠翠炫轉熒煌照天地歸來如夢復

如癡何暇備言宮裏事初過寒食一百
六店舍無煙宮樹綠夜半月高弦索鳴
賀老琵琶定場屋力士傳呼覓念奴念
奴潛伴諸郎宿須臾覓得又連催特敕
街中許然燭春嬌滿眼睡紅綃掠削雲
一九八七年七月十七日陰曆六月廿二日
鬟旋裝束飛上九天歌一聲二十五郎吹管逐
逡巡大徧涼州徹色色龜茲轟錄續李謩
擫笛傍宮牆偷得新翻數般曲平明大駕
發行宮萬人歌舞塗路中百官隊仗避
岐岐薛楊氏諸姨車鬥風明年十月東

都破御路猶存祿山過驅令供頓不敢
藏萬姓無聲淚潛墮兩京定後六七年
却尋家舍行宮前莊園燒盡有枯井行
宮閑樹宛然尓後相傳六皇帝不到離
宮門久閑往來年少說長安玄武樓成
花萼廢去年敕使因斫竹偶值門開暫
相逐荊榛櫛比塞池塘狐兔驕癡緣樹
衣舞榭敧傾基尚在文窗窈窕紗猶
綠塵埋粉壁舊花鈿烏啄風箏碎珠
玉上皇偏愛臨砌花依然御榻臨階斜

蛇出燕巢盤斗拱菌生香案正當衙寢
殿相連端正樓太真梳洗樓上頭晨光
未出簾影黑至今反挂珊瑚鉤指似
傍人因慟哭却出宮門淚相續自從此
後還閉門夜夜狐狸上門屋我聞此語
心骨悲太平誰致亂者誰翁言野父何
分別耳聞眼見為君說姚崇宋璟作相
公勸諫上皇言語切燮理陰陽禾黍丰
調和中外無兵戎長官清平太守好揀
選皆言由相公開元之末姚宋死朝廷

漸漸由妃子祿山宮裏養作兒虢國門前
閙如市弄權宰相不記名依稀憶得楊與
李廟謨顛四海搖五十年來作瘡痏
今皇神聖丞相明詔書纔下吴蜀平
官軍又取淮西賊此賊亦除天下寧
年年耕種宮前道今年不遣子孫耕
老翁此意深望幸努力廟謀休用兵

上陽白髮人

天寶年中花鳥使撩花狎鳥含春思滿
懷墨詔求嬪御走上高樓半酣醉醉酣

走入鄉士家閨闈不得偷迴避良人顧妾
生死別小女呼爺血淚垂十中有一得更衣
永配深巷作宮婢御馬南奔胡馬蹙宮
女三千合宮棄宮門一閉不復開上陽
花草青苔地月夜聞洛水聲秋池暗度
風荷氣日日常看提眾門終身不見門
前事近年又送數人來自言興慶南宮
至我悲此曲將徹骨更想深寃復酸鼻
此輩賤嬪何足言帝子天孫古稱貴諸
王在閤四十年七宅六宮門戶閟隋煬

·贈雙文

·古決絕詞（三首）

枝條襲封邑肅宗血亂無官位王無
妃媵主無壻陽亢陰淫結災累何如
決壅順衆流女遣從夫男作吏

贈雙文

艷極翻含怨憐多轉自嬌有時還暫笑
閑坐愛無憀曉月行看墮春酥見欲消
何因肯垂手不敢望回腰

古決絕詞

乍可爲天上牽牛織女星不願爲庭
前紅槿枝七月七日一相見相光見故

心終不移那能朝開暮飛去一任東西
南北吹分不兩相守恨不兩相思對面且
如此背面當可知春風撩亂伯勞語況
是此時拋去時握手苦相問竟不言後
期君情既決絕妾意已參差借如生死
別安得長苦悲
噫春冰之將泮何予懷之獨結有美一
人於焉曠絕一日不見比一日於三月年況
三年之曠別水得風兮小而已波筍在
苞兮高不見節豔桃李之當春競衆

人而攀折我自顧悠悠而若雲又安能保
君皚皚之如雪感破鏡之分明睹淚痕
之餘血幸他人之既不我先又安能使
他人之終不我奪已焉哉織女別黃姑
一年一度暫相見彼此隔河何事無
夜夜相抱眠幽懷尚沈結那堪一年事
長遣一宵說但感久相思何暇暫相悅
虹橋薄夜成龍駕侵晨列生憎野鶴
性遲迴死恨天雞識時節曙色漸曈曈
華星欲明滅一去又一年一年何可徹有

·白衣裳（二首）

·春曉

此迢遞期不如生死別天公隔是妬相
憐何不便教相決绝
（贈雙文一詩當移此）

白衣裳 二首

雨湿輕塵隔院香玉人初著白衣裳半
含惆悵閑看繡一朶梨花壓象牀
藕絲衫子柳花群裙空著沉香慢火熏
閑倚屏風笑周昉枉抛心力畫朝雲

春曉

半欲天明半未明醉聞花氣睡聞鶯猧

・鶯鶯詩（一作離思詩之首篇）

・離思五首（一本并前首作六首）

兒撼起鈴聲動二十年前曉寺情

鶯〻詩 一作离思詩之首篇

殷紅淺碧舊衣裳取次梳頭闇淡妝夜合帶烟籠曉日牡丹經雨泣殘陽低迷隱笑原非笑散漫清香不似香頻動橫波嗔阿母等閑教見小兒郎

離思五首 一本并前首作六首

離思

自愛殘妝曉鏡中環釵謾簪綠絲叢須臾日射燕脂頰一朵紅蘇旋欲融

山泉散漫繞階流萬樹桃花暎小樓閑

雜憶

讀道書慵未起水晶簾下看梳頭
紅羅著壓逐時新吉了花紗嫩麴塵
第一莫嫌才地弱些〻紕縵最宜人
曾经滄海難為水除却巫山不是雲取
次花叢嬾迴顧半緣修道半緣君
尋常百種花齊發偏摘黎⁝梨花與白
人今日江頭兩三樹可憐和葉度残春

雜憶

今年寒食月無光夜色纔侵已上牀
憶得雙文通內裏玉櫳深處暗聞香

楊絳日課全唐詩録

［下］

錢鍾書 選　楊絳 録

人民文学出版社

長恨歌

漢皇重色思傾國御宇多年求不得楊家
有女初長成養在深閨人未識天生麗
質難自棄一朝選在君王側回眸一笑百媚
生六宮粉黛無顏色春寒賜浴華清池
温泉水滑洗凝脂侍兒扶起嬌無力始是
新承恩澤時雲鬢花親顏金步搖芙蓉
帳暖度春宵春宵苦短日高起從此君王
不早朝承歡侍宴無閑暇春從春遊夜專夜
後宮佳麗三千人三千寵愛在一身金屋
裝成嬌侍夜玉楼宴罷醉和春姊妹弟兄
皆列土可憐光彩生门户遂令天下父母心
不生男重生女驪宮高處入青雲仙樂風
飄處處聞緩歌慢舞凝絲竹盡日君王看

白居易

不足漁陽鞞鼓動地來驚破霓裳羽衣曲
九重城闕烟塵生千乘萬騎西南行翠華
搖搖行復止西出都門百餘里六軍不發
無奈何宛轉蛾眉馬前死花鈿委地無人
收翠翹金雀玉頭君王掩面救不得回看血
淚相和流黃埃散漫風蕭索雲棧縈紆
登劍閣峨嵋山下少人行旌旗無光日色
薄蜀江水碧蜀山青聖主朝朝暮暮情行
宮見月傷心色夜雨聞鈴腸斷聲天旋
一九八八年一月一日開新筆
地轉迴龍馭到此躊躇不能去馬嵬坡下
泥土中不見玉顏空死處君臣相顧盡霑
衣東望都門信馬歸歸來池苑皆依舊
太液芙蓉未央柳芙蓉如面柳如梅眉對此
二日
如何不淚垂春風桃李花開日秋雨梧

紅不掃梨院弟子白髮新椒房阿監青
娥老夕殿螢飛思悄然孤燈挑盡未成眠」
遲遲鐘鼓初長夜耿耿星河欲曙天鴛 三日
鴦瓦冷霜華重翡翠衾寒誰與共悠〻
生死別經年魂魄不曾來入夢臨邛道士
鴻都客能以精誠致魂魄為感君王展轉
思遂教方士殷勤覓」四日 排空馭氣奔如電升
天入地求之徧上窮碧落下黃泉兩處
茫〻皆不見忽聞海上有仙山山在虛無
縹緲間樓閣玲瓏五雲起其中綽約
多仙子中有一人字太真雪膚花貌參差
是」五日 金闕西廂叩玉扃轉教小玉報雙成聞
道漢家天子使九華帳裏夢魂驚攬衣推

枕起裴回珠箔銀屏迤邐開雲鬢半偏新
睡覺花冠不整下堂來風吹仙袂飄飄
舉猶似霓裳羽衣舞玉容寂寞淚闌干乚
一月六日
梨花一枝春帶雨含情凝睇謝君王一別
音容兩渺茫昭陽殿裏恩愛絶蓬萊
宮中日月長回頭下望人寰處不見長乚
一月七日
安見塵霧唯將舊物表深情鈿合金釵
寄將去釵留一股合一扇釵擘黃金合分
鈿但教心似金鈿堅天上人間會相見乚
八日
臨別殷別勤重寄詞詞中有誓兩心知七
月七日長生殿夜半無人私語時在天
願爲比翼鳥在地願爲連理枝天長地
久有時盡此恨綿〻無絶期

白居易

·凶宅

花籠微月竹籠煙百尺絲繩拂地懸憶
得雙文人靜後潛教桃葉送鞦韆
寒輕夜淺繞回廊不辨花叢暗辨香
憶淂雙文朧月下小樓前後捉迷藏
山榴似火葉相兼亞拂塼階半拂檐憶得
雙文獨披掩滿頭花草倚新簾
春冰消盡碧波湖漾影殘霞似有無憶
淂雙文衫子薄鈿頭雲暎褪紅酥

白居易

凶宅

長安多大宅列在街西東往〻朱門内房
廊相對空梟鳴松桂樹狐藏蘭菊叢
蒼苔黄葉地日暮多旋風前主為將相
得罪竄巴庸後主為公卿寢疾殁其中
連延四五主殃禍繼相鍾自從十年來不
利主翁風雨壞檐隙蛇鼠穿牆墉人疑
不敢買日毁土木工功嗟〻俗人心甚矣其
愚蒙但恐災將至不思禍所從我今題
此詩欲悟迷者胷凡為大官人年祿
多高崇權重難持久位高勢易窮驕

者物之盈老者數之終[redacted]者如寇盜日夜來相攻假使居吉土孰能保其躬因小以明大借家可喻邦周秦宅殽函其宅非不同一興八百年一死望夷宮寄語家與國人凶非宅凶

宿紫閣山北村

晨遊紫閣峰暮宿山下村村老見余喜為余開一尊舉杯未及飲暴卒來入門紫衣挾刀斧草草十餘人奪我席上酒掣我盤中飧主人退後立斂手反如賓中庭

·贈内

有奇樹種來三十春主人惜不得持斧斷其根口稱采造家身屬神策軍主人慎勿語中尉正承恩

贈内

生為同室親死為同穴塵他人尚相勉而況我與君黔婁固窮士妻賢忘其貧冀缺一農夫妻敬儀如賓陶潛不營生翟氏自爨薪梁鴻不肯仕孟光甘布裙君雖不讀書此事亦耳聞至此千載後傳是何如人人生未死間不能忘其身所

須者衣食不過飽與温蔬食足充飢何必膏粱珍繒絮足禦寒何必錦繡文君家有貽訓清白遺子孫我亦貞苦士與君新結婚庶保貧與素偕老同欣欣

紫藤

藤花紫蒙茸藤葉青扶疎誰謂好顏色而為害有餘下如蛇屈盤上若繩縈紆可憐中間樹束縛成枯株柔蔓不自勝嫋嫋掛空虛豈知纏樹木千夫力不如

燕詩示劉叟

先柔後為害有似諛佞徒附著君權勢
君迷不肯誅又似妖婦人綢繆蠱其夫
奇邪壞人室夫惑不能除寄言邦與
家所慎在其初毫末不早辨滋蔓信
難圖願以藤為戒銘之于座隅

燕詩示劉叟

梁上有雙燕翩翩雄與雌銜泥兩椽
間一巢生四兒四兒日夜長索食聲
孜孜青蟲不易捕黃口無飽期觜爪
雖欲敝心力不知疲須臾十來往

猶恐巢中飢辛勤三十日母瘦雛漸肥
喃喃教言語一一刷毛衣一旦羽翼成引上
庭樹枝舉翅不回顧隨風四散飛雌雄
空中鳴聲盡呼不歸却入空巢裏啁
啾中終夜悲燕燕尔勿悲尔當返自思
思尔為雛日高飛背母時當時父母念
今日尔应知

新製布裘

桂布白似雪吴緜軟於雲布重緜且
厚為裘有餘温朝擁坐至暮夜覆

・秦中吟（十首録四）

眠達晨晨誰知嚴冬月支體暖如春
中夕忽有念攬裘起逡巡丈夫貴兼
濟豈獨善一身安得萬里裘蓋過周
四垠穩暖皆如我天下無寒人

秦中吟 十首录四

議婚

天下無正聲悅耳即爲娛人間無正色
悅目即爲姝顏色非相遠貧富則有
殊貧爲時所棄富爲時所趨紅樓富
家女金縷繡羅襦見人不斂手嬌癡

二八初母兄未開口已嫁不須臾綠窗貧家女寂莫二十餘荆釵不直錢衣上無真珠幾迴人欲聘臨日又踟躕主人會良媒置酒滿玉壺四座且勿飲聽聽我歌兩途富家女易嫁嫁早輕其夫貧家女難嫁嫁晚孝於姑聞君欲娶婦娶婦意何如

傷宅

誰家起甲第朱門大道旁邊豐屋中櫛比高牆外迴環纍纍六七堂棟宇相

連延一堂費百萬鬱〻起青煙洞房温
且清寒暑不能干高堂虛且迴坐卧見
南山繞廊紫藤架夾砌紅藥欄攀枝摘
櫻桃帶花移牡丹主人此中坐十載為大
官廚有臭敗肉庫有貫朽錢誰能將
我語問尒骨肉間豈無窮賤者忍不
救飢寒如何奉一身直欲保千年不見
馬家宅今作奉誠園

不致仕

七十而致仕禮法有明文何乃貪榮者

斯言如不聞可憐八十年齒墮雙眸昏朝露貪名利夕陽憂子孫掛冠顧翠緌懸車惜朱輪金章腰不勝傴僂入君門誰不愛富貴誰不戀君恩年高須告老名遂合退身少時共嗤誚晚歲多因循賢哉漢二疏彼獨是何人寂寞東門路無人繼去塵

輕肥

意氣驕滿路鞍馬光照塵借問何為者人稱是內臣朱紱皆大夫紫綬或

海漫漫

將軍誇赴軍中宴走馬去　如雲尊罍
溢九醞水陸羅八珍果擘洞庭橘膾切
天池鱗食飽心自若酒酣氣益振是
歲江南旱衢州人食人

海漫漫　戒求仙也

海漫〻直下無底傍無邊雲濤濤烟霞
最深處人傳中有三神山山上多生不死
藥服之羽化為天仙秦皇漢武信此語
方士年〻采藥去蓬萊今古但聞名煙
水茫〻無覓處海漫〻風浩〻眼穿不見蓬

萊島不見蓬萊不敢歸童男丱女舟中
老徐福文成多誑誕上元太一虛祈禱君
看驪山頂上茂陵頭畢竟悲風吹蔓草
何況玄元聖祖五千言不言藥不言仙不
言白日升青天

新豐折臂翁　戒邊功也

新豐老人八十八頭鬓眉鬚皆似雪玄孫扶
向店前行左臂憑肩右臂折问翁臂折來幾年
兼問致折何因緣翁云貫屬新豐縣生逢聖
代無征戰慣聽梨園管歌聲不識旗槍

興弓箭無何天寶大徵兵戶有三丁點一丁
點得驅将何處去五月萬里雲南行聞道
雲南有瀘水椒花落時瘴煙起大軍徒
涉水如湯未過十人二三死村南村北哭聲
哀兒别爺娘夫别妻皆云前後征蠻者
千萬人行無一迴是時翁年二十四兵部牒
中有名字夜深不敢使人知偷将大石搥
折臂張弓簸旗俱不堪從茲始免征雲
南骨碎筋傷非不苦且圖揀退歸鄉土此
臂折來六十年一肢雖廢一身全至今風

太行路

雨陰寒夜直到天明痛不眠痛不眠終不悔且喜老身今獨在不然當時瀘水頭身死魂孤骨不收應作雲南望鄉鬼萬人冢上哭呦呦老人言君聽取君不聞開原宰相宋開府不賞邊功防黷武又不聞天寶宰相楊國忠欲求恩幸立邊功邊功未立生人怨請問新豐折臂翁

太行路　借夫婦以諷君臣之不終也

太行之路能摧車若比人心是坦途巫峽之水能覆舟若比人心是安流人心好惡

苦不常好生毛羽惡生瘡與君結髮未五載豈期牛女為參商古稱色衰相棄背當時美人猶怨悔何況如今鸞鏡中妾顏未改君心改為君熏衣裳君聞蘭麝不馨香為君盛容飾君看金翠無顏色行路難難重陳人生莫作婦人身百年苦樂由他人行路難難於山險於水不獨人間夫與妻近代君臣亦如此君不見左納言右納史朝承恩暮賜死行路難不在山不在水只在人情反覆間

兩朱閣　刺佛寺寖多也

兩朱閣南北相對起借問何人家貞元雙帝子帝子吹簫雙得仙五雲飄颻飛上天第宅亭臺不將去化為寺佛在人間妝閣伎樓何寂靜柳似舞腰池似鏡花落黃昏悄悄時不聞歌吹聞鐘磬寺門勅牓金字書尼院佛庭寬有餘青苔明月多閑地比屋疲人無處居憶昨平陽宅初置吞併平人幾家地仙去雙雙作梵宮漸恐人間盡為寺

杜陵叟

傷農夫之困也

杜陵叟杜陵居歲種薄田一頃餘三月無雨旱風吹起麥苗不秀多黃死九月降霜秋早寒禾穗未熟皆青乾長吏明知不申破急斂暴徵求考課典桑賣地納官稅明年衣食將何如剝我身上帛奪我口中粟虐人害物即豺狼何必鉤爪鋸牙食人肉不知何人奏皇帝帝心惻隱知人弊白麻紙上書德音京畿盡放今年稅昨日里胥方到門手持尺牒牓鄉

繚綾

村十家稅九家畢虛受吾君蠲免恩

繚綾　念女工之勞也

繚綾繚綾何所似不似羅綃與紈綺應似天台山上月明前四十五尺瀑布泉中有文章又奇絕地鋪白煙花簇雪織者何人衣者誰越溪寒女漢宮姬去年中使宣口敕天上取樣人間織織爲雲外秋雁行染作江南春水色廣裁衫袖長製帬金斗熨波刀剪紋異彩奇文相隱映轉側看花花不定昭陽舞人恩深

春衣一對直千金汗霑粉汙不再著曳土
蹋泥無惜心繚綾織成費功績莫比尋常
繒與帛絲細繰多女手疼扎扎千聲不
盈尺昭陽殿裏歌舞人若見織時應也惜

賣炭翁　苦宮市也

賣炭翁伐薪燒炭南山中滿面塵灰煙
火色兩鬢蒼蒼十指黑賣炭得錢何所營
身上衣裳口中食可憐身上衣正單心
憂炭賤願天寒夜來城上一尺雪曉駕
炭車輾冰轍牛困人飢日已高市南門

時世妝

外泥中歇翩、兩騎來是誰黃衣使者白衫兒手把文書口稱敕迴車叱牛牽向北一車炭千餘斤官使驅將惜不得半匹紅紗一丈綾繫向牛頭充炭置

時世妝　儆戎也

時世妝時世妝出自城中傳四方時世流行無遠近顋不施朱面無粉烏膏注脣脣似泥雙眉畫作八字低妍媸黑白失本態妝成盡似含悲啼圓鬟無鬢堆髻樣斜紅不暈赭面狀昔聞被髮伊川

鹽商婦

中辛有見之知有戎元和妝梳君記
取髻堆面赭非華風

鹽商婦　惡幸人也

鹽商婦多金帛不事田農與蠶績南
北東西不失家風水為鄉船作宅嫁得
西江大商客綠鬟富去金釵多皓
腕肥來銀釧窄前呼蒼頭後叱婢問尔
因何得如此壻作鹽商十五年不屬州
縣屬天子每年鹽利入官時少入官家
多入私官家利薄私家厚鹽鐵尚書遠

不知何況江頭魚米賤紅膾黃橙香稻
飯飽食濃裝倚柁樓兩朶紅腮花欲
綻鹽商婦有幸嫁鹽商終朝美飯食
終歲好衣裳好衣美食來何處亦須慚
媿桑弘羊桑弘羊死已久不獨漢時今
亦有

井底引銀缾　止淫奔也

井底引銀缾欲上絲繩絶石上磨玉簪
玉簪欲成中央折缾沈簪折知奈何似
妾今朝與君别憶在家為女時人言舉

動有殊姿嬋娟兩鬟秋蟬翼宛轉雙
蛾遠山色笑隨戲伴後園中此時與君
未相識妾弄青梅凭短牆君騎白馬傍
垂楊牆頭馬上遥相顧一見知君即斷腸
知君斷腸共君語君指南山松柏樹感君
松柏化為心闇合雙鬟逐君去到君家
舍五六年君家大人頻有言聘則為妻
奔是妾不堪主祀奉蘋蘩終知君家
不可住其奈出門無去處豈無父母
在高堂亦有情親情滿故鄉潛來更

杏爲梁

不通消息今日羞歸歸不得爲君一日恩誤妾百年身寄言癡小人家女慎勿將身輕許人

杏爲梁　刺居處僭也

杏爲梁桂爲柱何人堂室李開府碧砌紅軒色未乾去年身歿今移主高其牆大其門誰家第宅盧將軍素泥朱版光未滅今日官收别賜人開府之堂將軍宅造未成時頭已白逆旅重居逆旅中心是主人身是客更有愚夫念身後心

雖甚長計非久窮麗越規模付子傳孫
令保守莫門外過客聞撫掌回頭笑殺
君君不見馬家宅猶尚存宅門題作奉
誠園君不見魏家宅屬他人詔贖賜還
五代孫儉存奢失今在目安用高牆圍
大屋

古冢狐　戒艷色也

古冢狐妖且老化為婦人顏色好頭変
雲鬟面變妝大尾曳作長紅裳徐徐
行傍荒村路日欲暮時人靜處或歌或

舞或悲啼翠眉不舉花顔低忽然一笑千萬態見者十人八九迷假色迷人猶若是真色迷人應過此彼真此假俱迷人人心惡假貴重真狐假女妖害猶淺一朝一夕迷人眼女為狐媚害即深日長月增溺人深心何況褒妲之色善蠱惑能喪人家覆人國君看為害淺深間豈将假色同真色

閑居

空腹一醆粥飢食有餘味南檐半牀日

暖卧因成睡綿袍擁兩膝竹几支雙臂
從旦直至昏身心一無事心足即為富身閑
乃當貴富貴即在此中何必居高位君看
裴相國金紫光照地心苦頭盡白年纔四十
四乃知高蓋車乘者多憂畏

聞早鶯

日出眠未起屋頭聞早鶯忽如上林曉萬
年枝上鳴憶為近臣時秉筆直承明
春深視草暇旦暮聞此聲今聞在何處寂
寞潯陽城鳥聲信如一分别在人情不作

·弄龜羅

·自秦望赴五松驛，馬上偶睡，睡覺成吟

天涯意豈殊禁中聽

弄龜羅

有姪始六歲字之為阿龜有女生三年
其名曰羅兒一始學笑語一能誦歌詩朝
戲抱我足夜眠枕我衣汝生何其晚我年
行已衰物情小可念人意老多慈酒美
終須壞月圓終有虧亦是恩愛緣乃是
憂惱資舉世同此累吾安能去之

自秦望赴五松驛馬上偶睡睡覺
成吟

山雉

長途發已久前館行未至體倦目已昏瞌然遂成睡右袂尚垂鞭左手輕委轡忽覺問僕夫纔行百步地形神分處所遲速相乖異馬上幾多時夢中無限事誠哉達人語百齡同一寐

山雉

五步一啄草十步一飲水適性遂其生時哉山梁雉梁上無罾繳梁下無鷹鸇雌雄與羣雛皆得終天年嗟嗟籠下鷄及彼池中鴈既有稻粱恩必有犧牲患

移家入新宅

移家入新宅罷郡有餘貲既可避燥濕
復免憂飢寒飢疾平未還假官閑得分
司幸有俸祿在而無職役羈清旦盥漱
畢開軒卷簾帷家人及鷄犬隨我亦熙〻
取興或寄酒放情不過詩何未苦修道此
即是無為外累信已遣中懷時有思有思
一何遠默坐低雙眉十載囚竄客萬里征
戍兒春朝鎖籠鳥冬夜支牀龜驛馬走四
蹄痛酸無歇期磑牛封兩目昏閉何人

·初與元九別後，忽夢見之，及寤而書適至，兼寄桐花詩，悵然感懷，因以此寄

知誰能脫放去四散任所之各自得適其性如吾今日時

初與元九別後忽夢見之及寤而書適至兼寄桐花詩悵然感懷因以此寄

永壽寺中語新昌坊北分歸來數行淚悲事不悲君悠悠藍田路自去無消息計君食宿程已過商山北昨夜雲四散千里同月色曉來夢見君應是君相憶夢中握君手問君意何如君言苦相憶無人可寄書覺來未及說叩門聲

冬〻言是商州使送君書一封枕上忽驚起
顛倒著衣裳開緘見手札一紙十三行上論
遷謫心下説離别腸心腸都未盡不暇
叙炎涼云作此書夜夜宿商州東獨對
孤燈坐陽城山館中夜深作書畢山月
向西斜月下何所有一樹紫桐花桐半落時
復道正相思殷勤書背後兼寄桐花詩
桐花半落時復道正相思詩八韻思緒
一何深以我今朝意憶君此夜心一章三
徧讀一句十回吟珍重八十字字〻化為金

留別

朱陳村

留別

秋涼卷朝簟春暖撤夜衾雖是無情
物欲別尚沈吟況與有情別別隨情淺深
二年歡笑意一旦東西心獨留誠可念同
行力不任前事詎能料後期諒難尋唯
有潺湲淚不惜共霑襟

朱陳村

徐州古豐縣有村曰朱陳去縣百餘里
桑麻青氛氳機梭聲札札牛驢走紜紜女
汲澗中水男采山薪縣遠官事少山深人

俗淳有財不行商有不入軍家〻守村業
頭白不出門生為村之民死為村之塵田
中老與幼相見何欣欣一村唯兩姓世〻為
婚姻親疏居有族少長遊有羣黃鷄與白
酒歡會不隔旬生者不遠別嫁娶先近鄰
死者不葬墳墓多遶村既安生與死不苦
形與神所以多壽考往〻見玄孫我生禮義
鄉少小孤且貧徒學辨是非祇祇自取辛
勤世法貴名教士人重冠婚以此自桎梏信
為大謬人十歲解讀書十五能屬文二十

夜雨

舉秀才三十為諫臣下有妻子累上有君
親恩承家與事國望此不肖身憶昨遊旅
遊初迨今十五春孤舟三適楚羸馬四經
秦晝行有飢色夜寢無安魂東西不暫
住來往若浮雲離乱失故鄉骨肉多散
分江南與江北各有平生親平生終日別
逝者隔年聞朝憂卧至暮夕哭坐達晨
悲火燒心田愁霜侵鬢根一生苦如此長
羨村中民

夜雨

·夜雪

·寄行簡

我有所念人隔在遠遠鄉我有所感事結
在深〻腸鄉遠去不得無日不瞻望腸深
解不得無夕不思量況此殘燈下獨宿在空
堂秋天殊未曉風雨正蒼〻不學頭陀法前心
安可忘

夜雪

已訝衾枕冷復見窗戶明夜深知雪重
時聞折竹聲

寄行簡

鬱〻眉多斂默〻口寡言豈是願如此舉

目誰與觀歡去春尔西征從事巴蜀間今春我南謫抱疾江海壖相去六千里地絶天邈然十地書九不達何以開憂顏渴人多夢飲飢人多夢餐春來夢何處合眼到東川

感情

中庭曬服玩忽見故鄉履昔贈我者誰東鄰嬋娟子因思贈時語特用結終始永願如履綦雙行復雙止自吾謫江郡漂蕩三千里為長情人提攜同到此今朝

·過昭君村

一惆悵反覆看未已人隻履猶雙何曾得
相似可嗟復可惜錦表繡爲裏況経梅
雨來色黯花草死

過昭君村

靈珠産無種彩雲出無根亦如彼姝子
生此遐陋村至麗物難掩遽選入君門獨
美衆所嫉終棄出塞垣唯此希代色豈無
一顧恩事排勢須去不得由至尊黑白既
可變丹青何足論竟埋代北骨不返巴
東魂慘澹晚雲水依稀舊鄉園妍姿化

生離別

化已久但有村名存村中有遺老指点爲我言不取往者戒恐貽來者冤至今村女面燒灼成瘢痕

生離別

食檗不易食梅難檗能苦兮梅能酸未知生別之爲難苦在兮酸在肝晨鷄再鳴殘月没征馬連嘶行人出回看骨肉哭一聲梅酸檗苦甘如蜜黄河水白黄雲秋行人河邊相對愁天寒野曠何處宿棠梨葉戰風颼颼生離別生離別憂從中來無

斷絶憂極心勞血氣衰未年三十生白髮

送春歸 元和十一年三月三十日作

送春歸、三月盡日日暮時、去年杏園花飛御溝綠、何處送春曲江曲、今年杜鵑花落子規啼、送春何處西江西、帝城送春猶怏怏、天涯送春能不加惆悵、送春人冗員無替五年罷、應須準擬再送潯陽春、五年炎涼凡十變、又知此身健不健、好去今年江上春明年未死還相見

畫竹歌

植物之中竹難寫古今雖畫無似者蕭郎下
筆獨逼真丹青以來唯一人人畫竹身肥擁
肥擁腫蕭画莖瘦節〻竦人画竹稍死羸
垂蕭画枝活葉〻動不根而生從意生不筍
而成由筆成野塘水邊碕岸側森〻兩叢十五
莖嬋娟不失筠粉態蕭竦盡得風煙情
舉頭忽看不似畫低耳靜聽疑有聲西
叢七莖石上見東叢八莖疏且寒勁而健、
省向天竺寺前石上見東叢八莖疎且寒、
憶曾湘妃廟裏雨中看幽懟遠思少人別

長恨歌

與君相看頓空長歎蕭郎蕭郎老可惜手
顫眼昏頭雪色自言便是絕筆時從今此
竹尤難得

長恨歌

漢皇重色思傾國御宇多年求不得楊家
有女初長成養在深閨人未識天生麗
質難自棄一朝選在君王側回眸一笑百媚
生六宮粉黛無顏色春寒賜浴華清池
温泉水滑洗凝脂侍兒扶起嬌無力始是
新承恩澤時雲鬢花顏金步搖芙蓉

帳暖度春宵春宵苦短日高起從此君王
不早朝承歡侍宴無閑暇春從春遊夜專夜
後宮佳麗三千人三千寵愛在一身金屋
裝成嬌侍夜玉楼宴罷醉和春姊妹弟兄
皆列土可憐光彩生门户遂令天下父母心
不生男重生女驪宮高處入青雲仙樂風
飄處處聞緩歌慢舞凝絲竹盡日君王看
不足漁陽鞞鼓動地來驚破霓裳羽衣曲
九重城闕烟塵生千乘萬騎西南行翠華
揺揺行復止西出都門百餘里六軍不發

無奈何宛轉蛾眉馬前死花鈿委地無人
收翠翹金雀玉頭君王掩面救不得回看血
淚相和流黃埃散漫風蕭索雲棧縈紆
登劍閣峨嵋山下少人行旌旗無光日色
薄蜀江水碧蜀山青聖主朝〻暮〻情行
宮見月傷心色夜雨聞鈴腸斷聲天旋
地轉迴龍馭到此躊躇不能去馬嵬坡下
一九八八年一月一日開新筆
泥土中不見玉顏空死處君臣相顧盡霑
衣東望都門信馬歸歸來池苑皆依舊
太液芙蓉未央柳芙蓉如面柳如眉對此

如何不淚垂春風桃李花開夜（二日）秋雨梧
桐葉落時西宮南苑多秋草宮葉滿階
紅不掃梨院弟子白髮新椒房阿監青
娥老夕殿螢飛思悄然孤燈挑盡未成眠
遲遲鐘鼓初長夜耿耿星河欲曙（三日）天鴛
鴦瓦冷霜華重翡翠衾寒誰與共悠悠
生死別經年魂魄不曾來入夢臨邛道士
鴻都客能以精誠致魂魄為感君王展轉
思遂教方士殷勤覓（四日）排空馭氣奔如電升
天入地求之徧上窮碧落下黃泉兩處

茫茫皆不見忽聞海上有仙山山在虛無
縹緲間樓閣玲瓏五雲起其中綽約
多仙子中有一人字太真雪膚花貌參差
是」五日金闕西廂叩玉扃轉教小玉報雙成聞
道漢家天子使九華帳裏夢魂驚攬衣推
枕起裴回珠箔銀屏邐迤開雲髻半偏新
睡覺花冠不整下堂來風吹仙袂飄飄颻
舉猶似霓裳羽衣舞玉容寂寞淚闌干」一月六日
梨花一枝春帶雨含情凝睇謝君王一別
音容兩渺茫昭陽殿裏恩愛絶蓬萊

婦人苦

宮中日月長回頭下望人寰處不見長
安見塵霧唯將舊物表深情（一月七日）鈿合金釵
寄將去釵留一股合一扇釵擘黃金合分
鈿但教心似金鈿堅天上人間會相見
臨別殷別〻勤重寄詞詞中有誓（八日）兩心知七
月七日長生殿夜半無人私語時在天
願為比翼鳥在地願為連理枝天長地
久有時盡此恨綿〻無絕期

婦人苦

蟬鬢加意梳蛾眉用心掃幾度曉妝成

君看不言好妾身重同穴君意輕偕老
一月九日
惆悵去年來心知未能道今朝一開口
語少意何深願引他時事移君此日心人
言夫婦親義合如一身及至死生際何
曾苦樂均婦人一喪夫終身守孤孑有
如林中竹忽被風吹折一折不重生枯死猶
抱節男兒若喪婦能不暫傷情應似門前柳
一月十日
逢春易發榮風吹一枝折還有一枝生為
君委曲言願君再三聽須知婦人苦從此
莫相輕

寒食野望吟

丘墟郭门外寒食誰家哭風吹曠野紙錢飛古墓壘壘春草緑棠梨花映白楊樹盡是死生離别處冥冥重泉哭不聞蕭蕭暮雨人歸去

琵琶引 并序

十一日

元和十年予左遷九江郡司馬明年秋送客湓浦口聞船中夜彈琵琶者聽其音錚錚然有京都聲問其人本長安倡女嘗學琵琶於穆曹二善才年長色衰委身為賈人婦遂命酒使

快彈數曲曲罷憫默自敘少小時歡樂事（十二日）今飄淪
顦顇轉徙於江湖間予出官二年恬然自安感斯人
言是夕始覺有遷謫意因為長句歌以贈之凡六百一
十二言命曰琵琶行
（十三日）
潯陽江頭夜送客楓葉荻花秋索索主人下
馬客在船舉酒欲飲無管絃醉不成歡慘
將別別時茫茫江浸月忽聞水上琵琶聲主
人忘歸客不發尋聲暗問彈者誰琵琶聲
停欲語遲移船相見近邀相見（十四日）添
酒迴燈重開宴千呼萬喚始出來猶抱

琵琶半遮面轉軸撥弦三兩聲未成曲
調先有情弦〻掩抑聲〻思似訴平生不

十五日

得志低眉信手續〻彈説盡心中無限事
輕攏慢撚復挑初為霓裳後六幺大弦嘈
嘈如急雨小絃切〻如私語嘈〻切〻錯雜彈
大珠小珠落玉盤間關鶯語花底滑幽咽

十六日

泉流水下灘水泉冷澀弦疑絶疑絶不通
聲暫歇別有幽愁暗恨生此時無聲勝
有聲銀缾乍破水漿迸鐵騎突出刀鎗鳴
曲終收撥當心畫四弦一聲如裂帛東船

舟西舫悄無言唯見江心秋月白 十七日 沉吟放撥
插弦中整頓衣裳起斂容自言本是京城女
家在蝦蟆陵下住十三學得琵琶成名屬
教坊第一部曲罷曾教善才伏妝成每被
秋娘妒五陵年少爭纏頭一曲紅 十八日 綃不知
數鈿頭雲篦擊節碎血色羅裙翻酒汙
今年歡笑復明年秋月春風等閑度弟
走從軍阿姨死暮去朝來顏色故門前
冷落~~車~~鞍馬稀老大嫁作商人婦商人 十九日 重
利輕別離前月浮梁買茶去去來江口守

空船繞船月明江水寒夜深忽夢少年
二十日
事夢」啼妝淚紅闌干我聞琵琶已歎息
又聞此語重唧〻同是天涯淪落人相逢何
必曾相識我從去年辭帝京謫居臥病
潯陽城潯陽地僻無音樂終歲不聞絲竹
二十一日
聲」住近湓城地低濕黃蘆苦竹纔繞宅生
其間旦暮聞何物杜鵑啼血猿哀鳴春
江花朝秋月夜往〻取酒還獨傾豈無山
歌與村笛嘔啞嘲哳難為聽今夜聞君」
二十二日
琵琶語如聽仙樂耳暫明莫辭更坐彈

花非花

下邽莊南桃花

一曲為君飜作琵琶行感我此言良久立
却坐促弦弦轉急淒淒不似向前聲滿座重
聞皆掩泣座中泣下誰最多江州司馬青
衫濕

花非花

二十三日

花非花霧非霧夜半來天明去來如春
夢幾多時去似朝雲無覓處

下邽莊南桃花

村南無限桃花發唯我多情獨自來日暮
風吹紅滿地無解惜為誰開

·三月三十日題慈恩寺

·邯鄲冬至夜思家

·寒閨夜

廿四日

下邽莊南桃花

三月三十日題慈恩寺　二十四日

慈恩春色今朝盡盡日裴回倚寺門惆悵

春歸留不得紫藤花下漸黃昏

邯鄲冬至夜思家

邯鄲驛裏逢冬至抱膝燈前影伴身想得

家中夜深坐還應說著遠行人

寒閨夜　二十五日

夜半衾裯冷孤眠嬾未能籠香銷盡火巾

淚滴成冰為惜影相伴通宵不滅燈

·題李十一東亭

·春村

·重尋杏園

題李十二一東亭

相思夕上松臺立蛩蟬聲滿耳秋惆悵東
亭風月好主人今夜在鄜州

春村

二月村園暖桑間戴勝飛農夫舂舊顴
穀蠶妾擣新衣牛馬因風遠雞豚過
社稀黃昏林下路鼓笛賽神歸

二十六日

重尋杏園

忽憶芳時頻酩酊却尋醉處重裵回杏
花結子春深後誰解多情又獨來

二十七日

曲江獨行

同李十一醉憶元九

絶句代書贈錢員外

答張籍因以代書

曲江獨行 自此後在翰林時作

獨來獨去何人識廐馬朝衣野客心閑愛
愛無風水邊坐楊花不動樹陰〻

二十八日

同李十一醉憶元九

花時同醉破春愁醉折花枝當酒籌忽
憶故人天際去計程今日到涼州

絶句代書贈錢員外

欲尋秋景閑行去君病多慵我興孤可
惜今朝山最好強能騎馬出來無

答張籍因以代書

二十九日

惜牡丹花二首

嘉陵夜有懷

憐君馬瘦衣裘薄，許到江東訪鄙夫。今日正閑天又暖，可能扶病暫來無。

惜牡丹花二首 一首翰林院北廳花下作 一首新昌竇給事宅南亭花下作

惆悵階花紅牡丹，晚來唯有兩枝殘。明朝風起應吹盡，夜惜衰紅把火看。

三十日

寂寞萎紅低向雨，離披破艷散隨風。晴明落地猶惆悵，何況飄零泥土中。

嘉陵夜有懷

不明不暗朦朧月，不暖不寒慢慢風。獨卧空牀好天氣，平明閑事到心中。

三十一日

·望驛臺

·眼暗

·寒食夜有懷

望驛臺

靖安宅裏當窗柳望驛臺前撲地花兩處春光同日盡居人思客客思家

眼暗

早年勤倦看書苦晚歲悲傷出淚多眼損不知都自取病成方悟欲如何夜昏乍似燈將滅朝闇長疑鏡未磨千藥萬方治不得唯應閉目學頭陀

二月一日

寒食夜有懷

寒食非長非短夜春風不熱不寒天可憐

·欲與元八卜鄰先有是贈

·題王侍御池亭

·途中感秋

時節堪相憶何況無燈各早眠」

二月二日

欲與元八卜鄰先有是贈

平生心迹最相親欲隱牆東不爲身明月好同三徑夜綠楊宜作兩家春每因暫出猶思伴豈得安居不擇鄰何獨終身數相見子孫常作隔牆人」

三日

題王侍御池亭

朱門深鎖春池滿岸落薔薇水浸莎畢竟林塘誰是主主人來少客來多

途中感秋

·放言（五首取一）

·百花亭晚望夜歸

節物行搖落年顏坐變衰樹初黃葉日
人欲白頭時鄉國程ゝ遠親朋處ゝ辭唯殘
病與老一步不相離

放言 五首取一

五日

贈君一法決狐疑不用鑽龜與祝蓍試玉
要燒三日滿辨材須待七年期周公恐懼
流言後王莽謙恭未篡時向使當初身
便死一生真偽復誰知

百花亭晚望夜歸

六日

百花亭上晚裵回雲影陰晴掩復開日色

寒食江畔
大林寺桃花

88 （六）

白居易 百花亭晚望夜歸

十日重抄

悠揚暎山盡雨聲蕭颯渡江來鬢毛遇病雙如雪心緒逢秋一似灰向晚欲歸愁未了滿湖明月小船迴

寒食江畔

草香沙暖水雲晴風景令人憶帝京還似往年春氣味不宜今日病心情聞鶯樹下沈吟立信馬江頭取次行忽見紫桐花悵望下邽明日是清明

十一日重抄

大林市桃花

人間四月芳菲盡山寺桃花始盛開長恨春歸無覓處不知轉入此中來

昭君怨

江南謫居十韻

昭君怨

明妃風貌最娉婷，合在椒房應四星。只得當年備宮掖，何曾專夜奉幃屏。見疏從道迷圖畫，知屈那教配虜庭。自是君恩薄如紙，不須一向恨丹青。

以上重抄七八九日書

江南謫居十韻

十二日

自哂沈冥客，曾為獻納臣。壯心徒許國，薄命不如人。纔展凌雲翅，俄成失水鱗。葵枯猶向日，蓬斷即辭春。澤畔長愁地，天邊欲老身。蕭條殘活計，冷落舊交親。草合門無

江樓夜吟元九律詩成三十韻

徑煙消甑有塵憂方知酒聖貧始覺錢神　十三日
虎尾難容足羊腸易覆輪行藏與通塞
一切任陶鈞
江樓夜吟元九律詩成三十韻
昨夜江樓上吟君數十篇詞飄朱檻底韻　十四日
墮淥江前清楚音諧律精微思入玄收將
白雪麗奪盡碧雲妍寸截金為句雙雕
玉作聯八風淒間發五彩爛相宣冰扣聲
聲冷珠排字字圓文頭交比繡筋骨軟於　十五日
綿澒湧同波浪錚鏦過管弦醴泉流出

地鈞樂下從天神鬼聞如泣魚龍聽似禪
星迴疑聚集月落為留連雁感無鳴
十六日
者」猨愁亦悄然交流遷客淚停住賈人船
十七日元旦
闇被歌姬乞潛聞思婦傳斜行題粉壁」
短卷寫紅牋肉味經時忘頭風當日痊老
張知定伏短李愛應顛道屈才方振身閒
十八日
業始專天教聲烜赫理合命」迍邅顧我
文章劣知他氣力全工夫雖共到巧拙尚
相懸各有詩千首俱拋海一邊白頭吟處
變青眼望中穿酬荅朝妨食披尋夜廢」

·元九以綠絲布白輕褣見寄，製成衣服，以詩報知

十九日

眠老償文債負宿結字因緣每欺陳夫
子常嗟李謫仙名高折人爵思苦減天
年不得當時遇空令後代憐相悲今
若此溢浦與通川

二十日

元九以綠絲布白輕褣見寄製成衣
服以詩報知

綠絲文布素輕褣珍重京華手自封貧友
遠勞君寄附病妻親為我裁縫袴花白似
秋雲薄衫色青於春草濃欲著却休知
不稱折腰無復舊形容

九江春望

贈内子

醉中對紅葉

九江春望

二十一日

淼茫積水非吾土飄泊浮萍自我身身外信緣爲活計眼前隨事覓交親鑪煙豈異終南色溢草寧殊渭北春此地何妨便終老譬如元是九江人

二十二日

贈内子

白髮長興歎青娥亦伴愁寒衣補燈下小女戲牀頭闇澹屏幃故淒涼枕席秋貧中有等級猶勝嫁黔婁

二十三日

醉中對紅葉

·東牆夜合樹去秋爲風雨所摧，今年花時，悵然有感

·除忠州寄謝崔相公

臨風杪秋樹對酒長年人醉貌如霜葉
雖紅不是春

東牆夜合樹去秋為風雨所摧今年
花時悵然有感 二十四日
碧荑紅縷今何在風雨飄將去不回惆悵
去年牆下地今春唯有薺花開

除忠州寄謝崔相公
提拔出泥知力竭吹噓生翅見情深劍鋒
缺折難衝斗桐尾燒焦豈望琴感旧兩行
年老淚酬恩一寸歲寒心忠州好惡何須 二十五日

·戲贈户部李巡官

·題岳陽樓

·種荔枝

冋鳥得辭籠不擇林

戲贈户部李判官

好去民曹李判官少貧公事且謀歡男兒未死爭能料莫作忠州刺史看

題岳陽樓

二十六日

岳陽城下水漫〻獨上危樓倚曲欄春岸緑時連夢澤夕波紅處近長安猨攀樹立啼何苦雁點湖飛渡亦難此地唯堪画圖障華堂張與貴人看

種荔枝

後宮詞

卜居

紅顆珍珠誠可愛白鬚太守亦何癡十年結子知誰在自向庭中種荔枝 二十七日

後宮詞

淚濕羅巾夢不成夜深前殿按歌聲紅顔未老恩先斷斜倚薰籠坐到明 二十八日

卜居

遊宦京都二十春貧中無處可安貧長羨蝸牛猶有舍不如碩鼠解藏身且求一容立錐頭地免似漂流木偶人但道吾廬心便足敢辭湫溢與囂塵

·玉真張觀主下小女冠阿容

·龍花寺主家小尼

·錢唐湖春行

玉貞張觀主下小女冠阿容 二十九日

綽約小天仙生來十六年姑山半峯雪瑶水
一枝蓮晚院花留立春窗月伴眠迴眸雖
欲語阿母在傍邊

龍花寺主家小尼 三月一日

頭青眉眼細十四女沙彌夜静雙林怕春
深一食飢步慵行道困起晚誦經遲應
似仙人子花宮未嫁時

錢唐湖春行 二日

孤山寺北賈亭西水面初平雲脚低幾處

·江樓夕望招客

·江樓晚眺景物鮮奇，吟翫成篇，寄水部張員外

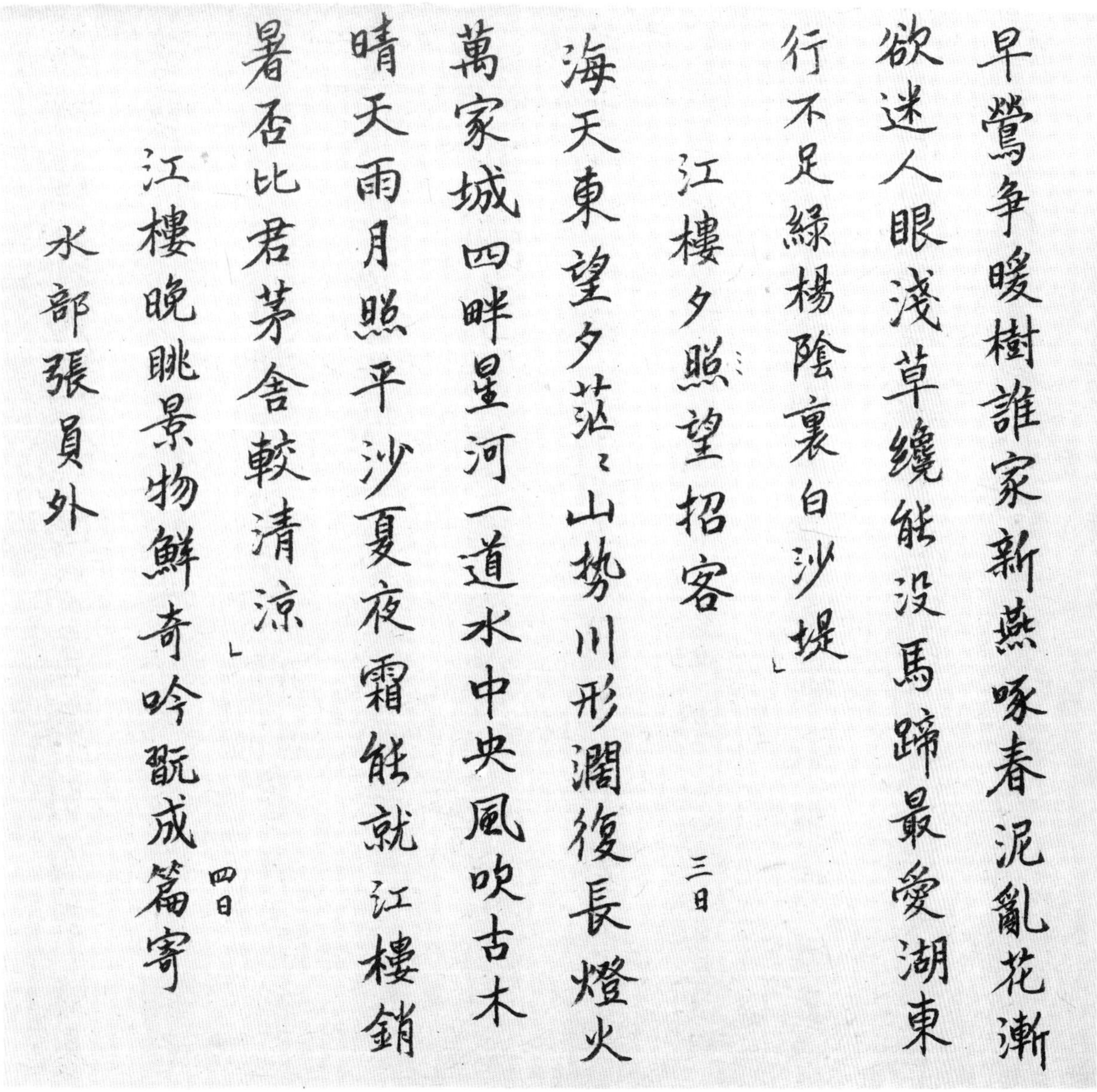
早鶯爭暖樹誰家新燕啄春泥亂花漸
欲迷人眼淺草纔能沒馬蹄最愛湖東
行不足綠楊陰裏白沙堤
江樓夕照望招客 三日
海天東望夕茫茫山勢川形闊復長燈火
萬家城四畔星河一道水中央風吹古木
晴天雨月照平沙夏夜霜能就江樓銷
暑否比君茅舍較清涼
江樓晚眺景物鮮奇吟翫成篇寄 四日
水部張員外

澹煙疏雨間斜陽，江色鮮明海氣涼。蜃散雲收破樓閣，虹殘水照斷橋梁。風翻白浪花千片，雁點青天字一行。好著丹青圖畫取，題詩寄與水曹郎。

耳順吟寄敦詩夢得　五日

三十四十五慾牽，七十八十百病纏。五十六十卻不惡，恬淡清静心安然。已過愛貪聲利後，猶在病羸昏耄前。未無筋力尋山水，尚有心情聽管弦。閑開新酒嘗數醆，醉憶舊詩吟一篇。敦詩夢得且相勸，不用嫌他耳順年。

自感　病中書事　贈侯三郎中

自感　六日

宴遊寢食漸無味桮酒管弦徒繞身賓
客歡娛僮僕飽始知官職為他人

病中書事

三載卧山城閑知節物情鶯多過春語
蟬不待秋鳴氣嗽因寒發風痰欲雨生病
身無所用唯解卜陰晴

贈侯三郎中　七日

老愛東都好寄身足泉多竹少埃塵年
年最喜唯貧客秋冷先知是瘦人幸有

故衫

眼病

琴書堪作伴苦無田宅可為鄰洛中縱未
長居得且與蘇田遊過春

故衫　八日

闇淡緋衫稱老身半披半曳出朱門袖
中吳郡新詩本襟上杭州舊酒痕殘色
過梅看向盡故香因洗嗅猶存曾經爛熳
三年著欲棄空箱似少恩

眼病　九日

散亂空中千片雪蒙籠物上一重紗縱
逢晴景如看霧不是春天亦見花僧說

自思益寺次楞伽寺作

自喜

客塵來眼界，醫言風眩在肝家。兩頭治療何曾瘥，药力微茫佛力賒。

十日 切苹菓一个 手抖不能写字

自思益寺次楞伽寺作

十一日

朝從思益峰遊後，晚到楞伽寺歇時。照水姿容雖已老，上山筋力未全衰。行逢禪客多相問，坐倚漁舟一自思。猶去懸車十五載，休官非早亦非遲。

自喜

十二日

自喜天教我少緣，家徒行計兩翩翩。身兼妻子都三口，鶴與琴書共一船。僮僕減來無冗

·見小姪龜兒詠燈詩并臘娘製衣因寄行簡

·雨中招張司業宿

食資糧算外有餘錢携將貯作丘中費
猶免飢寒得數年

見小姪龜兒詠燈詩並臘娘製衣 十三日
因寄行簡

已知臘子能裁服復報龜兒解詠燈巧婦
才人常薄命莫教男女苦多能

雨中招張司業宿 十四日

過夏衣香潤迎秋簟色鮮斜支花石枕臥
詠藥珠篇泥濘非遊日陰沈好睡天能來
同宿否聽雨對牀眠

送陝州王司馬建赴任

陝州司馬去何如養靜資病兩有餘公事
閑忙同少尹料錢多少敵尚書秖攜美酒
為行伴唯作新詩趁下車自有鐵牛無
詠者料君投刃必應虛

十五日
十六日

鏡換栝

欲將珠匣青銅鏡換取金尊白玉巵鏡裏
老來無避處尊前愁至有消時茶能散
悶為功淺萱縱忘憂得力遲不似杜康
神用速十分一盞便開眉

十六日
十七日

·觀幻

·和春深（二十首録二）

觀幻

有起皆因滅無暌不暫同從歡終作慼
感轉苦又成空次第花生眼須臾竹過風
更無尋覔處鳥跡印空中

和春深 二十首录二 十八日

何處春深好春深貧賤家荒涼三徑草
冷落四鄰花奴困歸傭力妻愁出賃車
窮途平路險舉足劇褒斜 十九日
何處春深好春深妓女家眉欺楊柳葉裙
妬石榴花蘭麝熏行被金銅釘坐車杭州

·不出

·戊申歲暮詠懷（三首）

蘇小小人道最夭斜

不出　三月二十日

簷前新葉覆殘花席上餘杯對早茶好是老身銷日處誰能騎馬傍人家

戊申歲暮詠懷　三首錄二　二十一日

唯生一女才十二衹欠三年未六旬婚嫁累輕何怕老飢寒心慣不憂貧紫泥丹筆皆經手赤紱金章盡到身更擬踟躕覓何事不歸嵩洛作閑人　二十三日

七年囚閉作籠禽但願開籠便入林幸得

·遊平原贈晦叔

·何處難忘酒（七首録二）

展張今日翅不能辜負昔時心人間禍福愚難料世上風波老不禁萬一差遲如前事又應追悔不抽簪

遊平原贈晦叔　二十四日

照水容雖老登山力未衰欲眠先命酒暫歇亦吟詩且喜身無縛終慚鬢有絲迴頭語閑伴閑校十年遲

何處難忘酒　七首录三　二十五日

何處難忘酒天涯話舊情青雲俱不達白髮遞相驚二十年前別三千里外身此

哭徵之（二首録一）

時無一醆何以叙平生

何處難忘酒霜庭老病翁闇聲啼蟋蟀」乾葉落梧桐鬢為愁先白顔因醉暫紅此時無一醆何計奈秋風

二十六日

何處難忘酒青門送别多斂襟收涕淚簇馬聽笙歌煙樹灞陵岸風塵長樂坡此時無一醆爭奈去留何」

二十七日

哭徵之 二首彔一

文章卓犖生無敵風骨英靈殁有神哭送咸陽北原上可能隨例作灰塵

·過元家履信宅

·春風

·魏王堤

過元家履信宅

雞犬喪家分散後林園失主寂寥時落花
不語空辭樹流水無情自入池風蕩醼船初
破漏雨淋歌閣欲傾欹前庭後院傷心事唯是
春風秋月知

二十八日

春風

春風先發苑中梅櫻杏桃梨次第開薺花
榆莢深村裏亦道春風為我來

魏王堤

花寒懶發鳥慵啼信馬閒行到日西何處

·予與微之老而無子，發於言歎，著在詩篇。今年冬各有一子，戲作二什，一以相賀，一以自嘲（二首録一）

·晚桃花

未春先有思柳條無力魏王堤　二十九日

予與微之老而無子發於言歎著在
詩篇今年冬各有一子戲作二什一以
相賀一以自嘲　二首录一

三十日

五十八翁方有後靜思堪喜亦堪嗟一珠甚
小還慚蚌八子雖多不羨鴉秋月晚生丹桂
實春風新長紫蘭芽持杯祝願無他語
慎勿頑愚似汝爺

晚桃花

三十一日

一樹紅桃亞拂池竹遮松蔭晚開時非因斜

病眼花

府西池

日無由見不是閑人豈得知寒地生材遺校
易貧家養女嫁常遲春深欲落誰憐惜
白侍郎來折一枝

病眼花

頭風目眩乘衰老祇有增加豈有瘳花發
眼中猶足怪柳生肘上亦須休大窠羅綺看
纔辨小字文書見便愁必若不能分黑白
却應無悔復無尤

四月一日

四日

府西池

柳無力氣力枝先動池有波紋冰盡開今

·哭崔兒

·六十拜河南尹

日不知誰計會春風春水一時來

五日

哭崔兒

掌珠一顆兒三歲鬢雪千莖父六旬豈料汝
先為異物常憂吾不見成人悲腸自斷非
因劍啼眼加昏不知是塵懷抱又空天默〻
依前重作鄧攸身

六十拜河南尹

六日

六十河南尹前途足可知老應無處避病
不與人期幸遇芳菲日猶當强健時萬金
何假藉一醆莫推辭流水光陰急浮雲

·新製綾襖成感而有詠

·睡覺

富貴遲人間若無酒盡合鬢成絲

新製綾襖成感而有詠　七日

水波文襖造新成綾軟綿勻溫復輕晨
興好擁向陽坐晚出宜披蹋雪行鶴氅毳
疏無實事木棉花冷得虛名宴安往〻歎
歡侵夜臥穩昏〻睡到明百姓多寒無可救
一身獨煖亦何情心中為念農桑苦耳裏　八日
如聞飢凍聲爭得大裘長萬丈與君都
蓋洛陽城

睡覺

秋涼閑卧

再授賓客分司

星河耿耿漏綿綿，月闇燈微欲曙天。轉枕頻伸書帳下，披裘箕踞火爐前。老眠早覺常殘夜，病力先衰不待年。五欲已銷諸念息，世間無境可勾牽。

秋涼閑卧

九日

殘暑晝猶長，早涼秋尚嫩。露荷散清香，風竹含疎韵。幽閑竟日卧，衰病無人問。薄暮宅門前，槐花深一寸。

再授賓客分司

十日

優穩四皓官，清崇三品列。伊予再塵忝

把酒

内媿非才哲俸錢七八萬給受無虚月分命
在東司又不勞朝謁既資閑養疾亦賴
十一日
慵藏拙賓友得從容琴觴恣怡悦乘籃
城外去繫馬花前歇六遊金谷春五看龍
門雪吾若默無語安知吾快活吾欲更盡
言復恐人豪奪應為時所笑苦惜分司闕
但問適意無豈論官冷熱

把酒
十二日
把酒仰問天古今誰不死所貴未死間少
~~貴未死~~憂多歡喜窮通諒在天憂喜即

首夏

由己是故達道人去彼而取此勿言未富
貴久忝居祿仕借問宗族間幾人拖金紫」
勿憂漸漸衰老且喜加年紀試數班行中 十三日
幾人及暮歲齒朝飧不過飽五鼎徒為尓
夕寢止求安一衾而已矣此外皆長物於我
雲相似有子不留金何況兼無子

首夏

林靜蚊未生池靜蛙未鳴景長天氣好」 十四日
竟日和且清春禽餘哢在夏木新陰成兀尓
水邊坐翛然橋上行自問一何適身閑官不

輕料錢隨月用生計逐日營食飽慙伯
夷酒足媿淵明壽倍顏氏子富百黔婁
生有一即為好況吾四者并所以私自
慰雖老有心情 十五日

詠所樂

獸樂在山谷魚樂在陂池蟲樂在深草鳥
樂在高枝所樂雖不同同歸適其宜不以彼
易此況論是與非而我何所樂所樂在分司
分司有何樂樂哉人不知官優有祿料職散無
縻羈縻嬾與道相近鈍將閑自隨昨朝拜 十六日

表迴今晚行香歸婦來北窗下解巾脫
塵」衣冷泉灌我頂暖水濯四肢體中幸無 十七日
疾卧任清風吹心中又無事坐任白日移或
開書一篇或引酒一卮但得如今日終身
無厭時

吟四雖 雜言

酒酣後歌歇時請君添一酌聽我吟四雖」 十八日
年雖老猶少於韋長史命雖薄猶勝於
鄭長水眼雖病猶明於徐郎中家雖貧
猶富於郭庶子省躬審分何僥倖值酒

覽鏡喜老

逢歌且歡喜忘榮知足委天和亦應得盡
生〻理

覽鏡喜老

十九日

今朝覽明鏡鬚鬢盡成絲行年六十四安
得不衰羸親朋惜我老相顧興嘆咨而
我獨微笑此意何人知笑罷仍命酒掩鏡
捋白鬚尔輩且安坐從容聽我詞生若不
足戀老亦何足悲生若苟可戀老即生多

二十日

時不老即須夭不夭即須衰晚衰勝早夭
此理決不疑古人亦有言浮生七十稀我今

·雪中晏起偶詠所懷兼呈張常侍韋庶子皇甫郎中

欠六歲多幸或庶幾儻得及此限何羨榮
啟期當喜不當歎更傾酒一卮

雪中晏起偶詠所懷兼呈張常侍韋庶子皇甫郎中　二十一日

窮陰蒼〻雪雰〻雪深没脛泥没輪東家典錢
歸礙夜南家貰米出凌晨我獨何者無此弊
複帳重衾暖若春怕寒放嬾不肯動日高
眠足方頻伸瓶中有酒爐有炭甕中有　二十二日
飯庖有薪奴温婢飽身晏起致兹快活良
有因上無皐陶伯益廊廟材的不能匡君

自在

輔國活生民下無巢父許由箕潁操又不能
食薇飲水自苦辛君不見南山悠悠多白雲又

二十三日

不見西京浩浩唯紅塵紅塵鬧熱白雲冷
好於冷熱中間安置身三年徼倖忝洛尹兩
任優穩為商賓非賢非愚非智慧不貴不
富不賤貧冉冉老去過六十騰騰閑來經七春

二十四日

不知張韋與皇甫私喚我作何如人

自在

杲杲冬日光明暖真可愛移榻向陽坐擁
裘仍解帶小奴搥我足小婢搔我背自

問我為誰胡然獨安泰安泰良有以與君

二十五日

論梗概心了事未了飢寒迫於外事了心未

了念慮煎於內我今實多幸事與心和

會內外及中間了然無一礙所以日陽中與

向君言自在

狂言示諸姪

二十六日

世欺不識字我忝攻文筆世欺不得官我忝

居班秩人老多病苦我今幸無疾人老多

憂累我今婚嫁畢心安不移轉身泰無

牽率所以十年來形神逸閑且逸況當垂

二十七日

老歲所要無多物一裘暖過冬一飯飽終日勿言舍宅小不過寢一室何用鞍馬多不能騎兩匹如我優幸身人中十有七如我知足心人中百無一傍觀愚亦見當己賢多失不敢論他人狂言示諸姪

池上閑詠

二十八日

青莎臺上起書樓綠藻潭中繫釣舟日晚愛行深竹裏月明多上小橋頭暫嘗新酒還成醉亦出中門便當遊一部清商聊送老白鬚蕭瑟管弦秋

·把酒思閑事（二首録一）

·衰荷

·自問

把酒思閑事 二首录一

春愁誰最深
乞錢羈客面
落第舉人心
月下低眉立
燈前抱膝吟
憑君勸一醉
勝與萬黄金

二十九日

衰荷

白露凋花花不殘
涼風吹葉葉初乾
無人解愛蕭條境
更繞衰叢一匝看

三十日

自問

依仁臺廢悲風晚
履信池荒宿草春
自問老身騎馬出
洛陽城裏覓何人

·答夢得秋日書懷見寄

·晚春閑居，楊工部寄詩，楊常州寄茶，同到，因以長句答之

答夢得秋日書懷見寄

五月一日

幸免非常病甘當本分衰眼昏燈最覺腰瘦帶先知樹葉霜紅日髭鬢雪白時悲愁緣欲老老過却無悲

晚春閑居楊工部寄詩楊常州寄茶因以長句答之

二日

宿醒寂寞眠初起春意闌珊日又斜勸我加餐因早筍恨人休醉是殘花悶吟工部新來句渴飲毗陵遠到茶兄弟東西官職冷門前車馬向誰家

·玉泉寺南三里澗下多深紅躑躅，繁豔殊常，感惜題詩，以示遊者

·楊柳枝詞（八首録二）

玉泉寺南三里澗下多深紅躑躅 三日
繁豔殊常感惜題詩以示遊者
玉泉南澗花奇怪不似花叢似火堆今日
多情唯我到每年無故為誰開寧辭
辛苦行三里更與留連飲兩杯猶有一般
辜負事不將歌舞管弦來

楊柳枝詞 八首录二 四日
紅板江橋青酒旗館娃宮暖日斜時可憐
雨歇東風定萬樹千條各自垂
葉含濃露如啼眼枝裊輕風似舞腰小

·讀禪經

·閑卧有所思二首

樹不禁攀折苦乞君留取兩三條

讀禪經 五日

須知諸相皆非相若住無餘卻有餘言下忘言一時了夢中説夢兩重虚空花豈得兼求果陽燄如何更覓魚攝動是禪禪是動不禪不動即如如

閑卧有所思二首 六日

向夕搴簾卧枕琴微涼入户起開襟偶因明月清風夜忽想遷臣逐客心何處投荒初恐懼誰人繞澤正悲吟始知洛下分

諸客翫月
八月十五日夜同

司坐一日安閑直萬金

權門要路是身災散地閑居少禍胎今日

七日

憐君嶺南去當時笑我洛中來蟲全性命

緣無毒木盡天年為不才大抵吉凶多

自致李斯一去二疎迴

八月十五日夜同諸客翫月

八日

月好共傳唯此夜境閑皆道是東都嵩

山表裏千重雪洛水高低兩顆珠清

景難逢宜愛惜白頭相勸強歡娛誠知

亦有來年會保得晴明強健無

・集賢池答侍中問

・從同州刺史改授太子少傅分司

・自詠

集賢池答侍中問

九日

主人晚入皇城宿問客裵回何所須池
月應閑無用處今宵能借客遊無

從同州刺史改授太子少傅分司

十日

承華東署三分務履道西池七過春歌酒
優遊聊卒歲園林蕭灑可終身留侯爵秩
誠虛貴疏受生涯未苦貧月俸千百官二
品朝廷雇我作閑人

自詠

細故隨緣盡衰形具體微鬪閑僧尚鬧較

·初冬月夜得皇甫澤州手札并詩數篇因遣報書偶題長句

·偶作

瘦鶴猶肥老遣寬裁襪寒教厚絮衣馬
從銜草展鷄任啄籠飛只要天和和在無
令物性違自餘君莫問何是復何非　十一日

初冬月下得皇甫澤州手札并詩數
篇因遣報書偶題長句

清泠玉韵兩三章落箔銀鉤七八行心逐報
書懸雁足夢尋來路繞羊腸水南地空多明
月山北天寒足早霜最恨潑醅新熟酒迎冬
不得共君嘗　十二日

偶作　十三日

・小歲日喜談氏外孫女孩滿月

・自罷河南，已換七尹，每一入府，悵然舊遊，因宿內廳，偶題西壁，兼呈韋尹常侍

籃舁出即忘歸舍柴户昏猶未掩關閑客
病時慗體健見人忙處覺心閑。清涼秋寺行
香去和暖春城拜表還木雁一篇須記取
致身材與不材間

小歲日喜談氏外孫女滿月 十四日

今旦夫妻喜他人豈得知自嗟生女晚敢訝見
孫遲物以稀為貴情因老更慈新年逢吉日滿
月乞名時桂燎熏花果蘭湯洗玉肌懷中有可
抱何必是男兒

自罷河南已換七尹每一入府悵然舊遊因

初病風

歲暮呈思黯相公皇甫朗之及夢得尚書

宿內廳偶題西壁兼呈韋尹常侍 十五日

每日河南府依然似到家杯嘗七尹酒樹看十年花且健須歡喜雖老莫歎嗟迎門無故吏侍坐有新娃暖閣謀宵宴寒庭放晚衙主人留宿定一任夕陽斜

初病風 十六日

六十八衰翁乘衰百疾攻朽株難免蠹空穴易來風肘痺宜生柳頭旋劇轉蓬恬然不動處虛白在胷中

歲暮呈思黯相公皇甫朗之及夢得尚書

歲暮皤然一老夫十分流輩九分無莫嫌身病
人扶持猶勝無身可遣扶

歲暮病懷贈夢得 十七日

十年四海故交親零落唯殘兩病身共遣
數奇從是命同教步蹇有何因眼隨老
減嫌長夜體待陽舒望早春新樂堂前舊
池上相過亦不要他人

酬夢得貧居詠懷見贈 十八日

歲陰生計兩蹉跎相顧悠悠醉且歌廚冷難
留烏止屋閑門閑可與雀張羅添病莊舄

·前有別楊柳枝絕句，夢得繼和云『春盡絮飛留不得，隨風好去落誰家』，又復戲答

·晚池汎舟遇景成詠贈呂處士

吟聲苦貧欠韓康藥債多日望揮金賀新
命俸錢依舊又如何」

前有別楊柳枝絕句夢得繼和云春　十九日
盡絮飛留不得隨風好去落誰家
又復戲答

柳老春深日又斜任他飛向別人家誰能
更學孩童戲尋逐春風捉柳花」

晚池汎舟遇景成詠贈呂處士　二十日
岸淺橋平池面寬飄然輕棹汎澄瀾風宜
扇引開懷入樹愛舟行仰卧看別境客稀知

·夢微之

·開成二年夏聞新蟬贈夢得

不易能詩人少詠應難唯憐呂叟時相伴同
把磻溪舊釣竿

夢微之 二十一日

夜來攜手夢同遊晨起盈巾淚莫收漳浦
老身三度病咸陽草樹八迴秋君埋泉下泥
銷骨我寄人間雪滿頭阿衛韓郎相次去夜
臺茫昧得知否

開成二年夏聞新蟬贈夢得 二十二日

十年與君别常感新蟬鳴今年共君聽同
在洛陽城噪處知林靜聞時覺景清涼

・春日閑居（三首録二）

風忽娜娜秋思先秋生殘槿花邊立老槐
陰下行雖無索居恨還動長年情且喜未
二十三日
聾耳年年聞此聲

春日閑居 三首录二

陶云愛吾廬吾亦愛吾屋屋中有琴書聊
以慰幽獨是時三月半花落庭蕪綠舍上
二十四日
晨鳩鳴窗間春睡足睡足起閑坐景晏方
櫛沐今日非十齋庖童饋魚肉飢來恣
餐歠冷熱隨所欲飽竟快搔爬筋骸
無檢束豈徒暢肢體兼欲遺耳目便可傲
二十五日

夏日閑放

松喬何假杯中淥
勞者不覺歌歌其勞苦事逸者不覺歌歌
其逸樂意問我逸如何閑居多興味問我
樂如何閑官少憂累又問俸厚薄百千隨 二十六日
月至又問年幾何七十行欠二所得皆過望省躬
良可媿馬閑無羈絆鶴老有祿位設自為化 二十七日
工優饒只如是安得不歌詠默默受天賜

夏日閑放

時暑不出門亦無賓客至靜室深下簾小
庭新掃地褰裳復岸幘閑傲得自恣韓

二十八日

朝景枕簟清乘涼一覺睡午餐何所有
魚肉一兩味夏服亦無多蕉紗三五事資
身既給足長物徒煩費若比簟瓢人吾今
太富貴

洗竹

布裘寒擁頸氈履溫承足獨立冰池前
久看洗霜竹先除老且病次去纖而曲剪棄

二十九日

猶可憐琅玕十餘束青青復籊籊頗異凡草
木依然若有情回頭語僮僕小者截魚竿
大者編茅屋勿作篲與箕而令糞土辱

·戒藥

·遇物感興因示子弟

戒藥 三十日

促促急景中蠢蠢微塵裏生涯有分限愛戀無終已早夭羨中年中年羨暮齒暮齒又貪生服食求不死朝吞太陽精夕吸秋石髓徼福反成災藥誤者多矣以之資嗜慾又望延甲子天人陰騭間亦恐無此理域中有真道所說不如此後身始身存吾聞諸老氏

三十一日

遇物感興因示子弟

聖擇狂夫言俗信老人語我有老狂詞

·二年三月五日齋畢開素當食偶吟贈妻弘農郡君

聽之吾語汝吾觀器用中劍銳鋒多傷 六月一日
吾觀形骸内骨勁齒先亡寄言處世者不 六月二日
可苦剛強龜性愚且善鳩性鈍無惡人
賤取支牀鶻欺擒暖脚寄言立身者不得
全柔弱彼固羅禍難此未免憂患于何
保終吉強弱剛柔間上遵孔周訓旁鑒老
莊言不唯鞭其後亦要軛其先

二年三月五日齋畢開素當食偶吟贈 六月三日
妻弘農郡君

睡足肢體暢晨起開中堂初旭泛簾幕微

風拂衣裳二婢扶盥櫛雙童舁箄牀庭東
有茂樹其下多蔭涼前月事齋戒昨日散 四日
道場以我久蔬素加籩仍異糧魴鱗白如
雪蒸炙加桂薑稻飯紅似花調沃新酪漿佐
以脯醢味間之椒薤芳老憐口尚美病喜鼻
聞香嬌騃三四孫索哺遶我傍山妻未舉案 五日
饞叟已先嘗憶同牢巹初家貧共糟糠今
食且如此何必烹猪羊況觀姻族間夫妻
半存亡偕老不易得白頭何足傷食罷酒
一杯醉飽吟又狂緬想梁高士樂道喜文章

六月六日

徒誇五噫作不解贈孟光

感舊

晦叔崔墳荒草已陳夢得劉墓濕土猶新微之元捐館將一紀杓直李歸丘二十春城中雖有故第宅庭蕪園廢生荆榛篋中亦有舊書札紙

七日

穿字蠹成灰塵平生定交取人窄屈指相知唯五人四人先去我在後一枝蒲柳衰殘身豈無晚歲新相識相識面親心不親人生莫羡苦長命命長感舊多悲辛

達哉樂天行

達哉達哉白樂天分司東都十三年七旬
纔滿冠已掛半祿未及車先懸或伴遊
客春行樂或隨山僧夜坐禪二年忘却問
家事門庭多草廚少煙庖童朝告鹽米 九日
盡侍婢暮訴衣裳穿妻孥不悅甥姪悶而
我醉眠方陶然起來與尔畫生計薄產處
置有后先賣南坊十畝園次賣東都五頃田
然後兼賣所居宅髣髴獲緡二三千半與尔 十日
充衣食費半與吾供酒肉錢吾今已年七
十一眼昏鬚白頭昏風眩但恐此錢用不盡

即先朝露歸夜泉未歸且住亦不惡飢餐樂飲安穩眠死生無可無不可達哉達哉白樂天

池上寓興二絶

池上寓興二絶　六月十一日

濠梁莊惠謾相爭未必人情知物情獺捕魚來魚躍出此非魚樂是魚驚

水淺魚稀白鷺飢勞心瞪目待魚時外容閑暇中心苦似是而非誰得知

偶吟

偶吟　十二日

人生變改故無窮昔是朝官今野翁久寄形於朱紫內漸抽身入蕙荷中無情水入方

·哭劉尚書夢得二首

圓器不繫舟隨去住風猶有鱸魚蓴菜興來春或擬往江東、

哭劉尚書夢得二首 十三日

四海齊名白與劉百年交分兩綢繆同貧同病退閒日一死一生臨老頭杯酒英雄君與操文章微婉我知丘賢豪雖歿精靈在應共微之地下遊、

十四日

今日哭君吾道孤寢門淚滿白髭鬚不知箭折弓何用兼恐人亡齒亦枯窅窅窮泉埋寶玉駸駸落景挂桑榆夜臺暮齒期非遠但恨前頭相見無、

·遊趙村杏花
·楊柳枝詞
·春眠
·禽蟲十二章（録六）

遊趙村杏花　六月十五日

趙村紅杏每年開，十五年來看幾迴。七十三人難再到，今春來是别花來。

楊柳枝詞

一樹春風千萬枝，嫩於金色軟於絲。永豐西角荒園裏，盡日無人屬阿誰。

春眠　十六日

枕低被暖身安穩，日照房門帳未開。還有少年春氣味，時時暫到夢中來。

禽鳥十二章　录六

江」魚羣從稱妻妾塞雁联行號弟兄但恐
十七日
世間真眷屬親疏亦是強為名
蠶老繭成不庇身蜂飢蜜熟屬他人須知
年老憂家者恐是二蟲虚苦辛」
十八日
獸中刀鎗多怒吼鳥遭羅弋盡哀鳴羔羊
口在緣何事闇死屠門無一聲
十九日
蟭螟殺敵蚊巢上蠻觸交爭蝸角中應是
諸天觀下界一微塵內鬭英雄」
蟻王化飯為臣妾螺母偷蟲作子孫彼此
假名非本物其間何怨復何恩

不能忘情吟

豆苗鹿嚼解烏毒艾葉雀奪燕巢烏獸不
曾看本草誰知藥性是誰教

六月二十日

不能忘情吟

鬻駱馬兮放楊柳枝掩翠黛兮頓金羈馬
不能言兮長鳴而却顧楊柳枝再拜長跪而」

二十一日

致辭、曰主乘此駱五年凡千有八百日銜
橛之下不驚不逸素事主人凡三千有六
百日巾櫛之間無違無失今素貌雖陋未
至衰摧駱力猶無虺隤即駱之力尚可以代」

二十二日

主一步素之歌亦可以送主一杯一旦雙去

寄韜光禪師

有去無廻故素將去其
鳴也哀此人之情也馬之情也豈主君獨無
情哉予俯而歎仰而咍且曰駱駱爾勿嘶素素
二十三日
爾勿啼駱反廄素反閨吾疾雖作年雖頽幸
未及項籍之將死何必一日之內棄騅兮而
別虞兮乃曰素兮素兮爲我歌楊柳枝我
姑酌彼金罍我與爾歸醉鄉去來

寄韜光禪師

二十四日

一山門作兩山門兩寺原從一寺分東澗
水流西澗水南山雲起北山雲前臺花發

後臺見上界鐘聲下界聞遥想吾師行道處天香桂子落紛紛

楊衡

送春

三月三十日春歸日復暮惆悵問春風明朝應不住送春曲江上眷〻東西顧但見撲水花紛紛不知數人生似行客兩足無停步日日進前程前程幾多路兵刃與水火盡可違之去惟有老到來人間無避處感時良未已獨倚池今日送春心心如別親故

六月二十五日

二十六日

·長門怨

·春夢

王播

·題木蘭院二首

長門怨

絲聲繁兮管聲急珠簾不捲風吹入萬
遍凝愁枕上聽千迴候命花間立望望昭
陽信不來迴眸獨掩紅巾泣

春夢　二十七日

空庭日照花如錦紅裝美人當畫寢傍
人不知夢中事唯見玉釵時墜枕

王播

題木蘭院二首

三十年前此院遊木蘭花發院新修如今

劉言史

·立秋日

·觀繩伎

再到經行處，樹老無花僧白頭。上堂已了各西東，慚愧闍黎飯後鐘。三十年來塵撲面，如今始得碧紗籠。

六月廿八日

劉言史

立秋日

商風動葉初蕭索一貧居老性容茶少羸肌與簟疎舊醅難重漉新菜未勝鉏

廿九日

才薄無潘興便〻畫[晝]掩門

觀繩伎

泰陵遺樂何最珍綵繩冉〻天仙人廣場

歲暮題楊録事江亭

寒食風日好百夫伐鼓錦臂新銀畫青綃抹雲髮高處綺羅香更切重肩接立三三十日四層著屐背行仍應節兩邊丸劍漸相迎側身交步何輕盈閃然欲落却收得萬人肉上寒毛生危機險勢無不有倒掛纖腰學垂柳下來一一芙蓉姿粉薄鈿稀態七月一日轉奇坐中還有沾巾者曾見先皇初教時

歲暮題楊錄事江亭 二日

垂絲蜀客涕濡衣歲盡長沙未得歸腸

·樂府雜詞（三首録一）

·扶病春亭

長孫佐輔

·别友人

断錦帆風日好可憐桐鳥出花飛

樂府雜詞 三首录一

不耐簷前紅槿枝薄春寢覺仍遲夢中

無限風流事夫壻多情亦未知

扶病春亭

強梳稀鬢著綸巾捨杖空行試病身花間

自欲裹回立稱子牽衣不許人

七月三日

長孫佐輔

别友人

愁多不忍醒時别想極還尋靜處行誰

遣同衾又分手不如行路本無情

古宮怨

窗前好樹名玫瑰去年花落今年開無情
春色尚識返君心忽斷何時來憶昔妝成候
僊仗宮瓅玲瓏日初上新上搯心却笑西
七月四日
子嚬掩鼻誰憂郑鄭姬謗草染文章衣
下履花粘甲乙牀前帳三千玉貌休自誇十
二金釵獨相向盛衰傾奪欲何如嬌愛翻
五日
悲逐佞佞諛重遠豈能慙沼鵲棄前方
見泣船魚看籠不記薰龍腦詠扇空曾秃

尋山家

張碧

題祖山人池上怪石

鼠鬚始喜類蘺新託栢終傷如薺却甘荼
院深獨閑還獨閉鷓鴣驚飛苔覆地滿箱
舊賜前日衣漬枕新垂夜來淚痕多閑（七月六日）
鏡照還悲綠鬢青蛾尚未衰莫道新縑
長絕比猶逢故劍會相追

尋山家

獨訪山家歇還涉茅屋斜連隔松葉主
人聞語未開門繞籬野菜飛黃蝶

張碧

題祖山人池上怪石

七日

盧殷
· 仲夏寄江南

王魯復
· 故白巖禪師院

寒姿數片奇突兀曾作秋江秋水骨先生
應是厭風雲著向江邊塞龍窟我來
池上傾酒尊半酣書破青煙痕參差翠
縷擺不落筆頭驚怪粘秋雲我聞吳中
項容水墨有高價邀得將來倚松下鋪
却雙繒直道難掉首空歸不成畫

盧殷

仲夏寄江南

五月行將近三年客未迴夢成千
里去酒醒百憂來晚暮時看槿
悲酸不食梅空將白團扇從寄復
裴回

王魯復

故白巖禪師院

能師還世名還在空閑禪堂滿院苔花
樹不隨人寂寞數枝猶自出牆來

雍裕之

·四色

劉皂

·長門怨（三首録二）

雍裕之　四色　七月九日

壺中冰始結盤上露初乾圓何意瑤池
雪欲奪鶴毛鮮　道士牛已至仙家鳥
亦來骨為神不朽眼向故人開　勞勳
蓮渚內汗馬火旂間平生血誠盡不獨
在左輪殷　已見池盡墨誰言突不黔　十日
漆身恩未報貂裘弊豈嫌

劉皂　長門怨　三首取录二

雨滴長門秋夜長愁心和淚到昭陽
淚痕不學君恩斷拭却千行更萬行

旅次朔方

蘇郁

詠和親

蔡京

詠子規

宮殿沈沈月欲分，昭陽更漏不堪聞。珊瑚枕上千行淚，不是思君是恨君。十一日

旅次朔方

客舍并州數十霜，歸心日夜憶咸陽。無端又渡桑乾水，却望并州似故鄉。

蘇郁　詠和親

関月夜懸青冢鏡，寒雲秋薄漢宮羅。君王莫信和親策，生得胡雛虜更多。十二日

蔡京　詠子規

千年寃魄化爲禽，永逐悲風叫遠林。愁血

徐凝

·廬山瀑布

·嘉興寒食

滴花春艳死月明飄浪冷光沉凝成紫塞
風前淚驚破紅樓夢裏心腸斷楚詞歸
不得劍門迢遞蜀江深」

徐凝

廬山瀑布　七月十三日

虛空落泉千仞直雷奔入江不暫息今
古長如白練飛一條界破青山色

嘉興寒食

嘉興郭裏逢寒食落日家〻拜掃回唯
有縣前蘇小小無人送與紙錢來」

憶揚州

喜雪

二月望日

古樹

憶揚州

十四日

蕭娘臉下難勝淚桃葉眉頭易得愁天
下三分明月夜二月無賴是揚州

喜雪

十五日

長愛謝家能詠雪今朝見雪亦狂歌楊
花道即偷人句不那楊花似雪何

二月望日

長短一年相似夜中秋未必勝中春不寒
不暖看明月況是從來少睡人

古樹

·觀釣臺畫圖

·翫花（五首録四）

古樹欹斜臨古道枝不生花腹生草行人不見少時樹樹見行人幾番老

七月十六日

觀釣臺畫圖

一水寂寥青靄合兩崖崔崒白雲殘畫人心到猿（猨）啼破欲作三聲出樹難

翫花五首录四

七月十七日

一樹梨花春向暮雪枝殘處怨風來明朝漸校無多去看到黃昏不欲回

麴塵溪上素紅枝影在溪流半落時時人自惜花腸斷春風却是等閑吹

和夜題玉泉寺

和嘲春風

朱霞飐飐山枝動綠野聲聲杜宇來誰爲蜀王身作鳥自啼還自有花開 十八日

誰家躑躅青林裏半見殷花飐飐枝憶得倡樓人送客深紅衫子影門時

和夜題玉泉寺

歲歲雲山玉泉寺年年車馬洛陽城塵風清月冷水邊宿詩好官高能幾人 十九日

和嘲春風

源上拂桃燒水發江邊吹杏暗園開可憐半死龍門樹懊惱春風作底來

自鄂渚至河南將歸江外留辭侍郎

李德裕

長安秋夜

離平泉馬上作

自鄂渚至河南将歸江外留辭侍郎 七月二十日

一生所遇唯元白天下無人重布衣欲别朱門淚先盡白頭遊子白身歸

李德裕

長安秋夜

内宫傳詔問戎機載筆金鑾夜始歸萬户千門皆寂寂月中清露點朝衣

離平泉馬上作 二十一日

十年紫殿掌洪鈞出入三朝一品身文帝寵深陪雉尾武皇恩厚宴龍津黒山永破和親虜烏嶺全阬跋扈臣自是功

·謫嶺南道中作

·登崖州城作

·懷山居邀松陽子同作

高臨畫處褐來明滅不由人

二十二日

謫嶺南道中作

嶺水爭分路轉迷桄榔椰葉暗蠻溪愁衝毒霧逢蛇草畏落沙蟲避燕泥五月畬田收火米三更津吏報潮鷄不堪腸斷[思鄉]處紅槿花中越鳥啼

登崖州城作

二十三日

獨上高樓望帝京鳥飛猶是半年程青山似欲留人住百匝千遭遶郡城

懷山居邀松陽子同作

七月二十四日

我有愛山心如飢復如渴出谷一年餘
常疑十年别春思巖花爛夏憶寒泉冽
秋憶泛蘭卮冬思翫松雪晨思小山桂
暝憶深潭月醉憶剖紅梨飯思食紫蕨

二十五日

坐思藤蘿密步憶莓苔滑晝夜百刻中
愁腸幾回絶每念羊叔子言之豈常輟
人生不如意十乃居七八我未及懸輿今猶

二十六日

佩朝紱焉能逐麋鹿便得遊林樾范恣
滄波舟張懷赤松列惟應詎身恤豈敢
忘臣節器滿自當欹物盈終有缺從茲

李涉

·題鶴林寺僧舍

·再宿武關

·井欄砂宿遇夜客

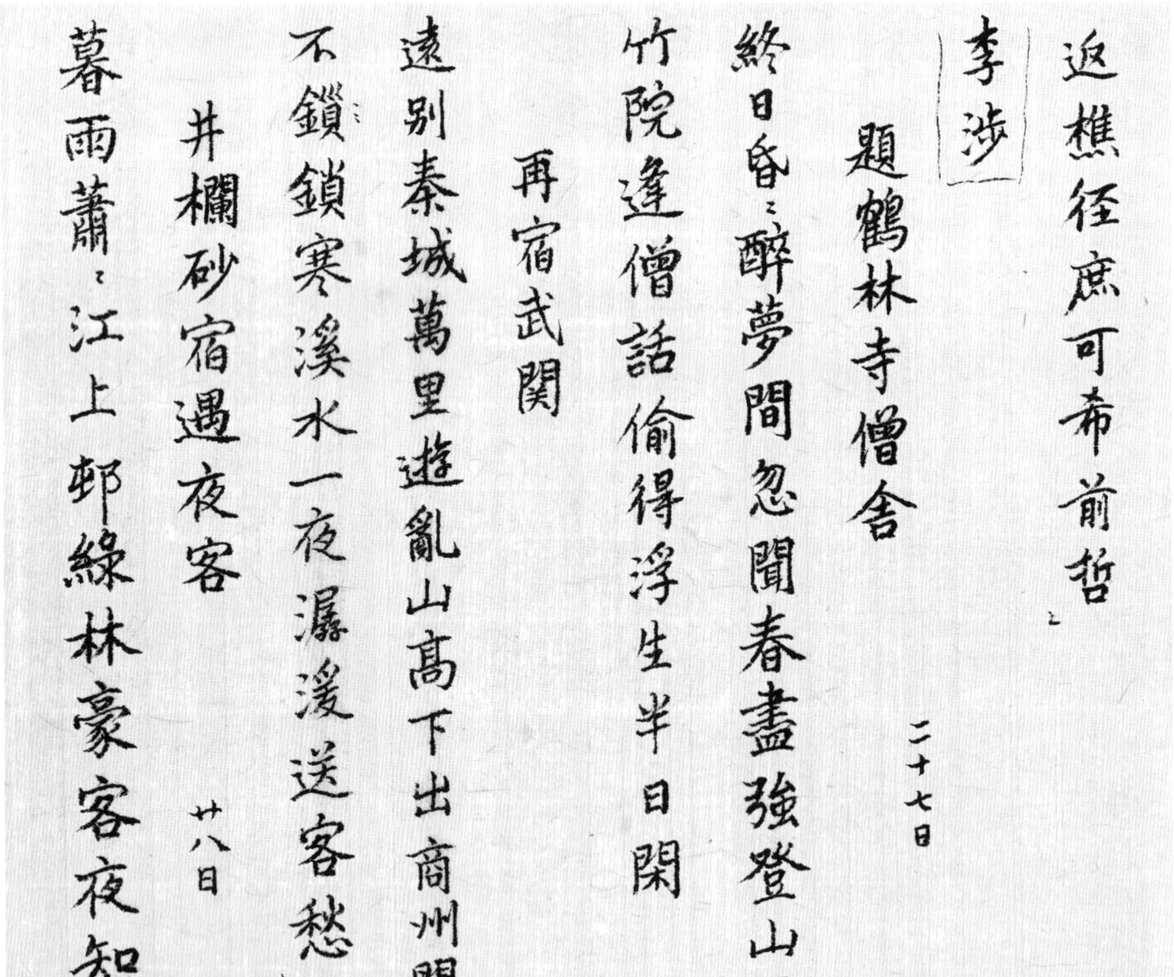
返樵徑庶可希前哲

李涉

題鶴林寺僧舍　二十七日

終日昏昏醉夢間忽聞春盡強登山因過
竹院逢僧話偷得浮生半日閑

再宿武關

遠别秦城萬里遊亂山高下出商州關門
不鎖寒溪水一夜潺湲送客愁

井欄砂宿遇夜客　廿八日

暮雨蕭蕭江上邨綠林豪客夜知聞他

竹裏

李廓

鏡聽詞

時不用逃名姓世上如今半是君

竹裏

竹裏編茅倚石門竹莖踈處見前村閑
眠盡日無人到自有春風為掃門

七月二十九日

李廓

聽鏡詞

匣中取鏡辭竈王羅衣掩盡明月光昔
時長著照容色今夜潛將聽消息門
前地黑人來稀無人錯道朝夕歸更深弱
體冷如鐵繡帶菱花懷裏熱銅片銅片

李紳

·古風二首

·落第

如有靈頋得照見行人千里形

落第 三十日

牓前潛制淚衆裏自嫌身氣味如中酒

情懷似別人煖風張樂席晴日看花塵盡

是添愁處深居乞過春

李紳

古風二首 三十一日

春種一粒粟秋收萬顆子四海無閑田農

夫猶餓死 鋤禾日當午汗滴禾下土

誰知盤中餐粒粒皆辛苦

·長門怨

舒元輿

·坊州按獄

長門怨 八月一日

宮殿沈沈曉欲分昭陽更漏不堪聞珊瑚枕上千行淚不是思君是恨君

舒元輿 二日

坊州按獄

中部接戎塞頑山四周遭風冷木長瘦石磽人亦勞牧守苟懷仁癢之時為搔其愛如赤子始得無啼號奈何貪狼心潤屋沉脂膏攫搏如猛虎吞噬若狂獒 三日

山禿逾高採水窮益深撈龜魚既絕跡

鹿兔無遺毛氓苦稅外緡吏憂笑中刀大
君明四目燭之洞秋毫眷茲一州命慮齊
墜波濤臨軒詔小臣汝往窮貪饕分明
四日
舉公法為我緩窮騷小臣誠小心奉命如
煎遨飲冰不待夕驅塵馬凌塵皐及此
督簿書遊詞出狴牢門墻見狼狽案牘
聞腥臊探情輿之言變態如姦猱真
五日
非既巧飾偽意乃深韜去惡猶農夫稂
莠須耘薅焚之艸布疏網羅者何由逃自
頑孱鈍姿利器非能操六旬始歸奏霜

陳去疾

·送人謫幽州

·西上辭母墳

李播

·見志

落秋原蒿寄言守土臣努力清郡曹須知

聽甚卑勿謂天之高

八月六日

陳去疾

送人謫幽州

臨路深懷放廢慚夢中猶自憶江南莫言

塞北春風少還勝炎荒入瘴嵐

西上辭母墳

八月七日 立秋

高蓋山頭日影微黄昏獨立宿禽稀林間

滴酒空垂淚不見丁寧囑早歸

李播

見志

王初

·青帝

·銀河

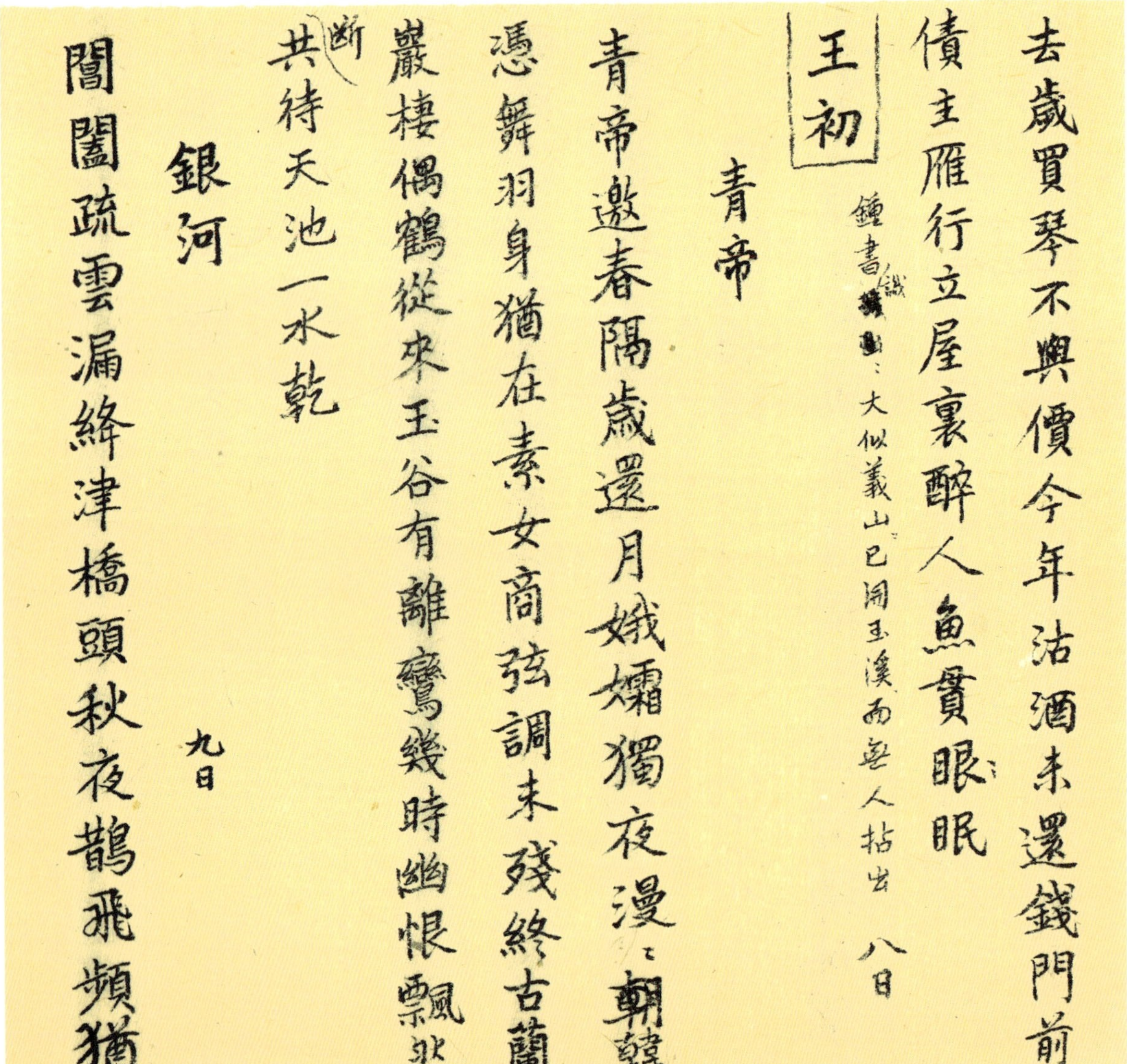

去歲買琴不與價今年沽酒未還錢門前
債主雁行立屋裏醉人魚貫眠

王初

鍾書識：大似義山已開玉溪而無人拈出 八日

青帝

青帝邀春隔歲還月娥孀獨夜漫漫朝韓
憑舞羽身猶在素女商弦調未殘終古蘭
巖棲偶鶴從來玉谷有離鸞幾時幽恨飄然
共待天池一水乾（断）

銀河

九日

閶闔疏雲漏絳津橋頭秋夜鵲飛頻猶

書秋　自和書秋

残仙媛湔裙水幾見星妃度襪塵歷〻素
榆飄玉葉涓〻清月濕冰輪年來若有乘
槎客為弔波靈是楚臣

書秋　八月十日

千里南雲度塞鴻秋容無跡淡平空人
闇玉嶺清宵月天上銀河白晝風潘岳
賦登山魂易斷楚歌遺佩怨何窮往來
未若奇張翰欲鱠霜鯨碧海東

自和書秋

隴首斜飛避弋鴻穎雲蕭索見層空漢

立春後作

春日詠梅花（二首録一）

雪霽

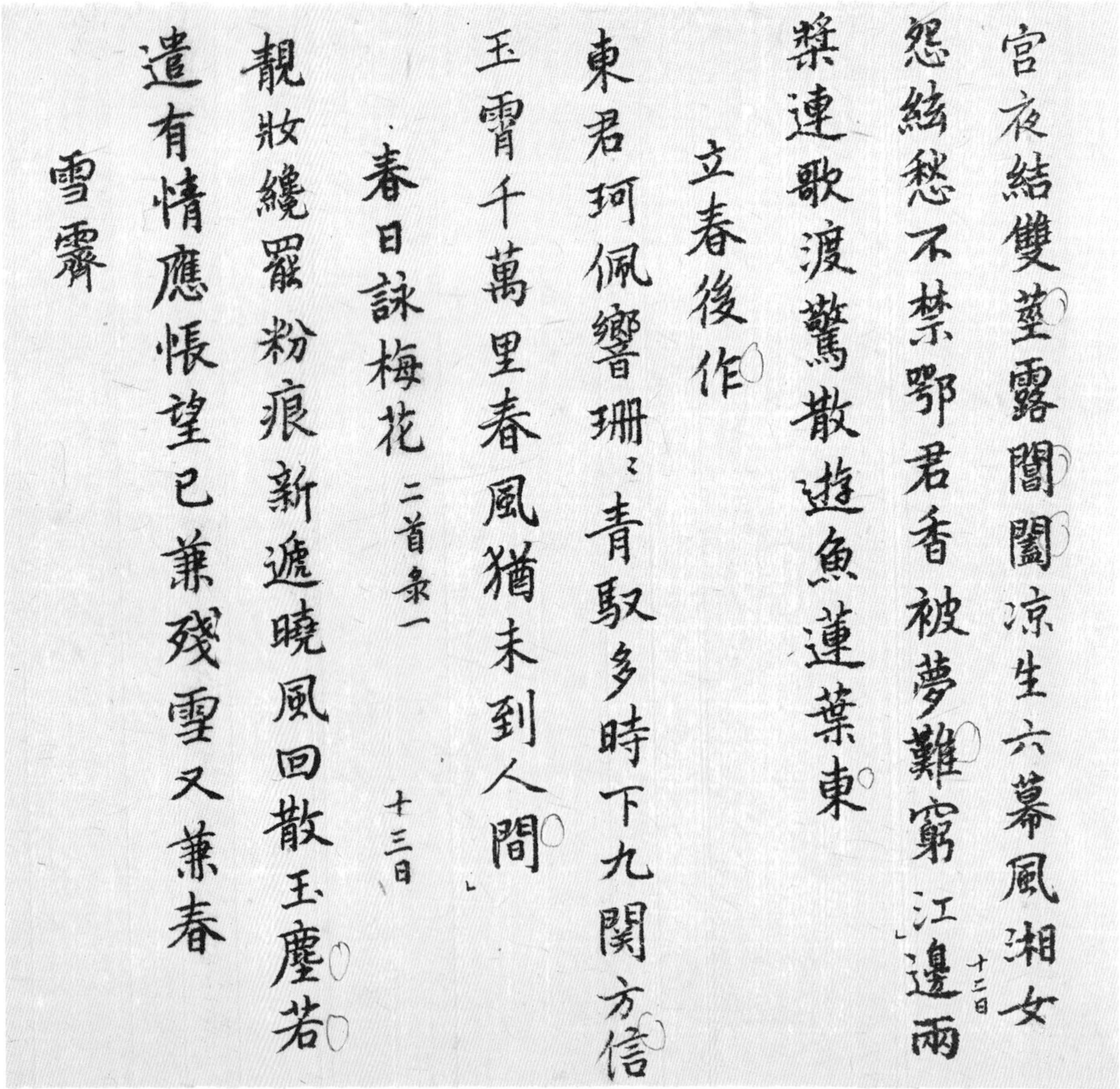
宮夜結雙莖露閶闔凉生六幕風湘女
怨絃愁不禁鄂君香被夢難窮江邊雨 十二日
槳連歌渡驚散遊魚蓮葉東
立春後作
東君珂佩響珊珊青馭多時下九關方信
玉霄千萬里春風猶未到人間
春日詠梅花 二首录一 十三日
靚妝纔罷粉痕新遞曉風回散玉塵若
遣有情應悵望已兼殘雪又兼春
雪霽

八月十四日

星榆葉葉晝離披，雲粉千重凝不飛。崑玉樓臺珠樹密，夜來誰向月中歸。

舟次汴堤

曲岸蘭叢雁飛起，野客維舟碧煙裏。竿頭五兩轉天風，白日楊花滿流水。

殷堯藩

寄許渾秀才

十五日

文字飢難煮，爲農策最良。興來鉏曉月，倦後卧斜陽。秋稼連千頃，春花醉幾場。任他名利客，車馬鬧康莊。

· 喜雨

沈亞之

· 宿白馬津寄寇立

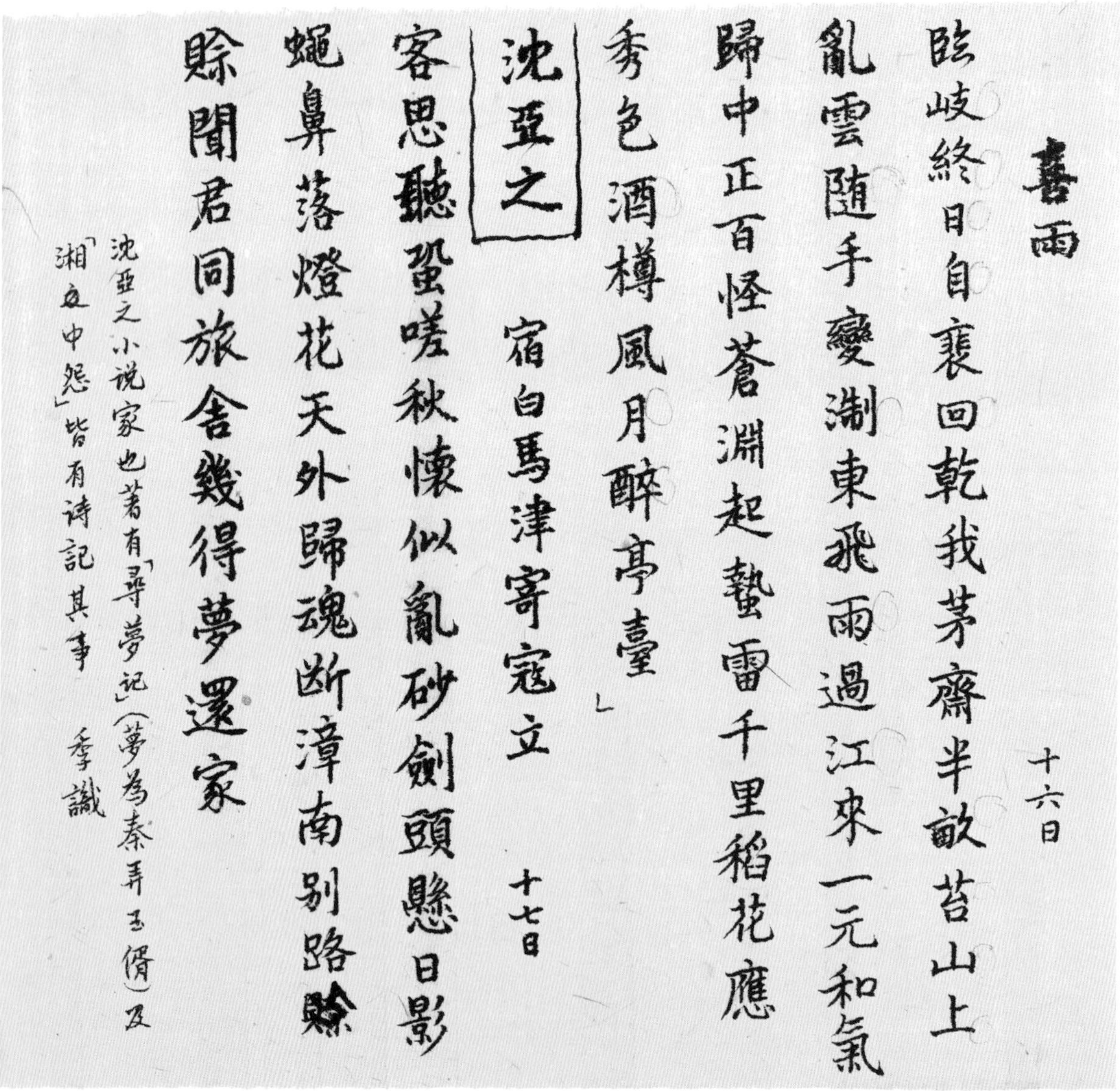

喜雨　十六日

臨岐終日自襄回乾我茅齋半畝苔山上
亂雲隨手變淛東飛雨過江來一元和氣
歸中正百怪蒼淵起蟄雷千里稻花應
秀色酒樽風月醉亭臺

沈亞之　宿白馬津寄寇立　十七日

客思聽蛩嗟秋懷似亂砂劍頭懸日影
蠅鼻落燈花天外歸魂斷漳南別路賒
賒聞君同旅舍幾得夢還家

沈亞之小說家也著有「尋夢記」(夢為秦弄玉婿)及
「湘中怨」皆有詩記其事　季識

施肩吾

·効古興

·古别離（二首）

施肩吾

八月十八日

効古興

金雀無舊釵緗綺無舊裾唯有一寸心長
貯萬里夫南軒夜蟲織已促北牖飛蛾
遶殘燭衹言象口鑠千金誰信獨愁銷
片玉不知歲晚歸不歸又將啼眼縫征衣
衣

古别離 二首

十九日

古人謾歌西飛燕十年不見狂夫面三更風作
切夢刀萬轉愁成繫腸線所嗟不及牛女
星一年一度得相見

·壯士行

·上禮部侍郎陳情

老母別愛子少妻送征郎血流既四方乃 二十日
一斷二腸不愁寒無衣不怕飢無糧惟
恐征戰不還鄉母化為鬼妻為孀

壯士行 二十一日

一斗之膽撐臟腑如礫之筋礙臂骨有
時悞入千人叢自覺一身橫突兀當今四
海無煙塵胸襟被壓不得伸凍梟殘
螿我不取污我匣裏青蛇鱗

上禮部侍郎陳情 二十二日

九重城裏無親識八百人中獨姓施弱羽

衝夜行

雜古詞（五首録一）

幼女詞

飛時攢箭險騫驢行處薄冰危晴天
欲照盆難反貧女如花鏡不知却向從來
受恩地再求青律變寒枝

衝夜行　八月二十三日處暑

夜行無月時古路多荒榛山鬼遙把火
自照不照人

雜古詞　五首录一

紅顏感暮花白日同流水思君若孤燈一
夜一心死

幼女詞

湘川懷古

湘竹詞

乞巧詞

幼女纔六歲未知巧與拙向夜在堂前
學人拜新月

湘川懷古　二十四日

湘水終日流湘妃昔時哭美色已成塵
淚痕猶在竹

湘竹詞

萬古湘江竹無窮奈怨何年〻長春筍
只是淚痕多

乞巧詞

乞巧望星河雙〻並綺羅不嫌針眼小只道月明多

不見來詞

笑卿卿詞

宿南一上人山房

金尺石

秋洞宿

一九八八年

八月廿五日

不見來詞

烏鵲語千回黃昏不見來漫教脂粉盒匣閉了又重開

笑卿〻詞

笑向卿〻道躭書夜〻多出來看玉兎又欲過銀釪河

宿南一上人房

窗牖月色多坐卧禪心靜青鬼來試人夜深弄燈影

金尺石

廿六日

丹砂畫頑石黃金橫一尺人世較短長

仙家愛平直

秋洞宿

·效古詞
·望夫詞
·帝宫詞

夜深秋洞裏風雨報龍歸何事觸人睡不教胡蝶飛

效古詞　　二十七日

姊妹無多兄弟少舉家鍾愛年最小有時繞樹山鵲飛貪看不待畫眉了

望夫詞

手爇寒燈向影頻回文機上暗生塵自家夫壻無消息却恨橋頭賣卜人

帝宫詞　　二十八日

自得君王寵愛時敢言春色上寒枝十

·聽南僧說偈詞
·贈莎地道士
·誚山中叟

年宮裏無人問一日承恩天下知

聽南僧說偈詞

師子座中香已發西方佛偈南僧說惠風吹盡六條塵清淨水中初見月

贈莎地道士　二十九日

莎地陰森古蓮葉浮龜瞎老青苔甲池邊道士誇眼明夜取蟭螟摘蚊睫

誚山中叟

[redacted]老人今年八十幾口中零落殘牙齒天陰傴僂帶嗽行猶向巖前種松子

·秋夜山居（二首録一）

·夏日題方師院

·仙客歸鄉詞（二首録一）

·妓人殘妝詞

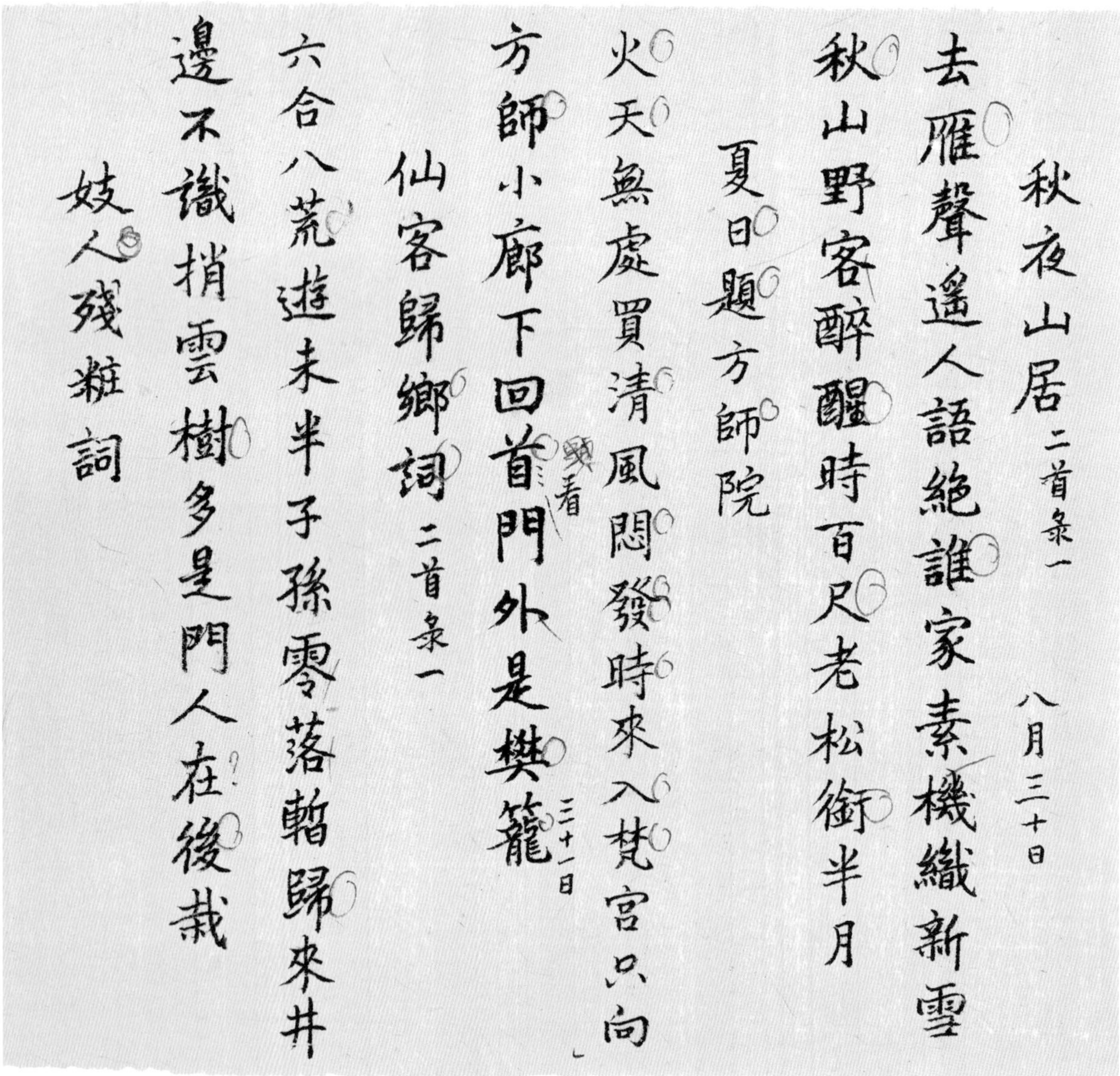

秋夜山居 二首录一 八月三十日
去雁聲遥人語絶誰家素機織新雪
秋山野客醉醒時百尺老松銜半月
夏日題方師院
火天無處買清風悶發時來入梵宮只向
方師小廊下回首門外是樊籠 三十一日
仙客歸鄉詞 二首录一
六合八荒遊未半子孫零落暫歸來井
邊不識捎雲樹多是門人在後栽
妓人殘粧詞

·觀舞女

·鄠縣村居

·望夫詞（二首録一）

一九八八年九月一日

雲髻已收金鳳皇巧匀輕黛約殘粧不知昨夜新歌響猶在誰家綫繞畫梁

觀舞女

纓紅結紫畏風吹娜嫋娜初回弱柳枝買笑未知誰是主萬人心逐一人移

鄠縣村居　二日

欲往村西日日慵上山無水引高蹤誰能求得秦皇術爲我先驅紫閣峯

望夫詞　二首衆一

看看北雁又南飛薄倖征夫久不歸蟢

·翫花詞

·謝自然升仙

姚合

·送李侍御過夏州

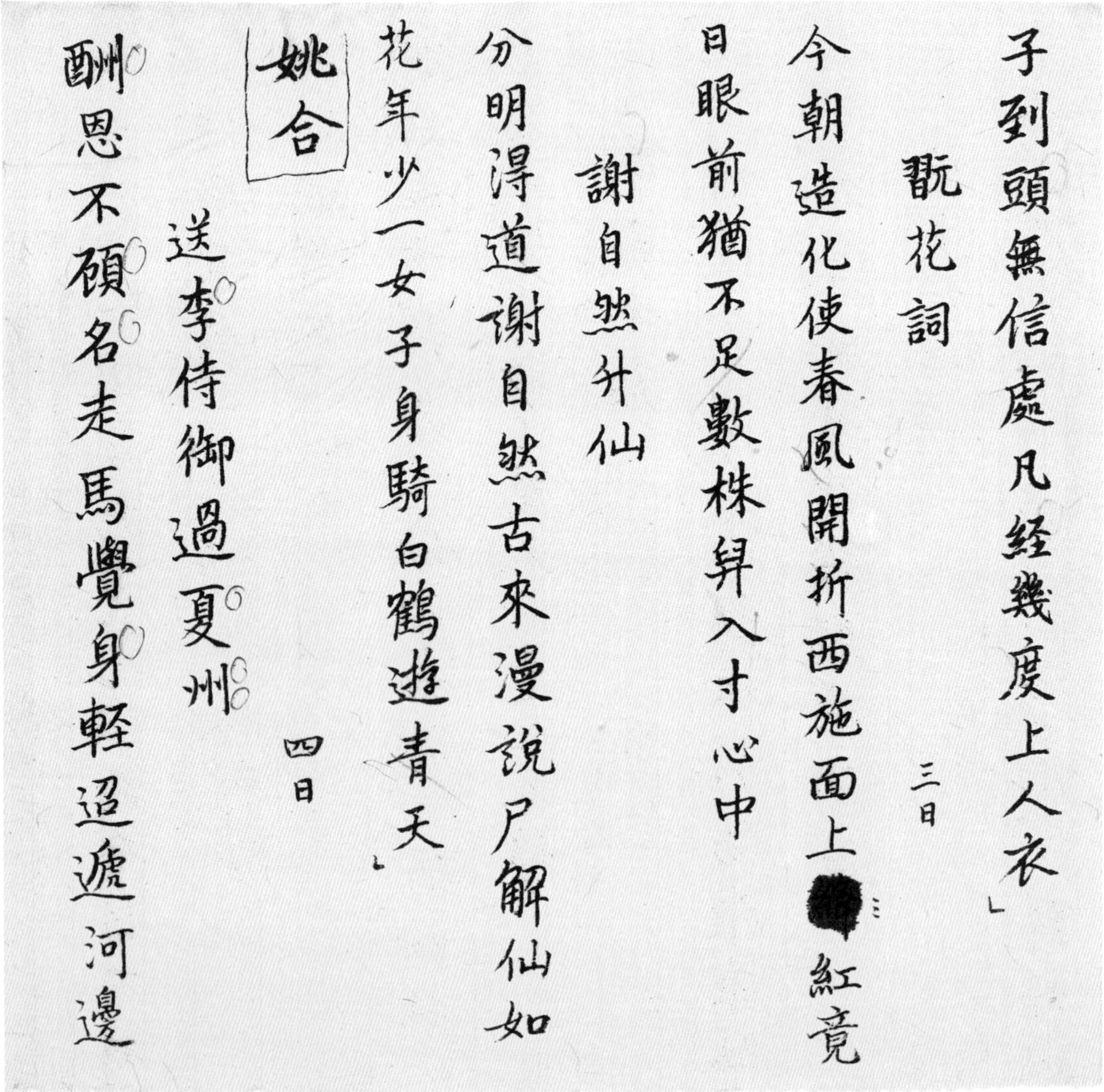

子到頭無信處凡経幾度上人衣」

翫花詞　三日

今朝造化使春風開折西施面上[illegible]紅竟

日眼前猶不足數株昪入寸心中

謝自然升仙

分明淂道謝自然古來漫說尸解仙如

花年少一女子身騎白鶴遊青天」

姚合　四日

送李侍御過夏州

酬恩不顧名走馬覺身輕迢遞河邊

・寄李干

・武功縣中作（三十首録六）

路蒼茫塞上城沙寒無宿雁虜近少閑
兵飲罷揮鞭去旁人意氣生」

寄李干　九月五日

尋常自怪詩無味雖被人吟不喜聞見
說與君同一格數篇到火却休門焚

武功縣中作　三十首録六

縣去帝城遠為官與隱齊馬隨山鹿放雞　六日
雜野禽棲遶舍惟籐架侵架堦是藥畦更
稀叔夜不擬作書題
微官如馬足祇是在泥塵到處貧隨我終

年老趁人簿書銷眼力梧酒耗心神早作歸
休計深居養此身
七日
簿書都不會」薄俸亦難消銷醉卧慵開
眼閑行行嬾繫腰移花兼蝶至買石得
雲饒且自心中樂從他笑寂寥
一日看除目終年喪道心山宜衝雪上詩好
帶風吟野客嫌知印家人笑買琴只應隨
分過已是錯彌深」
作吏荒城裏窮愁欲不勝病多唯識藥年
老漸親僧夢覺空堂月詩成滿硯冰故

閑居

春日閑居

人多得路寂寞不相稱
腥羶都不食稍稍覺神清夜犬因風吠鄰
雞帶雨鳴守官常卧病學道别稱名小有
洞中路誰能引我行

九月十二日

閑居

不自識疎鄙終年住在城過門無馬跡
滿宅是蟬聲帶病吟雖苦休官夢已清
何當學禪觀依止古先生

春日閑居

十三日

居止日蕭條庭前唯藥苗身閒眠自久

獨居

原上新居

眼著（音晻事異也一作暗）視還遥簷燕酬鶯語鄰花雜絮飄客來無酒食搔搔首擲空瓢」

獨居　十四日

深閉柴門長不出功夫自課少閑時翻音免問他人字覆局何勞對手棊生計如雲無定所窮愁似影每相隨到頭歸向青山是塵路茫茫欲告誰」

原上新居　十五日

秋來梨果熟行哭小兒飢鄰富雞常往莊貧容漸稀借牛耕地晚賣樹納錢遲牆下當官道依前隔竹籬」

將歸山　九月十五日

野人慣去山中住自到城來悶不勝宮樹蟬聲多卻樂侯門月色少於燈飢來唯擬重餐藥歸去還應只別僧聞道舊溪茆屋畔春風新上數枝藤。

客舍有懷　十六日

旅人無事喜終日思悠悠逢酒嫌桮淺尋書怕字稠貧來許錢聖夢覺見身愁寂寞中林下飢鷹望到秋。

客遊旅懷　十七日

・遊春（十二首録四）

客行無定止終日路岐間馬為賒來貴僮
緣借得頑詩書愁觸雨店舍喜逢山舊業
嵩陽下三年未得還

遊春 十二首錄四 十八日

正月一日後尋春更不眠自知還近僻衆說
過於顛看水寧依路登山欲到天悠悠芳
思起多是晚風前

官卑少長事縣僻又無城未曉衝寒起 十九日
迎春忍病行樹枝風掉軟菜甲土浮輕
好箇林間鵲今朝足喜聲

春晚雨中

一九八八年九月二十日

疎頑無異事隨例但添年舊曆藏深篋
新衣薄絮綿暖風渾酒色晴日暢琴弦
同伴無辭困遊春貴在先

二十一日

看春常長不足豈更覺身勞寺裏花枝淨
山中水色高嫩雲輕似絮新草細如毛併
起詩人思還應費筆毫

春晚雨中

寂寂春將老閑人強自歡迎風鶯語澀帶
雨蝶飛難傍砌木初長眠花景漸闌臨
軒平目望情思若為寬

別春

秋日有懷

除夜（二首録一）

別春　二十二日

留春不得被春欺春若無情遺泥誰寂
寞自疑生冷病淒涼還似別親知隨風
未辨歸何處澆酒唯求住少時一去近當
三百日從朝至夜是相思

秋日有懷　二十三日

秋來不復眠但覺思悠然菊色欲經露
蟲聲漸替蟬詩情生酒裏心事在山邊
舊里無因到西風又一年

除夜　二首录一

姚合　除夜

一九八八年九月二十四日

殷勤惜此夜此夜在逡巡燭盡年還別鷄
鳴老更新儺聲方去疫酒色已迎春明
日持桮處誰爲最後人

對月

銀輪玉兔向東流瑩淨三更正好遊一片
黑雲何處起皁羅籠却水精毬

惡神行雨

二十五日

凶神扇簸惡神行汹湧挨排白霧生風
擊水凹波撲凸雨潨山口地嵌坑籠龍噴
黑氣翻騰滾鬼掣紅光劈劃損哮吼忽

天竺寺殿前立石

題薛十二池亭

雷聲揭石滿天啾唧鬧轟轟

天竺寺殿前立石 二十六日

補天殘片女媧拋撲落禪門壓地坳霹
靂劃深龍舊攫屈槃痕淺虎新抓苔
粘月眼風挑剔塵結雲頭雨磕敲秋至
莫言長矻立春來自有薜蘿交

題薛十二池亭 二十七日

每日樹邊消一日繞池行過又須行異花多
是非時有好竹皆當要處生斜立小橋看
島勢遠移幽石作泉聲浮萍著岸風吹

·過楊處士幽居

·過不疑上人院

·過曇花寶上人院

歇水面無塵晚更清

過楊處士幽居

九月二十八日

引水穿風竹幽聲勝遠溪裁衣延野客翦翅養山鷄酒熟聽琴酌詩成削樹題惟愁春氣暖松下雪和泥

過不疑上人院

二十九日

九經通大義內典自應精簾冷連松影苔深減履聲相逢幸此日相識失恐來生覺路何門去師須引我行

過曇花寶上人院

三十日

· 遊天台上方

· 霽後登樓

九陌最幽寺吾師院復深煙霜同覆屋
松竹雜成林鳥語境弥寂客來機自沈
早知能到此應不戴朝簪

遊天台上方

一九八七年十月一日

曉上上方高立路人羨我此時身白雲向我頭上
過我更羨他雲路人

霽後登樓

高樓初霽後遠望思無窮雨洗青山淨春蒸
大野融碧池舒煖景弱柳韡和風爲有登臨
興獨落照中

・窮邊詞（二首録一）

周賀

・尋北岡韓處士

鄭巢

・送李式

窮邊詞 二首录一 十月二日

箭利弓調四鎮兵蕃人不敢近東行沿边
千里渾無事唯見平安火入城

周賀

尋北岡朝韓處士

相過值早涼松帚掃山牀坐石泉痕黑登
城蘚色黃逆風沈寺磬初日曬隣桑幾
處逢僧説期來宿北岡

鄭巢

送李式 三日

瀟湘路杳然清興起秋前去寺多隨磬
看山半在船緑雲天外鶴紅樹雨中蟬莫

崔涯

·俠士詩

·雜嘲（二首録一）

崔郊

·贈去婢

使遊華頂道遥更過年

崔涯

俠士詩

太行嶺上三尺雪崔涯袖中三尺鐵一朝
若遇有心人出門便與妻兒别

雜嘲 二首录一 四日

日暮迎來香閣中百年心事一宵同寒鷄
鼓翼紗窗外已覺恩情逐曉風

崔郊

贈去婢

公子王孫逐後塵綠珠垂淚滴羅巾侯

劉魯風
·江西投謁所知爲典客所阻因賦

章孝標
·日者

裴潾
·白牡丹

門一入深似海從此蕭郎是路人

十月五日

劉魯風

江西投謁所知爲典客所阻因賦

萬卷書生劉魯風煙波萬里謁文翁無錢乞與韓知客名紙毛生不肯通

章孝標

日者

十指中央了五行說人休咎見前生我來本乞真消息却怕呵錢卦欲成

裴潾

白牡丹

長安豪貴惜春殘爭賞先開紫牡丹別有玉杯承露冷無人起就月中看

陳標

·蜀葵

平曾

·謁李相不遇

·縶白馬詩上薛僕射

陳標　蜀葵

眼前無奈蜀葵何淺紫紅數百窠能
共牡丹爭幾許得人嫌處祇緣多」

平曾　謁李相不遇　七日

老夫三日門前立珠箔銀屏晝不開詩
卷拋却書袋裏正如閑看華山來

縶白馬詩上薛僕射

白馬披鬃練一團今朝被絆欲行難雪
中放去空留跡月下牽來只見鞍向北長
鳴天外遠臨風斜控耳邊寒自知毛骨

八日

顧非熊

·落第後贈同居友人

·哭韓將軍

還應異更請孫陽仔細看」

顧非熊

落第後贈同居友人　十月九日

有情天地内多感是詩人見月長憐夜看花又惜春愁為終日客閑過少年身寂寞正相對笙歌滿四鄰」

哭韓將軍　十日

將軍不復見儀形笑語隨風入杳冥戰馬舊騎嘶行𦍑歌姬新嫁哭辭靈功勲客問求為誌服玩僧收與轉經寂寞一家春色裏百花開落滿山庭」

張祜

·湞川寺路

·車遥遥

·觀徐州李司空獵

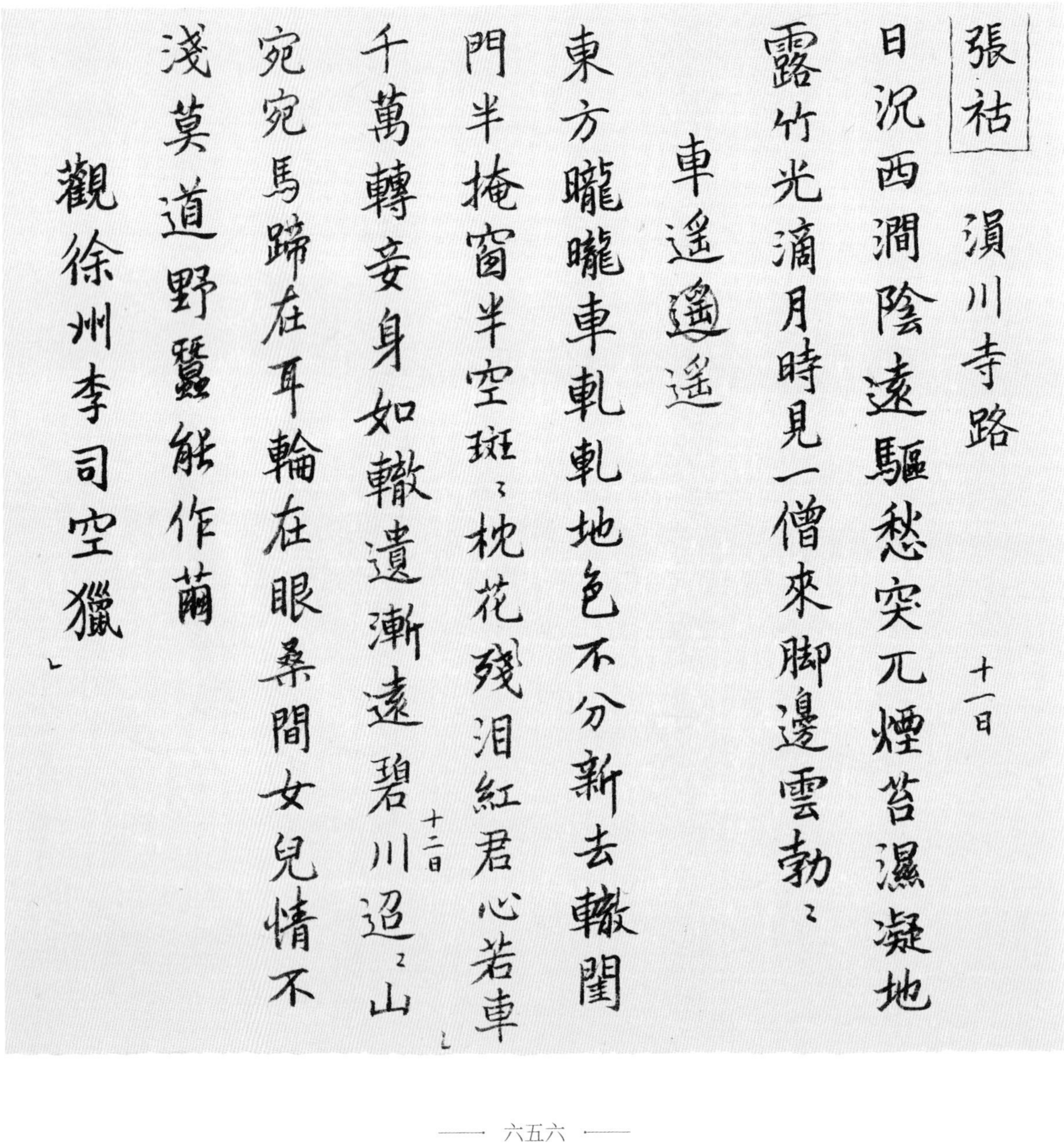

湞川寺路　十一日
日沉西澗陰遠驅愁突兀煙苔濕凝地
露竹光滴月時見一僧來脚邊雲勃ㄟ

東方曨曨車軋軋地色不分新去轍閨
門半掩窗半空斑ㄟ枕花残泪紅君心若車
千萬轉妾身如轍遺漸遠碧川迢ㄟ山　十二日
宛宛馬蹄在耳輪在眼桑間女兒情不
淺莫道野蠶能作繭

・題聖女廟

・題山水障子

一九八八年十月十三日

曉出郡城東分圍淺草中紅旗開向日
白馬驟迎風背手抽金鏃翻身控角弓
萬人齊指處一雁落寒空

題聖女廟

十四日

古廟無人入蒼皮澀老桐蟻行蟬殼上蛇
竄竄雀巢中淺水孤舟泊輕塵一座蒙晚
來雲雨去荒草是殘風

題山水障

十五日

一見秋山色方憐畫手稀波濤連壁動雲
物下簷飛嶺樹冬猶發江帆暮不歸端

十六日

題潤州金山寺

贈廬山僧

公子行

然是漁叟相向日依依

題潤州金山寺

一宿金山寺超然離世羣僧歸夜船月

龍出曉堂雲樹色中流見鐘聲兩岸聞

翻思在朝市終日醉醺醺

十七日

贈廬山僧

一室鑪峯下荒榛手自開粉牌新薤葉竹

援小葱臺樹黑雲歸去山明日上來便知

心是佛堅坐對寒灰

公子行

十九日

·牆頭花（二首）

·宮詞二首

公子行　一九八八年十月十九日

錦堂晝永繡簾垂立却花驄待出時紅粉美人擎酒勸青衣少年臂鷹隨輕將玉杖敲花片旋把金鞭約柳枝近地獨遊三五騎等閑行傍曲池江池

牆頭花　二首　二十日

蟋蟀鳴洞房梧桐落金井為君裁舞衣天寒剪刀冷。妾有羅衣裳秦王在時作為舞春風多秋來不堪著

宮詞二首

故國三千里深宮二十年一聲河滿子雙

·昭君怨（二首）

·蘇小小歌（三首）

淚落君前。自倚能歌日先皇掌上憐 二十一日
新聲何處唱腸斷李延年

昭君怨 二首

萬里邊城遠千山行路難舉頭唯見日
何處是長安。漢庭無大議戎虜無大
幾先和莫羨傾城色昭君恨最多

蘇小小歌 三首 二十二日

車輪不可遮馬足不可絆長怨十字街
使郎心四散。新人千里去故人千里來
剪刀橫眼底方覺淚難裁。登山不愁

峻涉海不愁深中擘庭前棗教郎見 二十二日
赤心

樹中草

青〻樹中草託〔根非〕不危草生樹却死榮枯君
可知」

讀曲歌五首 二十三日

窗中獨自起簾外獨自行愁見蜘蛛織尋
思直到明。碓上米不舂窗中絲羅絡看渠
駕去車定是無四角。不見心相許徒云腳
漫勤摘荷空摘葉是底採蓮人。窗外山

·贈内人

·讀老莊

·集靈臺（二首録一）

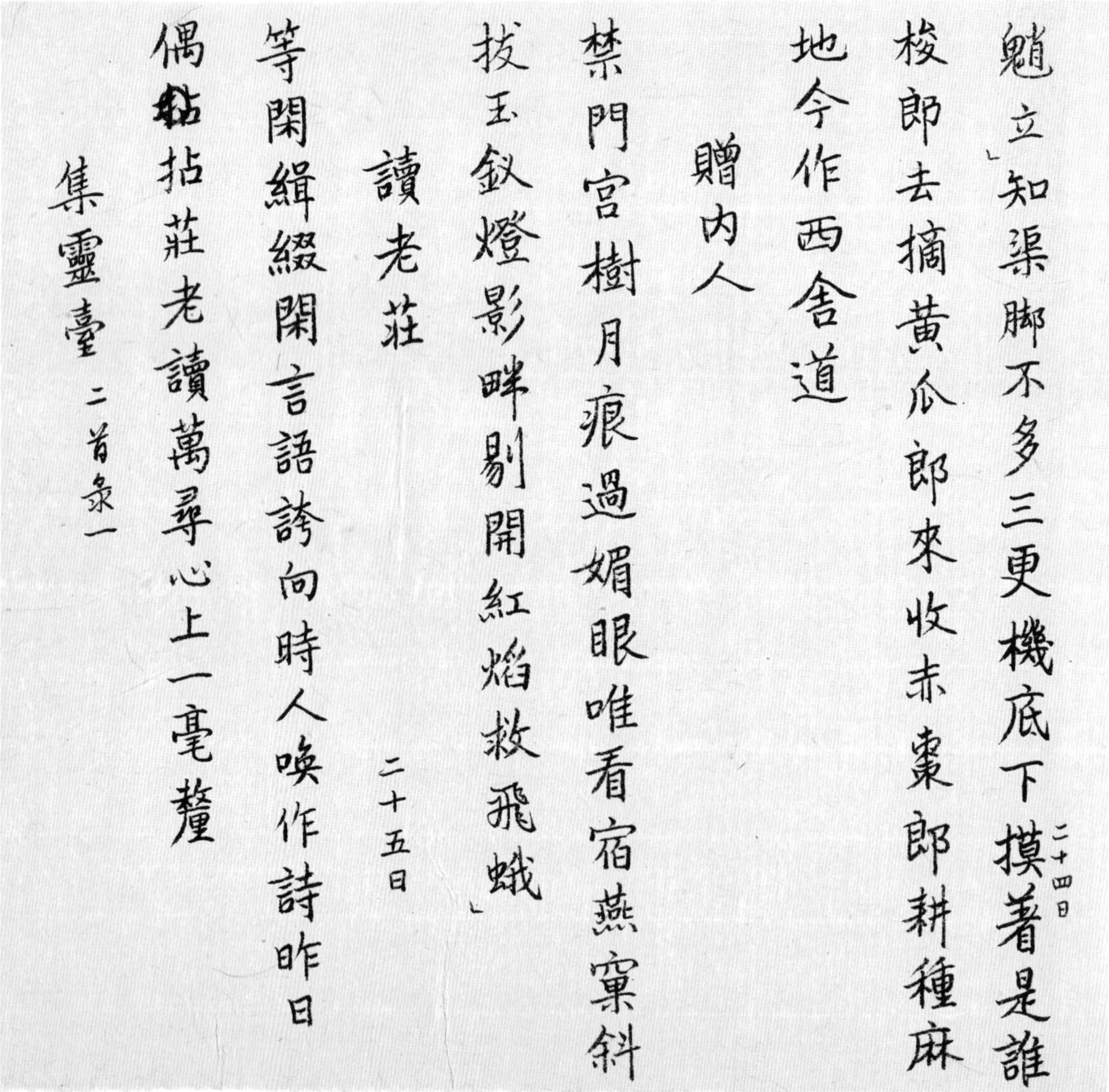
魈立知渠脚不多三更機底下摸着是誰 二十四日
梭郎去摘黄瓜郎來收赤棗郎耕種麻
地今作西舍道
贈内人
禁門宫樹月痕過媚眼唯看宿燕窠斜
拔玉釵燈影畔剔開紅焰救飛蛾
讀老莊 二十五日
等閑緝綴閑言語誇向時人唤作詩昨日
偶拈莊老讀萬尋心上一毫釐
集靈臺 二首彔一

聽歌二首

峰頂寺

八八年 十月 二十五日

虢國夫人承主恩平明騎馬入宮門却嫌脂
粉汙顏色淡掃蛾眉朝至尊」

聽歌二首

二十六日

兒郎漫說轉喉輕須待情來意自生只
是眼前絲竹和大家聲裏唱新聲
十二年前邊塞行坐中無語歎歌情不
堪昨夜先垂淚西去陽關第一聲」

峰頂寺

二十七日

月明如水山頭寺仰面看天石上行夜半
深廊人語定一枝松動鶴來聲

題金陵渡

縱遊淮南

裴夷直

遺意

題金陵渡

金陵津渡小山樓一宿行人自可愁潮落夜江斜月裏兩三星火是瓜州

縱遊淮南

二十八日

十里長街市井連月明橋上看神仙人生只合揚州死禪智山光好墓田

裴夷直

遺意

梧桐墜露悲先朽松桂凌霜倚後枯不是世間長在物輊分貞竟何殊

·憶家

朱慶餘

·湖州韓使君置宴

·宮詞

憶家　二十九日

天海相連無盡處夢魂來往尚應難誰
言南海無霜雪試向愁人兩鬢看

朱慶餘

湖州韓使君置宴

老大成名仍足病縱聽絲竹也無歡高
情太守容閑坐借與青山盡日看

宮詞　三十日

寂寂花時閑院門美人相並立瓊軒含情
欲說宮中事鸚鵡前不敢言

·過舊宅

·近試上張籍水部

楊發

·翫殘花

過舊宅

古巷戟門誰舊宅，早曾聞說屬官家。更無新燕來巢屋，唯有閑人去看花。空庭欲摧塵滿櫪，小池初涸草侵沙。榮華事歇皆如此，立馬踟躕到日斜。

三十日

近試上張籍水部

洞房昨夜停紅燭，待曉堂前拜舅姑。裝罷低聲問夫壻，畫眉深淺入時無。

楊發

翫殘花

十一月一日

十日濃芳一歲程，東風初急眼偏明。低枝

尹璞

·題楊收相公宅

雍陶

·自述

·詠雙白鷺

似泥幽人醉莫道無情似有情

尹璞　題楊收相公宅

禍福從來路不遥偶然平地上煙霄煙霄未穩還平地門對孤峯占寂寥

十一月三日

雍陶　自述

萬事誰能問一名猶未知貧當多累日閑過少年時燈下和愁睡花前帶酒悲無謀常委命轉覺命堪疑

詠雙白鷺

十一月四日

雙鷺應憐水滿池風飄不動頂絲垂立

秋居病中

長安客感

當青草人先見行傍白蓮魚未知一足獨」
拳寒雨裏數聲相叫早秋時林塘得尓　五日
須增價況與詩家物色宜

秋居病中

幽居悄〻何人到落日清涼滿樹梢」新（居）
句有時愁裏得古方無效病來抛荒詹　六日
數蝶懸蛛網空屋孤螢入燕巢獨卧南窗
秋色晚一庭紅葉掩衡茅」

長安客感　七日

客淚如危葉長懸零落心況是悲秋日臨風制不禁

傷靡草

蟬

秋懷

傷靡草　十一月八日

靡草似客心，年年亦先死。無由伴花落，暫得因風起。

蟬

高樹蟬聲入晚雲，不唯愁我亦愁君。何時各得身無事，每到聞時似不聞。

~~秋懷~~　九日

秋懷

古槐煙薄晚鴉愁，獨向黃昏立御溝。南國望中生遠思，一行新雁去汀洲。

喜夢歸

苦寒

聞杜鵑（二首録一）

宿嘉陵驛

喜夢歸　十日

旅館歲闌頻有夢分明最似此宵希覺來還無益未得歸時且當歸

苦寒

今年無異去年寒何事朝來獨忍難應是漸爲貧客久錦衣著盡布衣單

聞杜鵑　二首录一　十一日

蜀客春城聞蜀鳥思歸聲引未歸心卻知夜夜愁相似爾正啼時我正吟

宿嘉陵驛

和孫明府懷舊山

初出成都聞哭聲

出青溪關有遲留之意

宿嘉陵驛

離思茫茫正值秋每因風景卻生愁今宵
難作刀州夢月色江聲共一樓

一九八八年十一月十二日

和孫明府懷舊山

五柳先生本在山偶然為客落人間秋
來見月多歸思自起開籠放白鷴

初出成都聞哭聲

十三日

但見城池還漢將豈知佳麗屬蠻兵
錦江南渡遙聞哭盡是離家別國聲

出青溪關有遲留之意

欲出鄉關~~變亦愁~~行步遲此生無復卻回

入蠻界不許有悲泣之聲

送客二首

李遠

時千寃萬恨何人見唯有空山鳥獸知」

入蠻界不許有悲泣之聲 十四日

雲南路出陷河西毒草常青瘴色低
漸近蠻城誰敢哭一時收淚羨猨啼

送客二首」 十五日

與君同在少年場知己蕭條壯士傷可惜
報恩無處所卻提孤劍過咸陽

行人立馬強盤回別字猶含未忍開好去
出門休落淚不如前路早歸來

李遠

·題僧院

·聽話叢臺

·失鶴

題僧院

不用問湯休何人免白頭百年如過鳥萬事盡浮漚别緒長牽夢情田亂種愁却嫌風景麗窗外碧雲秋

一九八八年十一月十六日

聽話叢臺

有客新從趙地回自言曾上古叢臺雲遮襄國天邊去樹繞漳河地裏來弦管變成山鳥哢綺羅留作野花開金輿玉輦無行蹤風雨惟知長緑苔

十七日、

失鶴

十八日

杜牧

·感懷詩一首

秋風吹却九皐禽一片閒雲萬里心碧落
有情應悵望青天無路可追尋來時白
雪翎猶短去日丹砂頂漸深華表柱
頭留語後更無消息到如今」

十九日

杜牧

感懷詩一首

高文會隋季提劍狥天意扶持萬代
人步驟三皇地聖云継之神神仍用文

二十一日

」治德澤酌生靈沈酣薰骨髓旋頭騎
箕尾風塵薊門起胡兵殺漢兵屍滿咸

一九八八年十一月二十二日

陽市宣皇走豪傑談笑開中否蟠聯兩
河間燼萌終不弭號為精兵處齊蔡燕
趙魏合環千里疆爭為一家事逆子嫁

二十三日

虜孫西隣聘東里急熱同手足唱和如
宮徵法制自作為禮文爭僭擬壓階螭

二十八日

鬥角畫屋龍交尾署紙日替名分財賞
稱賜刳隍𠩄萬尋繚垣疊千雉誓將付
孱孫血絕然方已九廟仗神靈四海為輸
委如何七十年汗赧含羞恥朝韓彭不再

二十九日

生英衛皆為鬼凶門爪牙輩穰穰如兒戲

累聖但日吁闇外將誰寄屯田數十萬隄
防常慴惴急征嘗赴軍須厚賦資凶器 三十日
因隳畫一法且逐隨時利流品極蒙尨網羅
漸離弛吏狄日開張黎元愈憔悴邈兮遠 三十日
太平蕭然盡煩費至于貞元末風流恣
綺靡艱極泰循來元和聖天子元和聖天 一九八八年十二月一日
子英明湯武上茅茨覆宮殿封章綻帷帳
伍旅拔雄兒夢卜庸真相勑雲走轟霆 二日
河南一平盪継于長慶初燕趙終舁襁
攜妻負子來北闕爭頓顙故老撫兒孫

一九八八年十二月三日

尔生今有望茹鲠喉尚隘負重力未壯坐幄無奇兵香舟漏踈網骨添薊垣沙血漲滹沱浪秖云徒有征安能問無狀一日五諸侯奔亡如鳥往取之難梯天失之易

四日

反掌蒼然太行路剪翦〻還榛莽閑西賤男子誓肉虜杯羹請數繫虜事誰其為我聽蕩蕩乾坤大曈曈日月明叱起」

五日

文武業可以豁洪濱安得封域內長有扈苗征七十里百里彼亦何嘗爭往〻念所至得醉愁蘇醒韜舌辱壯心叫閽無助聲

聊書感懷韻焚之遺生〻賈生

張好好詩　六日

君爲豫章姝十三纔有餘翠茁鳳生尾
丹葉蓮含跗高閣倚天半章江聯碧虛
此地試君唱特使華筵鋪主人顧四座始訝
來踟躕吴娃起引贊低徊映長裾雙鬟可
十日
高下纔過青羅襦盼盼乍垂袖一聲雛鳳
呼繁弦迸關紐塞管裂圓蘆衆音不能逐
裊〻穿雲衢主人再三嘆謂言天下殊贈
之天馬錦副以水犀梳龍沙看秋浪明月

一九八八年十二月十一日

遊朱湖自此每相見三日已為疎玉質隨月滿艷態逐春舒絳唇漸巧輕巧雲步轉虛徐旌旆忽東下笙歌隨舳艫霜凋謝樓樹沙暖句溪蒲身外任塵土鐏前極歡娛飄然集仙客諷賦欺相如聘之碧瑤珮載以紫雲車洞閉水聲遠月高蟾影孤爾來未幾歲散盡高陽徒洛城重相見婥婥為當壚怪我苦何事少年垂白鬚朋遊今在否落拓更能無門館慟哭後水雲秋景初斜日挂衰柳

十二日

十三日

・冬至日寄小姪阿宜詩

涼風生座隅灑盡滿襟淚短歌聊一書
冬至日寄小姪阿宜詩 十四日
小姪名阿宜未得三尺長頭圓筋骨緊兩眼
明且光去年學官人竹馬遶四廊指揮羣
兒輩意氣何堅剛今年始讀書下口三五 十五日
行隨兄旦夕去斂手整衣裳去歲冬至日
拜我立我旁祝尔願尔貴仍且壽命長今
年我江外今日生一陽憶尔不可見祝尔傾一 十六日
觴陽德比君子初生甚微茫排陰出九
地萬物隨開張一似小兒學日就復月將

一九八八年十二月十六日

勤勤不自已二十能文章仕宦至公相致
君作堯湯我家公相家劍佩嘗丁當」

十七日

舊第開朱門長安城中央第中無一物
萬卷書滿堂家集二百編上下馳皇王
多是撫州寫今來五紀強尚可與尔讀
助尔為賢良經書括根本史書閱興亡」

十八日

高摘屈宋豔濃薰班馬香李杜泛浩浩韓
柳摩蒼蒼近者四君子與古爭強梁願
尔一祝後讀書日日忙一日讀十紙一月讀一
箱朝廷用文治大開官職場願尔出門」

去取官如驅羊吾兄苦好古學問不可量　十九日
晝居府中治夜歸書滿牀後貴有金玉
必不為汝藏崔昭生崔芸李兼生窟郎
堆錢一百屋破散何披猖今雖未即死餓凍　二十日
幾欲僵參軍與縣尉塵土驚劻勷一語不中
治笞箠身滿瘡官罷得絲髮好買百樹
霜桑稅錢未輸足得米不敢嘗願爾聞
我語懽喜入心腸大明帝宮闕杜曲我池塘　二十一日
我若自潦倒看汝爭翱翔總語諸小道
此詩不可忘

偶遊石盎僧舍

惜春

杜牧

偶遊石盎僧舍

一九八八年十二月二十一日冬至

敬岑草浮光句沚水解脉益鬱乍怡
融凝嚴忽頹坼梅顏暖眠酣風緒和無力
鳧浴漲汪汪雛嬌村冪冪落日美樓臺輕
二十二日
烟飾阡陌瀲綠古津遠積潤苔基釋孰
謂漢陵人來作江汀客載筆念無能捧
籌慙所畫任轡偶追閑逢幽果遭適僧語
淡如雲塵事繁堪織今古幾輩人而我何能息

惜春

二十三日

春半年已除其餘強為有即此醉残花

·題安州浮雲寺樓寄湖州張郎中

·大雨行

便同嘗臘酒悵望送春杯殷勤掃花箒誰
為駐東流年年長在手

題安州浮雲寺樓寄湖州張郎中　二十五日

去夏疎雨餘同倚朱闌語當時樓下水今
日到何處恨如春草多事與孤鴻去楚
岸柳何窮別愁紛若絮

大雨行　二十六日

東垠黑風駕海水海底卷上天中央三吳
六月忽悽慘晚後點來蒼茫錚棧雷車
軸轍壯矯躩蛟龍爪尾長神鞭鬼馭載陰

過華清宮絶句三首（録一）

帝來往噴灑何顛狂四面崩騰玉京仗萬里縱橫羽林槍雲纏風束亂敲磕黃帝未勝蚩尤強百川氣勢苦豪俊坤関密鑠愁」

二十七日

開張太和六年亦如此我時壯氣神洋、東樓聳首看不足恨無羽翼高飛翔盡召邑中豪健者闊展朱盤開酒場奔觴槌鼓助」

二十八日

聲勢眼底不顧纖腰娘今年闒茸鬢已白奇遊壯觀唯深藏景物不盡人自老誰知前事堪悲傷

二十九日

過華清宮絶句三首 录一」

三十日

·登樂遊原

·街西長句

長安回望繡成堆山頂千门次第開一騎
紅塵妃子笑無人知是荔枝來

登樂遊原

長空澹澹孤鳥沒萬古銷沈向此中看取
漢家何事業五陵無樹起秋風

街西長句

三十一日

碧池新漲浴嬌鴉分鏁長安富貴家
遊騎偶同人鬥酒名園相倚杏交花銀
鞦腰褭嘶宛馬繡鞅璁瓏走鈿車一曲將
軍何處笛連雲芳草草日初斜

一九八八年十二月卅一日

讀韓杜集

長安秋望

不飲贈酒

將赴吳興登樂遊原一絕

杜牧

一九八九年元旦

讀韓杜集

杜詩韓集愁來讀似倩麻姑癢處抓天外鳳凰誰得髓無人解合續弦膠

長安秋望

樓倚霜樹外鏡天無一毫南山與秋色氣勢兩相高

不飲贈酒

一月二日

細算人生事彭殤共一籌與愁爭底事要尔作戈矛

將赴吳興登樂遊原一絕

清時有味是無能閑愛孤雲靜愛僧欲

·江南春絶句

·題宣州開元寺水閣，閣下宛溪，夾溪居人

·九日齊安登高

把一麾江海去樂原遊原上望昭陵」

江南春絶句　三日

千里鶯啼綠映紅水村山郭酒旗風南
朝四百八十寺多少樓臺煙雨中

題宣州開元寺水閣下宛溪夾溪居人　四日

六朝文物草連空天淡雲閑今古同鳥去
鳥來山色裏人歌人哭水聲中深秋簾
幕千家雨落日樓臺一笛風惆悵無因見
范蠡參差烟樹五湖東」

九日齊安登高　五日

池州春送前進士蒯希逸

齊安郡中偶題二首

一九八九年一月五日

江涵秋影雁初飛與客攜壺上翠微塵世難逢開口笑菊花須插滿頭歸但將酩酊酬佳節不用登臨歎落暉古往今來只如此牛山何必淚霑衣

池州春送前進士蒯希逸　六日

芳草復芳草斷腸還斷腸自然堪下淚何必更殘陽楚岸千萬里燕鴻三兩行有家歸不得況舉别君觴

齊安郡中偶題二首　八日

兩竿落日溪橋上半縷輕烟柳影中多

·齊安郡後池絶句

·初冬夜飲

·山石榴

少綠荷相倚恨一時回首背西風
秋聲無不攪離心夢澤蒹葭楚雨深
自滴階前大梧葉干君何事動哀吟

齊安郡後池絶句　九日

菱透浮萍綠錦池夏鶯千囀弄薔薇盡
日無人看微雨鴛鴦相對浴紅衣

初冬夜飲

淮陽多病偶求歡客袖侵霜與燭盤
砌下梨花一堆雪明年誰此凭欄干

山石榴　十日

隋堤柳

早雁

十日

似火山榴映小山繁中能薄〻薄艷中閑
一朵佳人玉釵上秖疑燒却翠雲鬟

隋堤柳

夾岸垂楊三百里秖應圖畫最相宜自嫌
流落西歸疾不見東風二月時

早雁　十一日

金河秋半虜弦開雲外驚飛四散哀仙
掌月明孤影過長門燈暗數聲來須知胡
騎紛〻在豈逐春風一一回莫厭瀟湘少人
處水月菰米岸莓苔

題禪院

題敬愛寺樓

湖南正初招李郢秀才

題禪院 十二日

觥船一棹百分空，十歲青春不負公。今日鬢絲禪榻畔，茶烟輕颺落花風。

題敬愛寺樓

暮景千山雪，春寒百尺樓。獨登還獨下，誰會我悠悠。

湖南正初招李郢秀才 十三日

行樂及時時已晚，對酒當歌歌不成。千里暮山重疊翠，一溪寒水淺深清。高人以飲為忙事，浮世除詩盡強名。看著白蘋芽欲吐，雪舟相訪勝閑行。

赤壁　泊秦淮　秋浦途中　題桃花夫人廟

一九八九年
一月十四日

赤壁

折戟沈沙鐵未銷，自將磨洗認前朝。東風不與周郎便，銅雀春深鏁二喬。

泊秦淮

煙籠寒水月籠沙，夜泊秦淮近酒家。商女不知亡國恨，隔江猶唱後庭花。

十五日

秋浦途中

蕭蕭山路窮秋雨，淅淅溪風一岸蒲。為問寒沙新到鴈，來時還下杜陵無。

十六日

題桃花夫人廟

· 題烏江亭

· 寄揚州韓綽判官

· 汴河阻凍

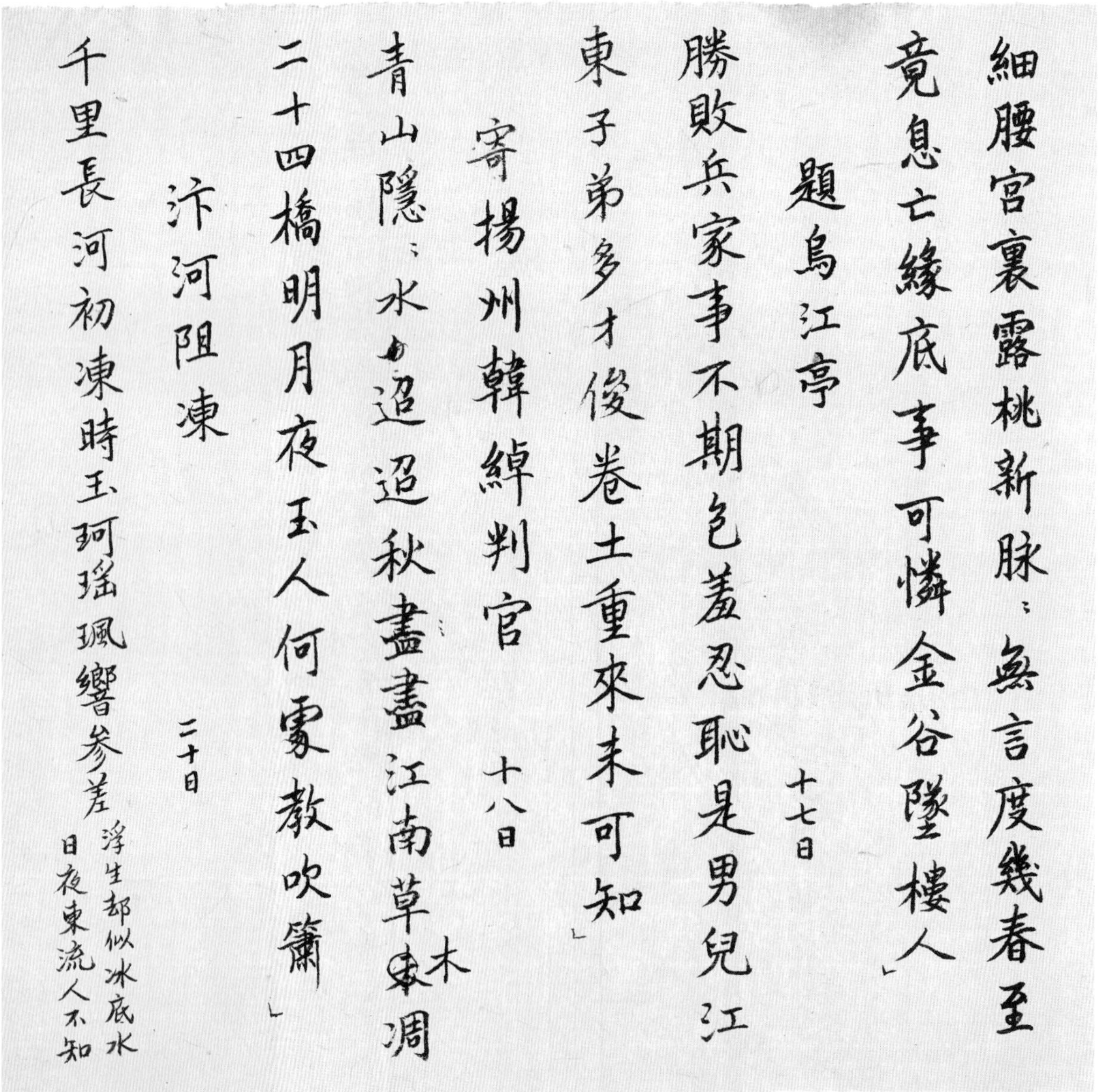
細腰宮裏露桃新，脉脉無言度幾春。至竟息亡緣底事，可憐金谷墜樓人。

題烏江亭　十七日

勝敗兵家事不期，包羞忍恥是男兒。江東子弟多才俊，卷土重來未可知。

寄揚州韓綽判官　十八日

青山隱隱水迢迢，秋盡江南草未凋。二十四橋明月夜，玉人何處教吹簫。

汴河阻凍　二十日

千里長河初凍時，玉珂瑤珮響參差。浮生却似冰底水，日夜東流人不知。

杜牧

早秋

一九八九年一月二十二日

疎雨洗空曠，秋標驚意新。大熱去酷吏，清風來故人。尊酒酌未酌，晚花嚬不嚬。銖秤與縷雪，誰覺老陳陳。

途中一絶

二十三日

鏡中絲髮悲來慣，衣上塵痕拂漸難。惆悵江湖釣竿手，却遮西日向長安。

送隱者一絶

二十四日

無媒徑草亂蕭蕭，自古雲林遠市朝。公道世間唯白髮，貴人頭上不曾饒。

·贈別（二首）

·雨

·送人

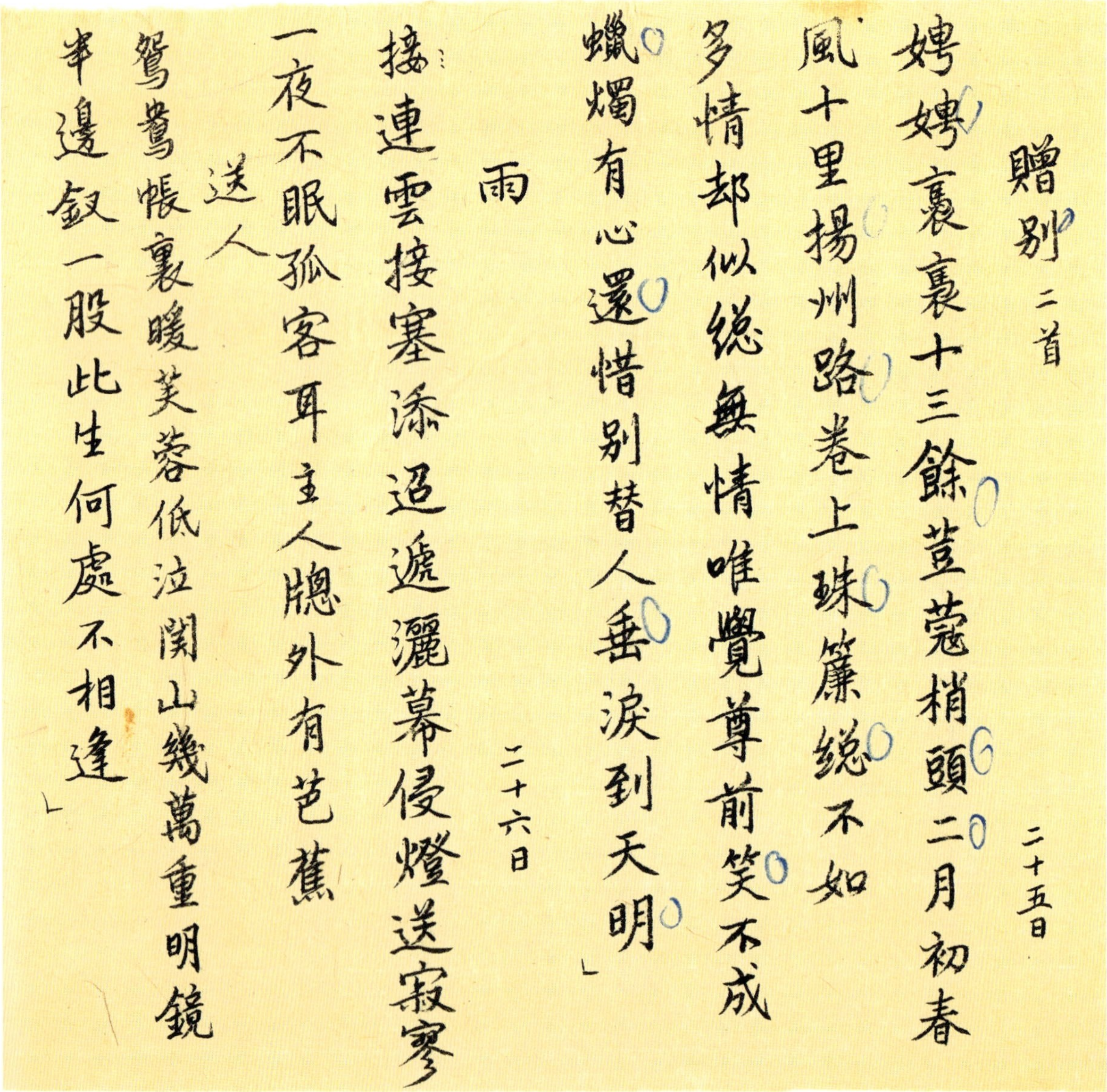

贈別 二首 二十五日

娉娉裊裊十三餘荳蔻梢頭二月初春
風十里揚州路卷上珠簾總不如
多情却似總無情唯覺尊前笑不成
蠟燭有心還惜別替人垂淚到天明」

雨 二十六日

連雲接塞添迢遞灑幕侵燈送寂寥
一夜不眠孤客耳主人牕外有芭蕉

送人

鴛鴦帳裏暖芙蓉低泣關山幾萬重明鏡
半邊釵一股此生何處不相逢」

·宮詞（二首録一）

·遣懷

·歎花

·山行

宮詞 二首

監宮引出暫開門隨例須朝不是恩
銀鑰却收金鎖合月明花落又黄昏」

一九八九年一月二十八日

遣懷

落魄江南載酒行楚腰腸断掌中輕十年一
覺揚州夢贏得青樓薄倖名」

~~三十日~~ 二十九日

歎花

自恨尋芳到已遲往年曾見〃未開時如
今風擺花狼籍綠葉成陰子滿枝」

三十日

山行

三十一日

書懷　贈獵騎　秋夕

遠上寒山石徑斜白雲生處有人家停
車坐愛楓林晚霜葉紅於二月花

~~書懷~~ 書懷

滿眼青山未得過鏡中無那鬢絲何~~欲~~
~~到中年事更多~~ 秖言旋老轉無事欲到
中年事更多

贈獵騎

二月一日

已落雙鵰血尚新鳴鞭走馬又翻身憑君
莫射南來雁恐有家書寄遠人

秋夕

二日

·長安雪後

·冬日題智門寺北樓

·寄杜子（二首録一）

杜牧

紅燭秋光冷畫屏輕羅小扇撲流螢天階夜色涼如水坐看牽牛織女星

長安雪後　三日

秦陵漢苑參差雪北闕南山次第春連車馬滿城原上去豈知惆悵有閑人

冬日題智門寺北樓　四日立春

滿懷多少是恩酬未見功名已白頭不為尋山試筋力豈能寒上背雲樓

寄杜子　二首录一

不識長楊事北胡且教紅袖醉来扶狂風

·春日古道傍作

·邊上聞笳（三首録一）

·贈別

烈焰雖千尺豁得平生俊氣無

春日古道傍作　五日

萬古榮華旦暮齊樓臺春盡草萋萋
君看陌上何人墓旋化紅塵送馬蹄蹏

邊上聞笳　三首录一　六日　陰曆元旦

何處吹笳薄暮天塞垣高鳥没狼狼煙
遊人一聽聽頭堪白蘇武爭禁十九年

贈別

眼前迎送不曾休相續輪蹄似水流門外
若無南北路人間應免別離愁蘇秦六印

送別

許渾

贈裴處士

歸何日潘岳雙毛去值秋莫怪分襟銜淚 八九年二月七日
語十年耕釣憶滄洲

送別

溪邊楊柳色參差攀折年年贈別離一
片風帆望已極三湘煙水返何時多緣
去棹將愁遠猶倚危亭欲下遲莫殢
酒杯閑過日碧雲深處是佳期

許渾

贈裴處士 八日

為儒白髮生鄉里早聞名煖酒雪初下

讀書山欲明字形翻鳥跡詩調合猿
聲~~寄報山公醉風高月滿城~~门外滄
浪水知君欲濯纓

示弟　補入乙未十日

自爾出門去淚痕長滿衣家貧為客
早路遠得書稀文字何人賞煙波幾
日歸秋風正搖落孤雁又南飛

春日題韋曲野老村舍 二首錄一　十日

北嶺枕南塘數家村落長鶯啼幼婦嬾
蠶出小姑忙煙草近溝濕風花臨路香

·思歸

·春日題韋曲野老村舍（二首錄一）

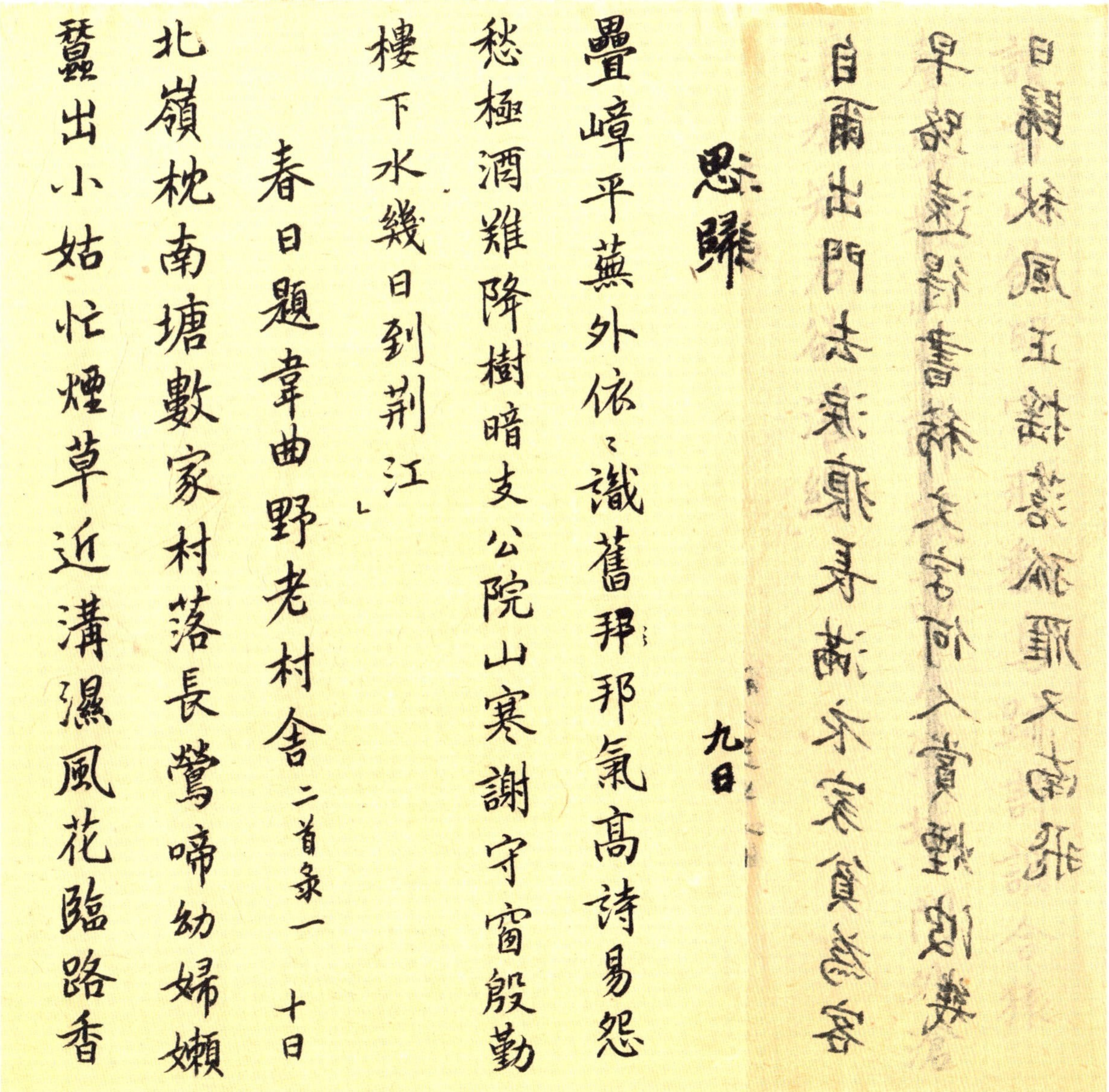
日歸秋風正搖落孤雁又南飛
早路遠得書稀文字何人賞煙波數
自爾出門去淚痕長滿衣家貧為客

思歸　九日

疊嶂平蕪外依依識舊邦氣高詩易怨愁極酒難降樹暗支公院山寒謝守窗殷勤樓下水幾日到荊江

春日題韋曲野老村舍　二首錄一　十日

北嶺枕南塘數家村落長鶯啼幼婦嬾蠶出小姑忙煙草近溝濕風花臨路香

·題灞西駱隱士

·溪亭（二首録一）

·秋日赴闕題潼關驛樓

自憐非楚客，春望亦心傷」

八九年二月十日

題灞西駱隱士

磻溪連灞水，商嶺接秦山。青漢不回駕，白雲長掩関。雀喧知鶴静，鳧戲知鷗閑。却笑南昌尉，悠悠城市間」

十六日重抄

溪亭 二首录一

溪亭四面山，横柳半溪灣。蟬聲螳螂急，魚深翡翠閑。水寒留客醉，月上與僧還。猶戀蕭蕭竹，西齋未掩関」

十七日重抄

秋日赴闕題潼関驛樓

十八日重抄

題愁　早行

紅葉晚蕭蕭，長亭酒一瓢。殘雲歸太華，疎雨過中條。樹色隨山迴，河聲入海遥。帝鄉明日到，猶自夢漁樵。

題愁

十九日重抄

聚散竟無形，迴腸百結成。古今銷不得，離別覺潛生。降虜將軍思，窮秋遠客情。何人更憔悴，落第泣秦京。

早行

二十一日

失枕驚先起，人家半夢中。聞鷄憑早晏，占斗認西東。轡濕知行露，衣單覺曉風。秋

金陵懷古

凌歊臺

陽弄光影忽吐半林紅

一九八九年二月二十一日

金陵懷古

玉樹歌殘王氣終景陽兵合戍樓空松
楸遠近千官塚禾黍高低六代宫石燕
拂雲晴亦雨江豚吹浪夜還風英雄一去豪
華盡盡唯有青山似洛中

凌歊臺

二十二日

宋祖凌高樂未回三千歌舞宿層臺湘
潭雲盡暮山出巴蜀雪消春水來行殿
有基荒薺合寢園無主野棠開百年便

咸陽城東樓

凌歊臺送韋秀才

作萬年丘畔古碑空綠苔」

咸陽城東樓　二十三日

一上高城萬里愁蒹葭楊柳似汀洲溪雲初起日沈閣山雨欲來風滿楼鳥下綠蕪秦苑夕蟬鳴黃葉漢宮秋行人莫問當年事故國春來渭水流」

凌歊臺送韋秀才　二十四日

雲起高臺日未沉數村殘照半巖陰野蠶成繭桑柘盡溪鳥引鶵蒲稗深帆勢依依投極浦鐘聲杳杳隔前林故山迢遞故人去一夜月明千里心」

·故洛城

·晚自東郭回留一二遊侶

故洛城

禾黍離離半野蒿，昔人城此豈知勞。水聲東去市朝變，山勢北來宮殿高。鴉噪暮雲歸古堞，鴈迷寒雨下空壕。可憐緱嶺登仙猶自吹笙醉碧桃

一九八九年二月二十五日

晚自東郭回留一二遊侶

二十六日

鄉心迢遰宦情微，吏散尋幽竟落暉。林下草膝腥巢鷺宿，洞前雲濕雨龍歸。鐘隨野艇回孤棹，鼓絶山城掩半扉。今夜西齋好風月，一瓢春酒莫相違

·別張秀才

·早秋韶陽夜雨

別張秀才　二十七日

不知何計寫離憂萬里山川半舊遊
風捲暮沙和雪起日融春水帶冰流
凌晨客淚分東郭竟夕鄉心共北樓
青桂一枝年少事莫因鱸鱠涉窮秋

早秋韶陽夜雨　二十八日

宋玉含悽夢亦驚芙蓉山響一猨聲
陰雲迎雨枕先潤夜電驚引雷窗暫明
暗惜水花飄廣檻遠愁風葉下高城西
歸萬里未千里应到故園春草生

·贈王山人

·卧病（時在京都）

贈王山人　一九八九年三月一日

貰酒攜琴訪我頻始知城市有閑人君臣
藥在寧憂病子母錢成豈患貧年長每
勞推甲子夜寒初共守庚申近來聞說
燒丹處玉洞桃花萬樹春

卧病　時在京都　二日

寒窗燈盡月斜暉珮馬朝天獨掩扉清
露已凋秦塞柳白雲空長越山薇病中
送客難為別夢裏還家不當歸惟有寄
書書未得卧聞燕鴈向南飛

·春雨舟中次和横江裴使君見迎李趙二秀才同來，因書四韻，兼寄江南

·送别

春雨舟中次和横江裴使君見迎 卅一日
李趙二秀才同來因書四韻 兼寄江南

芳草渡頭微雨時萬枝楊柳拂波垂蒲 三日
根水暖鴈初落梅徑香寒蜂未知詞客倚 四日
風吹暗淡使君迴馬濕旌旗江南仲蔚
多情調悵望青雲幾首詩

送别

溪邊楊柳色參差攀折年年贈别離一 五日
片風帆望已極三湘煙水返何時多緣去
棹將愁遠猶倚危樓欲下遲莫殢酒杯閑
過日碧雲深處是佳期

·寄房千里博士

·謝亭送別

·客有卜居不遂薄遊汧隴因題

一九八九年三月

六日

寄房千里博士

春風白馬紫絲韁正值蠶眠未採桑五夜
有心隨暮雨百年無節待秋霜重尋繡帶
朱藤合更認羅裙碧草長爲報西遊減
離恨阮郎纔去嫁劉郎

七日

謝亭送別

勞歌一曲解行舟紅葉青山水急流日暮酒
醒人已遠滿天風雨下西樓

客有卜居不遂薄居遊汧隴因題

海燕西飛白日斜天門遥五侯家樓臺深

李商隱

·錦瑟

·霜月

鎖無人到落盡春風第一花

八日

李商隱

錦瑟

錦瑟無端五十絃一絃一柱思華年莊生曉夢迷蝴蝶望帝春心託杜鵑滄海珠月明珠有淚藍田日暖玉生烟此情可待成追憶只是當時已惘然」

霜月

九日

初聞征雁已無蟬百尺樓高水接天青女素娥俱耐冷月中霜裏鬥嬋娟」

·蟬

·樂遊原

·夜雨寄北

一九八九年三月十日

蟬　十日

本以高難飽徒勞恨費聲五更疏欲斷一樹碧
無情薄宦梗猶汎故園蕪已平煩家最
相警我亦舉家清

樂遊原

向晚意不適驅車登古原夕陽無限好
只是近黃昏

夜雨寄北

君問歸期未有期巴山夜雨漲秋池何當
共翦西窗燭却話巴山夜雨時」

·屬疾　·憶梅　·初起

屬疾　十一日

許靖猶羈宦安仁復悼亡茲辰聊屬疾何
日免殊方秋蝶無麗端麗寒花只暫香多
情真命薄容易即迴腸

憶梅

定定住天涯依依向物華寒梅最堪恨
常作去年花

初起　十二日

想像咸池日欲光五更鐘後更迴腸三年苦
霧巴江水不為離人照屋梁

·柳

·韓碑

一九八九年三月十二日

柳

柳映江潭底有情望中頻遣客心驚巴雷
隱隱千山外更作章臺走馬聲」

十三日

韓碑

元和天子神武姿彼何人哉軒與羲誓將
上雪列聖恥坐法宮中朝四夷淮西有賊
五十載封狼生貙貙生羆不據山河據平
地長戈利矛日可麾帝得聖相相曰度」

十五日

賊斫不死神扶持腰懸相印作都統陰風
慘澹天王旗愬武古通作牙爪儀曹外

郎載筆隨行軍司馬智且勇十四萬衆
猶虎貔入蔡縛賊獻太廟功興無與讓恩
不訾帝曰汝度功第一汝從事愈宜為
辭愈拜稽首蹈且舞金石刻畫臣能為
十六日
古者世稱大手筆此事不繫於職司
當仁自古有不讓言訖屢頷天子頤公
退齋戒坐小閣濡染大筆何淋漓點竄
堯典舜典字塗改清廟生民詩文成破
十七日
體書在紙清晨再拜鋪丹墀表曰臣愈
昧死上詠神聖功書之碑碑高三丈字

·風雨

一九八九年三月 十七日

如斗負以靈鼇蟠以螭句奇語重喻者少」

讒之天子言其私長繩百尺拽碑倒麤砂

大石相磨治公之斯文若元氣先時已入 十八日

人脾肝脾盪盤孔鼎有述作今無其器

存其辭嗚呼聖皇及聖相相與烜赫流」 十八日

淳淳熙公之斯文不示後曷與三五相

攀追願書萬本誦萬過口角流沫右

手胝傳之七十有二代以為封禪玉檢明堂基」

風雨 二十日

淒涼寶劍篇羈泊欲窮年黃葉仍風雨

荆門西下

藥轉

青楼仍自管弦新知遭薄俗舊知隔
良緣心斷新豐酒銷愁斗幾千

荆門西下 二十一日

一夕南風一葉危荆門迴望夏雲時人生
豈得輕離别天意何曾忌嶮巇骨肉書
題安絶徼蕙蘭蹊径失佳期洞庭湖闊
蛟龍惡却羨楊朱泣路岐

藥轉 二十二日

鬱金堂北畫樓東換骨神方上藥通露
氣暗連青桂苑風聲偏獵紫蘭叢長筭

·二月二日

·籌筆驛

未必輸孫皓香棗何勞問石崇憶事懷人

九八九年三月二十二日

兼得句翠衾歸卧繡簾中」

二月二日

二十三日

二月二日江上行東風日暖聞吹笙花鬚

柳眼各無賴紫蝶黃蜂俱有情萬里

憶歸元亮井三年從事亞夫營新灘

莫悟遊人意更作風簷夜雨聲」

籌筆驛

二十四日

猿鳥猶疑畏簡書風雲常為護儲胥

徒令上將揮神筆終見降王走傳車

管樂有才終不忝関張無命欲何如
他年錦里經祠廟梁父吟成恨有餘

春日　二十五日

欲入盧家白玉堂新春催破舞衣裳
蝶銜紅蘂蜂銜粉共助青樓一日忙

無題

昨夜星辰昨夜風画樓西畔桂堂東身
無綵鳳雙飛翼心有靈犀一点通隔座
送鈎春酒暖分曹射覆蠟燈紅嗟余　廿六日
聽鼓應官去走馬蘭臺類轉蓬

（七）八九年三月二十六日

無題

來是空言去絕踪，月斜樓上五更鐘。
夢為遠別啼難喚，書被催成墨未乾。
蠟照半籠金翡翠，麝熏微度繡芙蓉。
劉郎已恨蓬山遠，更隔蓬山一萬重。

二十七日

颯颯東風細雨來，芙蓉塘外有輕雷。
金蟾齧鏁燒香入，玉虎牽絲汲井迴。
賈氏窺簾韓掾少，宓妃留枕魏王才。
春心莫共花爭發，一寸相思一寸灰。

二十八日

無題

落花

曲池

八歲偷照鏡長眉已能畫十歲去踏青
芙蓉作帬衩十二學彈箏銀甲不曾卸
十四藏六親懸知猶未嫁十五泣春風
背面鞦韆下」

落花 二十九日

高閣客竟去小園花亂飛參差連曲陌
迢遞送斜暉腸斷未忍掃眼穿仍欲
歸芳心向春盡所得是沾衣」

曲池 三十日

日下繁香不自持月中流艷與誰期

·李花

·過招國李家南園（二首録一）

一九八九年三月三十日

迎憂急鼓疎鐘斷分隔休燈滅燭時張蓋欲判江灩灩迴頭更望柳絲絲從來此地黄昏散未信河梁是别離

李花　三十一日

李徑獨來數愁情相與懸自明無月夜強笑落花天減粉與園籜分香沾渚蓮徐妃久已嫁猶自玉為鈿

過招國李家南園　二首录一　四月一日

長亭䨱盡歲盡雪如波此去秦関路幾多惟有夢中相近分卧來無睡欲如何

·爲有　·無題　·一片

爲有

爲有雲屏無限嬌鳳城寒盡怕春宵
無端嫁得金龜婿辜負香衾事早朝

無題　四月二日

相見時難別亦難東風無力百花殘春
蠶到死絲方盡蠟炬成灰淚始乾曉鏡但
愁雲鬢改夜吟應覺月光寒蓬山此去
無多路青鳥殷勤爲探看

一片　三日

一片非烟隔九枝蓬巒仙仗儼雲旗天

·日射

·十一月中旬至扶風界見梅花

一九八九年四月三日

泉冰暖龍吟細露畹春多鳳舞遲榆
莢散來星斗轉桂花尋去月輪移人間桑
海朝〻變莫遣佳期更後期

日射　四日

日射紗窗風撼扉香羅拭手春事違
迴廊四合掩寂寞碧鸚鵡對紅薔薇

十一月中旬至扶風界見梅花

匝路亭〻豔非時裛〻香素娥惟與月青
女不饒霜贈遠虛盈手傷離適斷腸為
誰成早秀不待作年芳

·判春

·七夕

·馬嵬（二首録一）

判春　五日　清明

一桃復一李井上占年芳笑處如臨鏡
窺時不隱墻敢言西子短誰覺宓妃長
珠玉終相類同名作夜光

七夕　六日

鸞扇斜分鳳幄開星橋橫過鵲飛迴
爭將世上無期別換得年年一度來

馬嵬　二首录一

海外徒聞更九州他生未卜此生休空聞
虎旅傳宵柝無復鷄人報曉籌此日

閨情

宮辭

代贈（二首録一）

一九八九年四月八日

六軍同駐馬當時七夕笑牽牛如何四紀為天子不及盧家有莫愁

閨情

紅露花房白蜜脾黄蜂紫蝶兩參差
春窗一覺風流夢却是同衾不得知

宮辭　四月九日

君恩如水向東流得寵憂移失寵愁
莫向尊前奏花落涼風只在殿西頭

代贈　二首录一

樓上黄昏欲望休玉梯横絶月中鈎芭

·過伊僕射舊宅

·楚宮（二首録一）

蕉不展丁香結，同向春風各自愁。

過伊僕射舊宅　十一日

朱邸方酬力戰功華筵俄歎逝波窮回廊簷斷燕飛去小閣塵凝人語空幽淚欲乾殘菊露餘香猶入敗荷風何能更涉瀧江去獨立寒流弔楚宮。

楚宮　二首录一　十二日

月姊曾逢下彩蟾傾城消息隔重簾已聞佩響知腰細更辨絃聲覺指纖暮雨自歸山悄悄秋河不動夜厭厭王昌且在

春雨

晚晴

一九八九年四月十二日

牆東佳未必金堂得免嫌

春雨　十三日

悵卧新春白袷衣白門寥落意多違
紅樓隔雨相望冷珠箔飄燈獨自歸
遠路應悲春晼晚殘宵猶得夢依稀
玉璫緘札何達萬里雲羅一雁飛

晚晴　十四日

深居俯夾城春去夏猶清天意憐
幽草人間重晚晴併添高閣迥微注小
窗明越鳥巢乾後歸飛體更輕

·天涯

·七月二十九日崇讓宅讌作

·常娥

天涯　十五日

春日在天涯天涯日又斜鶯啼如有淚
為濕最高花

七月二十九日崇讓宅讌作　十七日

露如微霰下前池月過回塘萬竹悲浮
世本來多聚散紅蕖何事亦離披悠揚
歸夢惟燈見濩落生涯獨酒知豈到白
頭長只爾嵩陽松雪有心期

常娥　十八日

雲母屏風燭影深長河漸落曉星沈

無題二首

一九八九年四月十八日
常娥應悔偷靈藥碧海青天夜夜心

無題二首

鳳尾香羅薄幾重碧文圓頂夜深縫」
扇裁月魄羞難掩車走雷聲語未通 十九日
曾是寂寥金燼暗斷無消息石榴紅斑
騅只繫垂楊岸何處西南任好風 二十日」
重帷深下莫愁堂臥後清宵細細長神女
生涯原是夢小姑居處本無郎風波不
信菱枝弱月露誰教桂葉香直道相
思了無益未妨惆悵是清狂」

·病中早訪招國李十將軍遇挈家遊曲江

·櫻桃花下

·訪人不遇留别館

病中早訪招國李十将軍

遇挈家遊曲江

二十一日

十頃平波溢岸清，病來惟夢此中行。相如未是真消渴，猶放沱江過錦城。

櫻桃花下

二十二日

流鶯舞蝶兩相欺，不取花芳正結時。他日未開今日謝，嘉辰長短是參差。

訪人不遇留别館

二十三日

鄉鄉不惜鎖窗春，去作長楸走馬身。閑倚繡簾吹柳絮，日高深院斷無人。

・當句有對

・寄惱韓同年（二首録一）

・夜飲

（李商隱） 一九八九年四月二十五日

當句有對

密邇平陽接上蘭秦樓鴛瓦漢宮盤池光不定花光亂日氣初涵露氣乾但覺遊蜂饒舞蝶豈知孤鳳離（憶）鸞三星自轉三山遠紫府程遙碧落寬」

寄惱韓同年二首录一 二十六日

簾外辛夷定已開開時莫放豔陽回年華若到經風雨便是胡僧話劫灰」

夜飲 二十七日

卜夜容衰鬢開筵屬異方燭分歌扇

花下醉

偶題二首

淚雨送酒船香江海三年客乾坤百
戰場誰能醉酩酊淹臥劇清漳」

花下醉　二十八日

尋芳不覺醉流霞倚樹沈眠日已斜客
散酒醒深夜後更持紅燭賞殘花

偶題二首　三十日

小亭閒眠微醉消」山榴海柏枝相交
水文簟上琥珀枕傍有墮釵雙翠翹○
清月依微香露輕曲房小院多逢迎春
叢定見饒棲鳥飲罷莫持紅燭行」

·月

·正月崇讓宅

·河清與趙氏昆季讌集得擬杜工部

月

過水穿樓觸處明藏人帶樹遠含清
初生欲缺虛惆悵未必圓時即有情

正月崇讓宅

二日

密鎖重關掩綠苔廊深閣迥此徘徊先
知風起月含暈尚自露寒花未開蝙

三日

拂簾旌終展轉鼠翻牕網小驚猜背
燈獨共餘香語不覺猶歌起夜來

河清與趙氏昆季讌集得擬杜工部

三日

勝槩殊江右佳名逼渭川虹收青嶂雨

·春日寄懷　·驕兒詩

鳥沒夕陽天容鬢行如此滄波坐渺然
此中真得地漂蕩釣魚船

春日寄懷　五月五日

世間榮落重逡巡我獨丘園坐四春
縱使有花兼有月可堪無酒又無人青
袍似草年〻定白髮如絲日〻新欲逐
風波千萬里未知何路到龍津

驕兒詩　七日

衮師我驕兒美秀乃無匹文葆未周晬
固已知六七四歲知名姓眼不視梨栗

一九八九年五月八日

交朋頗窺觀謂是丹穴物前朝尚器貌流
品方第一不然神仙姿不尔燕雀骨安得
此相謂欲慰衰朽質青春妍和月朋戲」
九日
渾甥侄繞空堂復穿林沸若金鼎溢
門有長者來造次請先出客前問所
須含意不吐實歸來學客面闒敗秉
十日
爺爺笏或謔張飛胡或笑鄧艾吃豪」
鷹毛崱屴猛馬氣佶傈截得青篔簹騎
走姿恣唐突忽復學參軍按聲喚蒼
鶻又復紗燈旁稽首禮夜佛仰鞭罥」

蛛網俯首飲花蜜欲爭蛺蝶輕未謝柳
五月十一日
絮疾階前逢阿姊六甲頻輸失凝走
弄香奩拔脫金屈戌抱持多反側威怒
十二日
不可律曲躬牽牕網衉唾拭琴漆有
時看臨書挺立不動膝古錦請裁衣
玉軸亦欲乞請爺書春勝春勝宜春
日芭蕉斜卷箋辛夷低過筆爺昔好
十三日
讀書懇苦自著述顦顇欲四十無肉
畏蚤虱兒慎勿學爺讀書求甲乙穰
苴司馬法張良黃石術便為帝王師

劉得仁

·宿僧院

·題邵公禪院

一九八九年五月十五日

不假更纖悉況今西興北羌戎正狂悖
誅赦兩未成將養如痼疾兒當速成
大探雛入虎穴當為萬户侯勿守一經帙

劉得仁

宿僧院 十六日

禪地無塵夜楚焚香話所歸樹搖幽
鳥夢螢入定僧衣破月斜天半高河
下露微翻令嫌白日動即與心違

題邵公禪院 十七日

無事門多掩陰階竹掃苔勁風吹雪

聚濕鳥啄冰開樹向寒山得人從瀑
布來終期天目老孽錫逐雲回」

寄春坊顧校書　十九日

寧因不得志寂寞本相宜冥目冥心坐花
開花落時數畦蔬甲出半夢鳥聲移
只恐龍樓吏歸山又見違」

冬日喜同志宿　二十日

相逢話清夜言實轉相知共道名雖
切唯論命不疑吟身坐霜石鳥眠鳥握
風枝別憶天台客煙霞昔有期」

春暮對雨

慈恩寺塔下避暑

悲老宮人

一九八九年五月二十一日

春暮對雨　二十一日

春暮雨微微翻疑墜葉時氣蒙楊柳重寒勒牡丹遲未夕鳥先宿望晴人~~可~~有期何當廊陰閉新暑竹風吹

慈恩寺塔下避雨　二十二日

古松凌巨塔脩竹映空廊竟日聞虛籟深山只此涼僧真生我靜水淡發~~花~~茶香坐久東樓望鐘聲振夕陽

悲老宮人　二十三日

白髮宮娃不解悲滿頭猶自插花枝曾

・晏起

嚴惲

・落花

崔鉉

・詠架上鷹

緣玉貌君王寵準擬人看似舊時

晏起

日過辰時猶在夢客來應笑也求名浮生自得長高枕不向人間與命爭」

嚴惲

落花

春光冉冉歸何處更向花前把一杯盡日問花花不語為誰零落為誰開」

崔鉉

詠架上鷹

二十四日

天邊心膽架頭身欲擬飛騰未有因萬里碧霄終一去不知誰是解絛人

七

薛逢

·宫詞

·長安春日

一九八九年五月二十四日

薛逢

宮詞

二十五日

十二樓中盡曉妝，望仙樓上望君王。鎖銜金獸連環冷，水滴銅龍晝漏長。雲髻梳罷還對鏡，羅衣欲換更添香。遥窺（二十六日）正殿簾開處，袍袴宮人掃御牀。

長安春日

二十七日

窮途日日困泥沙，上苑年年好物華。荊棘不當車馬道，管絃長奏綺羅家。王孫草上悠揚蝶，少女風前爛熳花。嬾出任

趙嘏

·十無詩寄桂府楊中丞（録三）

·江樓舊感

從遊子笑入門還是舊生涯」

趙嘏

十無詩寄桂府楊中丞　五月二十八日

琴酒曾將風月須謝公名跡滿江湖不知貴擁旌旗後猶暇憐詩愛酒無

日暮江邊一小儒空憐未有白髭馬融已貴諸生老猶自容窺絳帳無」

二十九日

孔融襟抱稱名儒愛物憐才與世殊今日賓堦忘姓字當時省記薦雄無

江樓舊感

盧肇

·及第送潘圖歸宜春

·新植紅茶花偶出被人移去以詩索之

江樓旧感　一九八九年五月二十九日

獨上江樓思渺然
月光如水水如天
同来望月人何處
風景依稀似去年

盧肇

及第送潘圖歸宜春　六月二日

三載皇都恨食貧
北溟今日化窮鱗
青雲乍喜逢知己
白社猶悲送故人
對酒共驚千里别
看花自感一枝春
君歸為説龍門寺
雷雨初生電遶身

新植紅茶花偶出被人移去以詩索之　三日

嚴恨柴門一樹花
便在香遠逐香車
花

·題清遠峽觀音院二首

項斯

·題令狐處士谿居

如解語還應道欺我郎君不在家」

題清遠峽觀音院二首」 四日

清潭洞澈深千丈危岫攀蘿上幾層
秋盡更無黃葉樹夜闌唯對白頭僧。
風入古松添急雨月臨虛檻背殘燈老
猨嘯狖還欺客來撼窗前百尺藤」

項斯

題令狐處士谿居 五日

白髮已過半無心離此溪病嘗山藥徧
貧起草堂低為月窗從破因詩壁重
泥近來常夜坐寂莫與僧齊」

蒼梧雲氣

荆州夜與友親相遇

宿山寺

項斯

蒼梧雲氣

何年化作愁漠漠便難收數點山能遠平
鋪水不流濕連湘竹暮濃蓋舜墳秋
亦有思歸客看來盡白頭

荆州夜與友親相遇　七日

山海兩分岐停舟偶似期別來何限意
相見却無辭坐永神凝夢愁鬢欲絲
趨名易遲晚此去莫經時

宿山寺　八日

栗葉重重覆翠微黃昏溪上語人稀月

·遥裝夜

馬戴

·落日悵望

明古寺客初到風度閑門僧未歸山
果經霜多自落水螢穿竹不停飛中宵
能得幾時睡又被鐘聲催著衣

遥裝夜　九日

卷席貧抛壁下牀且鋪他處對燈光
欲行千里從今夜猶殘春發故鄉蚊蚋
已生團扇急衣裳未了剪刀忙誰知更
有芙蓉浦南去令人愁思長

馬戴

落日悵望

孤雲與歸鳥千里片時間念我一何滯

·出塞詞

譚銖

·真娘墓

薛能

·晚春

一九八九年六月十日

辭家久未還微陽下喬木遠色隱秋山臨水不敢照恐驚平昔顏

出塞詞

金帶連環束精戰袍馬頭衝雪度臨洮卷旗夜劫單于帳亂斫胡兒缺寶刀

譚銖

真娘墓　十一日

武丘山下冢纍纍松柏蕭條盡可悲何事世人偏重色真娘墓上獨題詩

薛能

晚春

惡憐風景極交親每恨年年作瘦人臥

褒城驛有故元相公舊題詩因仰歎而作

游嘉州

晚不曾拋好夜情多唯欲哭殘春陰成杏十二日
葉纔通日雨著楊花已汙塵無限後期
知有在只愁煩作總戎身

褒城驛有故元相公舊題詩因仰歎而作十三日

鄂相頃題應好池題云萬竹與千棃
我來已變當初地前過應無繼此詩
敢歎臨行殊舊境惟愁後事劣今時
閑吟四壁堪搔首頻見青蘋白鷺鷥

游嘉州十四日

山屐經過滿逕蹤隔溪遙見夕陽春

future之意

劉威

·傷春感懷

·冬夜旅懷

·遊東湖黃處士園林

當時諸葛成何事只合終身作卧龍

劉威

傷春感懷

花飛惜不得年長更堪悲春盡有歸日
老來無去時風前千片雪鏡裏數莖絲

十五日

腸断青山暮獨攀楊柳枝

冬夜旅懷

寒窗危竹枕月過半牀陰嫩葉不歸夢
晴蟲成苦吟酒無通夜力事滿五更心寂
寞誰相似殘燈與素琴

遊東湖黃處士園林

十六日

裴諴

· 南歌子詞三首

偶向東湖更向東數聲鷄犬翠微中遥
知楊柳是門處似隔芙蓉無路通樵客
出來山帶雨漁舟過去水生風物情更
多與閑相稱所恨求安計不同」

裴諴

南歌子詞三首　十七日

不是廚中丳爭知炙裏心井邊銀釧
落展轉恨還深○不信長相憶擡頭
問取天風吹荷葉動無夜不揺蓮○
簳蠟（為紅燭）情知不自由細絲斜結網爭奈眼
相鉤」

·新添聲楊柳枝詞（録一）

韓琮

·暮春滻水送別

鄭嵎

·津陽門詩

新添聲楊柳枝詞　十八日

思量大是惡姻緣只得相看不得憐願作琵琶槽那畔得他長抱在胷前

韓琮　莫春滻水送别

綠暗紅稀出鳳城暮雲樓閣古今情行人莫聽宮前水流盡年光是此聲

鄭嵎　津陽門詩　十九日

津陽門北臨通逵雪風獵獵飄酒旗泥寒欵段蹶不進疲童退問前何為酒家顧客催解裝案前羅列樽與卮

二十日

青錢瑣屑安足數白醪軟美甘如飴開
壚引滿相獻酬枯腸渴肺忘朝飢愁
憂似見出門去漸覺春色入四肢主翁移

二十一日 時腕痛

客挑華燈雙肩隱膝烏帽欹笑云鮐老
不爲禮飄蕭雪鬢雙垂頤問余何往淩
寒曦顧翁枯朽郎豈知翁曾豪盛客不見

二十二日

我自爲君陳昔時時平親衛號羽林我
纔十五爲孤兒射熊搏虎衆莫敵彎
弧出入隨佽飛此時初創觀風樓簷高
百尺堆華榱樓南更起鬥鷄殿晨光

一九八九年六月二十三日

山影相参差其年十月移禁仗山下楖比羅
百司朝元閣成老君見會昌縣以新豐移
幽州曉進供奉馬玉珂寶勒黃金羈五王
扈駕夾城路傳聲校獵渭水濱湄羽林

二十四日

六軍各出射籠山絡野張罝維彫弓繡韣
不知數翻身滅没皆蛾眉赤鷹黃鶻雲
中來妖狐狡兔無所依人煩馬殆禽獸斃

二十五日

盡百里腥膻禾黍稀暖山度臘東風微
宮娃賜浴長湯池刻成玉蓮噴香液漱
迴煙浪深逶迤犀屏象薦雜羅列錦

梟綉雁相追隨破簪碎鈿不足拾金
溝殘溜和纓緌上皇寬容易承事十
二十六日
家三國爭光輝繞牀呼盧恣樗博張燈達
旦相謾欺相君侈擬縱驕橫日從秦虢多
游嬉朱衫馬前未滿足更驅武卒羅旌旗
二十七日
畫輪寶軸從從天來雲中笑語聲融
怡鳴鞭後騎何蹀躞宮粧襟袖皆仙
姿青門紫陌多春風風中數日殘春遺
二十八日
驪駒吐沫一奋奮迅路人擁篲爭珠璣八
姨新起合歡堂翔鵾舞賀燕無由窺萬

一九八九年六月二十八日

金酬工不肯去矜能持巧猶嗟咨四方節

二十九日

制傾附媚窮奢極侈沽恩私堂中特設、

夜明枕銀燭不張光鑒帷瑤光樓南皆

紫禁梨院仙宴臨花枝迎娘歌喉玉窈

窕蠻兒舞帶金葳蕤三郎紫笛弄煙月、

三十日

怨如別鶴呼羈雌玉奴琵琶龍香撥倚

歌促酒聲嬌悲飲鹿泉邊春露晞粉

梅檀杏飄朱墀金沙洞口長生殿玉

蘂峯頭王母祠禁庭術士多幻化上前、

七月一日

較勝紛相持羅公如意奪顏色三藏袈

滚成散絲蓬萊池上望秋月無雲萬里
懸清輝上皇夜半月中去三十六宮愁
不歸月中秘樂天半間丁璫玉石和塤篪
宸聰聽覽未終曲却到人間二日迷是非千
秋御節在八月會同萬國朝華夷花
萼樓南大合樂八音九奏鸞來儀都盧
尋橦誠齷齪公孫劍伎方神奇馬知舞
徹下牀榻人惜曲中一終更羽衣三日祿山此時
侍御側金雞畫障當屓日贔罘罳繡栩
衣褓日屓贔甘言狡計愈嬌癡詔令上路

一九八九年七月三日

建甲第樓通走馬如飛翬大開內府恣供
給玉缶金筐銀簸箕異謀潛熾促歸去 四日
臨軒賜帶盈十圍忠臣張公識逆狀日日
切諫上勿疑湯成召浴果不至潼關已溢
漁陽師御衢一夕無禁鼓玉輅順動西南
馳九門回望塵坌多六龍夜馭兵衛疲 五日
縣官無人具軍頓行宮徹屋屠雲螭
馬嵬驛前駕不發宰相射殺冤者誰長
眉鬒髮作凝血空有君王潛涕洟青泥 六日
坂上到三蜀金堤城邊止九旂移文泣祭

昔臣墓度曲悲歌秋雁辭明年尚父上
捷書洗清觀闕收封畿兩君相見望賢
頓君臣鼓舞皆歔欷宮中親呼高驃騎」
十日
潛令改葬楊真妃花膚雪艷不復見空有
香囊和淚滋鑾輿却入華清宮滿山紅
實垂相思飛霜殿前月悄悄迎春亭下
風颸颸雪衣女失玉籠在長生鹿瘦銅」
八日
牌垂象牀塵凝罨颯被畫檐蟲網頗
梨碑碧菱花覆雲母陵風篁雨菊低
離披真人影帳偏生草果老藥堂空

一九八九年七月八日

掩扉鼎湖一日失弓劍橋山煙草空俄
霏〻」空聞玉椀入金市但見銅壺（九日）飄翠帷
開元到今踰十紀當初事跡皆殘隳竹
花唯養棲梧鳳水藻周遊巢葉龜會
昌御宇斥內典去留二教分黃緇慶
山汙瀦石甕毀紅樓綠閣皆支離」奇
奇松怪栢為樵蘇童山眢谷（十日）亡崄巇煙中
壁碎摩詰畫雲間字失玄宗詩石魚
巖底百尋井銀牀下卷紅綆遲當時
清影蔭紅葉一旦飛埃埋素規韓家燭」

臺倚林杪千枝爍若山霞摛十一日昔年光彩
奪天月昨日銷鎔當路岐龍宮御榜高
可惜火焚牛挽臨崎嶬孔雀松殘赤琥
珀鴛鴦瓦碎青琉璃今我十二日前程能幾許
徒有餘力息筋力羸逢君話此空灑涕
却憶歡娱無見期主翁莫泣聽我語寧
勞感舊休吁嗟河清海宴不難覩我
皇已上昇平基湟中土地昔十三日湮没昨夜
收復無瘡痍戎主北走棄青塚虜馬
西奔空月支兩逢堯年豈易偶頗頤

崔櫓

· 春日即事

· 華清宮三首

一九八九年七月十三日

翁頭養豐肌膚平明酒醒便分手今夕一樽翁莫違

崔櫓　春日即事　十四日

一百五日又欲來梨花梅花參差開行人自笑不歸去瘦馬獨吟真可哀杏酪漸香鄰舍粥榆煙將變舊爐灰畫橋春煖清歌夜肎信愁腸日九迴

華清宮三首　十五日

草遮回磴絕鳴鑾雲樹深深碧殿寒明月自來還自去更無人倚玉欄干

李群玉

・雨夜呈長官

障掩金鷄蓄禍機華西拂蜀雲飛珠
簾一閉朝元閣不見人歸見燕歸
门掩金鎖悄無人落日秋聲渭水濱紅
葉下山寒寂々濕雲如夢雨如烟塵」

李群玉

雨夜呈長官　十六日

遠客坐長夜雨聲孤寺秋請東海水看
取淺深愁愁窮重於山終年壓人頭朱
顏與芳景暗赴東波流鱗翼思風水青
雲方阻修孤鐙（鐙）冷素艷蟲響寒房幽」

·長沙開元寺昔與故長林許侍御題松竹聯句

·旅泊

一九八九年七月十七日

借問陶淵明何物號忘憂無因一酩酊

高枕萬情休

旅泊

搖落江天裏飄零倚客舟短篇纔遣悶小
釀不供愁沙雨潮痕細林風月影稠書
空閑度日深擁破貂裘

傷友

十八日

玉棺來九天鳧舄掩窮泉

十八日

長沙開元寺昔與故長林許侍御

題松竹聯句

・遊玉芝觀

・辱綿州于中丞書信

墻陰數行字，懷舊慘傷情。薜荔侵年月，莓苔壓姓名。逝川前後水，浮世短長生。獨立秋風暮，凝顰陽郢城」

遊玉芝館　十九日

尋仙向玉清，獨倚雪初晴。木落寒郊迥，煙開疊嶂明。片雲盤鶴影，孤磬雜松聲。且共探玄理，歸途月未生

辱綿州于中丞書信」　二十日

一緘垂露到雲林，中有孫陽念驥心。萬木自凋山不動，百川皆旱海長深。風標

·九子坡聞鷓鴣

·龍安寺佳人阿最歌（八首録五）

一九八九年七月二十日

想見瑶臺鶴詩韵如聞渌水琴他日縱陪
池上酌已應難到暝猨吟」

九子坡聞鷓鴣 二十一日

落照蒼茫秋草明鷓鴣啼處遠人行正
穿詰曲崎嶇路更聽鉤輈格磔聲曾泊
桂江深岸雨亦于梅嶺阻歸程此時為
爾腸千斷乞放今宵白髮生

龍安寺佳人阿最歌「八首录五」 二十二日

團團明月面冉冉柳枝腰未入鴛鴦被
心長似火燒○見面知何益聞名意轉深

· 醴陵道中

賈島
· 朝飢

拳攣荷葉子未得展蓮心○既為金界
客任改淨人名願掃琉璃地燒香過一生
二十三日
○素腕撩金索輕紅約翠紗不如欄
下水終日見桃花○第一龍宮女相憐
是阿誰好魚輸獺盡白鷺鎮長飢

醴陵道中

別酒離亭十里強半醒半醉引愁長無
端寂寂春山路雪打溪梅狼籍香

賈島

朝飢　二十四日

市中有樵山此舍朝無煙井底有甘

一九八九年七月二十四日

泉釜中乃空然我要見白日雪來塞青天坐聞西牀琴凍折兩三弦飢莫詣他门古人有拙言

哭盧仝

二十五日

賢人無官死不親者亦悲空令古鬼哭更得新鄰比平生四十年惟著白布衣天子未辟召地府誰來追長安有交友託孤遽棄移塚側誌石短文字行

劍客

二十六日

十年磨一劍霜刃未曾試今日把示

寄遠

翫月

君誰為不平事

寄遠

別腸多鬱紆豈能肥肌膚始知相結密不
及相結疏疏別恨应少密離恨難祛门前
南流水中有北飛魚魚飛向北海可以寄
遠書不惜寄遠書故人今在無况此數尺
身阻彼萬里途自非日月光難以知子軀

二十七日

翫月

寒月破東北賈生立西南西南立倚何立
倚青青杉近月有數星星名未詳諳但愛

一九八九年七月二十七日

杉倚月我倚杉為三月乃不上杉上杉難
相參眙愕仔〻子細視睛瞳桂枝劃目常」
有熱疾久視無煩炎以手捫衣服裳零
二十八日
落已濡霑久立雙足凍時向股髀淹立
久病足折兀然黐膠粘他人應已睡
轉喜此景恬此景亦胡及而我苦遲耽」
二十九日
無異市井人見金不知廉不知此夜中幾
人同無厭待得上頂看未擬歸枕函強
步望寢齋步〻情不堪步到竹叢西東
望如隔簾却坐竹絲外清思刮幽潛量

不欺

知愛月人身願化爲蟾

朝飢

三十日

市中有樵山此舍朝無煙井底有甘泉
釜中乃空然我要見白日雪來塞青
天坐聞西牀琴凍折兩三弦飢莫詣
他門古人有拙言

不欺

三十一日

上不欺星辰下不欺鬼神知心兩如此然
後何所陳食魚味在鮮食蓼味在辛掘
井須到頭此語誠不謬敵君三萬秋

遊仙

遊仙

借得孤鶴騎高近金烏飛掬河洗老貌照
月生光輝天中鶴路直天盡鶴一息歸來
不騎鶴身自有羽翼若人無仙骨芝术
徒煩食

客喜

客喜

客喜非實喜客悲非實悲百迴信到家
二日
未當身一歸未歸常嗟愁嗟愁填中懷
開口吐愁聲還却入耳來常恐淚滴多
自損兩目輝鬢邊雖有絲不堪織寒衣

·攜新文詣張籍韓愈途中成

·戲贈友人

·哭柏巖和尚

攜新文詣張籍韓愈途中成

袖中有新成詩欲見張韓老青竹未生翼一步萬里道仰望青雲天雲雪壓我腦失却終南山惆悵滿懷抱安得西北風身願變蓬草地祇聞此語突出驚我倒

戲贈友人　二日

一日不作詩心源如廢井筆硯為轆轤吟咏作縻綆朝來重汲引依舊得清冷書贈同懷人詞中多苦辛

哭柏巖和尚

苔覆石牀新師曾占幾春寫留行道影
焚却坐禪身塔院閑松雪経房鎖隙塵
自嫌雙淚下不是解空人

山中道士

頭髪梳千下休糧帶瘦容養雛成大鶴
種子作高松白石通宵煮寒泉盡日舂
不曾離隱處那得世人逢

五日

旅遊

此心非一事書札若爲傳舊國別多日
故人無少年空巢霜葉落疏牖水螢穿

·憶吳處士

·送朱可久歸越中

·送無可上人

留得林僧宿中宵坐默然

憶吳處士 六日

半夜長安雨燈前越客吟孤舟行一月萬水與千岑島嶼夏雲起汀洲芳草深何當折松葉拂石剡溪陰

送朱可久歸越中 七日

石頭城下泊北固暝鐘初汀鷺潮衝起船窗月過虛吳山侵越衆隨隋柳入唐疎日欲躬調膳辟來何府書

送無可上人 八日

·送耿處士

·題李凝幽居

一九八九年八月八日

圭峯霽色新送此草堂人麈尾同離寺蛩鳴蹔別親獨潭底影數息樹邊身終有煙霞約天台作近鄰

送耿處士　九日

一瓶離別酒未盡即言行萬水千山路孤舟幾月程川原秋色靜蘆葦晚風鳴迢遞不歸客人傳虛隱名

題李凝幽居　十日

閑居少鄰並草徑入荒園鳥宿池邊樹僧敲月下门過橋分野色移石動雲根

送唐環歸敷水莊

夏夜

寄遠

暫去還來此幽期不負言

送唐環歸敷水莊　十一日

毛女峯當戶日高頭未梳地侵山影掃
葉帶露痕書松徑僧尋藥沙泉鶴
見魚一川風景好恨不有吾廬

夏夜　十二日

原寺偏鄰近開門物景澄磬通多葉罅
月離片雲稜寄宿山中鳥相尋海畔僧
唯愁秋色至乍可在炎蒸

寄遠

一九八九年八月十二日

家住錦水上身征遼海邊十書九不
到一到忽經年

宿山寺

衆岫聳寒色精廬向此分流星透疏
木走月逆行雲絶頂人來少高松鶴不
羣一僧年八十世事未曾聞

寄韓潮州愈 十三日

此心曾與木蘭舟直到天南潮水頭隔
嶺篇章來華岳出關書信過瀧流峯
懸驛路殘雲斷海浸城根老樹秋一

·渡桑乾
·三月晦日贈劉評事
·題隱者居

夕瘴煙風卷盡月明初上浪西樓

渡桑乾　十四日

客舍并州已十霜歸心日夜憶咸陽無端更渡桑乾水却望并州是故鄉

三月晦日贈劉評事

三月正當三十日風光别我苦吟身共君今夜不須睡未到曉鐘猶是春

題隱者居　十五日

雖有柴门常不関片雲孤木伴身閑猶嫌住久人知處見擬移家更上山

題興化園亭

題詩後

尋隱者不遇

温庭筠

一九八九年八月十五日

題興化園亭

破却千家作一池不栽桃李種薔薇薔
薇花落秋風起荊棘滿庭君始知

題詩後

十六日

二句三年得一吟雙淚流知音如不賞歸
卧故山秋

尋隱者不遇

松下問童子言師採藥去只在此山
中雲深不知處

温庭筠

·織錦詞

·夜宴謠

織錦詞　十七日

丁東細漏侵瓊瑟影轉高梧月初出
簇簌金梭萬縷紅鴛鴦艷錦初成匹
錦中百結皆同心蘂亂雲十八日盤相間深
此意欲傳傳不得玫瑰作柱朱弦琴
為君裁破合歡被星斗迢迢共千里
象尺熏爐未覺秋碧池已有新蓮子

夜宴謠

長釵墜髮雙蜻蜓碧盡山斜開畫屏虬
鬚公子五侯客一飲千鍾如建十九日瓴鸞咽姹

一九八九年八月十九日

唱圓無節眉斂湘煙袖迴雪清夜恩情四座同莫令溝水東西别亭亭蠟淚香珠残暗露曉風羅幕寒飄颻戟帶儼相次二十四枝龍畫竿裂管縈弦共繁曲芳樽細浪傾春醁高樓客散杏花多脉脉新蟾如瞪目

二十日

遐水謡

天兵九月渡遐水馬踏沙鳴驚雁起殺氣空高萬里情塞寒如箭傷眸子狼煙堡上霜漫漫枯葉號風天地乾犀帶

二十一日

鼠裘無暖色清光炯冷黄金鞍虜塵如
霧昏亭障隴首年年漢飛將麟閣無名
期未歸樓中思婦徒相望

張静婉採蓮歌　二十二日

蘭膏墜髮紅玉春燕釵拖頸拋盤春雲
城邊楊柳向嬌晚门前溝水波粼粼麒麟
公子朝天客珂馬璫璫度春陌掌中無
力舞衣輕剪斷鮫綃破春碧抱月飄

二十三日

煙一尺腰麝臍龍髓憐嬌嬈秋羅拂水
碎光動露重花多香不銷鸂鶒交交

一九八九年八月二十三日

塘水滿綠芒如粟蓮莖短一夜西風送雨來粉痕零落愁紅淺船頭折藕絲暗牽藕根蓮子相留連郎心似月月未缺十五十六清光圓

二十四日

照影曲

景陽妝罷瓊窗暖欲照澄明香步懶橋上衣多抱彩雲金鱗不動春塘滿黃印額山輕為塵翠鱗紅稺俱含嚬桃花百媚如欲語曾為無雙今兩身

二十五日

塞寒行

燕弓弦勁霜封瓦樸樕簌寒鵰睇平野
一點黄塵起雁喧白龍堆下千蹄馬河
源怒濁風如刀翦斷朔雲天更高晚出
榆關逐征北驚沙飛進（迸）衝貂袍心許凌
煙名不滅年年錦字傷離別彩毫一畫
二十六日
竟何榮空使青樓淚成血

達摩支曲

擣麝成塵香不滅拗蓮作寸絲難絕
紅淚文姬洛水春白頭蘇武天山雪君不
見無愁高緯花漫漫漳浦宴餘清露寒
二十七日

一九八九年八月

一旦臣僚共囚虜欲吹羌管先汍瀾舊臣頭鬢霜華早可惜雄心醉中老萬古春歸夢不歸鄴城風雨連天草

二十八日

東郊行

鬥鷄臺下東西道柳覆班騅蝶縈草坱靄韶容鑠澹愁青筐葉盡蠶應老綠渚幽香生白蘋差差小浪吹魚鱗王孫騎馬有歸意林彩著空如細塵安得人生各相守燒船破棧休馳走世上方應無

·春曉曲

·燒歌

别離路傍更長千株柳」

春曉曲　二十九日

家臨長信往來道乳燕雙〻拂煙草油
壁車輕金犢肥流蘇帳曉春鷄早籠中
嬌鳥暖猶睡簾外落花閑不掃衰桃一
樹近前池似惜紅顔鏡中老」

燒歌　三十日

起來望南山山火燒山田微紅夕如滅短
燄復相連差〻凌青向巖石冉〻凌青
壁低隨迴風盡遠照簷茅赤鄰翁能

一九八九年八月三十日

楚言倚揷欲潸然自言楚越俗燒畬」

三十一日

為早田豆苗蟲促〻籬上花當屋廢棧豕

八月三十一日

歸欄廣場雞啄粟新年春雨晴處〻賽
神聲持錢就人卜敲瓦隔林鳴卜得山上
卦歸來桑棗下吹火向白茅腰鐮映赬
蕉」

九月一日

風驅檞葉煙檞樹連平山迸星拂
霞外飛燼落堦前仰面呻復噓鴉娘
咒豐歲誰知蒼翠容盡作官家稅

俠客行　　二日

欲出鴻都門陰雲蔽城闕寶劍黯如

·開聖寺

·李羽處士寄新醖走筆戲酬

水徼紅濕餘血白馬夜頻驚三更霸陵雪

開聖寺

路分谿石夾煙叢十里蕭蕭古樹風出
寺馬嘶秋色裏向陵鴉亂夕陽中竹
三日
間泉落山厨靜塔下僧歸影殿空猶有南
朝舊碑在恥將興廢问休公

李羽處士寄新醖走筆戲酬

高談有伴還成藪沈醉無期即是鄉
四日
已恨流鶯欺謝客更將浮蟻與劉郎簷
前柳色分張綠窗外花枝借助香所恨

玳筵紅燭夜草玄寥落近迴塘

一九八九年八月四日

春日偶作

西園一曲豔陽歌擾擾車塵負薛蘿自欲放懷猶未得不知经世竟如何夜聞猛雨判花盡寒衾覺夢多釣渚別來应更好春風還為起微波

八月八日

偶遊

曲巷斜臨一水間小门终日不開關紅珠斗帳櫻桃熟金尾屏風孔雀閑雲髻幾迷芳草蝶額黃無限夕陽山與君便是鴛鴦

·贈知音

·過陳琳墓

侶休向人間覓往還

贈知音　九月九日

翠羽花冠碧樹鷄未明先向短牆啼窗
間謝女青蛾斂門外蕭郎白馬嘶星漢
漸移庭竹影露珠猶綴野花迷景陽宮
裏鐘初動不語垂鞭上柳堤

過陳琳墓

曾於青史見遺文今日飄蓬過古墳詞客
有靈应識我霸才無主始憐君石麟埋
没藏春草銅雀荒涼對暮雲莫怪臨

·題崔公池亭舊遊

·經李徵君故居

風倍惆悵欲將書劍學從軍

題崔公池亭舊遊　十一日

皎鏡方塘菡萏秋此來重見採蓮舟誰能不逐當年樂還恐添成異日愁紅豔影多風嫋嫋碧空雲斷水悠悠簷前依舊青山色盡日無人獨上樓

經李徵君故居　十二日

露濃煙重草萋萋樹映闌干柳拂堤一院落花無客醉五更殘月有鶯啼芳筵想像情難盡故榭荒涼路已迷惆悵

過五丈原

傷温德彝

蔡中郎墳

羸驂往來慣每经門巷亦長嘶

過五丈原　十三日

鐵馬雲鵰久绝塵柳蔭高壓漢營春
天晴殺氣屯関右夜半妖星照渭濱下
國卧龍空寤主中原逐鹿不因人象
牀錦帳無言語從此譙周是老臣

傷温德彝　十四日

昔家戎虜犯榆関一敗龍城匹馬還侯
印不闻封李廣他人丘壟似天山

蔡中郎墳

鄠杜郊居

商山早行

送人東遊

古墳零落野花春聞說中郎有後身
今日愛才非昔日莫拋心力作詞人

鄠杜郊古　十五日

槿籬芳援近樵家壠麥青青一逕斜寂
寞遊人寒食後夜來風雨送梨花

商山早行

晨起動征鐸客行悲故鄉鷄聲茅店
月人迹板橋霜槲葉落山路枳花明驛
牆因思杜陵夢鳧雁滿迴塘

送人東遊　十六日

遊者
·盧氏池上遇雨贈同

·博山

荒戍落黄葉浩然離故關高風漢陽渡
初日郢門山江上幾人在天涯孤櫂還
何當重相見尊酒慰離顔」
十七日
盧
盧氏池上遇雨贈同遊者
簟翻涼氣集溪上潤殘棊萍皺風來
後荷喧雨到時寂寥閑望久飄洒獨歸
遲無限松江恨煩君解釣絲」
博山
十八日
博山香重欲成雲錦段機絲妬鄂君粉
蝶團飛花轉影彩鴛雙泳水生紋青樓二

·蘇武廟

·寄岳州李外郎遠

一九八九年九月十八日

月春將半碧色千家日未曛見說楊朱無限淚豈能空爲路歧分」

博蘇武廟

蘇武魂銷漢使前古祠高樹兩茫然雲邊雁斷胡天月隴上羊歸塞草煙迴日樓臺非甲帳去時冠劍是丁年茂陵不見封侯印空向秋波哭逝川」

十九日

寄岳州李外郎遠

二十日

含嚬不語坐持頤天遠樓高宋玉悲湖上殘棊人散後岳陽微雨鳥來遲早晚梅

·寄渚宮遺民弘里生

猶得迴歌扇春水還應理釣絲獨有袁
宏正憔悴一罇惆悵落花時

寄渚宮遺民弘里生 二十一日

柳弱湖堤曲籬疎水巷深酒闌初促席歌
罷欲分襟波月欺華燭汀雲潤故琴鏡
清花並蔕牀冷簟連心荷疊平橋暗萍 二十二日
稀敗舫沈城頭五通鼓窗外萬家砧異
縣魚投浪當年鳥共林八行香未滅滅
千里夢難尋未肯睽良願空期嗣好
音他時因詠作猶得比南金

反生桃花發因題

疾眼逢春四壁空，夜來山雪破東風。
未知王母千年熟，且共劉郎一笑同。
已落又開橫晚翠，似無如有帶朝紅。
僧虔蠟炬高三尺，莫惜連宵照露叢。

劉駕
·皎皎詞
·上巳日

(1)

劉駕

皎皎詞

皎皎復皎皎，逢時即爲好。高秋亦有花，不及當春草。班姬入後宮，飛燕舞東風。青娥中夜起，長嘆月明裏。

一九八九年九月二十五日

(八)

(八册)

上巳日

上巳曲江濱，喧於市朝路。相尋不見者，此地皆相遇。日光去此遠，翠幕張如霧。何事歡娛中，易覺春城暮。物情重此節，不是愛芳樹。

廿六日

邊軍過

城前兵馬過城裏人高臥官家自供給畏我田産破健兒食肥肉戰馬食新穀食飽物有餘所恨無兩腹草青見軍過草白見軍回軍回人更多盡繫西戎來

二十七日

鄰女

君嫌鄰女醜取婦他鄉縣料嫁與君人亦為鄰所賤菖蒲花可貴只為人難見

秦娥

秦娥十四五面白於指爪羞人夜採桑驚起戴勝鳥

一九八九年九月二十九日

牧童

牧童見客拜山菓懷中落晝日驅牛歸前溪風雨惡

寄遠

雪花豈结子徒满連理枝[redacted]嫁作征人妻不得長相隨去年君点行賤妾是新姬别早見未熟入夢無定姿悄悄空閨中蛩聲遶羅幃得書喜猶甚況復見君時

早行　　三十日

馬上續殘夢馬嘶時復驚心孤多所虞僮僕近我行棲禽未分散落月照古城莫羨居者閑冢邊人已耕

醒後　　十月一日

醉卧芳草間酒醒日落後壺觴半傾覆客去應已久不記折花時何得花在手

秋夕　　二日

促織燈下吟燈光冷於水鄉魂坐中去倚壁身如死求名為骨肉骨肉萬餘里富貴在何處離別今如此出門長歎息月白西風起

賈客詞

賈客燈下起猶言發已遲高山有疾路暗行終不疑寇盜伏其路猛獸來相追金玉四散去空囊委路歧揚州有大宅白骨無地歸少婦當此日對鏡弄花枝

春夜二首　四日

一別杜陵歸未期祗憑魂夢接親知近來欲睡兼難睡夜夜夜深聞子規

幾歲干戈阻路岐憶山心切與心違時難何處披衷抱日日日斜空醉歸

鄴中感懷　五日

頃年曾住此中來今日重遊事可哀憶得幾家歡宴處家家業盡成灰

曉登迎春閣

未櫛凭欄眺錦城煙籠萬井二江明香風滿閣花滿樹樹樹梢啼曉鶯

望月

清秋新霽與君同江上高樓倚碧空酒盡露零賓客散更〻〻漏月明中

一九八九年十月六日

古意

蒲帆出浦去但見浦邊樹不如馬行郎馬行〻跡猶在路大舟不相載買宅令妾住莫道留金多本非愛郎富

李頻

春日思歸　七日

春情不斷若連環一夕思歸鬢欲斑壯士未酬三尺劍故鄉空隔萬重山音書斷絶干戈後親友相逢夢寐間却羨浮雲與飛鳥因風吹去又吹還

李郢

溮河館　　八日重陽

雨溫菰蒲斜日明茅厨煮蚕掉車聲青蛇上竹一種色黄
蝶隔溪無限情何處樵漁將遠餉故園田土憶春耕
千峰萬瀨水湍湍羸馬此中愁獨行

崔珏

美人嘗茶行

雲鬟枕落困春泥玉郎為碾瑟瑟塵閑教鸚啄窗響
和嬌扶起濃睡人銀瓶貯泉水一掬松雨聲來乳花熟
朱唇啜破綠雲時咽入香喉爽紅玉明眸漸開橫秋水手撥絲
篁醉心起臺時却坐推金箏不語思量夢中事

曹鄴

雜誡

一九八九年十月十日

帶香入鮑肆，香氣同鮑魚。未入猶可悟，已入當何如。

捕魚謠

天子好征戰，百姓不種桑。天子好年少，無人薦馮唐。
天子好美女，夫婦不成雙。

四怨三愁五情詩 十二首录六

十二日

其一怨

美人如新花，許嫁還獨守。豈無青銅鏡，終日自疑醜。

曹鄴
・雜誡
・捕魚謠
・四怨三愁五情詩（十二首録六）

其二怨

庭花已結子巖花猶弄色誰令生處遠用盡春風力

其四怨　十四日

手推嘔啞車朝朝暮暮耕未曾分得穀空得老農名

其一愁

遠夢如水急白髮如草新歸期待春至春至還送人

其一情　十五六日

東西是長江南北是官道牛羊不戀山只戀山中草

其二　情

阿嬌生漢宮西施住南國專房莫相妒各自有顏色

築城　三首录一　十七日

築人非築城圍秦豈圍我不知城上土化作宮中火

官倉鼠

官倉老鼠大如斗見人開倉亦不走健兒百姓飢誰遣朝〻入君口

薊北门行　十八日

·築城（三首録一）
·官倉鼠
·薊北門行

長河凍如石征人夜中戍但恐筋力盡敢憚將軍
遇古來死未歇白骨礙官路豈無一有功可以高其
墓親戚牽衣泣悲號自相顧死者雖無言那堪生
者悟不如無手足得見齒髮暮乃知七尺軀却是速
死具

棄婦　十九日

嫁來未曾出此去長別離父母亦有家羞言何以歸
此日年且少事姑常有儀見多自成醜不待顔色衰
何人不識寵所嗟無自非將欲告此意四鄰已相疑

代羅敷誚使君

常言愛嵩山別妾向東京朝來見人說却知在石城
未必菖蒲花只向石城生自是使君眼見物皆有情麋
鹿同上山蓮藕同在泥莫學天上日朝東暮還西

薄命妾　　二十一日

薄命常惻ゝ出門見南北劉郎馬蹄疾何處去因
不得淚珠不可收蟲絲不可織知君緑桑中更有新相識

古詞

高闕礙飛鳥人言是君家经年不歸去愛妾面上花

妾面雖有花妾心非女蘿郎妻自不重於妾欲如何

老圃堂　二十二日

邵平瓜地接吾廬穀雨乾時手自鋤昨日春風欺不在就牀吹落讀殘書

于武陵　尋山

到處〻此絶車輪萋〻草樹春青山如有利白石亦成塵水濶应無路松深不見人如知巢與許千載跡猶新

袁郊 ・月
王鐐 ・感事

一九八九年十月二十三日

于[redacted]武陵

尋山

到此絕車輪萋萋草樹春青山如有利白石亦成塵水
澗应無路松深不見人如知巢與許千載跡猶新

李嶸

月

嫦娥竊藥出人間藏在蟾宮不放還后羿遍尋無覓
處誰知天上却容奸

王鐐

感事

二十四日

擊石易得火扣人難動心今日朱門者曾恨朱门深

汪遵

詠酒 二首录一

萬事銷沈向一杯竹门啞軋為風開秋宵睡足芭蕉雨又是江湖入夢来

許棠

過洞庭湖 二十五日

驚波常不定半日鬢堪斑四顧疑無地中流忽有山鳥高恒畏墜帆遠却如闲漁父時相引時歌浩渺間

過中條山 二十六日

徒為经異岳不得訪靈蹤日盡行難盡千重復萬重雲垂多作雨雷動半和鐘孤竹人藏處無因認本峯

汪遵
·詠酒（二首録一）
許棠
·過洞庭湖
·過中條山

邵謁
·望行人
·苦別離
皮日休

邵謁

望行人

登樓恐不高及高君已遠雲行郎即行雲歸郎不返嗟為樓上人望〻不相近若作轍中泥不放郎車轉白日下西山望盡妾腸斷

一九八九年十月二十七日

苦別離

十五為君婚二十入君門自從入户後見君長出門朝看相送人暮看相送人若遣折楊柳此地樹無根願為陌上土得作馬蹄塵願為曲木枝得作雙車輪安得太行山移來君馬前

二十九日

皮日休

三十日

雨中遊包山精舍

松門亙五里彩碧高下絢幽人共躋攀勝事頗清便〻
林上雨隱〻湖中電薜帶輕束腰荷笠低遮面溼屨黏煙霧
穿衣落霜霰笑次度巖壑困中遇臺殿老僧三四人梵
字十數卷施稀無夏屋境僻乏朝膳散髮抵泉流支頤數雲
片坐石忽忘起捫蘿不知倦異蝶時似錦幽禽或似鈿策簩
三十日
還戛刀栟櫚自搖扇俗態既斗藪野情空眷戀道人摘
芝菌為予備午饌渴興石榴羹飢愜胡麻飯如何
事于役茲遊急於傳却將塵土衣一任瀑絲濺

縹緲峯

頭戴華陽帽手拄大夏筇清晨陪道侶來上縹緲峯帶露覬藥蔓和雲尋鹿蹤時驚鼦鼢鼠飛上千丈松翠壁内有室叩之虛碚隆古穴下徹海視之寒鴻 二日 濛遇歇有佳思緣危無倦容須臾到絕頂似鳥穿樊籠 三日 恐足蹈海日疑身凌天風衆岫點巨浸四方接圓穹似將青螺髻撒在明月中片白作越分孤嵐為吳宮一陣 四日 䨦霴氣隱〻生湖東激雷與波起狂電將日紅磬〻雨点大金鶴轟下空暴光隔雲闪髣髴乏天龍連峯百丈尾下 五日 拔湖之洪捽為一雪山欲與昭回通移時却攎下細碎衡與嵩

・又寄次前韻
・秋晚留題魯望郊居（二首録一）

神物諒不測，絕景[redacted]尤難窮。杖策下返照，漸聞仙觀鐘。煙波噴肌骨，雲壑闐心胷。竟死愛未足，當生且歡逢。不然把天爵，自拜太湖公。

又寄次前韻　六日

病根冬養得，春到一時生。眼暗憐晨慘，心寒怯夜清。妻仍嫌酒癖，醫只禁詩情。应被高人笑，憂身不似名。

秋晚留題魯望郊居　二首錄一　七日

冷臥空齋內，餘醒夕未消。秋花如有恨，寒蝶似無憀。簷上落鬥雀，籬根生晚潮。若論羈旅事，猶自勝皋橋。

臨頓爲吳中遍勝之地陸魯望居之不出郛郭曠若郊墅余每相訪欵然惜去因成五言十首奉題屋壁 录一首

經歲岸烏紗讀書三十車水痕浸病竹珠網上衰花詩任傳漁客衣從遞酒家知君秋晚事白幘刈胡麻

吳中言情寄魯望 九日

古來傖父愛吳鄉一上胥臺不可忘愛酒有情如手足除詩無計如膏肓宴時不輟琅書味齋日難判玉鱠香爲說松江堪老處滿船煙月濕莎裳

冬曉章上人院 十日

山堂冬曉寂無聞一句清言憶領軍琥珀珠黏行處雪椶

・臨頓爲吳中偏勝之地，陸魯望居之，不出郛郭，曠若郊墅，余每相訪，欵然惜去，因成五言十首，奉題屋壁（録一首）

・吳中言情寄魯望

・冬曉章上人院

欄幕掃臥來雲松扉欲啟如鳴鶴石鼎初煎若聚
蚊不是戀師終去晚陸機蓴內足毛羣

閑夜酒醒　十一日

醒來山月高孤枕群山裏酒渴漫思茶山童喚不起

重題薔薇

濃如猩猩初染素輕似燕燕欲凌空可憐細麗難勝日
照得深紅作淺紅

汴河懷古二首彔一

盡道隋亡為此河至今千里賴通波若無水殿龍舟事
共禹論功不較多

·胥口即事（二首録一）
陸龜蒙
·贈遠
·惜花

胥口即事

波光杳〻不極霽景澹〻初斜黑蝶蛺蝶粘蓮蘂紅蜻
蜓裊菱花鴛鴦一雙兩雙舴艋三家五家會把酒船
偎荻共君作箇生涯

陸龜蒙

贈遠　十三日

芙蓉匣中鏡欲照心還懶本是細腰人別來羅帶緩從
君出门後不奏雲和管妾思冷如簧時〻望君暖心期
夢中見路永魂夢短怨坐泣西風秋窗月華滿

惜花　十四日

人壽期滿百花開唯一春其間風雨至旦夕旋為塵若使花解愁

愁於看花人

短歌行

爪牙在身上陷穽猶可制爪牙在胸中劍戟無所畏人言
畏猛虎誰是撩頭獎祇見古來心姦雄暗相噬

江湖散人歌

十五日

江湖散人天骨奇短髮搔來蓬半垂手提孤篁曳寒繭
口誦太古滄浪詞詞云太古萬萬古民性甚野無風期夜
棲止與禽獸雜獨自構架縱橫枝因而稱曰有巢氏民共
敬畏如君師當時只效烏鵲輩豈是有意陳尊卑無
端後聖穿鑿破一派前導千流隨十六日多方惱亂元氣死日使
文字生姦欺聖人事業轉銷耗尚有漁者存熙熙風波不獨

困一士凡百器具皆能施眾踈滬腐鱸鱖脫止失檢馭無讒疵人間所謂好男子我見婦女留鬚眉奴顏婢滕真乞丐反以正直為狂癡所以頭欲散不散弁峩巍所以腰欲散不散珮陸離行散任之適坐散從傾欹語散容空谷十七日應笑散春雲披衣散單複便食散酸醎宜書散渾真草酒散甘醇醨屋散勢斜直樹散行參差客散忘簪屨禽散十八日虛籠池物外一以散中心散何疑不共諸侯分邑里不與天子專隍陴靜則守桑柘亂則逃妻兒金鑣貝帶未嘗識白刃殺我窮生為或聞蕃將負恩澤號令鐵馬如風馳大君年二十日小忝相少當軸自請都旌旗神鋒悉出羽林仗繢畫日月蟠龍螭太宗基業甚牢固小醜背叛當殲夷禁軍近自二十二日肅宗置抑遏

輔國爭雄雖必然大段剪兇逆須召勁勇持軍麾四方賊壘猶占地死者暴骨生寒飢歸來輒擬荷鋤笠詬吏已責租錢遲興師十萬一日費不啻千金何以支祇今利口且箕斂何暇俛首哀憐發均荒補敗豈無術布在方冊撐顛隮冰霜襦袴易反掌白面諸郎殊不知江湖散人悲古道悠〻幸寄羲皇傲官家未議活蒼生拜賜江散人號

二十三日

雨夜

屋小茅乾雨聲大自疑身著蓑衣卧兼似孤舟小泊時風吹折葦來相佐我有愁襟無可那纔成好夢剛驚破背壁殘燈不及螢重挑却向燈前坐

二十四日

鶴媒歌

偶繫漁舟汀樹枝因看射鳥令人悲盤空野鶴忽然
下背翳見媒心不疑媒閑靜立如無事清唳時時入遥
吹裴回未忍過南塘且應同聲就同類梳翎宛若相
逢喜祇怕纔來又驚起窺鱗啄藻乍低昂立定當胷流一
矢媒歡舞躍勢離披似諂功能邀弩兒雲飛水宿各自
物妬侶害羣猶爾為而況世間有名利外頭笑語中猜忌
君不見荒陂野鶴陷良媒同類同聲真可畏

二十六日

戰秋辭

二十七日

八月空堂、前臨隙荒、抽関散扇、晨鳥未光、左右物態、森疏

強梁、天隨子爽、駴恂慄恍、軍庸之我、當濠然而溝、壘然而
牆、纛然而桂、隊然而篁杉、巉攢矛、蕉標建常、槁艾矢束、矯蔓
弦張、鼉合助吹、鳥分啟行、若革進而金止、固違陰二十九日而就陽、無
何雲顏師風伯、蒼茫慘澹、隤危摵劃、煙蒙上焚、雨陣下棘、
如濠者注、如壘者闢、如纛者亞、如隊者折、如常三十日者析、如矢者
仆、如弦者礫、如吹者瘖、如行者惕、石有髮兮盡纍、木有耳兮
十二月一日
咸聵、雲風雨煙、乘勝主勢、驕杉篁蕉蔓、敗北之氣、摵、天隨
子曰、吁、秋無神則已、如其有神、吾為爾羞之、二日南北纖圻、盜
興五碁、方州大都、虎節龍旗、瓦解冰碎、瓜分豆離、[redacted]
兮撫耄老、千室亂兒咋宇、今焙朝人暮尸、萬犍一鳴、千倉一炊、攙踐[illegible]師披壞城池、弓弩不刓、甲組不離、兇渠歌
笑裂地無疑、天有四序、秋為司刑、少昊負宸、親朝百靈、蓐
收相臣、太白將星、可霾可電、可風可霆、可塹溺顛陷、四日可

·襲美見題郊居十首因次韻酬之以伸榮謝（録一）
·築城詞二首

夭札迷冥、曾忘鏖剪、自意澄寧、荀蜡禮之云責、觸天怒而誰丁、奈何欺荒庭、凌壞砌、掇榮莛、批宿蕙、指」編茅而逞力、斷緯蕭而作勢、不過約弱欹垂、戕殘廢替、可謂棄其本而趨其末、捨其大而從其細也、辭猶未已、色若媿恥、於是墮者上、偃者起」

五日

襲美見題郊居十首次韻酬之以伸榮謝　录一」

六日

倭僧留海紙、山匠製雲牀、嬾外應無敵、貧中直是王、池平鷗思喜、花盡蝶情忙、欲向新秋計、菱絲一畝強

人日代客子　是日立春

築城詞二首」

七日

城上一培土，手中千萬杵。築城畏不堅，堅城在何處。
莫歎將軍逼，將軍要却敵。城高功亦高，尓命何足惜。

古意

君心莫淡薄，妾意正栖託。願得雙車輪，一夜生四角。

歸路

八日

漸入新豐路，衰紅映小橋。渾如七年病，初得一九銷。

黃金二首

自古黃金貴，猶沽駿與才。近來簪珥重，無可上高臺。
平分從滿篋，醉擲任成堆。恰莫持千萬，明明買禍胎。

夕陽

渡口和帆落城邊帶角收 如何茂陵客 江上倚危樓

古態

古態日漸薄新裝心更勞城中皆一尺非妾髻鬟高

春思

怨鶯新語澀雙蝶鬥飛高作箇名春恨浮生百倍勞

秋 十日

涼漢清泬寥衰林怨風雨愁聽絡緯唱似與羈魂語

自遣詩 三十首录六

五年重別舊山村樹有交柯犢有孫更感卞峯顏色好曉雲纔散便

當门」〇甫里先生未白頭酒旗猶可戰高樓長鯨好鱠 十一日
無因得乞取艅艎作釣舟〇花瀨濛ゝ紫氣昏水邊山曲更
深村終須揀取幽棲處老檜成雙便作门〇數尺遊絲墮」 十二日
碧空年ゝ長是惹東風争知天上無人住亦有春愁鶴髮翁〇
強梳蓬鬢整斜冠片燭光微夜思闌天意最饒惆悵事單 十三日
棲分付與春寒」〇姹女精神似月孤敢將容易入洪爐人间從
道鉛華少蝶翅新篁未肯無

白蓮

素蘤多蒙别艷欺此花真合在遥池還應有恨無人覺
月曉風清欲墮時」

和襲美釣侶二章录一

雨後沙虛古岸崩魚梁移入亂雲層歸時月墮汀洲暗認得妻兒結網燈

吳宮懷古

香逕長洲盡棘叢奢雲豔雨秪悲風吳王事事須亡國未必西施[redacted]勝六宮

十四五日

閨怨

白袷行人又遠遊日斜空上映花樓愁絲隨絮相逢著絆惹東風卒未休

丁香

江上悠悠人不問十年雲外醉中身殷勤解刼丁香結縱

·連昌宮詞（二首録一）
·偶作
司空圖
·下方

放繁枝散誕春。

連昌宮詞 二首录一　十六日

門

金鋪零落獸鐶空斜捲雙扉細草中日暮鳥歸宮樹綠不聞鴉軋閉春風

偶作

酒信巧為繰病緒花音長作嫁愁媒也知愁病堪回避爭奈流鶯喚起來。

司空圖

下方　十七日

昏旦松軒下怡然對一瓢雨微吟思足花落夢無聊細事當棋遣衰容喜鏡饒溪僧有深趣書至又相邀。

・雜言
・退棲
・光啓四年春戊申

雜言

烏飛〻兔蹶〻朝來暮去驅時節女媧祇解補青天不解煎膠黏日月

退棲 十九日

宦遊蕭索為無能移住中條最上層得劍乍如添健僕亡書久似失良朋燕昭不是空憐馬支遁何妨亦愛鷹自此致身繩檢外肯教世路日兢〻

光啓四年春戊申 二十日

亂後燒殘數架書峯前猶自戀吾廬忘機漸喜逢人少覽鏡空憐待鶴疎孤嶼池痕春漲滿小欄花韻午晴初酣歌自適逃名久不必門多長者車

・獨望
・獨坐
・偶書（五首録一）
・華下（二首録一）

獨望　二十一日

綠樹連郊暗，黄花入麥稀。遠陂春草綠，猶有水禽飛。

獨坐

幽径入桑麻，塢西逢一家。編籬薪帶壓，補屋草和花。

偶書五首录一　二十二日

掩謗知迎吠，欺心見強顔。有名人易困，無契債難還。

華下二首录一

故國春歸未有涯，小欄高檻別人家。五更惆悵回孤枕，猶自殘燈照落花。

河湟有感

一自蕭關起戰塵河湟隔斷異鄉春漢兒盡作胡兒語却向城頭罵漢人

漫書五首录一

長擬求閑未得閑又勞行役出秦關逢人漸覺鄉音異却恨鶯聲似故山

修史亭三首录二　　二十五月

山前鄰叟去紛紛獨強衰羸愛杜门漸覺一家看冷落地爐生火自溫存◎烏紗巾上是青天檢束酬知四十年誰料平生臂鷹手挑燈自送佛前錢

·力疾山下吴邨看杏花（十九首録一）
聶夷中
·雜怨
·行路難

力疾山下吴邨看杏花十九首錄一　二十六日

近來桃李半燒枯，歸卧鄉園只老夫。莫算明年人在否，不知花得更開無。

聶夷中

雜怨

生在綺羅下，豈識漁陽道。良人自戍來，夜夜夢中到。漁陽萬里遠，近於中门限。中门踰有時，漁陽常在眼。　二十七日

行路難　二十八日

莫言行路難，夷狄如中國。謂言骨肉親，中门如異域。出處全在人，路尔無通塞。门前兩條轍，何處去不得。

詠田家

二月賣新絲五月糶新穀醫得眼前瘡剜却心頭肉我願君王
心化作光明燭不照綺羅筵只照逃亡屋

張喬　游邊感懷　三十日

貧遊繚繞困邊沙却被遼陽戰士嗟不是無家歸不得有
家歸去似無家

曹唐　昇平詞　五首录一　三十一日

處〻是歡心時康歲已深不同三尺劍应似五絃琴壽笑
山应盡明嫌日有陰何當憐一物亦遣斷愁吟

· 詠田家

張喬
· 游邊感懷（二首録一）

曹唐
· 昇平詞（五首録一）

一九九〇年一月一日元旦

來鵲

雲

千形萬象竟還空，映水藏山片復重。無限旱苗枯欲盡，悠悠閑處作奇峯。

山中避難作

山頭烽火水邊營，鬼哭人悲夜夜聲。唯有碧天無一事，日還西下月還明。

早春

二日

新曆才將半紙開，小庭猶聚爆竿灰。偏憎楊柳難鈐轄，又惹東風意緒來。

新安官舍闲坐

寂寞空階草亂生簟涼風動若為情不知獨坐闲多少看得蜘蛛结绸成

李山甫

寒食二首錄一　四日

柳帶東風一向斜春陰澹澹蔽人家有時三点兩点雨到處十枝五枝花萬井樓臺疑繡畫九原珠翠似煙霞年年今日誰相問獨卧長安泣歲華

自歎拙　五日

自憐心計拙欲語更悲辛世亂僮欺主年衰鬼弄人鏡中

顏欲老江上業長貧不是劉公樂何由變此身」

李咸用　　六日

春日

浩蕩東風裏裵回無所親危城三面水古木一邊春衰世難修道花時不積貧滔滔天下者何處問通津」

冬夕喜友生至　　七日

天涯行欲遍此夜故人情鄉國別來久干戈還未平燈殘偏有焰雲雪甚却無聲多少新聞見應須語到明

別友

北吹微微動旅情不堪分手在平明寒雞不待東方曙喚起征人踏月行」

方干
·採蓮
·贈喻鳧
·貽錢塘縣路明府
·處州洞溪

方干

採蓮

採蓮女兒避殘熱隔夜相期侵早發指剝春葱腕似雪畫
橈輕撥蒲根月蘭舟屢速有輸贏先到河灣賭何物纔
到河灣分手去散在花間不知處、

贈喻鳧　十日

所得非衆語衆人那得知纔吟五字句又白幾莖髭月閣
欹眠夜霜軒正坐時沈思心更苦恐作滿頭絲、

貽錢塘縣路明府　十一日

志業不得力到今猶苦吟吟成五字句用破一生心世路
屈聲遠寒溪怨氣深前賢多晚達莫怕鬢霜侵、

處州洞溪　十二日

氣象四時清無人畫得成衆山寒疊翠兩派綠分聲
坐月何曾夜聽松不似晴混元融結後便有此溪名」

旅次洋州寓居郝氏林亭　十三日

舉目縱然非我有思量似在故山時鶴盤遠勢投孤嶼
蟬曳殘聲過別枝涼月當窗倚枕倦澄泉遶石泛觴
遲青雲未得平行去夢到江南身旅羈」

贈美人 四首录一　十四日

嚴冬忽作看花日盛暑翻為見雪時坐上弄嬌聲不轉尊
前掩笑意難知含歌媚盼如桃葉妙舞輕盈似柳枝年
未幾多猶怯在些些私語怕人疑」

·題報恩寺上方
·感時（三首録一）
·思江南

題报恩寺上方

來來先上上方看眼界無窮世界寬嵓溜噴空晴似雨林蘿礙日夏多寒衆山迢遞皆相疊一路高低不記盤清峭関心惜歸去他時夢到亦難判」

感時 三首录一 十六日

日烏往返無休息朝出扶桑暮却迴夜雨旋驅残暑去江風吹送早寒來纔憐飲處飛花片又見書邊聚雪堆莫持少年欺白首須臾還被老相催」

思江南 十七日

昨日草枯今日青羇人又動望鄉情夜來又夢登歸路不到桐廬已及明」

十八日

羅鄴　牡丹

落盡春紅始著花花時比屋事豪奢買栽池館恐無地看到子孫能幾家門倚長衢攢繡轂幄籠輕日護香霞歌鐘滿座爭歡賞肯信流年鬢有華」

賞春　十九日

芳草和煙暖更青閑门要路一時生年〻檢点人間事唯有春花風不世情

羅隱　曲江春感　二十日

江頭日暖花又開江東行客心悠哉高陽酒徒半彫落終南山色空崔嵬」聖代也知無棄物侯门未必用非才一船明月一竿竹家住五湖歸去來」

·牡丹花
·黄河
·春日葉秀才曲江

牡丹花

似共東風别有因絳羅高卷不勝春若教解語應傾國
任是無情亦動人芍藥與君為近侍芙蓉何處避芳塵
可憐韓令功成後辜負穠華過此身」

黄河　　二十二日

莫把阿膠向此傾此中天意固難明解銀漢應須曲纔出崑
崙便不清高祖誓功衣帶小仙人占斗客槎輕三千年
後知誰在何必勞君報太平」

春日葉秀才曲江　　二十四日

江花江草暖相隈也向江邊把酒杯春色惱人遮不得别愁
如瘧避還來安排賤跡無良策裨補明時望重才一曲吴歌

齊拍手十年塵眼未曾開」

早發　二十五日

北去南來無定居此生生計竟何如酷憐一覺平明睡長被雞聲惡破除

西施

家國興亡自有時吳人何苦怨西施西施若解傾吳國越國亡來又是誰」

自遣　二十六日己巳年除夕

得即高歌失即休多愁多恨亦悠悠今朝有酒今朝醉明日愁來明日愁」

鷓鴣

莫恨雕籠翠羽殘江南地暖隴西寒勸君不同分明語
語得分明出轉難」

登夏州城樓」

二十八日

寒風獵獵戍旗風獨倚危樓悵望中萬里山河唐土地
千年魂魄晉英雄離心不忍聽邊馬往事應需問塞鴻
好脫儒冠從校尉一枝長戟六鈞弓」

水邊偶題

二十九日

野水無情去不回水邊花好為誰開只知事逐眼前去
不覺老從頭上來窮似丘軻休歎息達如周召亦塵埃
思量此理何人會蒙邑先生最有才」

籌筆驛　三十日

拋擲南陽為主憂北征南東討盡良籌時來天地皆同力運去英雄不自由千里山河輕孺子兩朝冠劍恨譙周唯餘巖下多情水猶解年年傍驛流

柳　三十一日

灞岸晴來送別頻相偎相倚不勝春自家飛絮猶無定爭解垂絲絆路人

淚　二月一日

逼臉橫頤咽復勻也曾讒毀也傷神自從魯國潸然後不是姦人即婦人

所思

西上青雲未有期東歸滄海一何遲酒闌夢覺不稱意花落月明空所思長恐病侵多事日可堪貧過少年時鬭雞走狗五陵道惆悵輸他輕薄兒」

偶興　三日

逐隊隨行二十春曲江池畔避車塵如今贏得將衰老閑看人間得意人

魏城逢故人」　四日

一年兩度錦江遊前值東風後值秋芳草有情皆礙馬好雲無處不遮樓山將別恨和心斷水帶離聲入夢

流今日因君試回首澹煙喬木隔綿州」

偶題　五日

鍾陵醉別十餘春重見雲英掌上身我未成名君
未嫁可能俱是不如人

蜂

不論平地與山尖無限風光盡被佔採得百花成蜜後
為誰辛苦為誰甜」

柳　六日

一簇青煙鎖玉樓半垂闌畔垂溝明年更有新
條在綫亂春風卒未休

·言
·庭花
·宮詞
高蟾
·金陵晚望

言　七日

珪玷由來尚可磨」似簧終日復如何成名成事皆因
慎亡國亡家只為多須信禍胎生利口莫將譏思逞
懸河猩〻鸚鵡無端解長向人間被網羅」

庭花　八日

昨日芳艷濃開尊幾同醉今朝風雨惡惆悵人生事
南威病不起西子老兼至向晚寂無人相偎墮紅淚

宮詞　九日

巧畫蛾眉獨出群當時人道便承恩」經年不見君王
面落日黄昏空掩门

高蟾

金陵晚望

曾伴浮雲歸晚翠，猶陪落日汎秋聲。世間無限丹青手，一片傷心畫不成。

句

君恩秋後葉，日日向人疎。

章碣

夏日湖上即事寄晉陵蕭明府 十日 十日

亭午羲和駐火輪，開門嘉樹庇湖濱。行來賓客奇茶味，睡起兒童帶簟紋。屋小有時投樹影，舟輕不覺入鷗羣。陶家豈是無詩酒，公退堪驚日已曛。

焚書坑 十一日

竹帛煙銷帝業虛，關河空鎖祖龍居。坑灰未冷山東亂，劉項元來不讀書。

·句
章碣
·夏日湖上即事寄晉陵蕭明府
·焚書坑

秦韜玉
·貧女
·亭臺
唐彥謙
·歲除

秦韜玉

貧女

蓬門未識綺羅香擬託良媒益自傷誰愛風流高格調共憐時世儉梳妝敢將十指誇偏巧不把雙眉鬭畫長苦恨年年壓金線為他人作嫁衣裳

十三日

亭臺

雕楹累棟架崔嵬院宇生烟次第開為向西窗添月色豈辭南海取花栽意將畫地成幽沼勢擬驅山近小臺清境漸深官轉重春時長是别人來

十四日

唐彥謙

歲除

索索風搜客沈沈雨洗年殘林生獵跡歸鳥避窰煙

節物杯漿外，溪山鬢影前。行藏都未定，筆硯或能捐」

夜坐　十五日

愁鬢丁年白，寒燈丙夜青。不眠驚戍鼓，久客厭郵鈴。洶洶城噴海，疏疏屋漏星。十年窮父子，相守慰飄零」

遊陽明洞呈王理得諸君　十六日

禹穴蒼茫不可探，人傳靈笈鎖煙嵐。初晴鶴点青邊嶂，欲雨龍移黑霧潭。北斗齋壇天寂寂，東風仙洞草毿毿。堪憐尹叟非關吏，猶向江南逐老聃」

拜越公墓因遊定水寺有懷元老　十七日

越公已作飛仙去，猶得潭潭好墓田。老樹背風深拓地，野雲依海細分天。青峰曉接鳴鐘寺，玉井秋澄試茗泉。我與源公舊相識，遺言瀟灑有人傳」

·蒲津河亭
·過浩然先生墓
·過三山寺

蒲津河亭

宿雨清秋霽景澂廣庭高樹向晨興煙横博望乘槎水日上文王避雨陵孤棹夷猶期獨往曲闌愁绝每長憑思鄉懷古多傷别況此哀吟意不勝」

過浩然先生墓

十九日

人間萬卷龐眉老眼見堂〻入草萊行客須當下馬過故交誰復裹雞來山花不語如聽講溪水無情自為哀猶勝黄金買碑碣百年名字已煙埃」

過三山寺

二十日

三山江上寺宫殿望岧嶤石徑侵高樹沙灘半種

·金陵懷古
·六月十三日上陳微博士（三首録一）
·宿田家

苗一僧歸晚日群鷺宿寒潮遥聽風鈴語興亡話六朝」

金陵懷古　二十一日

碧樹涼生宿雨收荷花荷葉滿汀州登高有情渾忘
醉慨古無言獨倚樓宮殿六朝遺古跡衣冠千古漫荒
丘太平時節殊風景山自青青水自流」

六月十三日上陳徽博士三首録一　二十二日

窮居無公憂私此長夏日蚊蠅如俗子正尔相妒嫉麾驅非吾任
遁避亦無術惟當俟其定靜坐萬慮一」

宿田家　二十三日

落日下遥峯荒郵倦行履停車宿茅店安寢正鼾

睡忽聞扣门急云是下鄉隸公文捧花押鷹隼駕
聲勢良民懼官府聽之肝膽碎阿母出搪塞老脚走」
顛躓小心事延款口餘糧得⺀復屢東鄰借種雞西舍
二十四日
覓芳醑再飯不厭⺀厭飽一飲直呼醉明朝怯見官苦
苦燈前跪使我不成寐⺀眠為渠滴清淚民膏日已瘠民
力日愈弊空懷伊尹心何補堯舜治」

索蝦
二十六日

姑熟多紫蝦獨有湖陽優出產在四時極美宜於秋雙
箝鼓繁鬚當頂抽長矛鞠躬見湯王封作朱衣侯所以供」
二十七日
盤餐羅列同珍羞蒜友日相親瓜朋時興儔既名釣魚鈎又
作鈎詩鈎于時同相訪數日承款當厭飲多美味獨此心相」

投別來歲云久馳想空悠〻銜杯動遐思（三月三日）嘐口涎空流封緘
託雙鯉于馬來遠求慷慨胡隱君果肯分惠否」

採桑女　　四月日

春風吹蠶細如蟻桑芽纔努青鴉嘴侵晨探桑誰
家女手挽長條淚如雨去歲初眠當此時今歲春寒
葉放遲愁聽门外」催里胥官家二月（五日）收新絲

緋桃　　五日

短牆荒圃四無鄰烈火緋桃照地春坐久好風休掩袂
夜來微雨已霑巾敢同俗態期空眼似有微詞動絳
脣盡日更無鄉井念此時何必見秦人」

小院

小院無人夜煙斜月轉明清宵易惆悵不必有離情

春早落英

紛〻從此見花殘轉覺長繩繫日難樓上有愁春不淺小桃風雪凭闌干

寄懷　八日

有客傷春復怨離夕陽亭畔草青時淚從紅蠟無由制腸比朱絃恐更危梅向好風惟是笑柳因微雨不勝垂雙溪未去饒歸夢夜〻孤眠枕獨欹

紅葉　九日

無處不飄揚高樓臨道傍素娥前夕月青女夜來霜宿雨

隨時潤秋情晴著物光幽懷常若此病眼更相妨蜀紙
裁深色燕脂落靚粧低叢侵小閣倒影入迴塘謝朓
十日
留霞
綺甘寧棄錦張何人休遠道是處有斜陽薛荔垂書幌梧
十一日
桐墜井牀晚風生旅館寒籟近僧房桂綠明淮甸楓
丹照楚鄉雁疏臨鄠杜蟬急傍瀟湘樹異桓宣武園
非顧辟疆茂林愁卧客不自保危腸

七夕

十二日

露白風清夜向晨小星垂佩月埋輪絳河浪淺休相
隔滄海波深尚作塵天外鳳凰何寂寞世間烏鵲漫
辛勤倚闌殿北斜樓上多少通宵不寐人

·八月十六日夜月
·春殘
·離鸞

八月十六日夜月

斷腸佳賞固[redacted]難期昨夜銷魂更不疑丹桂影空蟾有
露綠槐陰在鵲無枝賴將吟詠聊惆悵早是疏頑耐別離
堪恨賈生曾慟哭不緣清景為憂時　十四日

春殘

景為春時短愁隨別夜長暫棊寧號隱輕醉不成鄉
風雨曾通夕莓苔有衆芳落花如便去樓上即河梁

離鸞　十五日

聞道離鸞思故鄉也知情願嫁王昌塵埃一別楊朱
路風月三千宋玉牆下疾不成雙點淚斷多難到九

迴腸庭前佳樹名梔子試結同心寄謝娘

春深獨行馬上有作　十六日

日烈風高野草香百花狼籍柳披猖連天瑞靄千門遠
夾道新蔭九陌長衆飲不歡逃席酒獨行無味放遊韁
年來與問閑遊者若箇傷春向路旁」

周朴

秋夜不寐寄崔温進士　十七日

愁多難得寐展轉讀書牀不是旅人病豈知秋夜長歸鄉憑
遠夢無夢更思鄉枕上移窗月分明是淚光

次梧州却寄永州使君

隨風身不定今夜在蒼梧客淚有時有猿聲無處無潮添瘴海闊煙拂
粤山孤却憶零陵住吟詩半玉壺」

周朴
·春深獨行馬上有作
·秋夜不寐寄崔温進士
·次梧州却寄永州使君

鄭谷
·早春
·再經南陽
·初還京師寓止府署偶題屋壁
·望湘亭

早春

良夜歲應足嚴風為変春遍回寒作暖通改舊成新秀樹
因馨雨融氷雨泛蘋韶光不偏黨積漸煦疲民

再經南陽

平蕪漠々失樓臺昔日遊人亂後來寥落牆匡春欲暮燒
殘官樹有花開

初還京師寓止府署偶題屋壁　十九日」二十日

秋光不見舊亭臺四顧荒涼瓦礫堆火力不能銷地力亂前黃
菊眼前開

鄭谷

望湘亭

湘水似伊水湘人非故人登臨獨無語風柳自搖春

久不得張喬消息　二十一日

天末去程孤沿淮復向吳亂理何處甚安穩到家無樹盡雲垂野檣稀月滿湖傷心繞村落應少舊耕夫」

旅寓洛南村舍　二十二日

村落清明近鞦韆稚女誇春陰妨柳絮月黑見梨花白鳥窺魚網青帘認酒家幽棲雖自適交友在京華」

十日一作月菊　二十三日

節去蜂愁蝶不知曉庭還繞折殘枝自緣今日人心別未必秋香一夜衰

·淮上與友人別
·蓮葉
·鷓鴣
·多情

淮上與友人別

揚子江頭楊柳春 楊花愁殺渡江人 數聲風笛離亭晚
君向瀟湘我向秦

苔錢

蓮葉

~~春紅秋紫繞~~
移舟水濺差差綠 倚檻風搖柄柄香 多
謝浣溪人不折 雨中留得蓋鴛鴦

二十五日

鷓鴣

暖戲煙蕪錦翼齊 品流应得近山雞 雨昏青草湖邊過 花落黃陵廟
裏啼 遊子乍聞征袖濕 佳人纔唱翠眉低 相呼相应湘江闊 苦
竹叢深春日西

二十六日

多情

賦分多情却自嗟蕭衰未必為年華睡輕可忍風敲竹
飲散那堪月在花薄宦因循抛峴首故人流落向天涯鶯
春雁夜長如此賴是幽居近酒家」

漂泊　二十七日

權在蓬疏池館清日光風緒澹無情鱸魚斫鱠輸張
翰橘樹呼奴羡李衡十口飄零猶寄食兩川消息未休
兵黄花催促重陽近何處登高望二京」

○○办手續買机票 visa

許彬

荆山夜泊與親友語　二十八日

山海兩分岐停舟偶此期别来何限意相見却無詞坐
永神疑夢愁多鬢欲絲趨名易遲晚此去莫經時

崔塗

感花

繡軏香韉夜不歸少年爭惜最紅枝東風一陣黄
昏雨又到繁華夢覺時

春夕　　三十日

水流花謝兩無情送盡東風過楚城胡蝶夢中家萬里子
規枝上月三更故園書動經年絶華髮春唯滿鏡生自是
不歸歸便得五湖煙景有誰爭

巫山旅别　　三十一日　○○今晚飛英

五千里外三年客十二峯前一望秋無限别魂招不得
夕陽西下水東海

巴山道中除夜書懷　四月一日

迢遰三巴路羈危萬里身亂山殘雪夜孤燭異鄉春漸與骨肉遠轉於僮僕親那堪正飄泊明日歲華新」

七夕　二日

年年七夕渡瑶軒誰道秋期有淚痕自是自間一週歲何妨天上只黄昏

初過漢江

襄陽好向峴亭看人物蕭條值歲闌爲報習家多置酒夜來風雨過江寒」

韓偓

雨後月中玉堂閑坐　四日

銀臺直北金鑾外暑雨初晴皓月中唯對松篁」聽刻漏更
無塵土翳虛空綠香熨齒冰盤果清冷侵肌水殿風夜
永忽聞鈴索動玉堂西畔響丁東

六月十七日召對自辰及申方歸本院」　五日清明

清暑簾開散異香恩深咫尺對龍章花應洞裏尋常
發日向壺中特地長坐久忽疑槎犯斗歸來兼恐海生桑
如今冷笑東方朔唯用詼諧侍漢皇」

中秋禁直　六日

星斗疎明禁漏殘紫泥封後獨凭闌露和玉屑金盤冷月

射珠光貝闕寒天襯樓臺龍苑外風吹歌管下雲端長卿祇為長门賦未識君臣際會難」

雪中過重湖信筆偶題　八日

道方時險擬如何謫去甘心隱薜蘿青草湖將天暗合白頭浪與雪相和旗亭臘酎踰年熟水國春寒向晚多處困不忙仍不怨醉來唯是欲傞傞

九日

息兵

漸覺人心望息兵老儒希覲見澄清正當困辱殊輕死已過艱危卻戀生多難始應彰勁節至公安肯為虛名暫時勝下何須恥自有蒼蒼鑒未誠」

· 丙寅二月二十二日撫州如歸館雨中有懷諸朝客
· 秋深閑興
· 深院

一九九〇年四月十日

丙寅二月二十二日撫州如歸館雨中有懷諸朝客

十日

悽悽惻惻又微嚬，欲話羇愁憶故人。薄酒旋醒寒徹夜，好花虛謝雨藏春。萍蓬已恨爲逋客，江嶺那知見侍臣。未必交情繫貧富，柴门自古少車塵」

秋深閑興 十二日

此心兼笑野雲忙，甘得貧闲味甚長。病起乍嘗新橘柚，秋深初換舊衣裳。晴來喜鵲無窮語，雨後寒花特地香。把釣覆棊兼擧白，不離名教可顛狂」

深院 十六日

鵝兒唼喋梔黃嘴，鳳子輕盈膩粉腰。深院下簾人晝寢，紅薔薇架碧芭蕉」

殘春旅舍　十七日

旅舍殘春宿雨晴，恍然心地憶咸京。樹頭蜂抱花鬚落，池面魚吹柳絮行。禪伏詩魔歸淨域，酒衝衝愁陣出奇兵。兩梁免被塵埃污，拂拭朝簪待眼明。

即目　十八日

書牆暗記移花日，洗甕先知醞酒期。須信閑人有忙事，早來衝雨覓漁師。

寄鄰莊道侶

聞說經旬不啓關，藥窗誰伴醉開顏。夜來雪壓村前竹，賸見溪南幾尺山。

・惜花
・春盡
・亂後春日途經野塘

惜花

皺白離情高處切膩香愁態雨中深眼隨片〻沿流去
恨滿枝〻被雨淋總得苔遮猶慰意若教泥污更傷心
臨軒一醆傷春酒明日池塘是綠陰」

春盡　二十日

惜春連日醉昏〻醒後衣裳見酒痕細水浮花歸別澗
斷雲含雨入孤村人閑易有芳時恨地勝難招自古
魂慙愧流鶯相厚意清晨猶為到西園」

亂後春日途經野塘　二十三日

世亂他鄉見落梅野塘晴暖獨裴回船衝水鳥飛還住袖
拂楊花去却來季重舊遊多喪逝子山新賦極悲（哀）眼看朝

市成陵谷始信昆明是劫灰」

避地寒食　二十五日

避地淹留已自悲況逢寒食欲霑衣濃春孤館人愁坐斜日空園花亂飛路遠漸憂知己少時危又與賞心違一名所繫無窮事爭敢當年便息機」

三月　二十六日

辛夷纔謝小桃發蹋青過後寒食前四時最好是三月一去不回唯少年吳國地遥江接海漢陵魂斷草連天新愁舊恨真無奈須就鄰家甕底眠」

一九九〇年四月二十七日

已涼

碧闌干外繡簾垂猩血屏風畫折枝八尺龍鬚方錦
褥已涼天氣未寒時

半睡　二十八日

擡鏡仍嫌重更衣又怕寒宵分未歸帳半睡待郎看

夜深　五月二日

惻惻輕寒翦翦風小梅飄雪杏花紅夜深斜搭鞦韆
索樓閣朦朧煙雨中

新上頭

欲梳鬆鬢試新帬消息佳期在此春為要好多心轉惑

·已涼 ·半睡 ·夜深 ·新上頭

偏将宜稱問傍人」

~~×夏日~~　三日

~~庭樹新陰葉未成玉階人静一蟬聲相風不動烏~~
~~龍睡時有嬌鶯自喚名」~~

倚醉　四月日

倚醉無端尋舊約却憐惆悵轉難勝」静中樓閣深　五日
春雨遠處簾櫳半夜燈抱柱立時風細〻繞廊行處
思騰〻分明窗下聞裁翦敲偏闌干喚不應」

夕陽　六日

花前灑淚臨寒日醉裏回頭問夕陽不管相思人老盡朝〻容易
下西牆

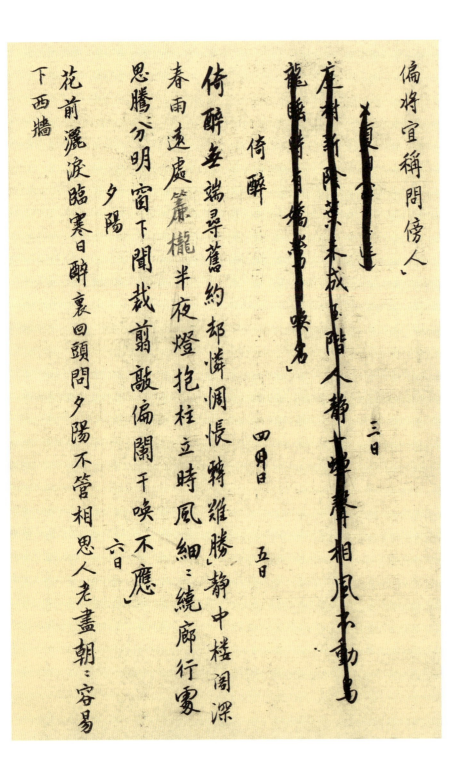

吴融
· 野廟
· 華清宫二首
· 汴上晚泊

吴融

野廟

古原荒廟掩莓苔，何處喧喧鼓笛來。日暮鳥歸人散盡，野風吹起紙錢灰。　八日

華清宫二首

四郊飛雪暗雲端，唯此宫中落旋乾。緑樹碧簷相掩映，無人知道外邊寒。　九日

長生秘殿倚青蒼，擬敵金庭不死鄉。無奈逝川東去急，秦陵松柏滿殘陽。

汴上晚泊　十日

亭上風猶急，橋邊日已斜。柳寒難吐絮，浪濁不成花。歧路春三月，園林海一涯。蕭然正無寐，夜櫓莫咿啞」

情　十一日

依依脈脈兩如何，細如輕絲渺似波。月不長圓花易落，一生惆悵為伊多」

楊花　十三日

不鬥穠華不占紅，自飛晴野雪濛濛。百花長恨風吹落，唯有楊花獨愛風

情
楊花

王駕
·廢宅
·古意
·雨晴

廢宅

風飄碧瓦雨摧垣却有鄰人與鏁門幾樹好花閑白
晝滿庭荒草易黃昏放魚池涸蛙爭聚棲燕梁空雀
自喧不獨淒涼眼前事咸陽一火便成原」

十五日

王駕

古意

夫戍蕭關妾在吳西風吹妾妾憂夫一行書信千行
淚寒到君邊衣到無」

雨晴

十六日

雨前初見花間蘂雨後兼無葉裏花蛺蝶飛來過
墻去却疑春色在鄰家」

杜荀鶴

春宮怨　　十七日

早被嬋娟誤欲妝臨鏡慵承恩不在貌教妾若為容
風暖鳥聲碎日高花影重年年越溪女相憶採芙蓉」

霽後登唐興寺水閣　　十八日

一雨三秋色蕭條古寺間無端登水閣有處似家山
白日生新事何時得暫閑將知老僧意未必戀松關」

贈廬嶽隱者　　十九日　圓圓生日也

自見來如此未嘗離洞門結茅遮雨雪採藥給晨昏古
樹藤纏殺春泉鹿過渾悠悠無一事不似屬乾坤」

贈李鐔　二十日

君行君文天合知見君如此我興悲秖殘三口兵戈後纔到
孤村雨雪時著卧衣裳難辨洗旋求糧食莫供炊地爐不
不暖柴枝濕猶把蒙求授小兒」

雪　二十一日

風攪長空寒骨生光於曉色報窗明江湖不見飛
禽影巖谷時聞折竹聲巢穴幾多相似處路岐兼
得一般平擁袍公子休言冷中有樵夫跣足行」

秋宿臨江驛　二十二日

南來北去二三年年去年來兩鬢斑舉世盡從愁裏老
誰人肯向死前閒漁舟火影寒歸浦驛路鈴聲夜過山

身事未成歸未得聽猿鞭馬入長関」

春日登楼遇雨　二十三日

忽地晴天作雨天全無暑氣似秋間看、水没來時路漸〻雲藏遠霧山風趁鷺鷥雙出葦浪催漁父盡歸灣一心準擬閑登眺却被詩情使不閑」

山中寡婦　二十四日

夫因兵死守蓬茅麻苧衣衫鬢髮焦桑柘廢來猶納稅田園荒後尚徵苗時挑野菜和根煮旋斫生柴帶葉燒任是深山更深處也應無計避征徭」

亂後逢村叟　二十六日

經亂衰翁居破村，村中何事不傷魂。因供寨木無桑柘，為著鄉兵絶子孫。還平寧徵賦稅，未嘗州縣畧安存。至於雞犬皆星散，日落前山獨倚門。

叙吟　二十七日

多慚到處有詩名，轉覺吟詩僻性成。度水却嫌船著岸，過山翻恨馬貪程。如讐雪月年年景，似夢笙歌處處聲。未合白頭今已白，自知非為别愁生。

閨中秋思　二十八日

雨匀紫菊叢叢色，風弄紅蕉葉葉聲。北畔是山南畔海，祇

堪圖畫不堪行

聞子規

楚天空濶月成輪，蜀魄聲聲似告人。啼得血流無用處，不如緘口過殘春。

王轂

暑日題道邊樹　二十九日

火輪迸焰燒長空，浮埃撲面愁朦朦。羸童走馬喘不進，忽逢碧樹含清風。清風留我移時住，滿地濃陰嬾前去。却歎無人及物功，不似團團道邊樹。

韋莊

古別離

晴煙漠漠柳毿毿不那離情酒半酣更把玉鞭雲外指斷腸春色在江南

柳谷道中作却寄

丰十十四 六月一日

馬前紅葉正紛紛馬上離情斷殺魂曉發獨辭殘月店暮程遙宿隔雲村心如岳色留秦地夢逐河聲出禹門莫怪苦吟鞭拂地有誰傾蓋待王孫」

夏夜

旦四日

傍水遷書榻開襟納夜涼繁星愁晝熱露重覺

荷香蛙吹鳴還歇，蛛羅滅又光。正吟秋興賦，桐景下西牆」

夜景

滿庭松桂雨餘天，宋玉秋聲韻蜀弦。烏兔不知多事」 五日
世，星辰長似太平年。誰家一笛吹殘暑，何處雙砧擣暮
煙。欲把傷心問明月，素娥無語淚涓涓。

思歸

暖絲無力自悠揚，牽引東風斷客腸。外地見花終寂寞，
異鄉聞樂更淒涼。紅垂野岸櫻還熟，緑染迴汀草又芳。
舊里若為歸去好，子期凋謝呂安亡」

六日

憶昔

昔年曾向五陵遊，子夜歌清月滿樓。銀燭樹前常似晝，露桃花裏不知秋。西園公子名無忌，南國佳人號莫愁。今日亂離俱是夢，夕陽唯見水東流。

七日

臺城

江雨霏霏江草齊，六朝如夢鳥空啼。無情最是臺城柳，依舊煙籠十里堤。

八日

雜感

莫悲建業荊榛滿，昔日繁華是帝京。莫愛廣陵臺榭好，也曾蕪沒作荒城。魚龍爵馬皆如夢，風月煙花

盡有情行客不勞頻悵望古來朝市歎衰榮

遣興　九日

如幻如泡世多愁多病身亂來知酒聖貧去覺錢神異

國清明節空江寂寞春聲〻林上鳥喚我北歸秦

山寺墅閑題　十日

邐迤前岡壓後岡一川桑柘好殘陽主人饋餉炊紅黍

鄰父攜竿釣紫魴静極却嫌流水鬧閑多翻笑野雲忙

有名不那無名客獨閑衡門避建康

·江上村居
·獨鶴
·與東吳生相遇

江上村居　十一日

本無蹤跡戀柴扃世亂須教識道情顛倒夢想愁裏得撅奇詩句望中生花緣艷絶栽難好山為看多詠不成閒道漢軍新破虜使來仍說近離京

獨鶴　十二日

夕陽灘上立裴回紅蓼風前雪翅開應為不知棲宿處幾回飛去又飛來

與東吳生相遇　十三日

十年身世各如萍白首相逢淚滿纓老去不知花有態亂來唯覺酒多情貧疑陋巷春偏少貴想豪家月最

明且對一尊開口笑未衰應見泰階平」

出関　十四日

馬嘶煙岸柳陰斜東去関山路轉賒到處因循緣嗜酒一生惆悵為判花危時祇合身無著白日那堪事有涯正是灞陵春酎綠仲宣何事獨辭家」

白牡丹　十五日

閨中莫妒新裝婦陌上須慚傅粉郎昨夜月明渾似水入门唯覺一庭香」

·悔恨
·南鄰公子
·長安清明

一九九〇年六月

悔恨　十六日

六七年來春又秋　也同歡笑也同愁　纔聞及第心先喜
試說求婚淚便流　幾為妬來頻斂眉　每思閑事不梳頭
如今悔恨將何益　腸斷千休與萬休」

南鄰公子　十七日

南鄰公子夜歸聲　數炬銀燈隔竹明　醉凭馬鬃扶
不起　更邀紅袖出門迎」

長安清明　十八日

蚤是傷春夢雨天　可堪芳草更芊芊　內官初賜清明
火　上相閑分白打錢　紫陌亂嘶紅叱撥　綠楊高映畫鞦

羈遊人記得承平事暗喜風光似昔年」

下邽感舊　十九日

昔為童稚不知愁竹馬閑乘遶縣遊曾為看花偷出郭也因逃學暫登樓招他邑客來還醉儳得先生去始休今日故人何處問夕陽衰草盡荒丘」

塗次逢李氏兄弟感舊　二十日

御溝西面朱門宅記得當時好弟兄曉傍柳陰騎竹馬夜隈燈影弄先生巡街趁蝶衣裳破上屋探雛手脚輕今日相逢俱老大憂家憂國盡公卿」

張蠙

·寄友人

·夏日題老將林亭

·再游西山贈許尊師

張蠙

寄友人　二十二日

戀道欲何如東西遠索居長疑即見面翻致久無書甸
麥深藏雉淮苔淺露魚相思不我會明月既〔幾〕盈虛

夏日題老將林亭　二十三日

百戰功成翻愛靜侯门漸欲似仙家墻頭雨細垂纖草
水面風回聚落花井放轆轤閑浸酒籠放開鸚鵡報煎
茶幾人圖在凌煙閣曾不交鋒向塞沙

再游西山贈許尊師　二十四日

別後已聞師得道不期猶在此山頭昔時霜鬢今如漆疑是

年光却倒流

徐夤

酒胡子

紅筵絲竹合用爾作歡娛直指寧偏黨無私絶覬覦當歌誰擐袖應節漸輕軀恰與真相似氈裘滿頷鬚」

×贈~~月君~~垂光同年　二十五日

丹桂攀來十七春如今始見茜袍新須知紅杏園中客終作金鑾殿裏臣逸少家風惟筆札玄成世業是陶鈞他年黃閣朝元處莫忘同年射策人」

贈月君　二十六日

出水蓮花比性靈三生塵夢一時醒神傳尊勝陀羅
咒佛授金剛般若經懿德好書添女誡素容堪畫上
銀屏鳴梭軋軋纖纖手窗戶流光織女星

詠錢　二十七日

多蓄多藏豈足論有誰還議濟王孫能於禍處翻為福解
向讐家買得恩幾怪鄧通難免餓須知夷甫不曾言
朝爭暮競歸何處盡入權家與倖門

初夏戲題　二十八日

長養薰風拂曉吹漸開荷芰落薔薇青蟲也學
莊周夢化作南園蛺蝶飛

崔道融

寄人二首　　二十九日

花上斷續雨江頭來去風相思春欲盡未遣酒尊空
澹澹長江水悠悠遠客情落花相與恨到地一無聲」

盧延讓

苦吟　　三十日

莫話詩中事詩中難更無吟安一个字撚斷數根鬚險覓天應悶
狂搜海亦枯不同文賦易為著者之乎

松寺

山寺取涼當夏夜共僧蹲坐石堦前兩三條電欲為雨七八箇星
猶在天衣汗稍停牀上扇茶香時撥澗中泉通宵聽論蓮花
華義不藉松窗一覺眠」

曹松
·古塚
·秋日送方干遊上元
·九江暮春書事

曹松

古塚

代遠已難問，纍纍次古城。民田侵不盡，客路踏還平。作穴蛇分蟄，依岡鹿繞行。唯應風雨夕，鬼火出林明。

二日

秋日送方干遊上元

天高淮泗白，料子趨修程。汲水疑山動，揚帆覺岸行。雲離京口樹，雁入石頭城。後夜分遙念，諸峯霜露生。

三日

九江暮春書事

楊柳城初鏁，輪蹄息去蹤。春流無舊岸，夜色失諸峰。影動漁邊火，聲遲話後鐘。明朝廻去雁，誰向北郊逢。

四日

立春日　五日

春飲一杯酒便吟春日詩木梢寒未覺地脉暖先知鳥囀星沈後山分雪薄時賞心無處說悵望曲江池」

己亥歲二首　六日

澤國江山入戰圖生民何計樂樵蘇憑君莫話封侯事一將功成萬骨枯○傳聞一戰百神愁兩岸彊兵過未休誰道滄江總無事近來常共血爭流」

南海旅次　七日

憶歸休上越王臺歸思臨高不易裁為客正當無雁處故園誰道有書來城頭早角吹霜盡郭裏殘潮蕩月回心似百花開未得年年爭發被春催」

·夏日東齋
·霍山
蘇拯
·獵犬行

夏日東齋　八日

三庚到秋伏偶來松檻立熱少清風多開門放山入

霍山　九日

七千七百七十丈丈：藤蘿勢入天未必展來空似翅不妨開去
也成蓮月將河漢分巖轉僧與龍蛇共窟眠直是畫工須閣筆
況無名畫可流傳」

蘇拯

獵犬行　十日

獵犬未成行獵狐兔無奈何獵犬今盈羣狐兔依舊多自爾
初跳躍人言多拏攫常指天外狼立可　十二日　口中嚼骨長毛衣重」
燒殘烟草薄狡兔何曾擒時把家鷄捉食盡者飯翻增

養者惡壯可嗟獵犬壯復壯不堪兎絶良弓喪

路德延

小兒詩

十三日

情態任自然桃紅兩頰鮮乍行人共看初語客多憐臂膊肥如瓠肌膚軟勝綿長頭纔覆額分角漸垂肩散誕無塵慮道遥佔地仙排衙朱閣上喝道畫堂前十四日合調歌楊柳齊聲踏採蓮走隄行細雨奔巷趁輕煙十五日嫩行乘為馬新蒲折作鞭鶯雛金鏇繫猫子綵絲牽擁鶴歸晴島驅鵝入暖泉楊花爭弄雪榆葉共收錢錫鏡當胸掛銀十六日珠對耳懸頭依蒼鶻裹袖學柘枝揎酒彌丹砂暖茶催小玉煎頻邀籌箸揷時乞繡針穿寶篋拏紅豆妝奩入翠鈿戲袍披按襟劣帽

戴靴氊展畫趍三聖開屏笑七賢貯懷青杏小垂額綠荷
圓驚滴霑羅淚嬌流污錦涎倦書饒婭姹憎藥巧遷延弄帳」
十八日
鸞銷映藏衾鳳綺纏指敲迎使鼓筋撥賽神弦簾拂魚鉤動
十九日
箏推」雁柱偏碁圖添路畫笛管欠聲鐫惱客初酣睡驚
僧半入禪尋珠窮屋瓦探雀遍樓椽拋果忙開口藏鉤亂出
二十日
拳夜分圍榾柮朝聚打鞦韆折竹打裝泥燕添絲放紙鳶互
誇輪水碓相教放風旋旗小裁紅絹書幽截筆截碧箋遠鋪
二十三日
張鴿網低控射蠅弦詰語時、道謠歌處、傳匿窗眉
乍曲遮路臂相連鬪草當春逕爭毬出晚田柳傍慵」
二十四日
慵獨坐花底困橫眠等鵲前籬畔聽蛩伏砌边傍枝粘
舞蝶隈樹捉鳴蟬平島誇趫上層崖逞捷緣嫩苔車跡」

小深雪履痕全競指雲生岫齊呼月上天二十五日蟻穴穴窠尋逕斷蜂穴遶階填樵唱迴深嶺牛歌下遠川壘柴為屋木和土作盤筵險砌高臺石危跳峻塔磚二十七日忽隳隣舍磚樹偷上後池船項槖稱師日甘羅作相年明時方任德勸尔改狂顛

裴説

懷素臺歌

二十八日

我呼古人名鬼神側耳聽杜甫李白與懷素文星酒星草書星永州東郭有奇怪筆塚墨池奇遺跡在筆塚低低高如山墨池淺淺深如海我來恨不已爭得青天化二十九日為一張紙高聲喚起懷素書搦管研朱點湘水欲歸家重欸嗟眼前有三箇字枯樹槎烏梢蛇墨老鵶

·棋
·夏日即事
·喜友人再面
·冬日作

棋

二十九日

十九條平路，言平又險巇。人心無算處，國手有輸時。勢迴流星遠，聲乾下雹遲。臨軒才一局，寒日又西垂。

夏日即事

三十日

僻居門巷靜，竟日坐階墀。鵲喜雖傳信，蛩吟不見詩。筍抽通舊竹，梅落立閑枝。此際無塵撓，僧來稱所宜。

喜友人再面

三十一日

一別幾寒暄，迢迢隔塞垣。相思長有事，及見卻無言。靜坐將茶試，閑書把葉翻。依依又留宿，圓月上東軒。

冬日作

八月一日

糲食擁敗絮，苦吟吟過冬。稍寒人卻健，太飽事多慵。樹老生煙薄，牆陰貯雪重。安能只如此，公道會相容。

・塞上曲
・訪道士
・寄貫休

塞上曲 三日

極目望空闊，馬羸程又賒，月生方見樹，風定始無沙，楚水辭魚窟，燕山到雁家，如斯名利役，爭不老天涯」

訪道士 五日

高岡微雨後木脫草堂新惟有疎慵者來看淡薄人竹芽生礙路松子落敲巾麤得玄中趣當期宿話頻

寄貫休

憶昔共吾師山中靜論時總無方是法難得始為詩凍犬眠乾葉飢禽啄病梨他年白蓮社猶許重相期」

·鷺鷥
·岳陽兵火後題僧舍
·句
李洞
·贈道微禪師

鷺鷥　六日

秋江清淺時魚過亦頻窺卻為分明極翻成所得遲
浴偎紅日色棲壓碧蘆枝會共同鵷侶翺翔應可期」

岳陽兵火後題僧舍　八日　今日立秋

十年兵火真多事再到禪扉卻破顏唯有兩般燒不
得洞庭湖水老僧閑

句

讀書貪裹樂搜句靜中忙。苦吟僧入定得句將成功」

李洞

贈道微禪師　九日

銅缾澀瀉水出磧躡蓮層猛虎降低鼠盤鵰望小蜼通禪五天日
照祖幾朝燈短髮歸林白何妨剃未能

觀水墨障子　十日

若非神助筆硯水恐藏龍研盡一寸墨埽成千仞峯壁根堆亂石牀鏬插枯松嶽麓穿因鼠湘江綻為蛬挂衣嵐氣濕夢枕浪頭春只為少顏色時人著意慵」

山居喜友人見訪　十一日

入雲晴斸茯苓還日暮逢迎木石間看待詩人無別物半潭秋水一房山」

于鄴

白櫻樹

記得花開雪滿枝和蜂和蝶帶花移如今花落遊蜂去空作主人惆悵詩」

任翻
·洛陽道
·秋晚郊居
·秋晚途次

任翻

洛陽道　十二日

憧〻洛陽道塵下生春草行者豈無家無人在家老鷄鳴前
結束爭去恐不早百年路傍盡白日車中曉求富江海狹取
貴山岳小二端立在途奔走無由了」

秋晚郊居　二十日

遠聲霜後樹秋色水邊村野逕無來客寒風自動
門海山藏日影江月落湖痕惆悵高飛晚年〻別故園

秋晚途次　二十一日

秋色滿行路此時心不閑孤貧遊上國少壯有衰顏

・宿巾子山禪寺
・再遊巾子山寺
・三遊巾子山寺感述

衆鳥已歸樹旅人猶過山蕭蕭遠林外風急水潺潺

宿巾子山禪寺　二十二日

絶頂新涼生夜涼鶴翻松露滴衣裳前峯月暎映半江水僧在翠微開竹房

再遊巾子山寺　二十三日

靈江江上幘峯寺三十年來兩度登野鶴尚巢松樹徧竹房不見舊時僧

三遊巾子山寺感述　二十四日

清秋絶頂竹房開松鶴何年去不迴惟有前峯明月在夜深猶過半江來

黃巢
·題菊花
·不第後賦菊
·自題像

黃巢

題菊花　二十五日

颯颯西風滿院栽蕊寒香冷蝶難來他年我若為青
帝報與桃花一處開、

不第後賦菊　二十七日

待到秋來九月八我花開後百花殺衝天香陣透長安滿
城盡帶黃金甲、

自題像　二十八日

記得當年草上飛鐵衣著盡著僧衣天津橋上無人識
獨倚欄干看落暉、

三十一日

趙延壽

塞上

九月一日

黄沙風捲半空抛，雲動陰山雪滿郊。探水人迴移帳就，射鵰箭落著弓抄。鳥逢霜果飢還啄，馬渡氷河渴自跑。占得高原肥草地，夜深生火折林梢。

九月二日

韓熙載

感懷詩二章

二日

僕本江北人，今作江南客。再去江北遊，舉目無相識。金風吹我衣，秋月為誰白。不如歸去來，江南有人憶。

韓熙載感懷詩　三日

未到故鄉時將謂故鄉好及至親得歸爭如身不到目前相識無一人出入空傷我懷抱風雨蕭蕭旅館秋歸來窗下和衣倒夢中忽到江南路尋得花邊舊居處桃臉蛾眉笑出门爭向前頭擁將去

潘佑

失題　四日

誰家舊宅春無主深院簾垂杏花雨香飛綠瑣人未歸巢燕承塵默無語

句

勸君此醉直須歡明朝又是花狼籍

李建勳
・毆妓
陳陶
・隴西行（四首録二）

李建勳

毆妓　九月五日

自爲專房甚忽忽有所傷當時心已悔徹夜手猶香
恨枕堆雲髻啼襟搵月黄起來猶忍惡剪破繡鴛鴦

陳陶

隴西行四首彔三　七日

漢主東封報太平無人金闕議邊兵縱饒奪得林胡
塞磧地桑麻種不生○誓掃匈奴不顧身五千貂錦喪胡
塵可憐無定河邊骨猶是春閨夢裏人○黠虜生擒
未有涯黑山營陣識龍蛇自從貴主和親後一半胡風似漢家

徐鉉
·除夜
·病題（二首録一）

57

一九九〇年九月

徐鉉

除夜

八日

寒燈耿耿漏遲遲，送故迎新了不欺。往事併隨殘曆日，春風寧識舊容儀。預聽歲酒難先飲，更對鄉儺羨小兒。吟罷明朝贈知己，便須題作去年詩。

病題

二首录一

十一月日

人間多事本難論，況是人間懶慢人。不解養生何怪病，已能知命敢辭貧。向空咄咄煩書字，舉世滔滔莫問津。金馬門前君識否，東方曼倩是前身。

陳沆
·柳枝辭（十二首録一）
·北使還襄邑道中作
·嘲廬山道士

柳枝辭 十二首录一　十二日

水閣春來乍減寒曉妝初罷倚欄干長條亂拂春波動
不許佳人照影看

北使還襄邑道中作　十三日

九月三十日獨行梁宋道河流激似飛林葉翻如掃程遥
苦晝短野迥知寒早還家亦不閑要且還家了

陳沆

嘲廬山道士　十七日

啗肉先生欲上昇黄雲踏破紫雲崩龍腰鶴背無多
力傳與麻姑借大鵬

成彥雄
・柳枝辭（九首録一）

楊玢
・批子弟理舊居狀
・登慈恩寺塔

成彥雄

柳枝辭 九首录一 十八日

綠楊移傍小亭栽便擁穠煙撥不開誰把金刀為
刪掠教放明月入窗來

楊玢

批子弟理舊居狀 十九日

四鄰侵我我從伊畢竟須思未有時試上含元殿
基望秋風秋草正離離

登慈恩寺塔 二十日

紫雲樓下曲江平鴉噪殘陽麥隴青莫上慈恩最高處
不堪看又不堪聽

翁宏

・春殘

孫光憲

・楊柳枝詞（四首録一）

・採蓮

翁宏　春残　二十一日

又是春残也如何出翠幃落花人獨立微雨燕雙飛寓目魂將斷經年夢亦非那堪向愁夕蕭颯暮蟬輝

孫光憲　楊柳枝詞　四首录一　二十二日

閶門風暖落花乾飛過江南雪不寒獨有晚來臨水驛閑人多凭赤欄干

採蓮　二十三日

菡萏香連十頃陂小姑貪戲採蓮遲晚來弄水船頭濕更脫紅裙裹鴨兒

顔仁郁
·農家
王周
·問春
·春答
·西塞山（二首録一）

顔仁郁

農家　二十四日

夜半呼兒趁曉耕，羸牛無力漸艱行。時人不識農家苦，將謂田中穀自生。

王周

問春　二十五日

游絲垂幄雨依依，枝上紅香片片飛。把酒問春因底意，為誰來後為誰歸。

春答　二十六日

花枝千萬趁春開，三月瓓珊即自回。剩向東園種桃李，明年依舊為君來。

西塞山　二首録一　二十七日

匹婦頑然莫問因匹夫何去望千春翻思岵屺傳詩什舉
世曾無化石人」

劉兼　春晝醉眠　二十九日

朱欄芳草緑纖纖欹枕高堂捲晝簾處處落花春寂寂時時
中酒病懨懨塞鴻信斷雖堪訝梁燕詞多且莫嫌自有卷書
銷永日霜華未用鬢邊添」

李茂復　馬上有見　三十日

行盡疏林見小橋緑楊深處有紅舊蕉無端眼界無分
别安置心頭不肯銷」

盧汪·西施
金昌緒·春怨
朱絳·春女怨

盧汪

西施　二日

惆悵興亡繫綺羅，世人猶自選青娥。越王解破夫差國，一箇西施已是多。

金昌緒

春怨　三日

打起黄鶯兒，莫教枝上啼。啼時驚妾夢，不得到遼西。

朱絳

春女怨　十日

獨坐紗窗刺繡遲，紫荆花下囀黄鸝。欲知無限傷春意，盡在停針不語時。

徐安期　催妝　十二日

傳聞燭下調紅粉明鏡臺前別作春不須面上渾裝却留著雙眉待畫人」

韋鵬翼　戲題盱眙壁　十三日

豈肯閑尋竹徑行却嫌絃管好蛙聲自從煮鶴焚琴後背却青山卧月明」

殷益　看牡丹　十四日

擁毳對芳叢由來趣不同髮從今日白花是去年紅豔色隨朝露馨香逐晚風何須待零落然后始知空」

徐安期　·催妝

韋鵬翼　·戲題盱眙壁

殷益　·看牡丹

嚴郭　賦百舌鳥　十五日

此禽輕巧少同倫我聽長疑舌滿身星未没河先報曉柳猶粘雪便迎春頻嫌海燕巢難定却訝林鶯語不真莫倚清風更多事玉樓還有晏眠人」

潘圖　末秋到家　十六日

歸來無所利骨肉亦不喜黄犬却有情當門卧摇尾」

王夢周　故白巖禪師院　十七日

能師還世名還在空閑禪堂滿院苔花樹不隨人寂寞數株猶自出牆來」

嚴郭
・賦百舌鳥
潘圖
・末秋到家
王夢周
・故白巖禪師院

蔣吉

·漢東道中

·題長安僧院

·樵翁

周濆

·山下水

蔣吉

漢東道中　十九日

九十九岡遥，天寒雪未消。羸童牽瘦馬，不敢過危橋」

題長安僧院　二十日

出門爭走九衢塵，総是浮生不了身。惟有水田衣下客，大家忙處作閒人」

樵翁　二十一日

獨入深山信腳行，慣當驅貙虎不曾驚。路傍花發無心看，惟見枯枝刮明眼明」

周濆

山下水　二十二日

背雲銜石出深山，淺碧泠泠一帶寒。不獨有聲流出此，會歸滄海助波瀾」

辛弘智
·自君之出矣
方澤
·武昌阻風
魏巒
·登清居臺
唐末朝士
·覩野花思京師舊遊

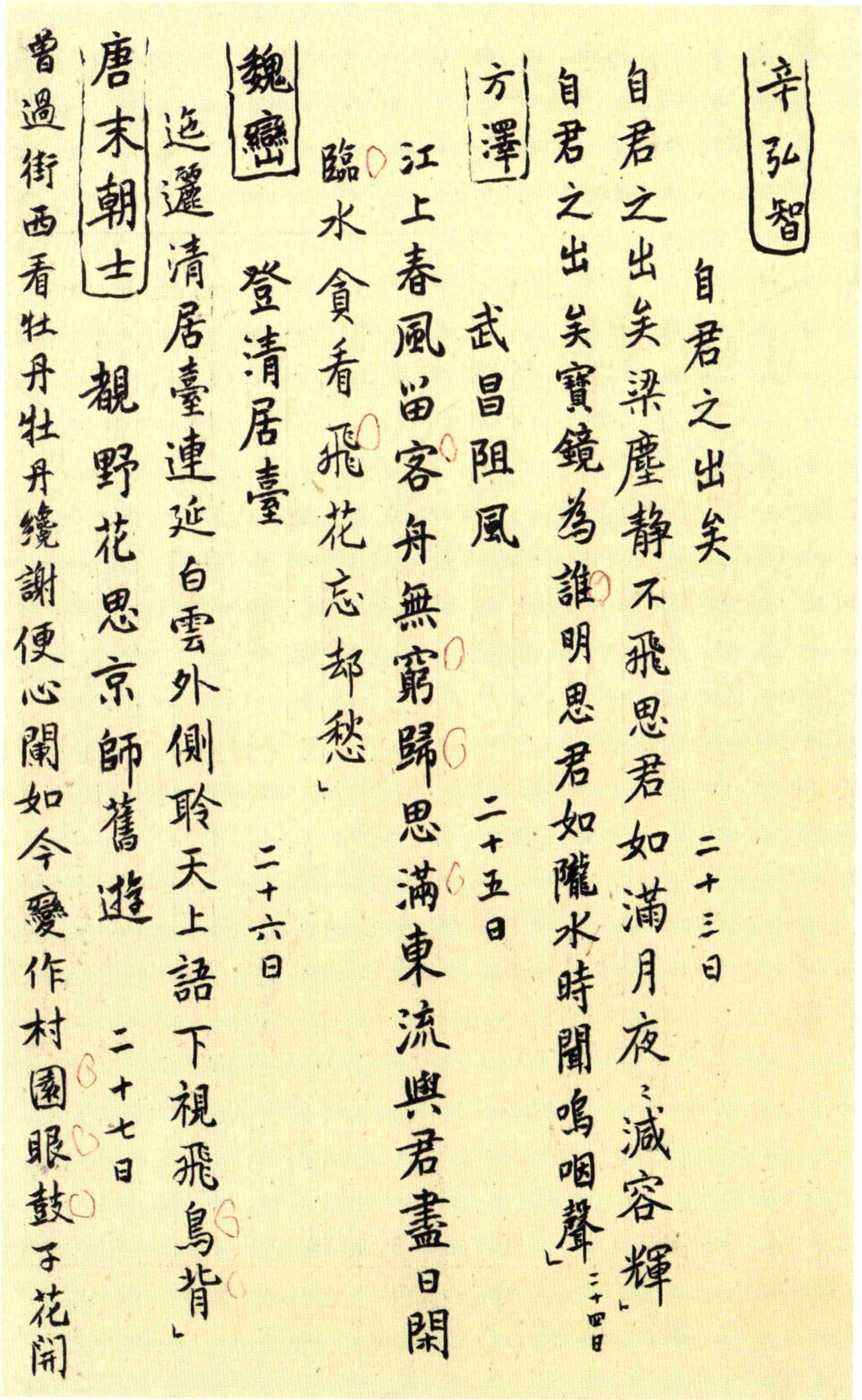

辛弘智

自君之出矣　二十三日

自君之出矣梁塵静不飛思君如滿月夜〻減容輝」

自君之出矣寶鏡為誰明思君如隴水時聞嗚咽聲」二十四日

方澤

武昌阻風　二十五日

江上春風留客舟無窮歸思滿東流與君盡日閑臨水貪看飛花忘却愁」

魏巒

登清居臺　二十六日

迢遰清居臺連延白雲外側聆天上語下視飛鳥背」

唐末朝士

覩野花思京師舊遊　二十七日

曾過街西看牡丹牡丹纔謝便心闌如今變作村園眼鼓子花開

也喜歡」

哥舒歌　二十八日

西鄙人

北斗七星高哥舒夜帶刀至今窺牧馬不敢過臨洮」

答人　二十九日

太上隱者

偶來松樹下高枕石頭眠山中無曆日寒盡不知年」

雜詩　三十日

無名氏

勸君莫惜金縷衣勸君惜取少年時花開堪折直須折莫待無花空折枝」

三十一日

兩心不語暗知情燈下裁縫月下行行到堦前知未睡夜深聞放剪刀聲」

西鄙人・哥舒歌
太上隱者・答人
無名氏・雜詩

・初過漢江

花蕊夫人

・宮詞（選録二十）

一九九〇年十一月一日

水紋珍簟思悠悠，千里佳期一夕休。從此無心愛良夜，任他明月下西樓」

初過漢江　三日

襄陽好向峴亭看，人物蕭條值歲闌。為報習家多置酒，夜來風雨過江寒」

花蕊夫人　宮詞　四日

龍池九曲遠相通，楊柳絲牽兩岸風。長似江南好風景，畫船來去碧波中」　六日

廚船進食簇時新，侍宴無非列近臣。日午殿頭宣索鱠，隔花催喚打魚人」　八日

太虚高閣凌虚殿背倚城牆面枕池諸院各分娘子位羊
車到處不教知」

九日

修儀承寵住龍池掃地焚香日午時等候大家來院裏看
教鸚鵡念新詩」

十日

才人出入每參隨筆硯將行遶曲池能向彩箋書大字忽防御
製寫新詩」

十一日

春風一面曉妝成偷折花枝傍水行却被內監遥覷見故將紅
豆打黃鶯」

十三日

殿前宫女總纖腰初學騎（乘）馬怯又嬌上得馬來纔欲走幾回
抛鞚抱鞍橋」

内家追逐採蓮時，驚起沙鷗兩岸飛。蘭棹（把）來齊拍水，並船相鬥濕羅衣」

十五日

選進仙韶第一人，纔勝羅綺不勝春。重教按舞桃花下，只踏殘紅作地裀」

十六日

侍女爭揮玉彈弓，金丸飛入亂花中。一時驚起流鶯散，踏落殘花滿地紅」

十七日

禁裏春濃蝶自飛，御蠶眠處弄新絲。碧窗盡日教鸚鵡，念得君王數首詩」

十九日

太液池清水殿涼，畫船驚起宿鴛鴦。翠眉不及池邊柳，取次飛花入建章」

二十日

薄羅衫子透肌膚，夏日初長板閣虛。獨自凭闌無一事水風涼處讀文書」

二十一日

月頭支給買花錢滿殿宮人近數千遇著唱名多不語含羞走
過御牀前」

二十二日

傍池居住有漁家收網搖船到淺沙預進活魚供日料滿
筐跳躍白銀花」

二十三日

内人承寵賜新房紅紙泥窗遶畫廊種得海柑纔結子乞求
自送與君王」

二十五日

老大初教學道人鹿皮冠子澹黃裙後宮歌舞今拋擲每日焚
香事老君

二十七日

内人深夜學迷藏徧遶花丛水岸傍乘興忽來仙洞裏大家尋
覓一時忙

一九九〇年十一月二十八日

小院珠簾著地垂院中排比不相知羨他鸚鵡能言語
窗裏偷教鸜鵒兒」

二十九日

分朋閒坐賭櫻桃收却投壺玉腕勞各把沉香雙陸子局
中鬥累阿誰高」

述國亡詩

三十日

君主城上竪降旗妾在深宮那得知十四萬人齊解甲更無一箇
是男兒」

張夫人 誚喜鵲

十二月一日

疇昔鴛鴦侶朱門賀客多如今無此事好去莫相過」

崔氏 述懷

二日

·述國亡詩
張夫人 ·誚喜鵲
崔氏 ·述懷

不怨盧郎年紀大不怨盧郎官職卑自恨妾身生較晚不及盧郎少年時」

陳玉蘭 寄夫 三日

夫戍邊關妾在吳西風吹妾妾憂夫一行書信千行淚寒到君邊衣到無」

崔鶯鶯 寄詩 四日

自從銷瘦減容光萬千迴嬾下牀不為傍人羞不起為憔悴却羞郎」

告絶辭 五日

棄置今何道當時且自親還將舊來意憐取眼前人」

劉媛
・長門怨
劉采春
・囉嗊曲六首（録四）

一九九〇年十二月七日

劉媛　長門怨

雨滴梧桐秋夜長，愁心和雨到昭陽。淚痕不學君恩斷，拭却千行更萬行。

學畫蛾眉獨出羣，當時人道便承恩。經年不見君王面，花落黄昏空掩門。

八日

劉采春　囉嗊曲六首

九日

不喜秦淮水，生憎江上船。載兒夫壻去，經歲又經年。

莫作商人婦，金釵當卜錢。朝朝江口望，錯認幾人船。

那年離别日，只道住桐廬。桐廬人不見，今得廣州書。

十日

薛濤
・犬離主
・句
李治
・八至

昨日勝今日今年老去年黃河清有日白髮黑無緣」

薛濤　犬離主　十一日

馴擾朱門四五年毛香足淨主人憐無端咬着親情
客不得紅絲毯上眠」

句

枝迎南北鳥葉送往來風」

李治　八至　十二日

至近至遠東西至深至淺清溪至高至明日月至親
至疏夫妻」

一九九〇年十二月十三日

寒山 詩三百三首 選録

可笑寒山道而無車馬蹤聯谿難記曲疊嶂不知重泣露千般草吟風一樣松此時迷徑處形問影何從」 十四日

一為書劒客二遇聖明君東守文不賞西征武不勳學文兼學武學武兼學文今日既老矣餘生不足云」 十五日

天生百尺樹剪作長條木可惜棟梁材抛之在幽谷年多心尚勁日久皮漸禿識者取將來猶堪柱馬屋」 十七日

玉堂挂珠簾中有嬋娟子其貌勝神仙容華若桃李東家春霧合西舍秋風起更過三十年還成苷蔗滓」 十九日

城中娥眉女珠珮珂珊〻鸚鵡花前弄琵琶月下彈長歌三

月響短舞萬人看未必長如此芙蓉不耐寒」
登陟寒山道寒山路不窮谿長石磊〻澗闊草濛〻苔滑非關 二十日
雨松鳴不假風誰能超世累共坐白雲中」 二十一日
杳〻寒山道落〻冷澗濱啾〻常有鳥寂〻更無人磧〻風吹面
紛紛雪積身朝〻不見日歲〻不知春」 廿二冬至
兩龜乘犢車驀出路頭戲一蠱從傍來苦死欲求寄不
載爽人情始載被沈累彈指不肯可論行恩却遭刺」
東家一老婆富來三五年昔日貧於我今笑我無錢渠笑我
在後我笑渠在前相笑儻不止東邊復西邊」 廿五日

桃花欲經夏風月催不待訪覓漢時人能無一箇在朝〻
花還落歲〻人移改今日楊塵處昔時為大海」六日
我見百十狗箇〻毛鬇鬡臥者渠自臥行者渠自行投之
一塊骨相與啀喍爭良由為骨少狗多分不平」七日
若人逢鬼魅第一莫驚懅捺硬莫采渠呼名自當去燒香
請佛力禮拜求僧助蚊子叮鐵牛無渠下嘴處」八日
猪喫死人肉人喫死猪腸豬不嫌人臭人反道豬香豬死
抛水內人死掘土藏彼此莫相啖蓮花生沸湯」九日
快哉混沌身不飯復不尿遭得誰鑽鑿因茲立九竅朝〻
為衣食歲〻愁租調千箇爭一錢聚頭亡命叫」十日
不行真正道隨邪號行婆口慙神佛少心懷嫉妬多

背後噇魚肉人前念佛陁如此修身處難應避奈何 十五日
有漢姓傲慢名貪字不廉一身無所解百事被他嫌死惡
黄連苦生憐白蜜甜喫魚猶未止食肉更無厭 十七日
我今有一襦非羅復非綺借問作何色不紅亦不紫夏天
將作衫冬天將作被冬夏遞互用長年只這是 二月七日
蒸砂擬作飯臨渴始掘井用力磨碌磚那堪將作鏡佛說
元平等總有真如性但自審思量不用閑爭競 八日
推尋世間事子細總皆知凡事莫容易盡愛討便宜護
即弊成好毀即是成非故知雜濫口背面總由伊冷暖我
自量不信奴脣皮 九日
欲識生死譬且將冰水比水結即成冰冰消返成水已死必應生
出生還復死冰水不相傷生死還雙美 十七日

（第九册）

書判全非弱嫌身不得官銓曹被拗折洗垢覓瘡瘢必也閔天命今冬更試看盲兒射雀目偶中亦非難」 十九日

赫赫誰甗肆其酒甚濃厚可憐高幡幟極目平升斗何意訝不售其家多猛狗~~意~~童子欲來沽狗齩便是走 廿日

富貴疎親聚只為多錢米貧賤骨肉離非閔少兄弟急須歸去來招賢閣未啟浪行朱雀街踏破皮鞋底 廿一日

老翁娶少婦髮白婦不耐老婆嫁少夫面黃夫不愛老翁娶老婆一一無棄背少婦嫁少夫兩兩相憐態 二十二日

雍容美少年博覽諸經史盡號曰先生皆稱為學士未能得官職不解秉耒耜冬披破布衫蓋是書誤己 二十三日

昨夜夢還家見婦機中織駐梭如有思擎梭如無力呼之

迴面視況復不相識應是別多年鬢毛非舊色 二十七日
人生不滿百常懷千歲憂自身病始可又為子孫愁下
視禾根土上看桑樹頭秤鎚落東海到底始知休 二十八日
城北仲家翁渠家多酒肉仲翁婦死時弔客滿堂屋仲
翁自身亡能無一人哭喫他杯臠者何太冷心腹 三月一日
下愚讀我詩不解却嗤誚中庸讀我詩思量云甚要上
賢讀我詩把著滿面笑楊修見幼婦一覽便知妙 二日
自有慳惜人我非慳惜輩衣單為舞穿酒盡緣歌啐當取
一腹飽莫令兩脚儽蓬蒿鑽髑髏此日君應悔 四日
獨坐常忽忽情懷何悠悠山腰雲縵縵谷口風颼颼猨來樹嫋嫋鳥入 二十二日
林啾啾時催鬢颯颯歲盡老惆惆

一病經旬已是三月二十二日矣

儂家暫下山入到城隍裏逢見一群女端正容顏美頭戴 二十二日
蜀様花燕脂塗粉膩金釧鏤銀朶羅衣緋紅紫朱顏類神
仙香帶氛氳氣時人皆顧盼癡愛染心意謂言世無雙 廿三日
魂影隨他去狗齩枯骨頭虛自舐脣齒不解返思量與畜
何曾異今成白髮婆老陋若精魅無始由狗心不超解脫地 廿四日
養女畏太多已生須訓誘捺頭遣小心鞭背令緘口未解秉機
杼那堪事箕箒張婆語驢駒汝大不如母 廿六日
以我棲遲處幽深難可論無風蘿自動不霧竹常昏澗水緑常
緣誰咽山雲忽自屯午時菴內坐始覺日頭暾 廿七日
憐底衆生病餐嘗畧不厭蒸豚搵蒜醬炙鴨點椒鹽去骨鮮
魚膾兼皮熟肉臉（即"歛"字）不知他命苦只取自家甜 廿八日
我見瞞人漢如籃盛水走一氣將歸家籃裏何曾有我見被

人瞞一似園中韭日日被刀傷天生還自有 廿九日

說食終不飽說衣不免寒飽喫須是飯著衣方免寒不解審思量只道求佛難迴心即是佛莫向外頭看 三十日

我在村中住衆推無比方昨日到城下却被狗形相或嫌袴太窄或說衫少長攣却鷂子眼雀兒舞堂堂 三十一日

寄語食肉漢食時無逗留今生過去種未來今日修只取今日美不畏來生憂老鼠入飯甕雖飽難出頭 四月一日

有人笑我詩我詩合典雅不煩鄭氏箋豈用毛公解不恨會人稀只為知音寡若遣趂宮商余病莫能罷忽遇明眼人即自流天下

四月二日

景雲

畫松　三日

畫松一似真松樹，且待尋思記得無。曾在天台山上見，石橋南畔第三株。

靈澈

東林寺酬韋丹刺史

年老心閒無外事，麻衣草座亦容身。相逢盡道休官好，林下何曾見一人。

皎然

尋陸鴻漸不遇　四日

移家雖帶郭，野徑入桑麻。近種籬邊菊，秋來未着花。扣門無犬吠，欲去問西家。報道山中去，歸時每日斜。

投知己　五日　清明

景雲
· 畫松
靈澈
· 東林寺酬韋丹刺史
皎然
· 尋陸鴻漸不遇
· 投知己

若爲令憶洞庭春上有閑雲可隱身無限白雲山要買
不知山價出何人」

答李季蘭　六日

天女來相試將花欲染衣禪心竟不起還捧舊花歸

知玄

祝堯詩

生天本自生天業未必求仙便得仙鶴背傾危龍背滑君王
且住一千年」

子蘭

城上吟　七日

古塚密於草新墳侵官道城外無閑地城中人又老

鸚鵡

翠毛丹嘴乍教時終日無聊似憶歸近來偷解人言語亂向金籠說是非」

隱巒
·逢老人

懷濬
·上歸州刺史代通狀二首

謙光
·賞牡丹應教

貫休
·胡無人

隱巒

逢老人　八日

路逢一老翁兩鬢白如雪，一里二里行四回五回歇」

上歸州刺史代通狀二首」

家在閩山西復西其中歲歲有鶯啼如今不在鶯　九日　啼處鶯在舊時啼處。家在閩山東復東其中歲歲　十日　有花紅而今不在花紅處花在舊時紅處紅」

謙光

賞牡丹應教　十一日

擁衲對芳叢由來事不同鬢從今日白花似去年紅艷異隨朝露馨香逐曉風何須對零落然後始知空」

貫休

胡無人　十二日

霍嫖姚、趙充國、天子將之平朔漠、肉胡之肉、燼胡帳幄、千里萬里、唯留胡之空殼、邊風蕭蕭、榆葉初落、殺氣晝赤、枯骨夜哭、將軍既立殊勳、遂有胡無人曲、我聞之、天子富有四海、德被無垠、但令一物得所、八表來賓、亦何必令彼胡無人。」　十三日

苦寒行　十四行

北風北風職何嚴毒、摧壯士心、縮金烏足、凍雲囂囂、礙雪一片下不得、聲繞枯桑、根在沙塞、黃河徹底、頑直到海、一氣摶束、萬物無態、唯有吾庭前杉松樹、枝枝枝枝健在」

古離別　十五日

離恨如旨酒、古今飲皆醉、只恐長江水盡、是兒女淚、伊余非此輩送人空把臂、他日再相逢、清風動天地」

·少年行（三首録一）
·富貴曲（二首録一）
·春晚書山家屋壁二首

少年行 三首录一

錦衣鮮華手擎鶻閑行氣貌多輕忽稼穡艱難總不知五帝三皇是何物」 十六日

富貴曲 二首录一

如神若仙、似蘭同雪、樂戒于極、胡不知輟、只欲更綴上落花、恨不能把住明月、太山肉盡、東海酒竭、佳人醉唱、敲玉釵折、寧知耘田車水翁、日日日炙背欲裂」 十七日

春晚書山家壁 二首

柴門寂寂黍飯馨山家煙火春雨晴庭花濛濛水泠泠小兒啼索~~啼~~樹上鶯」 十八日

水香塘黑蒲森森鴛鴦鸂鶒如家禽前村後壟桑柘深 十九日

東鄰西舍無相侵蠶娘洗蠒前溪淥牧童吹笛和衣浴
山翁留我宿又宿笑指西坡瓜豆熟、

詩 紀事題作言詩　　二十日

經天緯地、物動必計、仙才幾處覓不得、有時還自來、真風
含素髮、秋色入靈臺、吟向霜蟾下、終須神鬼哀、

山居詩 二十四首~~選~~录一　　二十一日

心心心~~刃~~不住希夷石屋巉巗~~鬓~~~~鬚~~鬚髮垂養竹不除
當路筍愛松留得礙人枝焚香開卷霞生砌捲箔冥心
月在池多少~~故少~~故人頭盡白不知今日又何之

齊己

劍客

二十二日

拔劍遠殘樽歌終便出門西風滿天雪何處報人恩勇死尋常事輕讎不足論翻嫌易水上細碎動離魂」

七十作

二十三日

七十去百歲都來三十春縱饒生得到終免死無因密理方通理栖真始見真沃洲匡阜客幾劫不迷人」

謝炭

二十七日

正擁寒灰次何當惠寂寥且留連夜向未敢滿爐燒必恐香難盡唯愁搜撥易消豪家捏為獸紅迸錦茵焦」

野鴨

二十八日

野鴨殊家鴨離羣忽遠飛長生緣甚瘦近死為傷肥江

海游空濶池塘啄細微紅蘭白蘋渚春暖刷毛衣」

新秋病中枕上聞蟬　二十九日

枕上稍醒〻忽聞蟬一聲此時知不死昨日即前生更欲臨窗聽猶難策杖行尋應同蜕殼重飲露華清」

古寺老松　三十日

百歲禪師說先師指此松小年行道繞早見偃枝重月檻移孤影秋亭卓一峯終當因夜電拏攫從雲龍」

懷終南僧　五月一日

擾〻一京塵何门是了因萬重千疊嶂一去不來人鳥道春殘雪蘿龕晝定身寥〻石窗外天籟動衣巾」

·早梅
·春晴感興
·荊州寄貫微上人

早梅 二日

萬木凍欲折孤根暖獨迴前村深雪裏昨夜一枝開風遞幽香去禽窺素豔來明年如應律先發映春臺」

春興感晴 三日

連旬陰翳曉來晴水滿圓塘照日明岸草短長邊過客江花紅白裏啼鶯」野無征戰時堪四日望山有楼臺煖好行桑柘依〻禾黍綠可憐歸去是張衡」

荊州寄貫微上人 五日

舊齋休憶對松関各在王侯顧遇間命服已霑天服澤衲衣猶擁祖斕斑」相思莫救燒心火留六日滯難移壓腦山

得失兩途俱不是笑他高卧碧孱顔」

偶題 八日

時事嬾言多忌諱野吟無主若縱橫君看三百篇章首何處分明着姓名

尚顔

夷陵即事 九日

不難饒白髮相續是灘波避世嫌身晚思家乞夢多暑衣經雪著凍硯向陽呵豈謂臨歧路還聞聖主過」

棲蟾

游邊 十日

邊雲四顧濃飢馬嗅枯叢萬里八九月一身西北風偷營天正黑戰地雪多紅昨夜東歸夢桃花煖色中

清尚
·哭僧
杜光庭
·偶題
·招友人遊春

清尚

与齊己同時

哭僧

十一日

道力自超然身亡同坐禪水流元在海月落不離天溪白
葬時雪風香焚處烟世人頻下淚不見我師玄

杜光庭

偶題

十三日

似鶴如雲一箇身不憂家國不憂貧擬將枕上日高睡賣與
世間榮貴人

招友人遊春

十四日

難把長繩繫日烏芳時偷取醉功夫任金堆璧磨星
斗買得花枝不老無

呂巖 字洞賓

題廣陵妓屏 二首 十六日

嫫母西施共此身可憐老少隔千春他年鶴髮鷄皮媪今日玉顔花貌人○花開花落兩悲歡花與人還事一般開在枝間妨客折落來地上請誰看

題詩紫極宫

宫門一閉人臨水憑欄立無人知我來朱頂鶴聲急

許宣平

見李白詩又吟 二十日

一池荷葉衣無盡兩畝黄精食有餘又被人來尋討著移庵不免更深居

呂巖
·題廣陵妓屏（二首）
·題詩紫極宫
許宣平
·見李白詩又吟

譚峭·大言詩

滕傳胤·鄭鋒宅神詩

襄陽旅殯舉人·詩

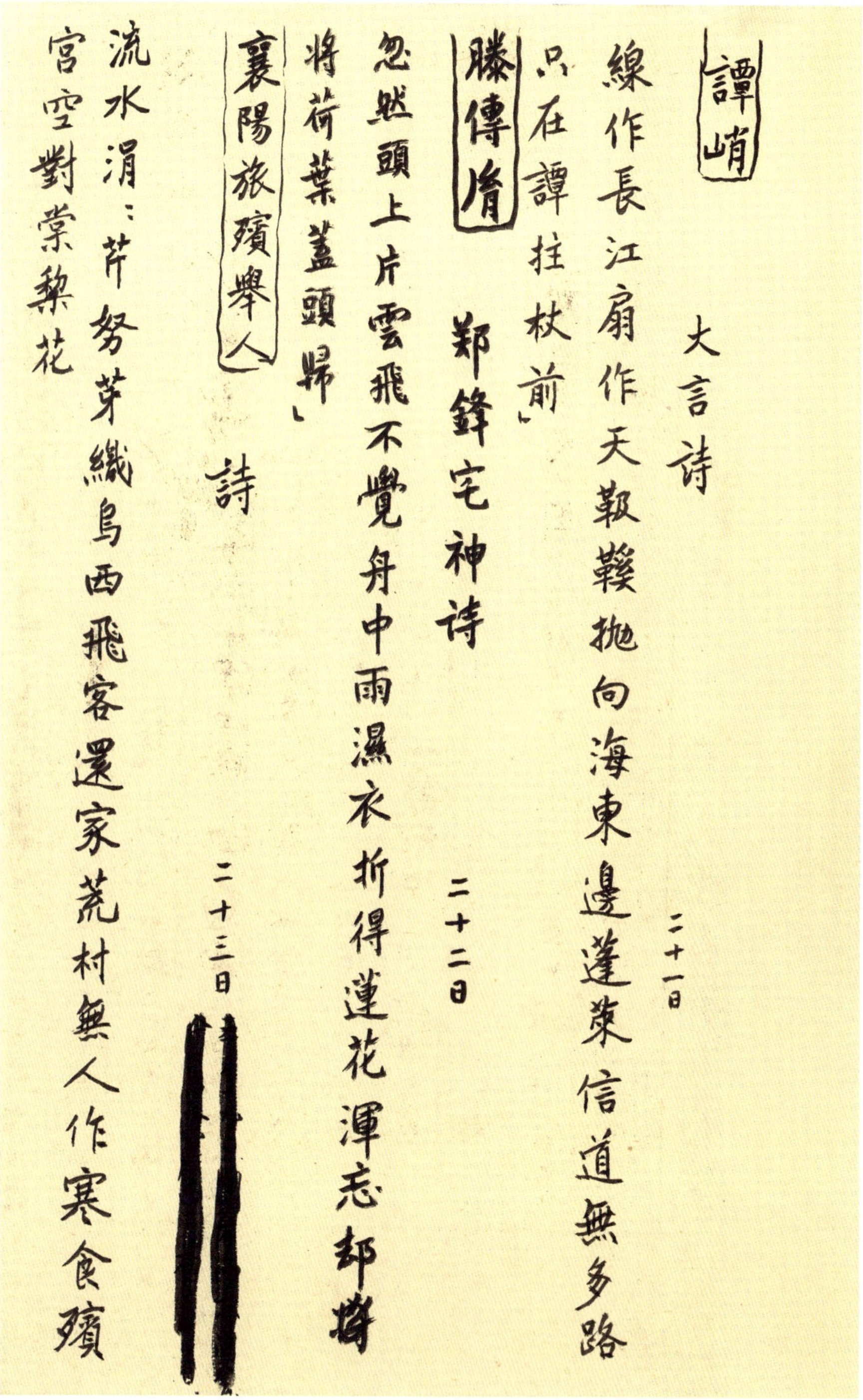

譚峭　大言詩　二十一日

線作長江扇作天靸鞵拋向海東邊蓬萊信道無多路

只在譚拄杖前」

滕傳胤　鄭鋒宅神詩　二十二日

忽然頭上片雲飛不覺舟中雨濕衣折得蓮花渾忘却

將荷葉蓋頭歸」

襄陽旅殯舉人　詩　二十三日

[redacted]

流水涓涓芹努芽織烏西飛客還家荒村無人作寒食殯

宮空對棠梨花

巴陵館鬼 柱上詩

爺娘送我青楓根不记青楓幾迴落當時手刺衣上花
今日为灰不堪著

崔常侍 官坡館联句

牀頭錦衾班復班架上朱衣殷復殷空庭朗月閒復閒
夜長路遠山復山

盧綸 夢白衣婦人歌詞 二十四日

玉京人去秋蕭索畫簷鵲起梧桐落欹枕悄無言月和残夢
圓背燈惟暗泣甚處砧聲急眉黛小山攢芭蕉生暮寒」

張生妻 夢中歌 二十五日

勸君酒君莫辭落花徒繞枝流水無返期莫持少年時
少年能几時。
花前始相見花下又相送何必言夢中人生盡如夢」

陳季卿 題潼関普通院門 二十七日

度関悲失志萬緒亂心機下坡馬無力掃門塵滿衣
計謀多不就心口自相違已作羞歸計還勝羞不歸」

裴玄智 書化度藏院壁 三十日

將肉遣狼守置骨向狗頭自非阿羅漢焉能免得偷

權龍褒　秋日述懷　六月十一日

檐前飛七百雪白後園彊飽食房裏側家糞集野螂」

黃幡綽　嘲劉文樹　十二日

可憐好箇劉文樹髭鬚共頦頤別住文樹面孔不似猢猻猢
猻面孔強似文樹」

朱沖和　嘲張祜　十三日

白在東元已薨蘭臺鳳閣少人登冬瓜堰下逢張祐牛屎堆
邊說我能」

李昌符　婢僕詩　十四日

春娘愛上酒家樓不怕歸遲總不憂推道那家娘子臥且留教住待梳頭○不論秋菊與春花箇箇能噇空腹茶無事莫教頻入庫一名閑物要些些」

黎瓘　贈漳州崔使君鄉飲飜韻詩　十五日

慣向溪邊折柳楊因循行客到州漳無觸忤王衙押不得今朝看飲鄉」

李都　戲答朝士　十七日

華緘千里到荊門章草縱橫任意論應笑鍾張虛用力却教羲獻枉勞魂」惟堪愛惜為珍寶不敢傳留誤（十八日）子孫深荷故人

相厚霧天得行時氣許教香」

郫城令　示女詩　十九日

深宮富貴事風流莫忘生身老骨頭因與太師歡笑處為
吾方便覓彭州

李令　寄女

有人教我向衡陽一度思歸欲斷腸為報豔妻兼少女與
吾覓取朗州場」

包賀　諧詩逸句

霧是山巾子船為水靸鞋　櫂搖船掠鬢風動水槌胷
苦竹筍抽青橛子石榴樹桂小餅兒」

裴度·語

曹著·與客謎

裴度語

雞豬魚蒜逢著則喫生老病死時至則行

曹著與客謎

一物坐也坐臥也坐行也坐客

著应声曰在官地在私地

一物坐也臥立也臥行也臥走也臥臥也臥著

客不能對

著曰我謎吞得你謎

出版後記

二〇一六年五月二十五日，楊絳先生走完了她一百零五歲的人生。今年是楊先生誕辰一百一十周年，亦正逢她去世五周年，人民文學出版社决定影印她親手抄録的這部《楊絳日課全唐詩録》，以表示對她的紀念。這部手稿的内容，該社已在二〇二〇年十一月以《錢鍾書選唐詩》爲名整理出版。筆者在爲該書撰寫的《出版後記》中，對錢楊夫婦選詩、録詩的背景有過詳細的説明，對錢先生選詩的標準和趣味，也做了一定的分析，有興趣的讀者可以參看。

從楊絳先生在手稿上標注的日期判斷，她的抄録工作始於一九八三年一月一日，結束於一九九一年六月十九日。大概從一九八五年開始，她比較有規律地堅持每天抄録一點，從一九八八年開始，幾乎每天還標注了日期。如果説，經過整理、注釋和排印的《錢鍾書選唐詩》，主要體現了錢先生選詩的標準，由楊先生親手抄録的《楊絳日課全唐詩録》，則展示了她在二十世紀八十年代中後期堅持課詩、習書的日常生活。其中有些批語，頗能加深我們對此的印象。如第二九〇頁，在王建《失釵怨》題下注云：『一九八五年十二月二十四日，已三月不學書矣。』第三九六頁孟郊《送淡公》詩末注云：『一九八六年十二月三十一日，試新筆。』第五二一頁白居易《長恨歌》旁批：『一九八八年一月一日，開新筆。』第五五三頁白居易《眼病》一詩旁，記録了一九八八年三月『十日，切芥菜一个，手抖不能寫字』等等，這些批語都包含着豐富的個人信息。

在《錢鍾書選唐詩》的《出版後記》裏，我已講了楊先生抄録這部唐詩手稿的目的，既是爲了鼓勵錢先生選詩，也是爲了自己練字。據筆者所知，楊先生多年來一直堅持寫毛筆字，但她并不以成書法家爲目的，只是把它當成寫作之餘的一種個人修行。錢先生和楊先生相互有個約定，即彼此要給對方出的書題簽。所以錢鍾書先生出的所有書，書名都是楊先生題寫的。記得有一次談到《宋詩選注》的題簽，楊先生説『選』字的捺筆没寫好，被錢先生嘲笑説長了個『大胖脚』。

對於自己寫過的字，楊先生也習慣自我點評。一九九〇年九月二十三日抄録完孫光憲《採蓮》詩『小姑貪戲採蓮遲。晚來弄水船頭濕』後（本書第九二〇頁），她在『蓮』字、『遲』字旁批『捺太長』，而在『水』字旁批『捺好，而鉤撇太輕，不匀稱』，就是明證。另外手稿上還有好多字，旁邊都畫了圈，也是表示肯定的意思。這讓我想起了小時候寫大字，老師用紅筆給寫得好的字打圈，我們叫『吃圈』。無獨有偶，一九八七年，在抄録的盧仝《自詠三首》（其一）旁（本書第四二九頁），她批道：『三月二十九日宣圈。』『宣圈』或許就是我們所謂的『吃圈』，不過『吃圈』是被動的，『宣圈』是主動的。二〇一五年五月十二日，我最後一次去給她送書，她還在堅持寫字，寫好後讓保姆批圈。我們進門落座後，她還拿這事兒和保姆逗貧，笑問對方：『你羞不羞啊？』

最後值得一提的是，這部稿子的後半部分，有些是抄寫在楊先生著作手稿稿紙的背面上，所涉手稿有《洗澡》和《丙午丁未年紀事》。所以，這也是保存作者手澤最多的作品。在她誕辰一百一十周年、去世五周年之際，這部手稿的影印出版，應該是對她最好的紀念。

周絢隆

二〇二一年五月十六日